GAEA

彼得・布雷特 Peter V. Brett —— 著
戚建邦 —— 譯

THE DESERT SPEAR

沙漠之矛 下

目錄

第十七章 跟上舞步 333 AR 春

「奉公爵之令，開門！」天亮後沒多久，一個聲音在門外叫道。依然上門的診所大門上隨即傳來一陣響亮的敲門聲。

餐桌上的人們全都停下動作，看向門口。學徒們早已用過餐，正忙著供餐給病患，吉賽兒和其他人留在廚房裡。

羅傑感覺眾人彷彿沉默了很長一段時間，但事實上應該不到幾秒，吉賽兒女士就抬頭看向眾人。

「好吧，」她說，一邊起身一邊擦嘴。「我最好去開門。你們繼續坐著吃飯。不管公爵想幹什麼，你們最好不要空著肚子出去。」她撫平裙襬，大步走去應門。

她才剛走出去，羅傑已經跳下椅子，背靠門旁，專心聆聽外面的動靜。

「他在哪裡?!」吉賽兒開門的同時，一名男子深沉的聲音已經吼道。羅傑壓低身形，側頭探出門框，只露出一隻眼睛和一撮紅髮。一名高大壯碩、穿戴閃亮盔甲的男人聳立在吉賽兒女士身前，他的背後綁著一根鍍金短矛，胸甲上鑲有一個木頭士兵。羅傑立刻從對方寬厚的下頷認出此人。

羅傑轉向其他人。「林白克公爵的弟弟，湯姆士王子！」他低聲道，眼睛再度探出門框。

「我們有很多病患，王子閣下。」吉賽兒說，聽起來饒富興味，完全沒有受到威脅。「你得講清楚點。」

「不要和我耍嘴皮子，女人！」王子大叫，伸出手指戳向吉賽兒的臉。「妳很清楚——」

「王子閣下，拜託！」尖銳的男性聲音打斷王子的話。「沒有必要弄成這樣！」

一個男人步入門內，在兩人之間舉起雙手，不動聲色地讓王子的手臂和手指遠離吉賽兒的臉頰。他從各方面來看都和王子相反，身材瘦小，相貌醜陋，頭頂中禿，臉頰削瘦。他黑色的頭髮又直又長，披在他的高領上，稀疏的鬍子留到下頷附近。細框眼鏡戴在長鼻子中間，讓他的雙眼看起來像是兩顆小小的黑點。

「公爵的總管大臣，詹森大人。」羅傑對其他人介紹道。

湯姆士瞪著總管大臣，總管大臣身子微微一縮，深怕被打似地。王子瞪了吉賽兒一眼，然後又轉向瘦小男子，不過氣焰大幅收斂。片刻過後，他點了點頭。「好吧，詹森，交給你來處理。」

「我爲……如此冒昧來訪致歉，吉賽兒女士。」總管大臣鞠躬說道。「但我們希望在妳的……啊，訪客有機會離開前抵達。」他一手將一個皮革文件箱貼在胸前，然後用另一手推高自己的眼鏡。

「訪客？」吉賽兒問。湯姆士王子低吼一聲。

「弗林．卡特。」詹森說。吉賽兒茫然地看著他。

「就是……啊，魔印人。」詹森說。吉賽兒換上一副警覺的神色。

「他沒有惹上麻煩，我向妳保證。」詹森立刻補充道。「公爵閣下只是希望在決定要不要接見他前先來問他幾個問題。」

羅傑聽見身後傳來一陣聲響，轉頭發現魔印人離開餐桌。他對羅傑點頭。

「沒有關係，女士。」羅傑說，步出門廊。

詹森看向他，皺起鼻頭。「羅傑．音恩。」他語氣肯定，沒有詢問的意思。

「很榮幸你記得我，總管大臣。」羅傑說，在其他人跟隨他走出廚房時低頭鞠躬。

「我當然記得你，羅傑。」詹森說。「我怎麼會忘記艾利克帶回來的那個男孩，河橋鎮唯一的倖存者？」其他人驚訝地看向羅傑。

「儘管如此，」詹森繼續，再度皺起鼻頭。「我發誓去年看過一份喬爾斯公會長呈上的報告，說你失蹤了，很有可能已經死亡。」

他透過眼鏡低頭看著羅傑。「並且在吟遊詩人公會裡留下一大筆未清償的債務，沒記錯的話。」

「羅傑！」黎莎叫道。

羅傑換上他的吟遊詩人面具。那筆債務是打斷詹森的外甥傑辛．黃金嗓鼻子的罰金，當然，傑辛已經讓他血債血還。

「你大老遠跑來是爲了討論吟遊詩人的事嗎？」魔印人問，走到羅傑身前。他的兜帽在臉上罩下黑影，就連認識他的人都會感到恐懼。湯姆士王子伸手觸碰綁在背上的短矛。

詹森緊張兮兮地抽動一下，小小的眼珠在眼前眾人身上游移，但他很快就恢復正常。「的確不是。」他同意道，將注意力自羅傑身上移開，彷彿剛剛只是在檢視帳冊。他改變站姿，一副如果有人突然動手就要立刻躲到王子身後的樣子。

「那麼，你就是……他？」他問。

魔印人拉下兜帽，對王子和總管大臣露出滿臉刺青。兩人都瞪大雙眼，但沒有露出任何看見什麼不尋常事物的表情。

詹森深深鞠躬。「很榮幸認識你，弗林先生。允許我向你引薦湯姆士王子，林木軍團指揮官，林白克公爵最年輕的弟弟，藤蔓王座第三順位繼承人；王子閣下是爲了護送我而來的。」他比向王子，王子禮貌地點點頭，不過目光中還是充滿挑釁。

「王子閣下。」魔印人說，按照安吉爾斯習俗鞠躬。黎莎行屈膝禮，羅傑則半跪行禮。羅傑知道魔印人在當信使時曾見過這兩個人，但很明顯地就連記性過人的詹森都沒有認出他來。

詹森轉向左邊，一個等在門廊外的男孩立刻上前。「我的兒子以及助手，包爾。」他介紹道。男孩不到十歲大，身材和父親同樣瘦小，有著相同的黑髮以及雪貂般的長相。

魔印人朝男孩點頭。「很榮幸認識你和令郎，詹森大人。」

「拜託，叫我詹森就好。」總管大臣說道。「我和其他人一樣都是平民出身，只是一個身居要職的書記官。原諒我表現得有點尷尬，通常處理這種事的都是公爵的傳令使者，我的外甥，但今天剛好他前往小村落去辦事了。」

「傑辛．黃金嗓是公爵的新任傳令使者？」羅傑驚呼。

所有目光都投射在他身上，但羅傑幾乎沒有察覺。一年前傑辛．黃金嗓和他的學徒毆打羅傑與他的公會贊助人傑卡伯，在夜色降臨時將他們留在街上等死。羅傑之所以能倖存完全是因為黎莎以及幾名勇敢的城市守衛甘冒生命危險救他；傑卡伯大師則去世了。然而羅傑一直沒有提出控訴，假裝不記得攻擊者是誰，深怕傑辛會利用舅父的關係逃過法律的制裁，再度跑來殺他。

不過詹森似乎對此並不知情。他好奇地打量羅傑，目光側向一旁，彷彿在檢視什麼遺忘的帳冊。

「啊，是的。」他在片刻後說道。「艾利克大師和傑辛曾有過一段恩怨，是不是？我敢說他不會想知道這個消息。」

「他不會知道。」羅傑說。「他三年前就在前往林盡鎮的路上慘遭地心魔物毒手。」

「呃？」詹森說，瞪大雙眼。「很抱歉聽到這個消息。儘管有諸多缺點，艾利克依然是個稱職的傳令使者，為公爵盡心盡力，不只是在河橋鎮上的英勇表現，很遺憾在妓院裡發生了那樁意外。」

「妓院裡的意外？」黎莎問，好奇地轉向羅傑。

詹森滿臉漲紅，轉向黎莎，深深鞠躬。

「啊……啊……原諒我，好小姐。我不該在有女士在場時提起如此不堪的話題，沒有不敬的意思。」

「沒有關係，總管大臣。」黎莎說。「我是個藥草師，很習慣這類不堪的話題。黎莎．佩伯。」她伸出一手讓他握。「解放者窪地的藥草師。」

聽見伐木窪地這個新換的地名，王子輕哼一聲，小書記皺起鼻頭，但詹森只是點頭，說道：「從妳成爲布魯娜女士的學徒開始我就一直在注意妳的經歷。」

「喔？」黎莎說，語氣驚訝。

詹森露出好奇的表情。「這沒什麼好驚訝的。我每年都會檢閱公爵的人口統計，注意公爵領地中出類拔萃的人物，特別是像布魯娜這種人，打從一百年前林白克一世所做的第一份人口統計報告以來就一直出現在報告裡。我持續觀察她所有的學徒，不知道誰才會繼承她的衣缽。她於去年去世是我們一大損失。」

黎莎悲傷地點頭。

詹森稍停片刻，向死者表達敬意，接著清清喉嚨。「既然提起這個話題，黎莎女士。」他透過眼鏡，對她露出剛剛面對羅傑時同等的責備神情。「妳的年度人口統計報告已經遲交好幾個月了。」

黎莎臉色一紅，羅傑則在她身後竊笑。

「我……啊……我們一直在……」

「流感的事，」詹森點頭。「以及，」他看向魔印人，「其他問題，當然，我了解。但我肯定妳父親會告訴妳，女士，我們要有各式各樣的文件才能維持領地的運作。」

「是的，總管大臣。」黎莎點頭。

「夠了，詹森。」湯姆士王子插嘴道，將總管大臣推向一旁。他銳利的目光如同掠食動物般打量黎莎全身，看得羅傑十分惱怒。「窪地最近經歷過太多風雨，暫時不要拿你那些永無止盡的文書工作去煩他們。」

詹森皺眉，但鞠躬。「當然，王子閣下。」

「湯姆士王子，在此為妳服務。」王子對黎莎道，深深鞠躬，親吻她的手掌。羅傑不悅地看著黎莎臉頰漲紅。

詹森清清喉嚨，轉向魔印人。「不提文書工作了，我們可以談談公爵的正事嗎？」

魔印人點頭後，詹森轉向吉賽兒。「女士，如果有地方可以讓我們私下交談……」

吉賽兒點頭，帶領他們前往她的書房。「我去泡熱茶。」她說，隨即回去廚房。

湯姆士王子在路上伸出手臂讓黎莎勾著，黎莎心不在焉地勾了上去。加爾德保護性地晃到他們附近，不過黎莎或王子似乎沒有注意到他。

包爾拿著父親的文件箱，急急忙忙來到吉賽兒女士的書桌前，取出一疊筆記及幾張白紙鋪在桌上。他準備好羽毛筆、墨水瓶，以及吸墨紙，然後幫他父親拉開椅子，詹森隨即坐下，拿筆輕輕蘸墨。

他突然抬頭。「不會有人介意我將我們的討論紀錄下來給公爵參閱吧？」詹森問。「當然，我會刪掉任何你認為不正確或是不夠審慎的敘述。」

「不要緊。」魔印人說。詹森點頭，轉而望向他的白紙。

「那就好，」他說。「就像我對吉賽兒女士所說，公爵迫切地想和……嗯，解放者窪地的代表會面，但他想確認代表的正當性。可以請問窪地的鎮長史密特先生為什麼沒有親自前來嗎？代表全鎮向公爵報告這種事不正是鎮長的首要職責，也是唯一職責嗎？」他說話的同時，手中運筆如飛，以難以辨識的速記方式記下自己的問話，每隔數秒他的羽毛筆就會回到墨水瓶中，不過始終沒有灑出一滴墨水。

黎莎輕哼一聲。「會這麼想的人肯定不曾住過小村落，總管大臣。人們會在危機中仰賴鎮長，此刻來森堡的難民依然不斷擁入，已經抵達的人又缺乏基本物資，他根本沒有辦法走開，所以他派我代表前來。」

「妳？」湯姆士難以置信地問道。「一個女人？」

黎莎皺眉，但詹森在她有機會反脣相譏前大聲清喉嚨。「我相信王子閣下的意思是貴鎮牧師，約拿，才應該是代表鎮長前來的恰當人選。」

「聖堂裡擠滿亟需避難所的難民。」黎莎說。「約拿和史密特一樣分身乏術。」

「但窪地可以在危機時刻騰出藥草師？」湯姆士問道。

「這對公爵閣下來說是個問題，」詹森說，邊繼續寫字邊抬頭看向黎莎。「如果公爵領地的人民竟然不尊重藤蔓王座到連個符合身分的代表都不肯派來，那不是讓公爵很沒面子嗎？那會被視為一種侮辱。」

「我保證，我們沒有侮辱的意思。」黎莎說。

「怎麼會沒有？」湯姆士大聲問道。「不管有沒有危機，你們的鎮長都可以來，伐木窪地距離安吉爾斯不過六晚的路程。」他看向魔印人。「但看起來解放者窪地已經搬到更遠的地方去了。」

「你想要我怎麼做，王子閣下？」黎莎問。「在兵臨城下的情況下浪費兩星期帶史密特過來？」

湯姆士王子哼了一聲。

「請不要誇大其詞，佩伯女士。」詹森道，持續書寫。「王室家族十分清楚克拉西亞掠奪來森堡的事，但他們對安吉爾斯領地並不造成威脅。」

「暫時而言沒有威脅。」魔印人說。「但這次事件並非單純的掠奪，來森堡和附屬村落——提沙境內的糧倉——現在已淪入克拉西亞的控制中。他們至少會在那裡深耕數年，徵召來森人民加以訓練，接著他們就會開始吞噬雷克頓和附屬村落。他們或許要到數年後才會轉而向北入侵你的城市，但我可以保證，他們一定會來，而想要與其對抗，你們就要有盟友。」

「來森堡才不怕幾隻沙漠老鼠，就算你這段潭普草故事是眞的！」湯姆士吼道。

「王子閣下，拜託！」詹森尖聲叫道。王子再度安靜後，詹森轉回魔印人的方向。「我可以請問你爲什麼會對於克拉西亞的計畫如此瞭若指掌，弗林先生？」

「你的藏書中有沒有克拉西亞聖典，總管大臣？」魔印人問。

詹森的雙眼飄向一旁，彷彿在察看某張隱形清單。「伊弗佳，有的。」

「我建議你讀一讀。」魔印人說。「克拉西亞人相信他們的領袖是第一任解放者卡吉轉世，他們正在展開白晝戰爭。」

「白晝戰爭？」詹森問。

魔印人點頭。「伊弗佳鉅細靡遺地描述卡吉如何征服已知的世界，然後率領統一後的大軍對抗地心魔物的事蹟。賈迪爾會照做。他接下來會進入一段鞏固期，讓被征服的人們臣服在伊弗佳法典下。」他嚴肅地瞪視詹森以及王子。「但不要因此認爲他們會就此不再入侵。」

王子不以爲然地看著他，但詹森臉上逐漸失去血色。斗大的汗珠滲出他的額頭，儘管當時是清涼的春晨。「以一名伐木窪地的鎮民而言，你對克拉西亞了解甚深，弗林先生。」他指出。

「我在克拉西亞堡住過一陣子。」魔印人簡單回應。詹森以其奇特的速記符號記下一筆。

「這下你了解我們爲什麼得覲見公爵閣下，總管大臣。」黎莎說。「克拉西亞人可以以逸待勞。佔領來森堡的穀倉，他們就有足夠的資源長期供應軍隊所需，同時也可以切斷與北方的糧食交易。」

詹森似乎沒有聽見她說話。「有人說你才是解放者。」他對魔印人說。

湯姆士語氣不屑。「我還是一頭友善的地心魔物呢。」他喃喃道。

魔印人不去理他，與總管大臣保持目光接觸。「我從未如此自稱，詹森大人。」

詹森一邊點頭一邊記載。「公爵閣下會很高興聽你這麼說，但關於戰鬥魔印的事……」

「魔印——」黎莎開口。

「任何想要的人都可以得到魔印，不須付出任何代價。」魔印人打斷她道，所有人臉上都露出吃驚的神情。

「地心魔物是全人類的敵人，總管大臣。」魔印人說。「在這件事上，克拉西亞人和我的看法一致。我絕不會拒絕任何想要對抗地心魔物的人。」

「如果它們眞的有效的話。」湯姆士喃喃說道。

魔印人轉頭直視湯姆士，就連一名王子也沒有辦法長時間面對他的目光。湯姆士垂下雙眼，魔印人點了點頭。

「汪妲，」他說，並沒有轉向她，不過汪妲在聽見自己的名字時嚇了一跳。「從妳的箭筒裡拿支箭給我。」汪妲拿出一支箭，放入他向後伸來的手掌。魔印人將箭平放在雙掌中，交給王子，但他沒有鞠躬，而是像個地位相等的人一樣站在原地。

「拿去試，王子閣下。」他說。「今晚站在城牆上，找個神射手射向附近體形最大的惡魔，親眼看看它們有沒有效。」

湯姆士微微退縮，接著迅速抬頭挺胸，彷彿不願示弱。他點頭接過箭矢。「我會的。」

總管大臣將椅子推離書桌，包爾連忙向前，用軟布吸乾紙張上未乾的墨水，然後將它們塞回皮革文件箱中。他收拾寫字用具，接著擦拭桌子，詹森則站起身來，走到湯姆士王子身邊。

「我想暫時先這樣了。」詹森說。「公爵閣下明天將在他的主堡中接見你們，時間在黎明過後一小時。我一早會派車來接，以避免任何……不愉快的情況，如果你，」他的目光轉向魔印人，「在街上被人看見。」

魔印人鞠躬。「那樣很好，總管大臣，謝謝。」他說。黎莎屈膝，羅傑鞠躬。

「總管大臣。」黎莎說，走到對方身邊，壓低音量。「我聽說公爵閣下……至今仍無子嗣。」

湯姆士王子一聽就要發作，但詹森揚起一手阻止他。「藤蔓王座無人繼承並非什麼祕密，佩伯女士。」他冷靜地對黎莎道。

「生育問題是布魯娜女士的專長。」黎莎說。「同時也是我的專長之一。如果有需要，我很榮幸能爲公爵服務。」

「我哥哥不須妳的協助就能生孩子。」湯姆士低吼道。

「當然，王子閣下。」黎莎說著，屈膝行禮。「但我想或許公爵夫人願意接受檢查，萬一問題出在她身上。」

詹森皺眉。「感謝妳如此大方的提議，但公爵夫人閣下有她自己的藥草師，而我強烈建議妳不要在公爵閣下面前提起這個話題。我會透過適當管道私底下向他提。」

這是很含糊的回應，但黎莎點了點頭，沒再多說，屈膝行禮。詹森點頭，與湯姆士一同朝房門走去。離開前，總管大臣轉向羅傑。

「我相信你會在離城以前至吟遊詩人公會說明你的狀況，並且償還你的大筆債務？」他問。

「是的，先生。」羅傑陰鬱地道。

「我敢說公會一定會對你近期的冒險故事很感興趣，多半願意支付你一筆足以償清債務的獎金，但我希望你在陳述和某些……」他看向魔印人一眼。「話題相關的故事時能夠採取較為含糊的演繹方式，不管你多想要製造聳動的效果。」

「當然，總管大臣。」羅傑說，深深一鞠躬。

詹森點頭。「那就再見了。」他說，隨即與王子一同離開診所。

黎莎轉向羅傑。「妓院的意外？」

「就算是一群木惡魔也不能逼我說出那件事。」羅傑說。「所以妳還是別問了。」

第二天早上，黎莎透過吉賽兒廚房的窗口看見一輛馬車停在門口，寬敞的車門上飾有林白克的家徽——一只木製王冠圍在一張長滿藤蔓的王座上。全副武裝的湯姆士王子騎著一匹高大戰馬伴隨馬車而來，還有步行跟於其後的精英守衛，林木軍團。

「他們帶了大隊人馬。」羅傑說，走到她身後望向窗外。「我看不出是來保護我們還是囚禁我們。」

「是保護還是囚禁有什麼差別？」魔印人問。

「或許應邀前往覲見公爵的人都是這種陣仗？」黎莎說。

羅傑搖頭。「我在艾利克擔任傳令使者時坐過十幾次那輛馬車，穿街走巷時從來不曾有一整隊的林木軍團跟在後面。」

「他們昨晚一定測試過那支箭矢。」黎莎說。「這表示他們知道我們能提供貨眞價實的戰鬥魔印。」

魔印人聳肩。「該來的總是會來，他們要嘛就是來護送我們，不然林白克就會剩下一整隊殘廢的士兵。」黎莎張口欲言，但魔印人在她說話前就已經步入吉賽兒的院子。其他人跟隨他出去。

馬車的僕役在馬車前放了一個台階，然後打開車門。湯姆士於馬背上看著他們，在魔印人上車時輕輕點頭示意。他們很快在木板街道上朝林白克宮殿顚簸前進。

林白克的宮殿是全城唯一的石造建築，是極度奢華的財力展示。如同密爾恩的歐可公爵，林白克的宮殿是城市大堡壘中一座自給自足的小型堡壘。外牆足足有三十呎高，每面牆後都是一片開闊的空地，牆上刻有大型魔印，刻痕中塡有亮眼的光漆。這些魔印歷久彌新，不過多半只曾被獨行的風惡魔測試過。如果安吉爾斯堡的城牆淪陷，惡魔大批擁入城內，林白克可以關閉宮門，然後安安穩穩地等待黎明到來，眼睜睜地看著整座城市在宮殿四周燃燒。

他們穿越圍牆，行經公爵的私人花園及牧場，還有十幾間提供私人僕役和工匠居住的房舍，這才抵達宮殿。宮殿高牆聳立，足足有好幾層樓高，另外還有幾座更高的守衛高塔，頂端超出宮殿的魔印網。

宮殿本身的魔印既美觀又實用，黎莎可以感應到魔印中的力量，她的雙眼隨著它們所形成的能量線條移動。

「請隨我來。」馬車在宮殿門口停下後，湯姆士王子對魔印人說道。黎莎皺起眉，跟隨王子進入宮殿，心想對方會不會全程忽略自己，只理會魔印人。他曾不只一次說過自己對窪地沒有責任，就像馬力克不對來森難民負責；她能相信他會將窪地的福祉擺在自己前面嗎？

入口大廳的拱形天花板高聳在他們頭頂，但寬敞的大廳裡卻沒有多少請願人。王子帶領他們遠離主王座廳，走過地上鋪滿厚地毯、牆上掛滿繡帷和油畫的走廊。他們來到一間擺有絲絨沙發和大理石壁爐的等候室。「請在這裡等候，接受公爵招待，」湯姆士對魔印人說。「僕役將會送上點心。」

「謝謝。」魔印人在僕役帶著一盤飲料和小三明治進來時說道。兩名林木軍團的守衛手持長矛，面無表情地站在門口。

時間慢慢過去，羅傑深感無聊，開始拋接空茶杯。「你認爲林白克會讓我們等多久？」他問，雙腳在地板上踏出規律的步伐，藉以配合殘缺的手掌走位拋杯。

「久得讓我們知道他在主導一切。」魔印人說。「公爵們會讓所有人等，越重要的賓客就得花越長的時間去數地毯的線頭。這是個惱人的把戲，但如果它能爲林白克帶來安全感，那麼配合一下也無所謂。」

「我應該帶針線來的。」黎莎說。

「我有一大堆沒繡完的繡框，親愛的。」一個聲音在她身後說道。「我很喜歡繡新花樣，但從來不曾完成。」黎莎轉身。看見詹森站在門口，攙著一名年近八十、雍容華貴的老婦人。

羅傑驚呼一聲，黎莎皺起眉看著一只羅傑在拋的杯子摔落地面。幸運的是，杯子自厚重的地毯上彈開，沒有摔破。

女人以一種能讓伊羅娜自嘆不如的目光瞪向羅傑。「看來艾利克一直沒花心思教你禮貌。」羅傑的臉色變得比他的頭髮還紅。

即使以安吉爾斯人的標準來看，老婦人的身材依然嬌小，幾乎只有五呎多，身穿寬大的綠色絲絨禮服，褶邊上滾有克拉西亞純白蕾絲，滿頭灰髮樸實地盤在頭上，其外戴有光滑的木飾環。飾環頂端綴以金邊，上面鑲了許多名貴的寶石。她瘦得像根蘆葦，微微駝背，手掌依靠在總管大臣的手臂上，皺巴巴的皮膚呈半透明。她脖子上的絲絨項鍊下方垂著一顆嬰兒拳頭大小的綠寶石。

「請容我介紹阿瑞安女士閣下，老公爵夫人，林白克三世公爵之母，森林碉堡守護者——」

「是呀，是呀，」阿瑞安打斷他道。「世界上所有人都知道我兒子的稱號，我沒有時間聽你一星期覆誦一千遍，詹森。」

「很抱歉，我的女士。」詹森說著，微微鞠躬。

黎莎在詹森介紹時立刻屈膝，男人們則鞠躬行禮。汪妲身穿長褲，沒有裙襬可拉，只好尷尬地擺出四不像的行禮姿勢。

「如果妳穿得像個男人，女孩，那就像男人一樣鞠躬。」阿瑞安神態高傲地說道。汪妲臉頰一紅，深深鞠躬。

老公爵夫人滿意地嘟噥一聲，接著轉向黎莎。「我是來救妳脫離這一切無聊的男人事務，親愛的。」她看向汪妲。「還有那個小女孩。」

「不好意思，公爵夫人閣下，」黎莎說著再度屈膝。「但我是解放者窪地的代理鎮長，必須留下來覲見公爵。」

「胡說八道。」阿瑞安說。「女鎮長？密爾恩或許會有如此可笑的做法，但安吉爾斯絕不亂來。

女人不該處理政務。」老公爵夫人放開詹森的手臂，換勾黎莎的，假裝依靠著她，將她朝門口拉去。

「把帳冊和宣言那些東西留給男人去管。」阿瑞安說。「我們來聊點女性話題。」

黎莎對老太太的力氣感到些微驚訝，她不像外表看來那般虛弱。儘管如此，她還是無法接受在男人們決定解放者窪地未來時，去和一群嬌生慣養的女人死氣沉沉地坐在一起討論天氣及時尚等話題。

詹森在黎莎掙扎時湊了過來。「惹惱老公爵夫人絕非明智之舉，」他低聲說道。「最好先陪陪她。公爵還要一段時間才會接見其他人，我會在那之前過去找妳。」

黎莎凝視著他，看不出他的心思，於是皺起眉。爲了避免激怒王室家族，她只有不情不願地隨老太太離去。

「仕女的住所在這個方向，親愛的。」阿瑞安說，帶領黎莎步入一條裝飾華美的長走廊。除了魔印人的寶藏室，黎莎從未見過如此華麗的地方。成長過程中，她父親一直都是伐木窪地中最有錢的男人，但公爵讓厄尼的財物看起來像是宴會後拿去餵狗的剩菜。她每一步都踏在舒適柔軟、繡著鮮艷醒目花紋的地毯上，兩旁牆邊的大理石台擺滿帷幔和雕像。天花板漆成金色，在吊燈下閃閃發光。

整個公爵領地中到處都有來森難民在挨餓，但身處這種環境中，王室家族眞的了解那是什麼意思嗎？這裡讓黎莎想起自己母親，總是考慮自己的需求，只有別人在看時才會做做樣子。

阿瑞安蹣跚的步伐越走越快，外表弱不禁風的老女人彷彿帶舞的男子一樣帶領黎莎穿越巨大的宮殿。汪妲一言不發地跟在後面，直到穿越最後一扇門，阿瑞安回過頭來看她。

「當個好孩子，帶上房門，眞乖。」她說。汪妲遵令行事，在一聲喀啦中關閉堅固的橡木大門。

「好了，讓我們好好來看看妳吧。」阿瑞安說，推著黎莎原地轉圈，讓她仔細端詳。

阿瑞安上下打量她，嘴唇微微噘起。「妳就是布魯娜引以爲傲的不世奇才？」她聽起來並不太信服。「妳見過幾個夏天，女孩？二十五？」

「二十八。」黎莎說。

阿瑞安哼了一聲。「布魯娜常說沒到四十歲的藥草師根本不值錢。」

「妳認識布魯娜女士，公爵夫人閣下？」黎莎驚訝地問道。

阿瑞安咯咯竊笑。「認識她？那個老巫婆從我的雙腳間拉出兩個王子，所以沒錯，我會說我認識她。比瑟是將近五十年前出生的，當時布魯娜就和我現在差不多老了。湯姆士於十年後出世，和他哥哥一樣是個巨嬰，但我生他時已經不再年輕了，不能找那些徒負盛名的接生婆。當時布魯娜已經八十多歲，不願離開窪地，於是我只好派遣傳令使者去跪著哀求。她不斷抱怨，但還是來了，在宮殿裡住了好幾個月。居留此地期間，她甚至收了兩個學徒，吉賽兒和潔莎。」

「潔莎？」黎莎問。「布魯娜從來沒有提過潔莎這個人。」

「哈！」阿瑞安叫道。「並不意外。」黎莎等待老太太解說此事，但她沒有。

「如果她想要，我早就封她爲皇家藥草師了。」阿瑞安繼續。「但那個可惡的老太婆剪完湯姆士的臍帶後立刻轉身回去窪地。說什麼頭銜對她來說沒有任何意義，世上只有她在窪地的孩子們才是最重要的。」

老公爵夫人凝視黎莎。「妳也是如此認爲嗎，女孩？窪地才是優先考量，對藤蔓王座的職責也不能與之相比？」

黎莎直視她的目光並且點頭。「是的。」

阿瑞恩與她對瞪片刻，彷彿要看看黎莎敢不敢眨眼，最後終於發出滿足的咕噥聲。「如果妳不是如此回答，我就不會再相信妳嘴裡吐出的任何一個字。現在，詹森說妳自稱傳承了布魯娜在生育方面的知識。」

黎莎再度點頭。「布魯娜十分著重於這方面的訓練，而我也有多年的執業經驗。」

阿瑞安再度高傲地看著黎莎。「我看沒多少年，但這點我就先原諒妳了；讓妳檢查她不會有什麼壞處，所有人都檢查過了。」

「她？」黎莎問。

「公爵夫人。」阿瑞安說。「我最新一任媳婦。我要知道是她無法生育，還是我兒子沒有種子。」

「檢查公爵夫人是不可能肯定後面那個結論的。」黎莎說。

阿瑞安輕哼一聲。「妳如果說妳辦得到就太過分了。但事情總要一件件來，先去檢查那女孩。」

「當然。」黎莎說。「在我檢查公爵夫人前，妳有什麼要先告訴我的嗎？」

「她符合條件，擁有結實的體魄和能生的屁股。」阿瑞安說。「不是武器架上最尖銳的長矛，但是安吉爾斯人期待中女人應有的特質。她的兄弟都很精明，姑且當作是後天培養而非天生的。林白克上次離婚後，我就開始注意養成學校，親自從所有血統優良的家族中挑上了她。梅兒妮女士是他們家十二個小孩中最年幼的，其中有三分之二是男性。她有三個姊姊，都生過孩子，而且男女比例是二比一。如果有人可以爲藤蔓王座增添子嗣，那肯定就是她了。當然，我兒子唯一在乎的就是她的胸部大不大，但梅兒妮那裡的肉多得能讓林尼那個大男孩去吸啦。」

「他們結婚多久了？」黎莎問，完全忽略她的評論。

「至今超過一年。」阿瑞安說。「皇家藥草師有煮生育茶，我還讓詹森在她排卵的日子關閉妓院，但每個月她還是會弄紅她的襯墊。」

阿瑞安帶領黎莎穿越王族仕女專用，如同迷宮般的隱密走廊和樓梯。她看見很多女僕，沒有男人。最後，她們來到一間豪華的臥房中，裡面擺滿絲絨枕頭以及克拉西亞綢緞。公爵夫人站在臥房一扇大彩繪玻璃窗前，看著窗外的城市。她身穿黃綠相間的寬鬆絲袍，胸口開得很低，腰部繫得很緊。她的頭髮高高盤在一只鑲滿寶石的金冠中，臉上畫著淡妝，隨時等候公爵傳喚她前往他的臥房。她看起來不滿十六歲。

「梅兒妮，這位是伐木窪地的黎莎女士。」阿瑞安介紹道。

「解放者窪地。」黎莎糾正。阿瑞安露出一種刻意忽略的容忍神情。

「黎莎女士是生育專家。」阿瑞安繼續。「今天特來為妳檢查，脫掉妳的衣服。」

女孩點頭，毫不猶豫地把手伸進身後解開束腹的繫繩。公爵宮廷的仕女中是誰當家從這裡就可以看出來。她的侍女連忙上前幫忙解繩，沒過多久公爵夫人的衣服就已經摺好放在床邊。

「妳愛怎麼檢查就怎麼檢查。」阿瑞安趁侍女忙碌時說，聲音低得其他人都聽不見。「這個女孩被藥草師戳來插去的次數比旅館裡的廉價妓女還多。」

黎莎搖頭，為這可憐的女孩感到同情，她彎下腰去，在公爵夫人的梳妝台上攤開藥草袋，擺開許多藥瓶和取樣棒。她原先就期望能有這個機會，所以來之前就準備好了合用的藥物。

年輕的公爵夫人默默配合地站在原地任由黎莎檢驗，但黎莎聽診時卻發現她的心跳十分劇烈。女孩大概已經嚇壞了，深怕自己如果像前幾任公爵夫人一樣無法生育子嗣便得面對淒慘的下場。黎莎心想不知道她有沒有機會選擇婚姻大事，或像提沙境內大多數女人一樣完全經由父母安排，不須徵詢她的意見。

她採取尿液樣品，沾下一點陰道分泌物，將樣品與化學藥劑混合，然後放著等待結果。她觸診女孩的子宮，甚至以手指觸診她的子宮頸。最後，她對公爵夫人微笑。「一切似乎都很正常，公爵夫人閣下。謝謝妳的合作，妳可以穿回衣服了。」

「謝謝妳，女士。」公爵夫人說。「我希望妳能找出我的問題。」

「我不認為妳有什麼問題，親愛的。」黎莎說。「但如果有什麼需要處理的部分，相信我，我們一定會處理。」公爵夫人淺淺一笑，輕輕點頭。她大概已經聽十幾個藥草師說過同樣的話了。她沒有理由認為黎莎和別人有什麼不同。

公爵夫人走回窗口，黎莎則來到梳妝台前察看檢驗結果。老公爵夫人晃到她身後。

「那個女孩的身體沒有任何問題。」黎莎說。「她有辦法生下一整個軍團。」

阿瑞安遞給她一個裝滿乾藥草的小網袋。「皇家藥草師的生育茶。」

黎莎嗅嗅網袋。「標準配方。喝這個當然沒有壞處，不過我還能調配更強效的……但那不是重點。」

「妳認為問題出在我兒子身上。」阿瑞安說。

黎莎聳肩。「接下來合理的做法就是替他檢查，公爵夫人閣下。」

阿瑞安輕哼一聲。「那頭固執的驢子就算感冒嚴重到內臟都要吐出來了，也只肯讓藥草師看看他的喉嚨。他不太可能讓妳接近他的男性象徵……」她上下打量黎莎，露出揶揄的苦笑。「除非妳打算以傳統的方式採集樣本。」

黎莎皺眉，阿瑞安大笑。

「我想也不行！」她咯咯竊笑。「讓那個女孩上！年輕的公爵夫人還有什麼其他用處？」

老公爵夫人帶黎莎和汪妲離開後，詹森就留在等候室內。他取出一個表面光滑的長橡木盒交給羅傑。

「艾利克離職後，我們在他房裡找到這個。」詹森說。「我通知吟遊詩人公會告訴他東西在我這裡，但你老師一直沒來取回。我得承認，這件事令我困惑；艾利克離開時就差沒把床單裡的羽毛給拔出來帶走，包括幾樣並不真正屬於他的東西，但他卻把這玩意大剌剌地留在桌上，進門就能看見。」

羅傑接過盒子，打開盒蓋。盒裡綠色的絨布上，放著一面繫在沉重鏈條上的大金牌。金牌表面浮刻著兩根交叉的長矛，前方還有一面刻有林白克公爵紋章的盾牌：葉片王冠飄浮在一張藤蔓王座上。

羅傑想起艾利克曾經上過的紋章學課程，立刻認出那面金牌：安吉爾斯皇家英勇勳章，公爵的最高榮譽。羅傑驚訝地凝望著它。艾利克做過什麼事足以獲頒這枚勳章，而他又爲什麼把它留在這裡？除了象徵性價值，勳章本身就很值錢。在缺乏金屬的安吉爾斯，光是那條鏈子就能換來一座錢山，還有金牌……

「公爵閣下賜給艾利克這枚勳章，藉以表揚他在河橋鎮事件中的英勇表現。」詹森說，彷彿看穿他的心思。「本來他只須保住自己的性命並向公爵回報就好了，但他還自惡魔手中拯救了你，一個三歲大的小男孩，沒有能力自行逃跑或是躲藏……」他說著搖了搖頭。

羅傑覺得自己被總管大臣甩了一巴掌。「我想不透他爲什麼要把它留下。」他假意說道，嚥下哽在喉嚨中的一口悶氣。「謝謝你幫忙保管。」他闔上盒蓋，放入扛在肩膀上的七彩袋裡。

「好吧，」詹森在確定羅傑沒有更多話要說後表示。他轉向魔印人。「如果你準備好了，弗林先生，公爵閣下已經可以接見你們。」

「但黎莎……」羅傑說道。

總管大臣噘起嘴。「公爵閣下不願在王座廳中接見女人。」他說。「我向你保證，黎莎女士正在接受老公爵夫人及其侍女的熱情款待。你們可以在會面結束後向她轉述過程。」

魔印人皺起眉，直視總管大臣的雙眼。瘦小的男人似乎被他嚴峻的目光所懾，但沒有退縮。他將目光轉向門口的守衛。

「很好。」魔印人終於說道。「請帶路。」

詹森露出鬆了一口氣的表情，隨即鞠躬。「請隨我來。」

林白克公爵的身材以安吉爾斯的標準來看堪稱高大，但仍比解放者窪地大多數人來得矮小。他體形壯碩，五十來歲，年輕時的肌肉現在都變得鬆弛。身穿沾到肉汁的綠色上衣、棕色長褲，都是十分稀有的克拉西亞絲綢所製。抹油的棕髮上戴著光亮的安吉爾斯木冠，頭髮裡夾雜許多灰髮，手指和脖子上滿滿都是密爾恩黃金所製的戒指和項鍊。

公爵右手邊較低的台座上坐著他的弟弟，王儲麥卡爾。麥卡爾王子年紀和公爵差不多，不過體格比較壯健，身穿同樣奢華的服飾，頭上戴著一只金飾環。公爵左邊坐著比瑟牧者，他的二弟。牧者比林白克還肥，儘管他樸素的棕袍和光頭顯示他在苦行禁慾。與大多數牧師身上的粗布長袍不同，牧者的聖袍是羊毛織品，以一條黃絲帶繫於腰間。

湯姆士王子沒有坐下，身穿魔印胸甲和護脛套站在高台下方。他手握長矛，如同門口的林木守衛，雖然羅傑和其他人在進入王座廳前已經被人解除武裝。儘管如此，站在加爾德和魔印人身旁，羅傑覺得和大太陽底下站在解放者窪地裡一樣安全。

「公爵閣下，林白克三世，」詹森宣告道。「森林碉堡守護者，木冠持有人，全安吉爾斯統治者。」羅傑半跪而下，加爾德立刻跟進。然而魔印人卻只是鞠躬示意。

「在你的公爵面前下跪。」湯姆士吼道，舉起長矛指向魔印人。

魔印人搖頭。「沒有不敬的意思，公爵閣下，不過我並非安吉爾斯人。」

「這是什麼鬼話？」麥卡爾王子大聲道。「你是伐木窪地的弗林．卡特，在安吉爾斯領地出生長大。難道你是要說窪地已經不承認是公爵領地了嗎？」湯姆士緊握長矛，平舉起來比向他們，羅傑大力吞嚥，期望魔印人知道在自己在做什麼。

魔印人似乎不把威脅當一回事。他再度搖頭。「我完全沒有這個意思，公爵閣下。弗林．卡特只是在城門口通關檢查用的化名，很抱歉沒有據實以告。」他再度鞠躬。

詹森退到高台旁小書桌後，隨即開始振筆疾書。

「你有密爾恩口音，」比瑟牧者道。「你是歐可的子民？」

「我在密爾恩堡住過一段日子，但我也不是密爾恩人。」魔印人說。

「那就報上你的姓名和所屬城市。」湯姆士說。

「我的名字不足爲外人道。」魔印人說。「我也不把任何城市當作家鄉。」

「你大膽?!」湯姆士氣急敗壞，提起長矛迎上前去。魔印人露出一種大人面對胡亂揮拳的小鬼時的神情打量著他。羅傑嚇得大氣都不敢吭一聲。

「夠了！」林白克叫道。「湯姆士，退下！」湯姆士王子忿忿不平，不過依然遵照命令，退回高台下方，朝魔印人怒目而視。

「暫時就讓你保持神祕。」林白克說，揚起一手阻止其他人說話。麥卡爾王子瞪著哥哥，但沒有說話。

「你，我倒是記得。」林白克對羅傑說，顯然是希望藉此消弭大廳中的緊張氣氛。「羅傑．音恩，艾利克．甜蜜歌的小頑童，把我的妓院當成托兒所。」他竊笑。「他們叫你老師甜蜜歌是因爲他的聲音能讓女人兩腿間流滿蜜汁。不知道這位學徒出師了沒有?」

「我只能用我的音樂誘惑地心魔物，公爵閣下。」羅傑鞠躬回應，臉上擠出微笑，將滿腔怒火壓抑在吟遊詩人的面具底下。

林白克大笑，拍打自己的膝蓋。「好像地心魔物能如那些木腦騷貨一樣被人蠱惑！你和艾利克一樣幽默，佩服佩服！」

詹森清清喉嚨。「呃?」林白克問道，轉向他的總管大臣。

「根據經過窪地的信使回報，年輕的音恩先生確實能以音樂誘惑惡魔，公爵閣下。」他說。

公爵瞪大雙眼。「眞的?」詹森點頭。

林白克咳嗽幾聲，掩飾訝異之情，接著轉回去面對他們，看向加爾德。「你是伐木工的加爾德隊長?」他問。

「呃，是加爾德，公爵閣下。」加爾德結巴說道。「我領導伐木工，沒錯，但我不是隊長。我只是會耍斧頭。」

「不要看扁自己，孩子。」林白克說。「沒有人會尊重看扁自己的男人。如果關於你的傳說有一半是眞的，我就該親自爲你加封軍職。」

加爾德張嘴欲言，但顯然他不知道應該如何回應，於是他只是鞠躬，腰彎得讓羅傑以爲他的下頷會碰到地板。

黎莎輕啜自己的茶，透過杯緣打量老公爵夫人，只見對方也以同樣坦率的目光打量著自己。阿瑞安的僕人在兩人間的桌子上擺了一組銀盤茶具，外帶一疊油酥糕點和薄三明治，擺好後隨即離開。盤子旁邊擺著一只銀鈴鐺，方便隨時召喚他們進來。

汪妲全身僵硬地坐在位子上，似乎竭力避免吸引老公爵夫人注意，就像穿著隱形斗篷躲避地心魔物一樣。她一臉渴望地看著三明治盤，但似乎不敢伸手去拿，深怕會因此引人注目。

老公爵夫人轉向她。「女孩，如果妳要打扮成男人並且隨身攜帶長矛，那就不要再表現得像個剛剛遇上第一個追求者的年輕小女孩，那些三明治不是擺在那裡好看的。」

「抱歉，公爵夫人閣下。」汪妲說，笨拙地鞠了個躬。她抓起一把小三明治塞到自己嘴裡，完全忽視餐巾和餐盤的存在。阿瑞安兩眼一翻，不過看起來饒富興味，並不覺得對方缺乏教養。

接著老公爵夫人轉向黎莎。「至於妳，我可以從妳臉上看出許多疑問，所以妳乾脆直接問吧。不要把時間浪費在空等上。」

「我只是……有點驚訝，公爵夫人閣下。」黎莎說。「妳和我想像中大不相同。」

阿瑞安大笑。「哪裡不同，我在男人面前那副弱不禁風的模樣？造物主啊，女孩，布魯娜說妳十分機伶，但如果妳連那點假象都看不透，我很懷疑妳能機伶到哪裡去。」

「我不會再次上當，我保證。」黎莎說。「但我得承認，我不了解為什麼有必要假裝柔弱。布魯娜從未假裝……」

「年老力衰？」阿瑞安一邊微笑問道，一邊自盤中挑出一塊小三明治，輕沾杯中的茶水，然後兩口吃掉。汪妲試圖模仿她，但把三明治泡在茶裡太久，結果有半塊三明治散到杯子裡去。阿瑞恩不屑地看著女孩手忙腳亂地將茶和三明治一口吞下。

「沒錯，公爵夫人閣下。」黎莎道。

老公爵夫人以責備的神色看向黎莎。這讓她想起詹森的表情，她心想不知道總管大臣的表情是不是向她學的。「有必要。」阿瑞安說。「因為男人在聰明的女人身邊就會變成硬木頭，但在笨女人面前就會軟得像紙漿。多活幾十年，妳就會了解我的意思。」

「覲見公爵時我會把這話放在心裡。」黎莎說。

阿瑞安輕哼一聲。「搞清楚狀況，女孩。妳現在就是在覲見公爵。王座廳裡發生的一切都是做做樣子。不管他們怎麼想，我的兒子統治安吉爾斯就和史密特統治窪地是同樣的情形。」

黎莎被一塊油酥糕點噎到，差點把茶灑出杯外。她訝異地看著阿瑞安。

「不過沒帶史密特一起來還是項失誤。」阿瑞恩責備道。「布魯娜痛恨政治，但她還是應該教妳一些入門的規矩。她對那一切瞭若指掌。我兒子學的是他們父親那套，不喜歡女人進入王座廳，除非把食物放到桌上或是跪在桌下。他們很自然地假設妳的弗林先生——如果那眞是他的名字——是你們的領袖，甚至會把那個莽漢加爾德及艾利克的小搗蛋的地位都看得比妳還高。」

「魔印人不能代表窪地。」黎莎說。「其他人也不能。」

「妳以爲我是傻子，女孩？」阿瑞安說。「看一眼我就知道了。反正無關緊要，所有的事都決定好了。」

「什麼意思？」黎莎問，一臉困惑。

「昨晚閱讀報告後，我就對詹森下達指示，此刻他已經開始辦理。」阿瑞安說。「只要王座廳裡那些雄孔雀彼此虛張聲勢時不要眞的開打，這次覲見的結果就會這樣：

你們會回到窪地，等待我們頂尖的魔印師隊伍去研究你們的戰鬥魔印。冬天前，我要安吉爾斯所有魔印師開始刻蝕武器，直到所有拿得起長弓的木腦獵人都有一袋魔印箭矢，而且木棧道上的攤販都能販售廉價的魔印長矛。」

「湯姆士和林木軍團會隨魔印師一起前往，」阿瑞安繼續。「一方面護送魔印師，一方面讓你們的伐木工訓練他們狩獵惡魔的技巧。」

黎莎點頭。「當然，公爵夫人閣下。」阿瑞安對她露出耐心的微笑，黎莎這才了解老公爵夫人所說的，這些都是王室的命令，而非可供討論的議題。

「造物主的牧師爲了妳那個滿身刺青的朋友爭論不休。」阿瑞安繼續。「半數牧師認爲他是解放者本人，另外半數認爲他比惡魔之母還要可怕。雙方人馬似乎都不相信你們年輕的約拿牧師，不過他似乎比較傾向相信前者。他們想要審問他。我與我在牧師議會的顧問書信往返，同意於召喚約拿前來議會作證期間派遣一名代理牧師，海斯牧師，去照顧窪地的信徒。海斯是個好人，並非宗教狂徒或是蠢材。他會在議會評判約拿對於魔印人的看法的同時，評判窪地鎮民對於魔印人的信仰。」

黎莎清清喉嚨。「對不起，公爵夫人閣下，但窪地並不是一座擁有數十名牧師的城市。鎮民相信約拿的指引是因爲他花了多年時間贏得他們的信任。他們不會追隨任何一個身穿棕袍的牧師，而且他們不會喜歡看到約拿被人抓去開審判庭。」

「如果約拿忠於自己的教會，他就會自願前來澄清所有疑慮。」阿瑞安說。「如果不忠……好吧，我和議會一樣想要知道他把忠誠放在哪裡。」

「如果議會的審判庭做出對他不利的決議呢？」黎莎問。

「牧師已經很久沒有焚燒異教徒了。」阿瑞安說。「但我相信他們依然記得該怎麼做。」

「那麼約拿牧師不會前來。」黎莎說著放下茶杯，直視老公爵夫人的雙眼。「除非妳希望讓林木軍團與一群白天伐木、夜晚獵殺惡魔的男人相對抗。」

阿瑞安揚起眉毛，鼻孔張大。冷靜的面紗瞬間回到她臉上，快得黎莎不禁懷疑對方發火的神情是否出於自己想像。阿瑞安轉頭看向汪妲。

「是這樣嗎，女孩？」她問。「如果林木軍團前去逮捕你們牧師，妳會起身反抗公爵嗎？」

「我會反抗任何黎莎要我反抗的人。」汪妲說，這是她從和瘦小的老公爵夫人會面以來第一次抬頭挺胸。

汪妲．卡特年僅十五，已經比解放者窪地大多數男人還高，而這些男人都是整個公爵領地中最高大的男人。她比瘦小的老婦人高上許多，但阿瑞安毫不懼怕，只是饒富興味地打量著她。老公爵夫人點了點頭，彷彿示意汪妲恢復原先的坐姿，然後轉向黎莎，輕輕以指甲敲擊茶杯。

「非常好，」她終於說道。「我親自擔保約拿牧師將會安然返抵窪地，不過他回去時或許會被免除教會職務。」

「謝謝妳，老公爵夫人閣下，」黎莎說，點頭接受對方的條件。

阿瑞安微笑，舉起茶杯。「或許妳眞的可以繼承布魯娜的衣缽。」黎莎微笑，她們一起喝茶。

「魔印人，」阿瑞安於片刻後說道。「會獨自前往密爾恩，對歐可陳述克拉西亞人的故事，並且代表我們請求協助。」

「爲什麼要魔印人去，不派你們的傳令使者？」黎莎問。

阿瑞安輕哼。「詹森那個衣冠楚楚的外甥？歐可會把他生吞活剝。如果妳沒聽說的話，歐可和我兒子互相仇視。」

黎莎看著她，但老公爵夫人只是揮一揮手。「不要試圖居中調解，女孩。藤蔓王座和金屬王座早在現任主人的肥重屁股坐上王位前就已互有嫌隙了，等他們死後多年還會這樣下去。男人就是喜歡仇視宿敵。」

「那並不能解釋要魔印人出馬，而不派遣皇家信使的理由。」黎莎說。「我保證，就算他答應前往——妳會發現他不會如此容易駕馭——他也會站在自己的立場，不是你們的。」

「他當然會，」阿瑞安說。「這就是爲什麼我要那個男人盡可能遠離我的城市。不管他有沒有那個意圖，他出現於此會激發人民狂熱的信仰，這對管理領地會造成阻礙。讓他去騷擾密爾恩，歐可或許會爲了擺脫他而同意我們的要求。」

「那麼，最終的『目的』到底爲何？」黎莎問。

阿瑞安瞪她，黎莎看不出來自己大膽的行徑究竟是令她感到有趣還是惱怒。「聯手對抗克拉西亞人，當然。」老公爵夫人終於說道。「爲了一些木材和礦產吵嘴是一回事，但當狼群逼近畜欄時，兩隻牧羊犬還繼續互咬又是另一回事了。」

黎莎看向老婦人，很想出口爭辯，但她發現自己認同這種說法。亞倫在身邊時，部分的她感到非常安全，希望他永遠不要離開窪地。但另外一部分的她，越來越大的一部分，卻又覺得他的存在……令人窒息。就和他所擔心的一樣，窪地人民和難民都仰賴他來拯救他們，卻沒有想到要去自救，難道黎莎不是這個樣子嗎？或許讓他離開片刻對所有人來說都是好事。

黎莎沒有回應，阿瑞安點了點頭，轉而面對茶杯。「我還沒有決定要如何處置艾利克的小鬼。他口中的小提琴魔法還需要進一步檢驗，但我還不打算這麼做。」

「他那個不是魔法。」黎莎說。「至少和我們認知的魔法不一樣。他只是……誘惑地心魔物，就像吟遊詩人的音樂影響觀眾情緒。那是相當有用的技巧，但只有在他持續演奏的時候才會生效，而且他至今沒有辦法教會其他人。」

「他或許可以成為稱職的傳令使者。」阿瑞安沉思說道。「不管怎麼樣都比詹森的外甥強多了，不過這也不是什麼值得一提的事。」

「我希望羅傑留在我的身邊，公爵夫人閣下。」黎莎說。

「喔呦！是這樣？」阿瑞安笑嘻嘻地問道。她的手伸過桌子，在黎莎的臉頰上擰了一把。「我喜歡妳，女孩，勇於說出心裡的想法。」她靠回椅背，凝視黎莎片刻，接著聳肩。「我心情好，」她說，重新倒滿她們的茶杯。「就留著他吧。現在，談談解放者這回事。」

「魔印人並未自稱解放者，公爵夫人閣下。」黎莎說。她輕哼一聲。「黑夜啊，他會咬下任何說他如此自稱的人的腦袋。」

「不管他自稱什麼，人民都會相信他。」阿瑞安說。「你們村子突然改名就是最好的證明……順便一提，改名的事還沒有經過王室允許。」

黎莎聳肩。「那是鎮議會的決議，與我無關。」

「但妳沒有出面反對。」阿瑞安強調。

黎莎再度聳肩。

「妳相信嗎？」阿瑞安問，直視她的雙眼。「他是解放者再世？」

黎莎凝視老公爵夫人很長一段時間。「不。」她終於說道。汪妲倒抽一口涼氣，黎莎皺起眉。

「看來妳的保鏢並不認同。」阿瑞安說。

「我無權告訴人們該相信什麼或不該相信什麼。」黎莎說。

阿瑞安點頭。「說的是。你們鎮議會也是如此，詹森已經寫好一份譴責改名的皇家聲明。如果你們鎮議會夠聰明，就會盡快重漆招牌。」

「我會通知他們，公爵夫人閣下。」黎莎說。如此含糊的回應令阿瑞安瞇起雙眼，但她並沒有多說什麼。

「難民怎麼辦？」黎莎問。

「什麼怎麼辦？」阿瑞安問。

「你們會收留他們嗎？」黎莎問。

老公爵夫人輕哼一聲。「收留到哪裡？拿什麼餵他們？動動腦筋，女孩。安吉爾斯接納他們，但安吉爾斯堡無法容納這麼多人，讓他們分散到你們那種小村落去。我派遣魔印師和士兵前往窪地等於是在這個危機時期向鄰近地區宣告公爵的全面支持，而且我們不會追究窪地這段期間內短交的木材。」

黎莎噘起嘴。「我們需要更多支持，公爵夫人閣下。我們已經到了三個人共用一條毯子的地步，還有小孩子披著破布亂跑。如果你們不能提供食物，那麼請提供衣物，或牧羊谷的羊毛，讓我們自行生產。現在正値剪毛季節，不是嗎？」

阿瑞安沉思片刻。「我會命令他們運送幾車羊毛，另外再趕一百頭綿羊過去。」

「兩百頭。」黎莎說。「至少半數到達生育年齡，還要一百頭乳牛。」

阿瑞安皺眉，不過還是點頭。「可以。」

「還有農墩鎮和林盡鎮的種子。」黎莎補充。「現在是播種季節，我們有足夠的勞力翻土種植作物，只要他們取得足夠的種子播種。」

「這樣做對所有人都好。」阿瑞安同意道。「我會把多餘的種子全部分給你們。」

「妳如何確定男人們會同意這些協議？」黎莎問。

阿瑞安竊笑。「我兒子們少了詹森就連鞋子都不會穿，而詹森對我唯命是從。他們不光是會依照他的建議行事，而且到死都會以爲那些都是他們自己的決定。」

黎莎依然心存懷疑，但老公爵夫人只是對她聳肩。「等你們的男人出來後，妳自己去聽聽看他們『協商』的結果。在那之前，我們好好享受這壺茶吧。」

「你爲何前來藤蔓王座？」林白克問。

「克拉西亞入侵事件對我們所有人都造成威脅。」魔印人說。「難民擁入鄉間，人數多得小村落難以吸收，等到他們入侵雷克頓——」

「太荒謬了。」麥卡爾王子打斷他。「再怎麼樣，你也該露出眞面目對公爵說話。」

「我很抱歉，王子閣下。」魔印人微微鞠躬說道。他拉開兜帽，在窗外灑落的陽光照射下，魔印彷彿活物般在他臉上蠕動。湯姆士和詹森見過這種景象，克制得住反應，但其他王子都無法完全掩飾內心驚訝。

「造物主呀。」比瑟喃喃說道，在身前比劃魔印。

「既然你沒有名字，我想你是希望我們稱你爲魔印閣下？」麥卡爾問，臉上驚訝的神情轉爲輕蔑的冷笑。

魔印人搖頭，淡淡微笑。「我只是一介平民，王子閣下，並非任何領地的主人。」

麥卡爾輕哼一聲。「儘管天生的地位如此，我還是難以想像一個以解放者自居的男人會認爲自己不像其他王室血脈一樣擁有領主的地位。還是說你認爲這些世俗的貴賤通通與你無關？」

「我不是解放者，王子閣下。」魔印人說。「我從來不曾如此自稱。」

「你那個伐木窪地的牧師在他的報告中可不是這樣說的。」比瑟牧者說，揮舞著一疊文件。

「他不是我的牧師。」魔印人皺眉說道。「他有權相信任何他想相信的東西。」

「事實上，他沒有權利。」詹森插嘴道。「如果他是代表安吉爾斯造物主的牧師，他就得向牧者閣下以及牧師議會效忠。如果他在散布異端邪說……」

「說得好，詹森。」比瑟說。「我們必須深入調查此事。」

「或許你可以請牧師議會傳喚約拿牧師前來接受審判，王子閣下。」詹森提議。

「聽到了、聽到了。」麥卡爾說。他轉向自己弟弟。「你應該盡速辦理，弟弟。」比瑟點頭。

「你從前的老師，海斯牧師，很適合代理窪地牧師的職位去照顧那些難民，王子閣下。」詹森建議。「他照料窮人的經驗老到，並且忠於藤蔓王座。或許你可以說服議會派他前往？」

「說服他們？」比瑟大聲道。「詹森，我是他們的牧者！你告訴他們我指名要海斯牧師過去！」

詹森鞠躬。「如你所願，王子閣下。」

「至於你，」比瑟說，轉而面對魔印人。「如果你在那邊沒有影響力，窪地人民幹嘛把鎮名改成解放者窪地？」

「我也不想讓他們改，」魔印人說。「他們是不顧我的意願改名的。」

麥卡爾嗤之以鼻。「把那個麥酒故事留到酒館裡去向酒鬼說吧，你當然想要他們改名。」

「爲了什麼目的，王子閣下？」魔印人問。「這樣做只會進一步散布我希望能夠平息的想法。」

「果眞如此，你當然不會反對公爵閣下下達王室命令要求鎭議會改回鎭名。」詹森說。

魔印人聳肩。

林白克點頭。「就這麼辦。」

「如你所願，公爵閣下。」詹森說。

「那些都是細枝末節。」湯姆士王子突然說道，提起矛柄敲擊地板。他看向魔印人。「我們測試過你的魔印。我親手用那支箭射殺一頭木惡魔，我要更多的魔印箭，還有其他你研究出來的戰鬥魔印，還要訓練我的手下。你想要求什麼代價？」

「他想要什麼無關緊要，」林白克說。「窪地人都是我的子民，我再怎樣也不會付錢購買他們虧欠藤蔓王座的東西。」

「我已經告訴湯姆士王子和詹森了，公爵閣下。」魔印人說。「地心魔物才是眞正的敵人，我不會對任何想要戰鬥魔印的人藏私。」

林白克嘟囔一聲，湯姆士的眼中綻放渴望的目光。

「我可以請魔印師公會挑選魔印師前往窪地，如果公爵閣下希望這麼做。」詹森說。「或許加派一隊林木軍團護送他們？」

「我會親自帶隊，哥哥。」湯姆士王子說，轉身看向公爵。

林白克點頭。「非常好。」他說。

「來森堡的難民怎麼辦？」魔印人問。「你願意收留他們嗎？」

「我的城市沒有辦法容納數千名難民。」林白克說。「讓他們留在外圍村落裡，我們可以提供……剛剛是怎麼說的，詹森？」

「皇家庇護。」詹森說。「任何宣誓效忠安吉爾斯的難民都可獲得王室的保護。」林白克點頭。

魔印人鞠躬。「那真是非常慷慨，公爵閣下，但這些人窮困且飢餓，缺乏生存的基本物資。當然，你仁慈寬厚，一定可以提供更多援助。」

「很好，」林白克說。「我並非鐵石心腸。詹森，我們可以騰出多少物資？」

「這個，公爵閣下，」詹森說，攤開一本帳冊，察看其中細目。「我們不會追究窪地積欠未繳的木材，當然……」

「當然。」林白克接著道。

「而駐守窪地期間，你的皇家魔印師可以提供專業服務於黑夜中守護難民，」詹森繼續。「林木軍團也一樣。」

「當然，當然。」林白克說。

詹森噘起嘴。「請容我進一步研究，公爵閣下，到時候我再交出一份我們多餘物資的細目。」

「交給你辦。」林白克說。

詹森再度鞠躬。「如你所願。」

「克拉西亞入侵事件如何處理？」魔印人問。

「除了你的片面之詞，我沒有看出任何克拉西亞會入侵的證據。」林白克說。

「他們會。」魔印人保證道。「依照伊弗佳的訓示。」

「你十分熟悉沙漠老鼠和他們的異教信仰。」比瑟說。「詹森說你甚至曾和他們一同生活過。」

魔印人點頭。「沒錯，王子閣下。」

「那我們怎麼能夠確定你會對誰效忠？」比瑟說。「照我們所知的事實來看，你本身就是一名天殺的伊弗佳教徒。看在黑夜的份上，如果你不肯告訴我們你是誰，來自何處，我們怎麼能肯定在那一身魔印下的不是個克拉西亞人？」

加爾德低吼一聲，但魔印人揚起一根手指，伐木巨人立刻閉嘴。「我向你保證，眞相絕非如此。」魔印人說。「我對提沙效忠。」

林白克微笑。「證明給我看。」

魔印人好奇地側過腦袋。「我要如何證明，公爵閣下？」

「我的傳令使者人在外圍村落辦事，」林白克說。「而且不管任何情況下，他的行進速度都不可能像你一樣迅速，代表我前往密爾恩堡與歐可公爵會面，援引大協定。」

「大協定，公爵閣下？」魔印人問。林白克看向詹森，後者清清喉嚨。

「自由城邦大協定。」總管大臣說道。「回歸後元年，在第一代魔印城牆興建完成以及殘破的鄉村恢復一定程度的秩序後，提沙倖存的公爵們簽署了一項名為自由城邦大協定的互不侵犯共同協定。在該項協定中，他們認定提沙國王已死，王室血脈斷絕，相互接受彼此領地的統治權。該協定禁止任何以武力奪取領土的行為，並且承諾聯合各城邦的力量鏟除違反此協定的勢力。」

「克拉西亞人有簽署這項協定嗎？」魔印人問。

詹森搖頭。「克拉西亞不屬提沙管轄，所以沒有簽署大協定。然而，」他舉起一手阻止進一步的提問，將眼鏡壓到鼻梁末端，取出一份古老羊皮文件。「大協定的原文如下：一旦任何公爵的領地或是統治權遭受人類勢力侵犯，所有協定簽署人及其子孫都有義務代表遭受威脅的勢力提出聯合出兵的要求。」詹森放下羊皮文件。「大協定明文禁止一切人類互相征戰的行為，因為大回歸浩劫過後世上存活下來的人類實在太少了。所以，不管克拉西亞領袖有沒有簽訂，這份協定依然有效。」

「你認為歐可公爵會同意這樣的解讀嗎？」魔印人對詹森問道。

「你在覲見我的總管大臣，還是我？」林白克大聲問道，將所有人的目光吸引到自己身上。羅傑看到公爵滿臉通紅，簡直氣到和當年抓到七歲的羅傑與他最寵愛的妓女睡在一起時一樣。

魔印人鞠躬。「請原諒，公爵閣下。」他說。「我沒有不敬的意思。」

這樣的反應似乎讓林白克平靜了一點，但他的語氣依然嚴峻。「歐可會像試圖找出魔印缺口的地心魔物一樣想辦法鑽大協定的漏洞，但如果沒有他的支持，安吉爾斯就不能向克拉西亞宣戰。」

「你也會違反大協定嗎？」魔印人問。

「我會提出聯合出兵的要求，大協定如此規定。」林白克低吼道。「難道我應該單獨和沙漠老鼠開戰，讓歐可在我們兩敗俱傷時趁虛而入，自立為王？」

魔印人沉默了很長一段時間。「為什麼要我去，公爵閣下？」

林白克輕哼一聲。「不要謙虛了，提沙境內所有吟遊詩人都在歌頌你的事蹟。如果你出現在密爾恩能夠引起在安吉爾斯一半程度的騷動，歐可就別無選擇，非遵守大協定不可，特別是在你拿出戰鬥魔印討好他們後。」

「我不會私藏魔印當作政治籌碼。」魔印人說。

「當然不會，」林白克冷笑說道。「但歐可不須知道這點，是吧？」

羅傑湊到魔印人身邊。身為技巧高超的傀儡師，他有辦法在嘴唇不動的情況下大叫或是低語，甚至讓聲音聽起來像是發自別處。

「他只是想要擺脫你。」他警告道，不過其他人都沒有聽見或是注意到。

但如果魔印人有聽見這話，他也沒有表現出來。「很好，我去。我要有你的印信，公爵閣下，好讓歐可公爵知道我所言不虛。」

「我會提供你需要的一切。」林白克承諾道。

❧

「公爵夫人閣下，」侍女說道。「詹森大人要我轉達，公爵與伐木窪地代表的會面已結束。」

「謝謝妳，艾瑪。」阿瑞安說，甚至沒有費神詢問會面情況如何。「請轉告詹森大人我們喝完茶就去前廳與他們會合。」艾瑪屈膝行禮，隨即離開。汪妲一口喝光杯中的茶，站起身來。

「不必急，年輕女士。」阿瑞安說道。「讓男人三不五時等等女人對他們有好處的，這樣可以磨練他們的耐心。」

「是的，女士。」汪妲鞠躬說道。

老公爵夫人站起身來。「過來，女孩，讓我好好看看妳。」她說。汪妲迎上前去，阿瑞安圍著她繞圈，打量她破舊的衣衫、平凡的容貌，以及臉上疤痕，接著伸手輕捏她的肩膀和手臂，就像檢視牲口的屠夫。

「看得出來妳爲什麼選擇過男人的生活，」老公爵夫人說道。「妳天生就像個男人。妳對於錯過穿著裙子及在追求者面前臉紅的生活感到遺憾嗎？」黎莎當即起身，但老公爵夫人在沒有轉頭的情況下揚起一指，於是黎莎噤聲。

汪妲不太自在地改變站姿。「沒想過這種事。」

阿瑞安點頭。「女孩，與男人同赴戰場是什麼感覺？」

汪妲聳肩。「殺惡魔感覺很好，它們殺了我爸還有我很多朋友。一開始有些伐木工以不同的方式對待女人，試圖在惡魔殺到的時候擋在我們前面，但我們殺的惡魔和他們一樣多，在幾個男人爲了保護女人疏於自保而付出代價後，他們很快就學到教訓了。」

「這裡的男人比他們要糟糕多了，」阿瑞安說。「我丈夫死時，我必須放棄職權，即使我的長子是個白痴，而他的弟弟們也沒有聰明到哪裡去。造物主禁止女人坐上藤蔓王座。我一直都很嫉妒布魯娜公開使喚男人的模樣，但那種事不可能在這裡發生。」

她又看了汪妲一眼。「至少目前還不可能。」她說道。「爲我在黑夜裡抬頭挺胸，女孩。爲安吉爾斯所有女人抬頭挺胸，永遠不要讓任何人逼妳低頭，不論男女。」

「我會的，公爵夫人閣下。」汪妲說，終於好好地鞠了個躬。「我以太陽之名起誓。」

阿瑞安嘟噥一聲，輕敲自己的下頷，接著輕彈手指。她拿起桌上的銀鈴搖晃，一名侍女立刻出現。「立刻傳喚我的裁縫。」阿瑞安說。侍女屈膝行禮，匆忙離開，片刻過後另一名女子走了進來，身旁跟著一個手持皮革封面書本和羽毛筆的女孩。

「那個女孩。」阿瑞安說著指向汪妲。「量她的尺寸，全套。」皇家裁縫師點頭，拿出一條繩索，測量每個部位後便打個結，並對女孩說出測量數據，後者將數據記載於書中。汪妲尷尬地站著，任由女人測量尺寸，彷彿把她當作洋娃娃一樣移動她的四肢，裁縫師的手掌還在會讓女孩滿臉通紅的地方摸來摸去。白色疤痕在她漲紅的臉頰上看來格外顯眼。

裁縫師量完後，走到阿瑞安和黎莎面前。「這是項挑戰，公爵夫人閣下。」她承認道。「這女孩該凸的地方平，該細的地方粗。或許在長裙上多點縐褶可以遮掩缺陷，再拿一把扇子擋住傷疤……」

「我是白痴嗎？」阿瑞安突然說道。「我就算叫湯姆士去穿晚禮服也不會讓她穿！」

女人嚇得臉色發白，連忙屈膝行禮。「我很抱歉，公爵夫人。」她說。「閣下的意思是？」

「我還不知道。」阿瑞安說。「我會想出來的，我確定。先下去吧。」女人點頭，連忙和她的助手一起離開。

阿瑞安轉向準備離去的黎莎和汪妲。「布魯娜和我是很要好的朋友，親愛的，我們兩人因這段友誼而受益良多。我希望我們也能夠成爲朋友。」

黎莎點頭。「我也如此希望。」

第十八章　喬爾斯公會長　333 AR　春

「你爲什麼同意去？」羅傑在詹森帶領男人們回到等候廳，然後把他們留在那裡等待黎莎和汪妲時低聲說道。「林白克只是想要擺脫你，因爲他怕自己的子民跑去追隨你。」

「我和他一樣不希望看到這種事。」魔印人說。「我不希望人們把我當成什麼救世主。再說，我自己也有前往密爾恩的理由，而帶著林白克的印信前往是個掩人耳目的大好機會。」

「你打算把你的戰鬥魔印送給他們。」羅傑說。

魔印人點頭。「還有其他事。」

「好吧，」羅傑說。「我們什麼時候啓程？」

魔印人看著他。「不是『我們』，羅傑。我要獨自前往密爾恩。我會連夜兼程趕路，而你會拖慢我的速度。再說，你還要回去訓練學徒。」

「有什麼好訓練的？」羅傑問。「不管我對地心魔物做了什麼，我都沒辦法教會其他人。」

「惡魔屎！」魔印人大聲道。「那是放棄的人在說的話。你才訓練學徒幾個月而已，我們要有小提琴巫師，羅傑，你得想辦法訓練他們。」他雙手搭上羅傑的肩，直視他的雙眼，羅傑在他眼中看見無盡的決心，以及他對羅傑的信心。「你辦得到。」魔印人說，輕捏他的肩膀。他轉身離開，但那目光依然留在羅傑心裡，他覺得魔印人將他的決心灌輸到自己身上。如果他沒有辦法訓練學徒，他知道該去找誰。他只需要克服內心的恐懼，回去面對他們就行了。

加爾德來到魔印人面前，單膝跪地。「讓我隨你去，」他懇求。「我不怕連夜趕路，不會拖慢你。」

「起來。」魔印人大聲說道，一腳踢中加爾德的膝蓋。巨人立刻起身，但仍垂著目光。魔印人一手搭上他的肩。

「我知道你不會拖慢我，加爾德。」他說。「但你還是不能跟，我要孤身前往密爾恩。」

「但你該有人保護。」加爾德說。「世界需要你。」

「世界比較需要像你這樣的人。」魔印人對加爾德說。「而且我不需保鏢。我另外還有任務要交給你。」

「一定辦到。」加爾德承諾道。

「我不用保鏢，但羅傑要。」魔印人說。羅傑立刻抬頭看他，但魔印人不理會。「如同汪妲守護黎莎，我要你守護羅傑。他的小提琴魔法獨一無二、無可取代，如能善加利用，說不定能力挽狂瀾。」

加爾德深深鞠躬，步入自窗口灑下的陽光中。「我以太陽之名起誓。」他看向羅傑。「我不會讓他離開我的視線範圍。」

羅傑看著巨人，看著這個心思難以捉摸、不知恐懼為何物的伐木工，不知自己應該感到欣慰還是害怕。「至少讓我自己上廁所。」

加爾德哈哈大笑，輕拍羅傑背部，將他體內的空氣全部拍出，羅傑差點摔倒。

「今晚北門關閉前我就要啓程前往密爾恩堡。」魔印人在回程的馬車上對黎莎轉述覲見公爵的結果，一切完全符合老公爵夫人所言。「事實上，我打算把行李搬上黎明舞者後立刻出發。」

黎莎交代汪妲在聽見男人們證實阿瑞安的說法時要不動聲色。女孩表現得不錯，但黎莎自己得壓抑一股可能使得嘴角上揚的笑意。「喔？」

「林白克要我代表他去覲見歐可公爵，要求對方協助我們將克拉西亞人趕出提沙領地。」魔印人說。

黎莎故作嚴肅地點了點頭，對於老公爵夫人的權力深感敬畏。她願意付出一切換取在男人毫無所覺的情況下將其操弄於股掌間的權力！

魔印人神情期待地看著她。「幹嘛？」

「不反對我去？」他似乎有點失望。「也不堅持要隨我同去？」

黎莎輕哼一聲。「我在窪地還有事要辦。」她說，刻意迴避他的目光。「而且你也明白表示想將戰鬥魔印散布到所有城市和村落，這樣是最好的做法。」

魔印人點頭。「我也這麼想。」

他們一言不發地度過接下來的行程，回到診所時學徒們正在外面收衣服。

「加爾德，請幫女孩們抬洗衣籃。」黎莎在空馬車離開時說道。加爾德點頭過去幫忙。

「汪妲，」黎莎說。「魔印人此行需要補給，請拿幾袋魔印箭矢出來。」

「是，女士。」汪妲說著，鞠躬進屋。

「才進宮廷五分鐘，所有人都開始向人鞠躬了。」羅傑喃喃說道。

「羅傑，可以請你去找吉賽兒女士，讓女孩們在他的鞍袋裡裝點食物嗎？」

羅傑看著他們，皺起眉。「我最好留下來監督你們。」

黎莎的目光嚴峻得令他咋舌。他以一種諷刺性的誇張動作鞠躬，然後離開。黎莎和魔印人走向馬廄，他拿起他的魔印馬鞍以及戰馬的盔甲。

「你會小心，是吧？」黎莎問他。

「不小心的話，我也活不到今天。」他說。

「有道理。」黎莎說。「但我並不單指地心魔物，歐可公爵……名聲比林白克還糟。」

「你是說他不會讓自己的顧問牽著鼻子走？」魔印人問。「我知道，我和歐可打過交道。」

黎莎搖頭。「你到底有沒有不曾去過的地方？」

魔印人聳肩。「東方山脈以東，西方森林以西，克拉西亞沙漠另一頭的海岸。」他看著她。「但有機會的話，總有一天我會去那些地方見識見識。」

「我也想去見識，如果造物主允許。」黎莎說。

「現在沒有東西可以阻止妳或任何人前往任何地方了。」魔印人說著，揚起一隻刺青手掌。

我是說隨你一起去。她很想這麼說，但沒有說出口。他的話已經講得十分明白，她就是他的羅傑，繼續假裝不是這樣已經沒有任何意義。

魔印人伸出手。「妳也要小心，黎莎。」

黎莎甩開他的手掌，上前擁抱他。「再見。」

一小時過後，他已策馬離城，向北而去，而儘管眼眶濕潤，黎莎還是感覺像放下胸口一塊大石。

黎莎恢復之前於診所的生活作息，在吉賽兒處理書信時爲學徒上課並且巡視病房。她渴望上樓回房閱讀背包裡的魔印書籍，但她抗拒誘惑，不願沉浸在亞倫的知識中，因爲她很清楚自己一旦投入就再也不會去管其他事。對黎莎而言，學習就像加爾德拿魔印斧砍殺地心魔物所帶來的快感，是會上癮的。至少暫時而言，她打算享受幾小時研磨藥草，以及治療骨折或感冒之類輕微病症的時光。

最後一次巡房結束，所有學徒都上床睡覺後，黎莎煮了一壺茶，拿只茶杯來到吉賽兒的起居室。這個時間起居室應該空無一人，而且裡面有個溫暖的壁爐以及一張小書桌。黎莎還有書信待回覆，她與公爵領地中不少藥草師互通聲息，其中還有許多人還不知道布魯娜於去年逝世的消息。就和磨藥一樣，與老朋友保持聯繫也是另一件自從遇上羅傑和魔印人後就一直沒空去做的事。

但接近起居室時，她聽見裡面傳來玻璃破碎的聲響。她進入起居室，看見羅傑坐在吉賽兒的書桌後面，面前擺了一瓶開了的白蘭地。爐火猛烈，滋滋作響，壁爐前方的石板上灑有許多玻璃碎片。

「你打算燒掉整間診所嗎？」黎莎喝道，自圍裙中抽出抹布，衝過去在酒精著火前將其擦乾。

羅傑不去理她，拿起另一只酒杯倒酒。

「吉賽兒女士不會樂見你摔她的杯子，羅傑。」黎莎說。

羅傑把手伸進隨身攜帶的七彩袋中。袋子很舊，很骯髒，破破爛爛，但羅傑還是稱它爲「驚奇袋」。確實，他可以從裡面拿出令最多疑的觀眾嘖嘖稱奇的東西。

他丟了一把魔印人的古老金幣到桌子上。金幣在桌上發出清脆悅耳的聲音，其中有半數跌落到地板上。「這下她可以再買一百只酒杯了。」

「羅傑，你怎麼了？」黎莎大聲問道。「如果這是和剛剛把你支開……」

羅傑滿不在乎地揮動手掌，順手喝了一口酒。黎莎看得出來他已經醉了。「我不在乎妳和亞倫在馬廄裡如何道別。」

黎莎瞪他。「我沒有和他做，如果你是在暗示這個。」

羅傑聳肩。「就算有也是妳的事。」

「那到底是怎麼回事？」黎莎輕聲詢問，來到他身邊。羅傑凝望她片刻，接著再度把手伸到驚奇袋中，拿出一個長木盒，打開盒蓋，露出一面沉重的金牌。

「詹森給我的。」羅傑說。「這是皇家英勇動章。公爵頒發給艾利克，表揚他在河橋鎮淪陷當晚英勇救我的事蹟。我以前都不知道。」

「你想念他。」黎莎說。「這很自然，他救過你。」

「他才沒有！」羅傑大叫，抓起鍊子，將金牌甩過客廳。金牌重重撞上牆壁，隨即摔落在地。

黎莎雙掌搭上羅傑的肩，但他噘起嘴，一時間，她以為他會動手打她。「羅傑，到底怎麼了？」她柔聲問道。

羅傑甩開她的手掌，偏過頭去。本來她以為他打算保持沉默，但接著他開口了。

「我一直以為那只是場惡夢。」他的語氣緊繃，好像隨時都會斷裂。「我母親和我在跳舞，艾利克則在演奏小提琴。我父親及信使傑若隨著音樂鼓掌。當時是淡季，旅店裡沒有其他客人。」

他深吸一口氣，大力吞嚥口水。「突然一聲巨響，有東西衝撞大門。我記得那天早上我父親曾和鎮上的魔印師皮特大師爭吵，但他和傑若都說不必擔心。」他陰鬱地乾笑幾下，隨即嗚咽一聲。「我想我們應該要擔心，因為當我們轉向聲音來源時，一頭石惡魔破門而入。」

「喔，羅傑！」黎莎說，摀住她的嘴，但羅傑沒有轉身。

「石惡魔身後跟著一群火惡魔，在它捶打門楣和門框的同時試圖將雙腳擠進屋內。我母親將我抱起，所有人同時大叫，但我不記得大家在叫什麼，除了……」他嗚咽，黎莎必須強迫自己不要走近。

羅傑很快就恢復平靜。「傑若把他的魔印盾牌丟給艾利克，叫他帶我媽和我去安全的地方。傑若拿起長矛，我父親自火爐中拿出一根撥火棒，兩人一起阻擋惡魔。」

羅傑沉默了一段時間。再度開口時，語氣平穩冰冷，不帶任何情緒。「我母親跑向他，但艾利克把她推開，抓起他的驚奇袋逃出房間。」

黎莎倒抽一口涼氣，羅傑點頭。「我說眞的。艾利克救我只是因爲我母親在被惡魔殺死的前一刻把我塞到他藏身的地窖裡。即使到了那個地步，他還打算丟下我不管。」

他把手伸到艾利克的驚奇袋上，以手指觸摸陳舊的絨布和龜裂的皮革補丁。「當時這個袋子沒有綻線，也沒有褪色。艾利克是公爵的手下，這個袋子又新又亮，正符合皇家傳信使者的身分。」

「那就是艾利克英勇事蹟的眞相。」他咬牙切齒地說道。「拯救這個裝滿玩具的袋子！」他以完整的手掌抓起驚奇袋，緊握的力道大得指節泛白。「這個我隨身攜帶的袋子，對我來說曾經意義重大！」他抓著袋子在黎莎面前搖晃，然後目光瞟向壁爐中的熊熊烈火，接著繞過桌子，朝壁爐走近。

「羅傑，不！」黎莎叫道，衝到他面前抓起袋子。羅傑使勁緊握，不讓她搶走，但他也沒有試圖更進一步。他們四目相對，羅傑的眼睛瞪大，如同被逼入絕境的野獸。黎莎雙手環抱他，他將臉埋在她胸口，哭泣了一段時間。

當羅傑終於不再顫抖後，黎莎放手，但羅傑依然緊抱著她。他雙眼緊閉，不過嘴卻朝她的唇移動。她立刻推開羅傑，接著在他醉醺醺地倒地前將他扶起。

「對不起。」他說。

「沒關係。」她說，扶他走回書桌的椅子旁。他重重坐倒，嘴唇緊閉，彷彿在呑回滿肚子嘔吐物。他臉色蒼白，冷汗直流。

「喝點我的茶。」黎莎說。她自他手中拿起驚奇袋，羅傑隨即放手，不再抗拒。她將袋子放在陰暗的角落，遠離火堆，然後從地板上撿起艾利克的金牌。

「他爲什麼把金牌留下？」羅傑問，看著金牌。「公爵趕我們出來的時候，他把屋裡所有能帶走的東西通通帶走。他可以變賣金牌，就像我們在窮困潦倒期間賣掉所有東西一樣。它可以供我們吃住好幾個月，黑夜呀，它可以付清艾利克在城裡所有酒吧積欠的酒帳，那可不是一筆小數目。」

「或許他知道自己不配擁有這面金牌。」黎莎說。「或許他對自己的所作所爲感到羞愧。」

羅傑點頭。「我也是這樣想。但基於某種理由，這樣讓我更難過。我好想恨他……」

「但他和你情同父子，你辦不到。」黎莎幫他說完。她搖搖頭。「我很熟悉這種感覺。」

黎莎將金牌翻過來，在掌心中感受其光滑的背面。「羅傑，你父母叫什麼名字？」

「卡莉和傑桑。」羅傑問。「怎麼了？」

黎莎將金牌放在桌上，把手伸進圍裙的一個口袋裡，取出一塊放置魔印工具的皮革。「如果這面金牌是爲了表揚你在河橋鎭大屠殺中獲救的事蹟，那它就應該表揚所有人。」

她以流暢的字跡在柔軟的金屬表面上刻下卡莉、傑桑，以及傑若的名字。刻好後，這些名字在火光中閃閃發光。羅傑瞪大雙眼，看著黎莎拿起沉重的鏈子，將金牌套上他的頸子。「當你看著它時，不要去想艾利克的過錯，去想那些爲了你犧牲性命卻沒有受到表揚的人們。」

羅傑觸摸金牌，淚水悄然滴落。「我永遠不會摘下它。」

黎莎伸手搭他的肩。「我想你會的，如果遇上必須在守護金牌或是解救他人之間做選擇的情況。你不是艾利克，羅傑，你比他堅強多了。」

羅傑點頭。「該是證明這點的時候了。」他當即起身，但腳步不穩，得扶著桌面才不至於摔倒。「明天好了。」他更正道。

「保持警覺，由我發言。」羅傑在進入吟遊詩人公會時對加爾德道。「不要被燦爛的笑容和眼花繚亂的色彩迷惑，這裡的人有一半以上都可以在你不知情的情況下扒走你口袋裡的錢包。」

加爾德反射性地伸手拍向自己的口袋。

「也不要一直抓著。」羅傑補充。「那等於是讓大家知道你把錢放在哪裡。」

「那我該怎麼辦？」加爾德問。

「把手放在身體兩側，不要讓任何人撞上你。」羅傑說。加爾德點頭，緊緊跟在羅傑身後穿越走廊。這個背後插著兩把魔印斧的伐木巨人，在公會會館吸引了一些目光。吟遊詩人公會本身就是個充滿驚奇的地方，那些看他的人很可能只是好奇這個壯漢是在哪齣戲裡扮演哪個角色。

最後，他們來到公會長辦公室外。「羅傑・半掌來見喬爾斯公會長。」羅傑對接待書記說道。男人突然抬頭。那是喬爾斯的書記大衛，羅傑曾見過一次。

「你瘋了嗎，在過了這麼久後突然跑來？」大衛悄聲問道，瞄向走廊另一邊，確定是否有人在看。「公會長會割下你的睪丸！」

「如果他想保住自己的睪丸，他就不會這麼做。」加爾德低吼。大衛轉向他，結果只看見兩條結實的胳臂，必須抬起腦袋才能直視加爾德的雙眼。

「你說了算，先生。」書記說，大力吞嚥口水。他自小小的走廊辦公桌後起身。「我去通知公會長你來找他。」他走到公會長辦公室沉重的橡木大門前敲門，然後在沉悶的回應聲中消失於門後。

「這裡?!現在?!」裡面傳來男人的吼叫聲，片刻過後，大門敞開，喬爾斯公會長站在門後。與吟遊詩人大多穿的七彩表演服不同，公會長身穿上好的亞麻上衣及羊毛背心，鬍子修剪整齊，抹了油的頭髮往後梳。他看起來不像吟遊詩人，反而比較像個貴族。想到這裡，羅傑突然發現自己從來沒看公會長表演過。他懷疑喬爾斯到底是不是吟遊詩人。

公會長神情震怒，令羅傑當場回神。「你有種，竟然還敢回來，半掌！我們幫你辦了一場天殺的葬禮，而你還欠我……」他看向大衛。

「五千卡拉。」大衛說。「加減幾十卡拉。」

「我們可以先理清這筆帳款。」羅傑說，自口袋中取出一袋魔印人的古老金幣，丟向公會長。這些金幣比他所欠的款項多出兩倍有餘。

喬爾斯打開錢袋，隨即眼睛一亮。他隨手取出一枚金幣，咬了一咬，看到牙齒在金屬柔軟的表面上留下的痕跡，眉開眼笑。他轉向羅傑。

「我想我可以排出一點時間聽你解釋。」他說，退向一旁，讓羅傑和加爾德進入辦公室。「大衛，幫我們的客人端杯茶來。」

大衛端茶進來，羅傑賞給他一枚金幣，比他一年所得還多。「麻煩你幫我處理死而復生的相關文件。」

大衛點頭，展顏歡笑。「你在日落前就能自火葬堆中爬回人間。」他離開辦公室，關上大門。

「好了，羅傑。」喬爾斯說。「去年究竟發生什麼事，你這一年又跑到哪裡去了？前一天你還和傑卡伯在賺錢還債，隔天我就接到某個書記傳信過來，叫我去市立殮房支付傑卡伯大師火葬堆的費用，而你則不見蹤影！」

「傑卡伯大師和我遭人襲擊，」羅傑說。「在診所裡療傷好幾個月，痊癒後，我認爲我最好出城避避風頭。」他微笑。「但在那之後，我就一直在見證有史以來最偉大的潭普草故事，而且最棒的部分在於，一切都是眞的！」

「光這樣不夠，半掌。」喬爾斯說。「誰襲擊你？」

羅傑心照不宣地看著公會長。「你以爲呢？」

喬爾斯兩眼大張，接著咳嗽一聲，試圖掩飾。「啊……好吧，你沒事就好。」

「有人把你打進診所？」加爾德問，握緊拳頭。「告訴我上哪去找他們，我一定會——」

「我們不是爲那個而來。」羅傑說，伸手壓下加爾德的手臂，不過這麼做的同時目光保持在喬爾斯臉上。公會長呼出一口長氣，氣勢銳減。

「還喝什麼茶，」喬爾斯喃喃道。「我得來點眞正的飲料。」他雙手微微顫抖，伸到書桌中，取出一只釉面陶瓶以及三只杯子。他在每只杯子裡倒了不少酒，然後分給他們。

「敬明智地挑選戰場。」公會長說，揚起酒杯，在喝酒的同時與羅傑交換一個眼神。

加爾德懷疑地打量他們，羅傑認爲這個莽漢或許不像其他人想的那般愚蠢。但片刻過後，加爾德聳一聳肩，拿起酒杯一飲而盡。

他的眼珠立刻凸起，臉頰漲紅。他彎下腰去，劇咳一陣。

「造物主呀，孩子，這玩意不能大口豪飲！」喬爾斯斥道。「這是安吉爾斯白蘭地，年分八成比你還老，這是用來小口淺嚐的。」

「抱歉，先生。」加爾德喘息道，他的聲音變得嘶啞。

「窪地裡習慣在麥酒裡摻水。」羅傑說。「大大的酒杯冒滿酒泡，加爾德這種巨漢一喝酒是十幾杯；酒杯裡微量的酒精直接來自發酵桶裡。」

「不懂得欣賞好東西。」喬爾斯點頭說道。「你呢，半掌？」

羅傑微笑。「我是艾利克的學徒，不是嗎？」他喝了一小口酒，讓液體在嘴中來回流動，一邊將烈酒的灼燒感呼出，一邊享受醇醇酒香。「我下體長毛前就已經在喝白蘭地了。」

喬爾斯大笑，把手伸向書桌，取出一袋菸草。「窪地人總抽菸吧，嗯？」他問還在咳嗽的加爾德，後者點頭。

公會長靈光一現，突然轉身面對羅傑。「你說窪地？」

「是。」羅傑說，自喬爾斯的菸袋裡取出一點菸草，塞入突然出現在他殘缺手掌中的菸管。「我是這麼說的。」

喬爾斯倒抽一口涼氣。「你就是魔印人的小提琴巫師？」

羅傑點頭，用公會長桌上的油燈點燃一張紙媒，然後將菸管的菸頭吸得發光。

喬爾斯靠上椅背，打量羅傑。片刻後，他點點頭。「我想這也沒有什麼好驚訝，我一直認為你的音樂中蘊含著某種魔法。」

羅傑將紙媒遞給他，喬爾斯吸燃他自己的菸管，又把紙媒交給加爾德。

他們在沉默中抽了一會兒菸，最後喬爾斯坐直身子，彈掉菸管中的菸渣，將菸管靠在桌上的小木架上。「好吧，羅傑，你可以坐在那裡得意一整天，但我還有個公會要管。你是要告訴我你是跑去窪地等待魔印人出現的嗎？」

「我不是去窪地等待魔印人出現。」羅傑說。「他是與我和黎莎．佩伯一起抵達窪地的。」

「人稱魔印女巫的女人？」喬爾斯問。

羅傑點頭。

喬爾斯眉頭一緊。「如果你是在向我兜售麥酒故事，羅傑，我對太陽起誓我會……」

「這絕不是麥酒故事，」羅傑說。「每個字都是眞的。」

「你我都很清楚這是世上所有吟遊詩人夢寐以求的故事，」喬爾斯說。「所以我們就先跳到結尾吧，你開價多少？」

「錢我已經不看在眼裡了，公會長。」羅傑說。

「別對我說你受到某種宗教感召，」喬爾斯說。「那樣艾利克會死不瞑目。魔印人或許能讓吟遊詩人演出場場爆滿，但你不會以爲他眞是解放者，是吧？」

只聽見喀啦一聲，兩人同時轉頭，加爾德的椅臂已經被他那巨人的手掌捏斷。「他是解放者。」加爾德吼道。「我會殺掉任何膽敢說他不是的人。」

「你不能這麼做！」羅傑大聲道。「他自己都說他不是了，除非你想要我告訴他你表現得有多渾蛋，不然你就給我閉嘴。」

加爾德瞪他片刻，羅傑覺得全身血液都要凝結，不過還是毫不退縮地面對他的目光。過了一會兒，加爾德冷靜下來，窘迫地轉向公會長。

「不好意思弄壞你的椅子。」他說，笨手笨腳地想把椅臂裝回去。

入。

「啊……不要放在心上。」喬爾斯說，羅傑心知這張椅子的價值高於任何吟遊詩人一場演出的收入。

「我沒有資格評斷他是不是解放者，」羅傑說。「去年以前，我都還認定魔印人只是麥酒故事杜撰出來的人物。我自己也編造了幾段他的事蹟，在說故事時信口胡扯。」他湊到公會長面前。「但這是真的。他能徒手殺死惡魔，並且擁有難以解釋的力量。」

「吟遊詩人的把戲。」喬爾斯懷疑地道。

羅傑搖頭。「我的把戲可以把鄉下人唬得一愣一愣，公會長，所以我不是會被靈活的身手和閃亮粉末騙住的土包子。我不會說他是造物主派來的使者，但他擁有眞正的魔法，這點就和太陽會發光一樣毋庸置疑。」

喬爾斯靠回椅背，十指交疊。「姑且當你是說眞的。如果你不打算出售故事，這依然不能解釋你此行的目的。」

「喔，我會出售。」羅傑說。「我編了一首歌，『伐木窪地之役』，城內所有酒館和廣場都會有人點唱，而且我還有許多讓你的吟遊詩人連清空收錢帽的時間都沒有的精彩故事。」

「如果你不要錢，那你想要什麼？」喬爾斯問。

「我要訓練其他人施展小提琴魔法，」羅傑說。「但我不擅長教學。我已經開班授課數個月了，他們演奏的音樂足以讓人們翩翩起舞，但沒有人能讓地心魔物的心情從『嗜血』變爲『凶殘』。」

「音樂有兩個層面，羅傑。」喬爾斯說。「技巧與天賦。其中一種可以透過學習獲得，另一種不行。我活了這麼久，從來不曾見過有人像你一樣天賦異稟，你天生擁有某種沒有小提琴老師教得會的才能。」

「所以你不打算幫忙？」羅傑問。

「我沒那麼說，」喬爾斯說。「我只是想先提醒你。儘管如此，我們還是可以想出辦法。艾利克有教過你音樂手勢嗎？」

羅傑好奇地看著公會長，隨即搖了搖頭。

「利用手勢指揮一群演奏者。」喬爾斯說。

「就像樂隊指揮。」羅傑說。

喬爾斯搖頭。「樂隊指揮的演奏者都已知道演奏的曲目。音樂手勢師能夠臨場編曲，只要他的樂手了解那些手勢，他們立刻就能跟上。」

羅傑坐直身子。「有這種事？」

喬爾斯微笑。「沒錯。我們有不少大師可以教導這種技巧，我會派一些人前往解放者窪地，並且要求他們聽從你的指示。」

羅傑眨眼。

「我並非沒有私心。」喬爾斯說。「不管你賣給我們多少故事都只能紅一陣子，但不管那傢伙是不是解放者，這都是代表我們這個年代的關鍵事件，而故事可還沒演完呢。窪地顯然處於關鍵地位，我想派吟遊詩人過去已經很久了，只是因爲流感和難民的事，一直沒人有膽過去。只要你能確保安全和住所，我就會……說服他們。」

「我可以保證。」羅傑說著面露微笑。

第三部
審判

第十九章 獵刀 333 AR 夏

茅房事件過後幾個禮拜，農場裡來了個客人。瑞娜一看到旅人的身影立刻心頭狂跳，但來人並非科比．費雪，而是他的父親加瑞克。

加瑞克．費雪身材高大魁梧，和他兒子很像。年過五十，但濃密的黑色鬈髮和鬍鬚中只夾雜著少許白絲。他停下馬車，朝瑞娜輕輕點頭。

「妳爸在附近嗎，女孩？」他問。

瑞娜點頭。

加瑞克一口啐在馬車旁邊。「那就去叫他來。」

瑞娜再度點頭，跑進田裡，心臟猛跳。他想幹什麼？他是爲了科比的事情而來的嗎？他還在想著她嗎？她心不在焉，一不小心就撞上扛著一捆玉米桿的父親。

「黑夜呀，女兒！妳這下子又是怎麼回事？」豪爾問，抓起她的肩膀搖晃。

「加瑞克．費雪駕車來了。」瑞娜說。「他在院子裡等你。」

豪爾皺眉。「他在等我，是嗎？」他拿抹布擦手，摸摸獵刀的骨柄，像要確定有帶在身上，然後走出田地。

「譚納！」加瑞克叫道，當瑞娜和她父親回到院子裡時他依然坐在馬車上。他跳下馬車，伸出手。「很高興看到你氣色這麼好。」

豪爾點頭，和他握手。「你也是，費雪。你來這裡有什麼事？」

「我給你帶了點魚來。」加瑞克說，比向馬車上的幾個木桶。「上好的鱒魚和鯰魚，還是活蹦亂跳的。丟點麵包進去，牠們還可以活一陣子，我想你應該好一陣子沒有吃到鮮魚了。」

「你眞是好心。」豪爾說，幫助加瑞克卸貨。

「聊表心意。」加瑞克說。貨卸完後，他揮手擦拭額頭上的汗水。「今天太陽很大。旅程遙遠，我現在實在很渴。我可以先在你家休息一下再走嗎？」

豪爾點頭，兩個男人走過去坐在前廊的舊搖椅上。瑞娜去拿涼水瓶，另外還帶了兩只杯子出來。

加瑞克把手伸進口袋中，取出一根陶菸管。「介意我抽菸嗎？」

豪爾搖頭。「女兒，去拿我的菸管和菸袋。」他說，接著與加瑞克分享菸草。瑞娜自火爐中抽出一根火紅木條，幫他們點菸。

「嗯，」加瑞克說，十分享受地緩緩吐出一大口菸。「眞是好菸草。」

「我自己種的。」豪爾說。「霍格的菸草大多都是向南哨買的，而他們總是把最好的留著，把快爛掉的爛貨賣給他。」他轉向瑞娜。「女兒，把菸袋裝滿，讓費雪先生帶回去。」

瑞娜點頭進屋，但她躲在門邊偷聽。客套話結束後很快就會進入正題，她可不想錯過隻字片語。

「抱歉我過了這麼久才來。」加瑞克開口。「沒有不敬的意思。」

「不必介意。」豪爾邊說邊抽。

「全鎭的人都在談論我們兒女間的事。」加瑞克說。「我是從霍格的女兒還是誰那裡聽來的，那些好太太們除了說長道短沒有事情好做。」

豪爾吐口水。

「我想爲我兒子的行爲道歉。」加瑞克說。「科比總是愛告訴我說他已經長大成人，可以處理自己的事，但長大了沒要看處世方式，他做的事情不對就是不對。」

「眞是含蓄的說法。」豪爾嘟噥一聲啐道。

「好了，你都已經讓他夾著尾巴逃回去了，自然清楚這件事，而我既然聽說了，當然要管。我向你保證，絕對不會再發生這種事。」

「很高興聽你這麼說。」豪爾說。「如果我是你，一定會把那個小鬼痛扁一頓。」

加瑞克皺眉。「如果我是你，就會叫女兒把裙襬維持在腳踝邊，不要讓每個路過的男人心生邪念。」

「喔，我已經和她談過了。」豪爾保證道。「她不會再犯了。我讓她見識過造物主的恐怖手段，我是說眞的。」

「最好不是說說而已，如果是我女兒，」加瑞克說。「我會把她打得體無完膚。」

「你有你的教法，費雪。」豪爾說。「我有我的。」

加瑞克點頭。「也對。」他抽一口菸。「如果他們在你發現前趕到博金丘，那個心軟的牧師就會幫他們證婚。」他警告道。

瑞娜倒抽一口涼氣，心臟突然停了一下。她在驚恐中摀起嘴，屏息良久，直到肯定他們沒有聽見。

「哈洛總是那麼心軟。」豪爾說。「牧師應該懲罰罪人，而非寬恕他們。」

加瑞克咕噥一聲表示贊同。「女孩沒有不舒服吧？」他盡量裝作隨口詢問的語氣，但瑞娜聽得出來他很重視這個問題。

豪爾搖頭。「每個月都還會流血。」

加瑞克呼了口氣，顯然是放下心中一塊大石，瑞娜這才明白他為什麼過這麼久才來。她的手移動到肚子上，希望能夠感受到子宮的胎動，但她只和科比做過一次，而豪爾總是小心翼翼地不在她的體內播種。

「沒有不敬的意思，」加瑞克說。「但我那個好吃懶做的兒子這輩子第一次開始奮發向上，諾咪和我打算幫他找個好新娘，而不是這種醜聞。」

「要是你兒子再來碰我女兒，他就沒有機會奮發向上了。」豪爾說。

加瑞克皺眉，但點頭。「我也是這樣想，只是我家女人不這麼想。」他彈彈菸管。「我想我們取得共識了。」

「我想是的。」豪爾說。「女兒！菸草在哪？」

瑞娜嚇得跳起身來，完全忘記菸袋的事。她衝向菸草桶，把一個羊皮袋裝滿。「來了！」

豪爾神色不善地看著她回來，打了她屁股一下以示懲戒。他將皮袋交給加瑞克，然後兩人看著加瑞克爬上馬車，駕車離去。

「妳覺得是真的嗎，抓抓太太？」當晚瑞娜照顧小貓時對母貓問道。小貓全擠成一堆，在畜棚藏身角落裡爭先恐後地搶奪躺在舊手推車後抓抓太太的乳頭。現在瑞娜稱牠為抓抓太太，好像牠是個尋常的母親，儘管把牠肚子搞大的那隻斑貓在小貓出生後就沒再出現過了。

「妳認為如果我們去找牧師，他真的會幫我們證婚嗎？」她問。「科比這麼說，加瑞克也這麼說。喔，妳能想像嗎？」瑞娜抓起一隻小貓，在牠的喵喵聲中親吻牠的頭。

「瑞娜‧信使。」她說，聽著這個名字，臉上露出微笑。聽起來不錯，很適合自己。

「我可以跑到鎮中廣場。」她說。「路途遙遠，但我可以在四小時內跑到。如果我晚一點出發，爸就沒有辦法在天黑前追上，在他關節疼痛的情況下不行。」她說著看向馬車。

「特別是當他無法騎馬的時候。」她狡獪地補充道。

「但萬一我去的時候科比不在呢？」她問。「萬一他不想要我了怎麼辦？」正當她思考這個可怕的念頭時，不負責任的斑貓回來了，嘴裡還叼著一隻大老鼠。牠將老鼠放在抓抓太太身邊，瑞娜認爲這是造物主賜給她的預兆。

❧

她等候數日，以防父親懷疑自己聽見加瑞克的話。她在腦海中一再演練這個計畫，心知這是最後一次逃脫的機會。如果他抓到她，把她丟回茅房，她很懷疑自己能不能存活下來，更別說要鼓起勇氣再度逃跑。

她父親每天會在中午過後回到屋內，花不少時間享受午餐，然後才回田野工作。如果她在這個時候逃跑，就能在天黑前兩小時左右抵達鎮中廣場。豪爾發現她不見時肯定已來不及在地心魔物現身前趕到鎮中廣場，要等到天亮才能出發，或至少停在半途找人借宿。

如果科比人在鎮中廣場，他們就有時間當天前往博金丘去找牧師。如果不在，她就繼續前往傑夫的農場。她從來沒有去過那裡，但路席克有，他說傑夫農場位於鎮中廣場以北兩小時的路程。她應該有足夠的時間跑過去，如果豪爾前來找尋，伊蓮就會幫她躲藏，瑞娜知道她會的。

逃跑的日子終於到了，她小心翼翼，不做任何不尋常的事。她就像過去一星期每一天那樣處理日常家務，努力維持正常作息。

豪爾離開田裡回家吃飯時，她已經把菜煮好了。「多待一會兒？」她對父親說道，試圖表現出不慌不忙的模樣。「想把整鍋菜吃光，洗鍋子，晚餐煮新鮮的。」

「我絕對不會拒絕妳煮的菜，瑞娜。」豪爾笑著說道。「這些年都應該讓妳掌廚，而不是班妮。」他趁她彎腰盛菜時捏了她一把。瑞娜很想把滾燙的菜鍋整個倒在他腿上，但她壓抑這個念頭，強迫自己咯咯嬌笑，把菜碗交給他。

「看到妳笑真好，女兒。」豪爾說。「自從妳姊姊和小孩們離開後，妳的臉就一直很臭。」

「我想我習慣了。」瑞娜強迫自己說道，走回座位吃了點菜，儘管此刻吃飯並非她最想做的事。

豪爾離開後，她在椅子上從一數到一百，然後迅速起身，走到砧板旁。砧板上堆滿她不打算燉的蔬菜。她拿起菜刀，前往畜棚。

他們家唯一能拉馬車的動物就是兩頭騾子。瑞娜悲傷地看著牠們，自從豪爾從馬克．佩斯特爾那裡買來牠們後就一直由她照顧。

她真的能夠這麼做嗎？豪爾的農場就是她唯一的世界。她去過鎮中廣場和博金丘幾次，但那裡的人潮令她感到窒息，不了解怎會有人能和這麼多人一起相處。他們會接納她嗎？她在人們眼中真的是個妓女嗎？男人會試圖強暴她，認定她愚蠢到樂意這麼做嗎？

她的心臟跳得震耳欲聾，但她深深吸了口氣，平復自己的心情，直到手中的菜刀不再抖動，接著她堅決地舉起菜刀。

她砍斷所有鞍帶，以及連接馬車的馬具，還有馬勒和韁繩。她捶下一個馬車車輪的木釘，踢下車輪，然後拿把石斧將其劈碎。

她抛下石斧，把手伸進圍裙口袋中，拿出科比給她的溪石項鍊。她沒有笨到在可能被父親發現時戴它，但她私底下十分珍惜它。此刻她戴起項鍊，覺得很適合自己，是個很恰當的訂婚禮物。

接著她拿起自己藏好的水袋，溜出畜棚大門，撩起裙襬，以最快的速度沿路奔跑。

這段路比瑞娜想像中難跑，而且好像更長。她體魄強健，但不習慣長跑。沒過多久她的肺部就好像在燒，大腿也痠痛不已。她在別無選擇的情況下停步，拿出水袋喝水，重重喘氣，但她每次都休息不到一分鐘就再度開跑。

抵達跨溪小橋時，她已經視線模糊，如同喝了博金麥酒一樣腳步虛浮。她跪倒在溪岸上，將臉浸入冰冷的溪水中，大口喝水。

大約過了一小時，她的神智才開始恢復清醒，她抬頭看天。太陽已開始下山，不過時間還夠，只要她繼續前進。她起身時，腳掌、小腿，以及胸口都發出痠痛的抗議，但瑞娜不顧痛楚，繼續奔跑。

穿越鎮中廣場時，她遇上了幾個人，大多是在夜晚來臨前檢視魔印的鎮民。他們好奇地打量她，其中有一個人出聲叫她，但她不理他們，朝所有提貝溪鎮民都知道的地方前進——霍格的雜貨鋪。

「店已經打烊了。」史坦．泰勒在瑞娜踏上雜貨鋪前廊台階時從上方走下來說道。他跌了一跤，瑞娜只好停步扶他。

「什麼意思，店打烊了？」她問，試圖掩飾語氣中的絕望。「霍格應該要開到黃昏才對。」如果科比不在店裡，她就不知道該上哪去找他，只能轉而去找伊蓮求助。

「意思就是店打烊了！」史坦大叫，用力點頭。「好吧，我不過就是多喝了些麥酒，還吐了點出來。好像光憑這點理由就可以把可憐的史坦踢出來，然後提早關門一樣？」

瑞娜聞到他的酒味，隨即後退。他衣服上的嘔吐物還是濕的。看起來有些謠言是真的，比如說史坦是個酒鬼之類。

她扶史坦靠著欄杆，跑上台階用力敲門。「洛斯可先生！」她叫道。「我是瑞娜．譚納！我要見科比．費雪！」她不斷捶門，直到手掌疼痛，但一直沒有回應。

「他早就走了。」史坦說，死命地緊握欄杆不放。他臉色發白，不斷冒汗。「我剛剛一直坐在前廊上，並想辦法……站起來回家。」

瑞娜驚恐地看著他，史坦誤會她的表情。「喔，妳不必爲老史坦．泰勒擔心，女孩。」他說著拍向她面前的空氣。「我有好幾次喝得比現在還醉，我會沒事……會沒事的！」

瑞娜點頭，等他跌跌撞撞地離開後，繞過屋側來到雜貨鋪後方。她認爲霍格不會讓任何人在他不在時待在店裡，就算科比也一樣。如果科比住在後面，這裡一定另有入口。

她想的沒錯，她在馬廄旁邊找到一個小房間，原先或許是爲了儲藏馬具之用，但空間足以放下一個箱子外加一張床。她深吸一口氣，敲了敲門。片刻過後，科比打開房門，她隨即發出愉快的笑聲。

「瑞娜，妳在這裡做什麼?!」科比的眼珠差點跳出自己腦袋。他探出頭來，東張西望，然後抓起她的手臂，將她拉入屋內。她撲上前去想要抱他，但他沒有任何動作，並且不讓她靠近自己。

「有人看見妳來嗎？」他問。

「只有在前面遇上史坦．泰勒。」瑞娜微笑說道。「但他醉得多半不會記得。」她再度試圖撲向他，但他還是和她保持距離。

「妳不該來的，瑞娜。」科比說。

那感覺像是他拿錘子捶打她的胸口。

「什麼？」她問。

「妳得在被發現前離開這裡。」科比說。「就算妳爸沒把我殺了，我爸也會動手。」

「你已經三十歲了，而且壯得像匹馬！」瑞娜叫道。「你難道比我還要懼怕我們的父親？」

「妳爸不會殺妳，瑞娜。」科比說。「但他會殺了我。」

「不，他只會讓我生不如死！」瑞娜說。

「那妳就更有理由在被他發現前離開。」科比說。「就算牧師為我們證婚，他們還是不會罷休。妳不認識我爸，他認定我要娶艾伯．馬許的女兒，就算拿把乾草叉架在我的背後也非娶不可。他付給艾伯一大堆魚才訂下這門婚事。」

「那我們私奔。」瑞娜說，緊緊抓著他的手臂。「我們前往陽光牧地，甚至是自由城邦。你可以加入眞正的信使公會。」

「然後在野外露宿？」科比驚恐地問道。「妳瘋了嗎？」

「但你說你愛我，」瑞娜說，緊握溪石項鍊。「你說沒有任何事物能把我們分開。」

「那是在妳爸差點割下我的卵蛋、我爸差點做出更可怕的事情以前。」科比說，迫切地四下打量。「我今晚也不該待在這裡，」他喃喃說道。「以免豪爾在天黑前找上門來。妳去博金丘找妳姊姊。我去找我爸，讓他知道我什麼都沒做。走吧。」他伸手抵住瑞娜的背，將她朝房門推去。她任由他擺布，心下感到無比的震驚與困惑。

科比打開房門，結果發現豪爾站在門口，手持獵刀。他身後有一隻騾子癱在地上不斷喘氣。他直接騎上騾背趕來。

「抓到你了！」豪爾吼道，一拳擊中科比的臉。他的拳頭緊緊握住獵刀的沉重骨柄，重重打得科比的腦袋轉向一旁，摔倒在地。他伸出另一手抓起瑞娜，瘦骨嶙峋的指頭陷入她的手臂。

「去找妳的姊姊收留妳。」他說，臉上的表情怒不可抑。「我很快就會趕去收拾妳。」他把她推向房門，目光轉向科比。

「事情不是你想的那樣！」科比叫道，一腳掙扎跪起，伸手擋在豪爾面前。「不是我叫她來的！」

「不是你才怪！」豪爾輕哼，舉起獵刀。「我向你保證過，小鬼，我不打算違背自己的承諾。」他回頭看向瑞娜，只見她嚇得呆在原地。「給我跑！」他吼道。「妳已經要在茅房裡關一星期了，不要逼我改成兩星期！」

瑞娜驚慌退縮，豪爾不再理她。茅房當晚的景象再度回到她腦海，短短幾秒內她又重溫了彷彿永無止盡的折磨。她想起離開茅房後的情況，想起父親臥床的氣味，皺巴巴的皮膚壓在自己身上呻吟插入的模樣。

她想到回去農場的景象，情緒突然崩潰。

「不！」她大叫，撲向她的父親，指甲如同利爪般插入他的臉頰。他震驚後退，腦袋撞在地板上。她試圖自他手中奪下獵刀，但豪爾比她強壯，死都不肯放手。

這時科比已經起身，但沒有朝他們接近。「科比！」她哀求。「幫我！」

豪爾捶中瑞娜的臉，將她擊倒，然後跳上去壓住她，但她咬中他的手臂，他痛得大叫。他再度揮拳擊中她的臉，然後又捶了她的肚子三下，直到她鬆口。

「小婊子！」他叫，看著手臂上冒出的鮮血。他怒吼一聲，拋下獵刀，雙掌掐上她的喉嚨。

瑞娜竭力掙扎，但豪爾緊緊掐著，說什麼也不肯放手。鮮血沿著他的手臂流下，在她無法呼吸的情況下滴落她臉上。她看見父親的眼中狂態畢露，心知他打算置她於死地。

她的目光再度飄向科比，但他依然站在一旁，不為所動。她努力吸引他的目光，默默哀求。

科比突然一驚，彷彿回過神來地衝向他們。「夠了！」他叫。「你會掐死她的！」

「你才夠了，小鬼。」豪爾說，一手放開瑞娜的喉嚨，在科比接近的同時抓起獵刀。就在科比要出手抓他時，豪爾轉過身去，一刀插入他的雙腿之間。

科比滿臉漲紅，驚恐地低下頭去，只見鮮血沿著獵刀流下。他深吸一口氣，打算大叫，但豪爾沒有給他機會，他拔出匕首，插入對方心臟。

科比抓住插在胸口的刀身，無聲抗議，摔倒在地，就此死去。

豪爾放開瑞娜，任由她在地上虛弱喘息，走到科比身前，拔出他的獵刀。「我不只警告你一次了，小鬼。」他說，在科比的衣服上擦拭刀身。「你應該聽話的。」

他將獵刀插回刀鞘，不過獵刀只在鞘中停留片刻，隨即被瑞娜拔出，插入他的背心。她一刀又一刀，在鮮血濺滿自己臉頰和連身裙時尖叫哭泣。

第二十章　洛達克．勞利　333 AR　夏

傑夫．貝爾斯十分準時地檢查完畢前廊的魔印。他的家人都已經進屋了，小孩們洗手準備吃飯，伊蓮和諾莉安在廚房裡。他看著最後一絲陽光消失在地平面下，熱氣散出地面，爲惡魔提供一條自地心魔域爬入人間的道路。

惡臭的霧氣開始凝聚時，他開始朝屋內移動，儘管地心魔物還要一段時間才會現形。傑夫在事情與惡魔有關時絕不肯冒任何風險。

但當他伸手關門時，他聽見一陣叫聲，於是抬起頭來。有人正從道路的另一頭朝農場死命跑來，沿途不斷尖叫。

傑夫拿起總是擺在門旁的斧頭，移動到前廊魔印的邊緣，目光緊張地飄向正在院子裡凝聚形體的惡魔身上。他想到自己的長子，心知他會毫不遲疑地衝去幫助那個陌生人，但亞倫已經去世十四年了，而傑夫從來不曾像他那麼勇敢。

「堅強一點，繼續奔跑！」他叫。「安全的地方近在眼前！」此刻的地心魔物比較像煙霧而非血肉之軀，因應他的叫聲抬起頭來，傑夫當即緊握斧頭。他不肯離開安全的魔印力場，但他可以攻擊過於接近的惡魔，幫來人清出一條通路。

「怎麼回事？」伊蓮在屋內叫道。

「通通留在屋內。」傑夫大聲回應。「不管聽見什麼，留在屋裡！」

他推上房門，回頭去看。尖叫的陌生人已經很接近了。對方是個女人，衣衫上染滿鮮血，跑得好

像不跑會死一樣，這倒十分符合目前處境。她手中握有某樣物品，但傑夫看不出來那是什麼。地心魔物在她通過時揮出利爪，但由於還未凝聚完畢，所以只在她身上留下一點刮痕。女人似乎沒有注意到——不過她本來就已經在尖叫了。

「繼續跑！」傑夫再度叫道，希望藉由無濟於事的言語激勵對方。

接著她衝入院子，即將抵達前廊。傑夫在一頭完全成形的火惡魔撲到她面前時認出對方。

「瑞娜……」他深吸口氣說道，但當他再度望去時，眼前已經不是瑞娜．譚納，而是十四年前在同一處慘遭火惡魔毒手的妻子希兒維。

他體內突然生起一股勇氣，令他不自覺地跳下前廊，擠出全身力量揮出鋼斧。火惡魔的外殼能夠抵擋任何人類拿得起來的武器，但它的體形過小，被這一斧砍倒在地。

其他地心魔物紛紛發喊，朝他們撲來，但傑夫的舉動已幫瑞娜清出一條通道。傑夫抓起瑞娜的手臂，拉著她衝往安全處。他在前廊台階上絆了一跤，兩人一同摔倒，一頭木惡魔當即撲上，卻撞上了外圍魔印網，在一陣如同蛛網般的銀光中反彈而出。

傑夫將瑞娜抱在懷裡，呼喚她的名字，但她卻不斷尖叫，沒發現自己已脫離險境。她渾身染滿鮮血，連身裙濕透了，手臂和臉頰一片血紅，但他看不出她哪裡受傷。緊握在其右手中的是把骨柄獵刀。這把刀一樣染滿鮮血。

「瑞娜，妳沒事吧？」他問。「這是誰的血？」房門打開，伊蓮出來，看到妹妹的狀況立刻倒抽一口涼氣。

「那是爸的獵刀。」伊蓮說，指向她緊握的血紅刀鋒。「我到哪都認得出來，他向來刀不離身。」

「造物主呀。」傑夫說，臉色蒼白。

「瑞娜，出了什麼事？」伊蓮問，湊上前去搭妹妹的肩。「妳受傷了嗎？爸在哪？他沒事嗎？」

但伊蓮和傑夫一樣得不到瑞娜的回應，於是她不再詢問，傾聽瑞娜的哭聲及魔印圈外惡魔的叫聲。

「最好帶她進屋。」傑夫說。「叫小孩回房，我帶她去我們房間。」伊蓮點頭，隨即進屋，傑夫則將瑞娜顫抖的身軀抱在自己強壯的手臂中。

他將瑞娜放上自己的麥稈床墊，然後在伊蓮帶著一碗溫水和乾淨的布進來時轉過身去。這時瑞娜已經不再尖叫，但依然沒有反應，任由伊蓮扳開她的手掌取下獵刀放在床頭櫃上，然後脫下她的衣服，拿布用力擦拭她身上的血跡。

「妳覺得發生什麼事了？」傑夫在瑞娜蓋上床單，兩眼依然無神凝望上方時問道。

伊蓮搖頭。「不知道。這裡距離爸的農場很遠，就算不走大道，抄近路跑也要跑很久。她一定已經跑了好幾小時。」

「看起來她是從鎮上來的。」傑夫說。

伊蓮聳肩。

「不管怎麼回事，事情都與地心魔物無關。」傑夫說。「白天時不可能。」

「傑夫，」伊蓮說。「我要你明天去農場一趟。或許他們遭到夜狼或強盜襲擊，我不知道，在你回來前我會藏好瑞娜。」

「強盜和夜狼，在提貝溪鎮？」傑夫語氣懷疑。

「去看看就是了。」伊蓮說。

「萬一我看到豪爾被獵刀砍死呢？」傑夫問，曉得兩人心中都是這個想法。

伊蓮深深嘆息。「那你就擦乾血跡，搭建火葬堆，有人問起，就說他滑下乾草梯，摔斷脖子。」

「我們不能就這麼說謊，」傑夫說。「如果她殺了人……」

伊蓮怒氣沖沖地轉身面對他。「你以爲這些年來我跟著你都他媽的在幹嘛？」她大聲問道。傑夫伸手安撫她，但她繼續說下去。

「我有當個盡職的妻子嗎？」伊蓮問道。「有沒有打理你家？幫你生兒子？你愛我嗎？」

「我當然愛。」傑夫說。

「那你就爲我辦這件事，傑夫．貝爾斯。」她說。「爲我們三姊妹辦這件事，爲班妮和她的孩子辦這件事。那座農場裡曾發生的事不須傳入鎮民耳中，他們編造的故事就夠糟糕，也夠豐富了。」

傑夫沉默一段時間，兩人一臉堅定地互望。最後，他點頭。「好吧。我吃完早餐就走。」

天一亮傑夫就起床，儘管全身疲憊依然急急忙忙做完晨間雜務。他們一整晚上都在想辦法與瑞娜溝通，但她只是凝望天花板，不吃也不睡。吃完早餐後，他將馬鞍綁上他們最好的母馬。

「我想該避開大路。」他對伊蓮說。「抄捷徑穿越東南方的田野。」伊蓮點頭，伸出雙手緊緊擁抱他。他回應她，心中十分擔心自己可能發現的情況；最後他放手。「最好趁還能趕回來時出發。」

他才騎上馬背，耳中已經聽見遠方傳來的蹄聲。他抬起頭來，看見一輛馬車直奔而來，上面坐著藥草師可琳．特利格，她滿臉憂慮地雙掌互擰，以及鎮長「不孕」西莉雅，她的表情十分嚴肅。西莉雅已將近七十歲了，身材高瘦，但依然和硬皮革一樣強硬，如同伐木工的斧頭一樣剛銳。

騎在馬車一邊的是洛斯可．霍格，另一邊的是加瑞克．費雪和洛達克．勞利，加瑞克的曾叔父兼魚洞發言人。跟在他們後方步行的是哈洛牧師和魚洞半數男丁，所有人全都手持魚矛。

農場映入眼簾時，加瑞克立刻策馬上前，衝向伊蓮所在的前廊，衝勢快得馬匹必須立起才能止步。

「她在哪裡？」加瑞克質問。

「誰在哪裡？」伊蓮問，直視他激動的目光。

「不要耍我，女人！」加瑞克吼道。「我是來找妳那個淫蕩惡毒的殺人犯妹妹，妳心裡很清楚！」他跳下馬背，大步上前，邊走邊揮動拳頭。

「你給我站住，加瑞克．費雪。」諾莉安．卡特說，手持傑夫的斧頭步出屋外。她打從傑夫喪妻後就一直住在這裡，與他們如同親人。「這裡不是你家。你給我站在原地，把話說清楚，不然就準備徒手面對地心魔物。」

「我是爲了瑞娜．譚納殺害她親生父親及我兒子的事而來，我一定要她抵命！」加瑞克叫道。

「窩藏她是沒有用的！」

哈洛牧師連忙向前，站在加瑞克和女人之間。他年輕力壯，足以與年紀比較大但身材同等魁梧的加瑞克抗衡。「現在沒有任何證據，加瑞克！我們得問她幾個問題，就這樣。」他對伊蓮說。「還有妳，如果傑夫離開之後她有開口說話。」

「我們不能光問她問題，牧師。」洛達克說，跳下馬背。他本名洛達克．費雪，但提貝溪鎮的人全都叫他洛達克．勞利【註】，因爲他在鎮議會中代表魚洞發言，同時也是他轄區內的衝突仲裁者。他的耳朵到下頷間長滿花白鬍鬚，頭頂禿得像顆雞蛋。他比西莉雅還要年長，不過脾氣更加暴躁，好打抱不平，愛管閒事。「那個女孩得爲她所犯的罪付出代價。」

接著下馬的是霍格。他和往常一樣盛氣凌人，是個擁有半座提貝溪鎭而其他半數鎭民都欠他錢的男人。「加瑞克說妳父親和科比．費雪死了都是眞的。」霍格對伊蓮說。「昨天晚上我女兒和我在店裡聽見叫聲，於是出門察看，結果發現他們陳屍在我租給科比的屋子裡。他們不只是被刀刺死，還被……肢解，兩人都一樣。史坦．泰勒在事發前見過妳妹妹。」

伊蓮倒抽一口涼氣，伸手摀住嘴。

「太可怕了。」哈洛同意道。「所以我們最好立刻找到瑞娜。」

「所以給我讓開！」洛達克命令道，推人前進。

「我才是提貝溪鎭的鎭長，洛達克．勞利，不是你！」西莉雅叫道，眾人當場閉嘴。傑夫伸手扶她下車。雙腳著地後，她立刻拉起裙襬大步前進。儘管比她壯碩許多，其他比較年輕的男人還是紛紛在她面前讓道兩旁。

在提貝溪鎭想要活到西莉雅這個年紀並不容易。提貝溪鎭的日子很苦，只有最警覺、最機智、最有能力的鎭民才有可能活到滿頭灰髮的年紀，而其他鎭民會給予他們應有的敬意。年輕時，西莉雅就很強勢，現在她已變成一種極權象徵了。

只有洛達克不爲所動。多年以來他曾數次擊敗西莉雅成爲鎭長，而如果在提貝溪鎭年齡就代表權力，他也比西莉雅還要強大，雖然沒有強大多少。

【註】勞利（Lawry），有法律的意思。

「可琳、哈洛、洛斯可、洛達克和我要進屋見她。」西莉雅對傑夫道。這並非請求。他們五人代表半數鎮議會，他除了點頭讓路，讓他們進去外別無選擇。

「我也要進去！」加瑞克吼道。魚洞的居民也是他的親朋好友，他們情緒激動地圍在他身邊重重點頭。

「不，你不行。」西莉雅說，嚴峻地瞪視他們。「你們現在激動過頭，沒人說那是不對的，但我們是來了解事情真相，不是在沒有審判的情況下釘死那個女孩。」

洛達克伸手搭上加瑞克肩膀。「她逃不了的，加爾，我向你保證。」他說。加瑞克咬牙切齒，但點一點頭，在他們進屋時退向後方。

瑞娜依然躺在昨晚他們安置她的地方，凝視天花板。她偶爾會眨眼。可琳直接走到她身邊。

「喔，天呀。」西莉雅說，看向床頭櫃旁的染血獵刀。傑夫暗自詛咒，他幹嘛把刀留在那裡？他一看到刀就應該把它丟到井裡。

「造物主呀。」哈洛喘息道，憑空比劃魔印。

「還有這裡，」洛達克嘟噥一聲，踢了門旁的臉盆一腳。瑞娜的連身裙泡在裡面，清水已經染成粉紅色。「你還認為我們只是來問幾個問題的嗎，牧師？」

可琳擔憂地伸出穩健的手掌檢視瑞娜臉上的瘀傷，接著轉向其他人，大聲清清喉嚨。男人們呆呆地看她一會兒，接著在她拉開被單時吃了一驚，連忙轉身背對她們。

「沒有骨折，」可琳檢查完畢後來到西莉雅面前說道，「但她被打得很慘，喉嚨上還有掐痕。」

西莉雅走過去坐在瑞娜身邊。她溫柔地伸出手掌，在瑞娜汗濕的臉頰上拂開髮絲。「瑞娜，親愛的，妳聽得見我嗎？」女孩一點反應也沒有。

「一整晚都這樣？」西莉雅皺眉問道。

「是。」傑夫說。

西莉雅嘆一口氣，雙手放上膝蓋，奮力起身。她拿起獵刀，轉身把所有人趕出房外，然後關上房門。

「我見過這種情況，大多是在被惡魔攻擊後。」她說，可琳點頭表示同意。「倖存者驚嚇過度，無法面對，只能雙眼無神地凝視空氣。」

「她會好嗎？」伊蓮問。

「有時候過幾天就會回神，」西莉雅說。「有時候……」她聳肩。「我不打算騙妳，伊蓮・貝爾斯。就我記憶所及，這是提貝溪鎮所發生過最嚴重的事件。我斷斷續續擔任鎮長超過三十年，看見很多鎮民沒能壽終正寢，但從來沒有人遭受如此殘酷的殺害。那種事情或許會發生在自由城邦，但不會在這裡。」

「瑞娜不可能……！」伊蓮嗚咽，西莉雅搭她的肩安撫她。

「所以我才希望能夠先和她談談，聽聽她的說法。」她看向洛達克。「漁夫們是爲了血債血還而來，沒有見血或得到很好的解釋之前不會離開。」

「我們不是無理取鬧。」洛達克低吼。「我們的親人死了。」

「或許你沒注意到，我的親人也死了。」伊蓮瞪著他說道。

「那就更有理由討個公道。」洛達克說。

西莉雅怒吼一聲，所有人當即閉嘴。她將染血獵刀交給哈洛牧師。

「牧師，請你將它包起，藏在袍中，直到我們回到鎮上再說。謝謝。」哈洛點頭，伸手接刀。

「妳他媽的以為自己在做什麼？」洛達克大叫，搶在牧師之前奪下獵刀。「全鎮的人都有權看看這把刀！」他說著四下揮刀。

西莉雅抓住他的手腕，體重比她重兩倍有餘的洛達克哈哈大笑，直到她的腳跟狠狠踏上他腳背。他痛得大叫，放開獵刀，去抓自己的腳掌。西莉雅在獵刀落地前出手抄起。

「用用腦袋，勞利！」她叫道。「那把獵刀是證物，所有人都有權看，不過不是在屋外站了二十幾個手持魚矛的男人，屋內還有個毫無抵抗能力且動彈不得的女孩時拿出來看，牧師不是要偷走證物。」

伊蓮取來一塊布，西莉雅包起獵刀交給牧師，後者小心將刀安置在長袍內。她拉起裙襬，步出屋外，儘管駝背，依然抬頭挺胸，面對聚集在院子裡的群眾，只見他們摩拳擦掌，發出憤怒的聲浪。

「她此刻還不能說話。」西莉雅說。

「我們不想聽她說話！」加瑞克叫道，漁夫們全部點頭表示同意。

「我不在乎你們想幹什麼。」西莉雅說。「在鎮議會開會討論此事前，所有人不得輕舉妄動。」

「議會？」加瑞克問。「這又不是惡魔攻擊事件！她殺了我兒子！」

「你沒有證據，加瑞克。」哈洛說。「有可能是他和豪爾互毆致死。」

「就算刀不是她拿的，事情也是她幹的。」加瑞克說。「引誘我的兒子犯罪，讓她爸爸顏面無光！」

「法律就是法律，加瑞克。」西莉雅說。「議會將會開會討論，到時候你可以出面指控，她可以發言辯護，然後我們才能評斷她有沒有犯罪。死了兩個人已經夠糟了，我不會讓你的暴民再殺一個，只因爲你們不能等待公平審判。」

加瑞克尋求洛達克的支持，但魚洞發言人一言不發，朝哈洛移動。他突然將牧師推到牆上，伸手進入他的長袍中搜索。

「她沒有告訴各位實話！」洛達克叫道。「那個女孩有件血衣！」他高舉豪爾的獵刀給眾人看。「還有一把血刀！」

漁夫抓起魚矛，憤怒吼叫，隨時準備闖入屋內。「去妳的法律，」加瑞克對西莉雅說。「如果法律不讓我幫兒子報仇。」

「除非殺了我，不然休想殺害那個可憐的女孩。」西莉雅說，她走到門口，與其他議會成員及傑夫的家人站在一起。「這是你們想要的嗎？」她叫道。「背負謀殺犯的罪名？所有姓費雪的人？」

「呿，妳不可能把我們通通吊死。」洛達克嘲笑道。「我們要帶走女孩，沒得商量。退開，不然我們就硬闖。」

洛斯可高舉雙手，退向一旁。西莉雅瞪著他。「叛徒！」

但洛斯可只是微笑。「我不是叛徒，女士，只是路過的生意人，我沒資格在這種事上選邊站。」

「你和其他人一樣都是這個鎮的鎮民！」西莉雅叫道。「你已經在鎮中廣場居住二十年了，幾乎每年都曾參加議會！如果有別的地方比這裡更像你家，或許該是你回家的時候了！」

洛斯可再度微笑。「很抱歉，女士，但我對所有人都必須公道，與一整區的居民對立可不是生意之道。」

「一年起碼有一次，半數鎮民會來找我，打算以詐欺的罪名把你趕出鎮外，就像是密爾恩、安吉爾斯，以及造物主知道的其他地方一樣。」西莉雅說。「而每年我都勸他們不要那麼做。提醒他們你的雜貨鋪爲大家帶來的好處，以及你來之前鎮上的狀況。但如果你現在讓步，我保證今後不會再有良好的顧客踏入你的店裡。」

「妳不能那樣做！」霍格叫道。

「喔，是的，我可以，洛斯可。」西莉雅說。「不信的話就試試看。」洛達克皺起眉，並在霍格走回門口和西莉雅站在一起時越皺越深。

霍格面對他的目光。「我什麼都不想聽，洛達克。我們可以等上一、兩天。如果有人在鎮議會召開前碰瑞娜·譚納，就永遠別想進我的店鋪。」

西莉雅轉向洛達克，眼中充滿怒火。「多久，勞利？魚洞少了貝爾斯的穀物和牲口能撐多久？沼澤米？博金麥酒？卡特的木材？我猜多半不會比我們沒有天殺的魚吃久！」

「好，妳召開議會，」洛達克說。「但開審前我們要把女孩關在魚洞。」

西莉雅冷笑一聲。「你以爲我會把她交給你？」

「那不然關哪？」他問。「我寧願死也不要讓她和家人一起待在這裡，她隨時可能逃跑。」

西莉雅嘆氣，回頭看向傑夫家。「讓她住在我的紡織間。那裡的門很厚實，想要的話你可以釘死窗戶，派人看守。」

「妳確定這樣明智嗎？」洛斯可揚眉詢問。

「喔，當然，」西莉雅說，輕蔑地揮了揮手。「她只是個小女孩。」

「一個殺死兩名成年男子的小女孩。」洛斯可提醒她。

「胡說八道。」西莉雅說。「我懷疑她有能力殺死一個那麼強壯的男人，更別說是兩個。」

「好，」洛達克吼道。「但這玩意我留下了，」他舉起獵刀。「還有那件血衣，直到議會召開。」西莉雅臉色一沉，兩人再度四目相交，意志角力。她知道洛達克・勞利可以利用那些東西興風作浪，但她沒有多少選擇。

「我今天就派人通知，」西莉雅點頭說道。「三天後開會。」

傑夫抱瑞娜上車，一行人將她送到西莉雅在鎮中廣場的房子，把她鎖在紡織間裡。加瑞克從外面釘死窗戶，仔細檢查木板的強度，最後才在嘀咕聲中同意離開。

第二十一章 鎮議會 333 AR 夏

第二天黎明，西莉雅在一陣痠痛中下床。她的關節已經痛好多年了。下雨或是寒冷的日子情況最糟，但最近就連最溫暖乾燥時也會陣陣刺痛。她猜在自己死前症狀還會惡化。

但西莉雅從不抱怨，甚至不向可琳．特利格抱怨。她必須承擔這種痛楚，她是提貝溪鎮的鎮長，這表示鎮民期望看到她體魄強健，爲了公理挺身而出。不管她四肢痛得有多難受，從來沒人看見她流露出任何不符合她形象的徵兆，她是一塊他們可以依賴的巨石。

西莉雅在起身梳洗、換上厚重的高領連身裙時，感受到一股額外的壓力。她與瑞娜和她姊姊不熟，但她認識她們母親，也清楚她死在地心魔物手上前豪爾是如何對待她的。有人說她自願投身惡魔的懷抱，只爲了逃離他的魔掌。如果他像對待妻子那樣對待女兒，西莉雅完全可以想像瑞娜爲了自保而動手殺他的情景。

著裝完畢後，她又幫瑞娜打理，給她換上一件自己的連身裙，然後扶她坐起，餵她吃粥。她在瑞娜吃完後擦拭她的嘴角，離開紡織間，放下門閂。

她用畢早餐，然後出門。瑞克．費雪手持魚矛站在門外。他今年十七歲，未婚，不過西莉雅見過他和佛德．米勒的女兒珍走在一起。如果佛德同意，他們應該很快就會訂婚。

「需要你幫忙跑腿。」西莉雅說。

「對不起，女士，」瑞克說。「洛達克．勞利吩咐我不管在任何情況下都要待在這裡，確保那個女孩不會離開。」

「喔，他這麼說？」西莉雅問。「我猜你哥哥波利現在在屋子後面，守在加瑞克釘死的窗戶旁？」

「是的，女士。」瑞克說。

西莉雅回到屋內，拿出掃帚和耙子。「我家外面不能有遊手好閒的人，瑞克．費雪。想要待在這裡，你就得把我家前面掃得一塵不染，然後叫你哥哥把後面的枯葉和枯草耙光。」

「我不確定我……」瑞克開口。

「你要讓個老太太去做這些你因爲懶惰而不願做的事情？」西莉雅問。「或許下次遇上佛德．米勒的時候，我該向他提起此事。」

話還沒說完，瑞克已經接過掃帚和耙子。「眞是個好孩子，」她說。「掃好後，再去檢查我的魔印。有人來找我，就讓他們在前廊等，我很快就回來。」

「是的，女士。」瑞克說。

她拿了一罐奶油餅乾前往廣場上小孩們玩耍的地方，用餅乾爲報酬派遣腳程最快的小孩前去報信。當她回家時，瑞克已經掃完門前的走道，正在打掃前廊。她找來的第一個人，史坦．泰勒，此刻癱在前廊台階上，滿臉痛楚地抱著腦袋。

「後悔昨天喝那麼多麥酒了？」西莉雅問，心中早已知道答案。當史坦伸手去拿今天的麥酒時，內心總在後悔昨晚喝太多了。

史坦只是呻吟回應。

「進屋裡來，喝杯茶醒醒腦。」西莉雅說。「我想問問你前天晚上看到什麼。」

她仔細詢問史坦，接著又詢問其他自稱看到瑞娜前往雜貨鋪的人。不過人數多得誇張，好像全鎭的人都親眼目睹她目露凶光，手持匕首，在街道上橫衝直撞。洛達克和加瑞克拿著血衣與血刀在鎮上四下展示，所有人都想要參與這齣好戲。

「科比或許有點軟弱，」哈洛牧師對她說，想起佛南．博金葬禮過後的事。「不過他是眞心想娶瑞娜，我從他的臉上看得出來，她也一樣，唯一對此事不滿的人是豪爾。」

「昨晚我家路席克和兩個費雪家的人打了一架。」米雅達．博金稍晚時告訴她。「他們說瑞娜一直想要殺死她爸，於是試圖引誘科比代她出手。路席克打了其中一人的鼻子，而對方打斷他手臂。」

「路席克動手打人？」西莉雅問。

「我兒子和瑞娜．譚納一起住了十四年，」米雅達說。「如果他說她不會殺人，我相信他。」

「現在佛南去世了，妳會代表博金丘發言？」西莉雅問。

米雅達點頭。「博金丘昨天已經投票通過。」

接著進來的是可琳．特利格。「我一直問我自己，」藥草師說。「凶手爲什麼攻擊可憐的科比的股間？動手的一定是她，因爲沒有男人會對另一個男人做這種事。除非科比去找她的時候，她並不像外傳的那般自願。我認爲是他強暴她，而她是爲了報仇才去找他。當她父親試圖阻止她時，她就把他一起殺了。」

當天下午，傑夫與伊蓮、班妮一起抵達。他緊守在女人身旁，在班妮和瑞克．費雪互瞪時擋在兩人之間。

「路席克怎麼樣？」西莉雅在他們進屋後對班妮問道。

班妮嘆氣。「可琳說兩個月就能拆除夾板，但這樣會令我們陷入困境，難以達成霍格的麥酒訂量。繼續這樣衝突下去的話，我很替我的孩子擔心。」

西莉雅點頭。「最好看好妳的兒子。在洛達克煽動下，漁民群情激動，認定要血債血償。或許他們不會在乎是誰的血，我會在這段期間看看鎮上有沒有人有空去幫忙釀酒。」

「謝謝妳，鎮長。」班妮說。

西莉雅冷冷瞪視三人。「面對困境的時候，我們得互相幫助。」她轉身帶領他們前往紡織間。瑞娜坐在一張椅子上，呆呆凝望牆壁。

「她有吃東西嗎？」伊蓮問，語氣充滿憂慮。

西莉雅點頭。「她會吞下別人塞到她嘴裡的食物，帶她去廁所的話她也會上。昨晚甚至會踩我的紡織機的踏板，她只是失去了做一切事情的意志。」

「她對我也一樣。」伊蓮說。班妮看著瑞娜，開始哭泣。

「介意讓我們獨處一段時間嗎，鎮長？」傑夫問。

「當然不。」西莉雅說，離開房間，關上房門。

傑夫待在後面，讓伊蓮和班妮照料妹妹。她們低聲交談，不過傑夫可以在三十碼外聽見田裡鼴鼠挖洞的聲音，所以一字一句他都聽得清清楚楚。

「是她幹的，」班妮說。「沒想過她會傷害科比・費雪，但她非常擔心爸和她獨處時可能會做的事。她哀求我帶她一起離開……」班妮再度哭泣，伊蓮和她一起哭。她們互相擁抱，直到不再啜泣。

「喔，瑞娜，」伊蓮說。「妳為什麼非要把他殺了不可？我一直都忍氣吞聲。」

「妳根本沒有忍氣吞聲。」班妮突然說道。「妳只是和我一樣躲在看見的第一個男人身後，我們之所以能全身而退，都是因為還有其他女兒留在爸身邊。」

伊蓮轉向她，目光充滿恐懼。「我不知道他有找妳。」她說著，伸出一手。「我以為妳當時還太年輕。」

班妮甩開她的手掌。「妳根本就知道。」她啐道。「當時我的胸部就比大多有夫之婦還要大了，年紀也足以訂婚。妳知道會這樣，妳還是離開了。因為妳只想到自己，根本不在乎妹妹。」

「妳就沒有這麼做嗎？」伊蓮指責道。「如果這不叫惡人先告狀，我就不曉得怎樣算是！」

她們同時動手，但傑夫轉眼趕到，抓起兩人的衣領把她們分開。「不准打架！」他說，擋在她們中間，冷冷瞪視，直到她們低下頭去。當他放手時，兩人已經平靜下來。

「或許該是向議會坦承一切的時候了。」他說，兩個女人同時抬頭看他。「告訴他們豪爾是個怎樣的男人。」他揚起下頷，比向瑞娜。「或許他們不會為了她所做的事懲罰她。」

伊蓮癱在瑞娜身旁的椅子上思考著，但班妮瞪著他。「你想要我站在洛達克・勞利和路席克他媽那種人面前，告訴他們我爸喜歡把女兒當成妻子？」她問道。「你以為我會把這種事說給旅館老闆和可琳・特利格那個大嘴巴聽？黑夜呀，我以後要如何面對我丈夫，要如何在鎮民面前抬頭挺胸？我們三個人要怎麼做人？比真相更糟糕的就是將真相公諸於世！」

「比看到妳妹妹被人釘死還要糟糕？」傑夫問。

「就算沒那麼糟，」班妮說。「也不表示這樣做可以改變議會成員的看法，搞不好還會弄到三姊妹都被釘死，而不只是一個。」

傑夫看向伊蓮，她一言不發地坐在原位，腦海浮現班妮描述的場景。「我認爲公布眞相沒有好處。」她輕聲說道，說到最後一個字時已聲淚俱下。傑夫連忙趕到她身旁，半跪在地擁抱哭泣的她。

「你最好也不要洩露此事，傑夫．貝爾斯。」班妮說。

傑夫看著哭泣的妻子，點了點頭。「我無權爲妳們倆做這個決定，我不會說的。」

伊蓮看向瑞娜，呻吟一聲，整張臉揪得更難看。「我很抱歉。」她嗚咽，隨即奪門而出。

「妳還好嗎，親愛的？」西莉雅在伊蓮跌跌撞撞地步出紡織間時問道。

「看她那樣很難受。」伊蓮喃喃說道。

西莉雅點頭，但這種說法並不讓她信服。「坐。」她指向客廳裡的椅子。「我去泡茶。」

「謝謝，鎮長。」伊蓮說。「但我們還有事——」

「坐，」西莉雅再度說道，這一次比較不像邀請，而是命令，伊蓮聽她的語氣改變，立刻坐下。

「大家都坐。」西莉雅在班妮和傑夫跟上來時說道。

「鎮議會明天召開。」西莉雅在倒好茶後說道。「很可能會一大早就召開。如果到時候瑞娜還是不能開口說話，而我並不期待她會開口，洛達克就會要求我們在缺乏她的證詞的情況下做出裁決，而在這麼多對她不利的證據下，此事多半會依照他的意思發展。我會試圖拖延到她狀況好轉，但那得由議會決定。」

「妳認爲他們會如何裁決？」傑夫問。

西莉雅呼出一口氣。「不確定，鎭上從來不曾發生這種事。但漁民們都帶著武器，這又會給沼澤和南哨的人更多理由不讓小孩接近鎭中廣場與其中的誘惑。牧師和米雅達不會背棄瑞娜，但剩下的議會成員就很難說。做好她會被吊死在樹上的準備，加瑞克會親自綁繩子。」

伊蓮輕呼一聲。

「這不是什麼小罪，女孩。」西莉雅說。「死了兩個男人，其中一人有個憤怒的父親。我會在議會上一直爭辯到臉色發青，但法律就是法律。一旦議會投票，除了認命接受沒有其他選擇。」

她轉向班妮和伊蓮。「所以如果有什麼事——任何事——可以助我幫瑞娜辯護，我現在就要知道。」

兩姊妹同時看向傑夫，但沒有人說話。

西莉雅不悅。「馬克·佩斯特爾在議會中代表農場發言，去拜訪他，看看能不能問出他投票的意向。一定要讓他得知眞實的情況，不要聽洛達克講的那些潭普草鬼話。」

「馬克的農場很遠。」傑夫說。「光是趕到那裡天就要黑了。」

「那就在那裡借宿，盡可能利用待在那裡的時間。」她說，再度使用命令的語氣。她朝房門點頭。「現在出發，親愛的，我會確保伊蓮和班妮平安到家。」

傑夫緊張地看向伊蓮，然後點頭。「是的，女士。」他說，隨即步出房門。

西莉雅回頭面對兩姊妹，但目光低垂。「我一直看不透妳們父親，」她說，在餅乾罐裡挑選奶油餅乾。「根據經驗，我會留心妻子死在地心魔物手中的男人。有時候他們……會受到沉重的打擊，做出反常的行爲。我請鎮民看顧豪爾，但妳們父親喜歡獨來獨往，而前幾年似乎沒有什麼問題。」她拿餅乾沾茶，目光依然低垂。

「但後來，伊蓮，當妳在傑夫前妻屍骨未寒前就和他私奔時，我又開始琢磨此事。妳到底爲什麼從家裡逃出來？據我對豪爾的了解，他應該會召集一群人，不顧妳的哭鬧把妳拖回家。當時我都想要親手這麼做了。」她小口吃著沾濕的餅乾，接著拿出餐巾擦拭嘴角。伊蓮只是凝望著她，張嘴結舌。

「但他沒有。」西莉雅說，放下餐巾，直視伊蓮的雙眼。「爲什麼？」伊蓮在西莉雅的瞪視下退縮，隨即垂下目光，搖了搖頭。

「不知道。」她說。

西莉雅皺眉，挑出另一塊餅乾。「很多男人想要追求瑞娜。」她再度垂下目光。「她是個美麗的女孩，而且兩個姊姊都已產下強壯的兒子。亞倫．貝爾斯離家後，豪爾本來可以幫她找個好丈夫。這樣家裡還能多個男人下田幫忙，甚至還能讓他有機會再婚。但再一次，他沒有這麼做。他一再趕跑那些男孩，有時候還拿乾草叉動粗，直到妳們妹妹過了最適合生育的年齡。即便這個時候，科比．費雪依然是個不錯的人選，而且農場剛好迫切需要強壯的幫手，但他依然回絕婚事。」

西莉雅抬頭看向兩姊妹。「我在想一個男人爲什麼會這樣做，心裡其實也有個底，但我懂什麼？我一年只會和妳們爸爸見一、兩次面。妳們倆和他朝夕相處，我想妳們對他的了解比我深多了。有什麼想要補充的嗎？」

伊蓮和班妮望著她，看看對方，然後看向自己的手掌。「沒有。」她們同時說道。

「沒有人看到妳們倆爲父親的死落淚。」西莉雅逼問。「當一個女孩的父親被人從背後捅死的時候，這可不是自然的反應。」伊蓮和班妮甚至沒有抬起雙眼。

西莉雅看著她們一段時間，接著深深嘆息。

「那妳們就滾吧！」她終於說道。「滾出我家，不然我就要拿拐杖痛扁妳們！乞求造物主妳們這輩子都不會需要有人爲妳們挺身而出！」

兩姊妹奪門而出，西莉雅以手撐頭，感覺自己從來不曾如此衰老。

第二天早上，西莉雅才剛穿好衣服就發現洛達克．勞利帶著科比的父母，加瑞克和諾咪，以及將近一百名魚洞居民，幾乎是魚洞所有居民出現在她的院子裡。

「你的話就這麼沒有分量，洛達克．勞利，要所有親朋好友前來助陣？」她邊問邊步出前廊。

群眾中傳來一陣驚訝的低語，所有人同時轉向洛達克等候號令。洛達克張嘴欲言，但被西莉雅打斷。

「我不會在一群暴民面前召開鎭議會。」她叫道，語氣能令成年男子膽戰心驚。「你們投票選出發言人是有原因的，除了提出控訴的人，其他都給我解散，不然我就延後開會，直到你們解散，就算你們願意在我家門口過冬也無所謂！」

群眾中傳出困惑的聲浪，蓋過了洛達克的回應。片刻過後，他們開始解散，有些回去魚洞，不過大多前往鎭中廣場及雜貨舖等待判決。西莉雅不喜歡這種情況，但他們離開她的土地之後，她就拿他們沒轍了。

洛達克皺眉看她，但西莉雅只是微微一笑，請諾咪幫忙在前廊上泡茶。

接著抵達的是可琳．特利格，因爲她在距離不遠的家中聽見了這陣騷動。她的女兒，同時也是她學徒，立刻接手泡茶，讓三名議會成員等待其他成員抵達。

議會共有十個席位。所有提貝溪鎮的分區每年都會投票一次，選出其中一人加入議會，與牧師及藥草師同席議事。此外，他們還會投票選出鎮長。西莉雅大多時候都會當選，沒當選時也是鎮中廣場的發言人。

議會席次通常會由每個地區中最年長且睿智的人取得，鮮少會有年年變動的情況，除非有人死了。佛南．博金已擔任博金丘發言人將近十年之久，在他死後這席位就順理成章地由他的寡婦繼承。

接著抵達的是米雅達．博金，至少有五十名博金丘的鎮民護送她前來，不過他們也立刻解散到鎮中廣場去。她與手臂綁著吊帶的路席克以及披著黑披肩哀悼亡父的班妮一同走來。哈洛牧師以及兩名輔祭也伴隨他們一起抵達。

「帶著受傷的兒子四處招搖不會引來同情的目光。」洛達克在米雅達接過茶杯並就座時警告道。

「四處招搖，」米雅達饒富興味地說。「這話從拿著血衣搖旗吶喊、從鎮頭跑到鎮尾的男人口中說出來眞是有趣。」

洛達克皺眉，但他的回應又被大步走來的布林．卡特，綽號布林．厚肩打斷。「啊，我的朋友們！」布林在低頭閃避前廊頂時大聲說道。他熱情地擁抱女人們，然後和男人們握手握得對方疼痛不已。

身爲森林聚落大屠殺的倖存者，布林曾經歷幾星期和瑞娜一樣魂不守舍的階段，現在則抬頭挺胸地擔任森林聚落發言人。布林已當了近十五年的鰥夫，不管人們如何相勸一直沒有再娶，他認爲這樣做對他死去的妻子和子女都不公平。鎮民都說忠誠在他體內扎根，就像被他砍倒的樹墩都在地上扎根一樣。

一小時後，可倫．馬許吃力地依賴手杖，緩緩穿街而來。他現年八十，是提貝溪鎮裡最年長的人之一，當他的兒子凱文和孫子菲爾扶他走上台階時，所有人都起身向他致敬。他們全都赤腳前來，這是沼澤居民的習慣。儘管嘴中無牙，步履蹣跚，可倫朝其他發言人點頭時，黑色雙眼依然流露出銳利的目光。

接下來抵達的是馬克．佩斯特爾，領頭走在一群農夫之前，傑夫．貝爾斯也在內。來到前廊時，傑夫湊到西莉雅身旁。

「馬克對瑞娜沒有偏見。」他低聲道。「他向我保證會秉公處理，不管費雪家的人如何叫囂。」西莉雅點頭，接著傑夫走去站在伊蓮、班妮，以及路席克身邊，加瑞克和諾咪．費雪的對面。

隨著早晨時光推移，空氣中逐漸揚起一陣喧囂聲，很顯然地不光只有魚洞的居民傾巢而出。街道上出現了數百群眾，他們在前往裁縫、鞋匠或其他位於鎮中廣場附近店家的路上逗留，故作漠不關心地偷瞄西莉雅的前廊。

最後抵達的是南哨的人。南哨是鎮上最偏遠的地區，基本上已可自成一鎮，擁有三百名居民以及他們自己的藥草師和聖堂。

他們幾乎是列隊前來，所有人都穿著樸素的服飾。南哨男人蓄著滿嘴大鬍子，身穿黑褲和黑吊帶，上身穿著短袖白上衣，外加一件黑外套、黑帽還有黑鞋，即使在炎熱的夏日也一樣。女人從下頷、腳踝到手腕全部包在黑色連身裙裡，外面加穿白圍裙和白呢帽。沒工作時還會戴上白手套，持白陽傘。他們腦袋低垂，不斷憑空比劃魔印，藉以驅趕罪孽。

走在他們前面的是喬吉．華許。身爲發言人兼牧師，喬吉是全提貝溪鎮最年長的人，比次年長的還老二十歲。鎮上有些孩子在他歡慶百歲生日時都還沒出生。儘管如此，他依然抬頭挺胸地帶隊前來，步伐穩健，目光堅定，與比他小四分之一世紀卻已飽受歲月摧殘的可倫・馬許形成強烈對比。

由於喬吉年紀老邁，並握有全鎮最大區域的選票，他理應成爲鎮長，但南哨以外的鎮民從來不曾投票給他，永遠也不會，就連哈洛牧師也不會投他。喬吉・華許太恪守教條了。

西莉雅盡可能地站直身子，她的身材很高，走過去向他招呼。

「鎮長。」喬吉說，壓抑著一股必須將這個頭銜讓給女人的不悅之情，況且還是個未婚女子。

「牧師。」西莉雅說，毫不退縮。他們恭敬地朝彼此鞠躬。

喬吉的妻子們，有些和他一樣年邁而驕傲，有些比較年輕，甚至還有一名有孕在身，全都沉默地經過眾人身旁進入屋內。西莉雅知道她們打算前往廚房，南哨的人總會佔領廚房，以確保食物符合他們特殊的飲食需求。他們的食物清淡，絕不添加調味料或糖。

西莉雅指示傑夫。「去雜貨店把洛斯可拖來。」傑夫立刻跑開。

西莉雅總會被選爲鎮中廣場的發言人，而當她同時出任鎮長時，她就會指派洛斯可・霍格代表鎮中廣場發言，好讓該區保有獨立的發言權，如同鎮上法律所規範的。很少人喜歡這個決定，但西莉雅知道雜貨舖是鎮中廣場的心臟，而當雜貨舖獲得好處時，其他人多半也會獲得好處。

「好了，進來吧，我們先吃飯。」西莉雅等眾人休息片刻後說道。「我們在飯後咖啡時間處理例行議會事務，等餐具收拾好後再來討論這次開會的主題。」

「如果大家沒有異議，鎮長，」洛達克・勞利說。「我希望能把吃飯和其他事務通通延到下次議會開會處理，直接討論我已故親戚的案件。」

「大家不會沒有異議，洛達克・費雪。」喬吉・華許說，拿起光滑的黑拐杖敲擊地板。「我們不能爲了有人死亡就拋棄我們的習俗和禮儀。現在我們身處大瘟疫年代，死亡是司空見慣的事。造物主會有時間懲罰所有罪人，我們要等鎮上的例行事務處理完畢後再來審判譚納家的女孩。」

他的話具有一種沒人膽敢質疑的權威，雖然西莉雅才是鎮長。她願意接受這種藐視自己權威的態度──喬吉總是會做這種事──因爲他的說法對她有利。時間拖得越晚，瑞娜的判決，或許是死刑，就越不可能在當晚宣判。

「我們都該吃點東西。」哈洛牧師說，儘管他和喬吉常常意見不合。「如同卡農經所示，『空腹之人難以公正裁決』。」

洛達克環顧四周，尋求其他發言人支持，但除了每次都是最後抵達並且第一個離開的霍格，所有人都堅持遵照議會傳統。他皺起眉，但沒有繼續抗議。加瑞克張口欲言，洛達克搖頭命他閉嘴。

他們用餐，然後在喝咖啡、吃蛋糕時輪流討論每個區域的事務。

「我想該是看看那個女孩的時候了。」喬吉在他代表的地區，同時也是最後一個地區的事務處理完畢後說道。宣告議程結束是鎮長的職責，但他再一次代替西莉雅發言，把他的拐杖當作鎮長的議事槌敲擊。她將其他人證請到前廊去，然後帶領九名議會成員進屋看瑞娜。

「她不是假裝的吧？」喬吉問。

「你可以請你們的藥草師檢查她。」西莉雅說，喬吉點頭，召喚他的妻子特莉娜，年近九十的南哨藥草師進來。她離開廚房，來到瑞娜身旁。

「男人出去。」喬吉下令，接著所有人都回到餐桌旁的椅子上坐好。西莉雅坐在最前面，喬吉如同往常坐在最後面。

片刻過後，特莉娜來到餐廳，看向喬吉，他點頭允許她發言。「不管她做了什麼，女孩是眞的受到驚嚇。」她說，他再度點頭，示意她離開。

「所以你們都看到她的情況了。」西莉雅說，趁喬吉有機會領導議程之前拿起議事槌。「我提議暫緩所有決議，直到她恢復理智，可以爲自己辯護。」

「暫緩個屁！」洛達克吼道。他開始起身，但喬吉一杖敲在桌上，阻止他的動作。

「我大老遠跑來，不是爲了看那個神智不清的女孩一眼然後離開，西莉雅。」他說。「我們最好按照規矩，先來聽聽證人和控方的說法。」西莉雅皺眉，但沒人膽敢反對。不管是不是鎮長，想要反抗喬吉，就得獨力反抗。她傳喚加瑞克提出控訴，接著傳喚證人，一個接著一個，讓議會成員質問。

「我不會假裝知道當天晚上發生了什麼事。」西莉雅在結辯時說道。「除了這個女孩，沒有目擊證人，而在我們做出裁決之前，她應該有權爲自己辯護。」

「沒有目擊證人？」洛達克大叫。「剛才史坦·泰勒明明說他看見她朝案發現場前進！」

「當天晚上史坦·泰勒爛醉如泥，洛達克。」西莉雅說，看向洛斯可，後者點頭表示同意。

「他吐在我的地板上，於是我把他趕出去，然後提早關門。」洛斯可說。

「那該怪罪把酒放到他手裡的人。」喬吉說。洛斯可眉頭緊蹙，但心知不能反脣相譏。

「他要嘛就是看到那個女孩，不然就是沒有，西莉雅。」可倫·馬許說。其他人點頭。

「他在附近看到她，沒錯。」西莉雅說。「但沒看見她去哪裡或是做了什麼。」

「妳是要說她與此案無關？」喬吉懷疑地問道。

「她當然與此案有關，」西莉雅大聲道。「隨便哪個白痴都看得出來。但我們不能肯定她在此案中扮演什麼角色。或許兩名死者互毆致死，或許她是自衛殺人。可琳和特莉娜兩人都可以證實她被打得很慘。」

「那根本無關緊要，西莉雅。」洛達克說。「兩個男人不可能用同一把刀互砍至死。所以查出她殺的是哪一個人，難道會有什麼不同嗎？」

喬吉點頭。「而且我們也不能忘了他們很有可能是遭到女人挑撥離間。事情會走到這個地步都是因爲這個女孩放蕩淫亂，她應該爲此付出代價。」

「兩個男人爲了爭奪女孩大打出手，而我們要怪罪那個女孩？」米雅達插嘴道。「狗屁不通！」

「這不是狗屁不通，米雅達·博金，妳只是因爲被告是親戚而不願看清眞相。」洛達克說。

「五十步笑百步。」米雅達說。「這話該是我對你說的。」

西莉雅敲打議事槌。「如果鎭上所有有血緣關係的人都沒有資格在審判中發言，洛達克·費雪，那你根本不必與人辯論了。所有人都有權發言，這是我們的法律。」

「法律。」洛達克若有所思地道。「最近讀了點法律。」他拿出一本皮革封面已經磨損的書。「特別是與殺人犯有關的部分。」他翻到有標記的頁面，開始讀道：

「如果提貝溪鎭或附屬領地發生謀殺案，鎭民應該在鎭中廣場立起木樁，將得負責的人銬於樁上一個白晝使其懺悔，再銬一個黑夜，沒有魔印或遮蔽物守護，讓所有人見證造物主的憤怒降臨在違反此一戒律者身上。」

「你不可能是認眞的！」西莉雅叫道。

「實在太野蠻了！」米雅達附和。

「法律就是這樣。」洛達克諷刺道。

「講講道理，洛達克。」哈洛牧師說。「那條法律起碼已經三百年了。」

「卡農經更古老，牧師。」喬吉說。「接下來你要說它也不合時宜了嗎？公理本來就不該仁慈。」

「我們不是來重寫法律的。」洛達克說。「法律就是法律，妳不是這麼說的嗎，西莉雅？」

西莉雅氣得鼻孔冒煙，但還是點了點頭。

「我們只是來討論她有沒有罪。」洛達克說著將豪爾的血刃放在桌上。「而我說她有罪，就像白晝會到來一樣明顯。」

「她可能是事後才撿起這把刀的，洛達克，你也清楚這點。」哈洛牧師說。「科比想娶瑞娜，豪爾兩度威脅要割掉他的卵蛋。」

洛達克哈哈大笑。「你或許可以說服一些鎮民兩個男人可以用同一把刀互相殘殺，但他們並不只是被殺，而且慘遭肢解。我的曾姪子不可能在卵蛋被砍掉、胸口插著匕首的情況下將豪爾砍成肉醬。」

「他說得有道理。」霍格說。

洛達克嘟噥一聲。「那就讓我們投票表決。」

「附議。」霍格說。「鎮中廣場從來不曾擁入這麼多人，我得趕回雜貨舖才行。」

「一個女孩性命垂危，而你竟然只在乎能從來看熱鬧的鎮民手中賺多少買賣點數？」西莉雅問。

「不要對我說教，西莉雅。」霍格說。「清理我家後面房間裡的血跡的人可是我呀。」

「所有人都同意投票？」喬吉問。

「我是鎮長，喬吉・華許！」西莉雅大聲說道，舉起議事槌指向他。但這時已經有很多人舉手表示同意，令她不得不停止抗議。喬吉輕輕點頭，接受她的指責。

「好吧，」西莉雅說。「我說除非證明有罪，不然瑞娜就是無辜的，而目前我們沒有任何證據。」她轉向右邊，讓哈洛牧師繼續投票。

「妳錯了，西莉雅。」哈洛說。「我們有一項證據：年輕人的愛情。我和科比談過，也看過瑞娜的眼神。他們都是成年人，想要決定自己的婚姻，而那本是他們的權利。豪爾無權拒絕，而我願意站在陽光下宣稱我相信任何暴力之舉都是豪爾起頭，也是豪爾收尾的。無辜。」

接著是布林・卡特，壯漢的語氣出奇溫柔。「在我看來這個女孩所做的一切都是出於自衛。我知道目睹恐怖得必須封閉自己心靈的景象是什麼感覺。地心魔物奪走我的家人時，我的情況就和她差不多。西莉雅幫助我度過那段時期，這個女孩也應該擁有同等待遇。無辜。」

「絕對不無辜。」可倫・馬許說。「全鎮的人都知道瑞娜・譚納是個罪人，主動獻身給科比・費雪。任何男人在情慾之前都會瘋狂！如果她的行爲舉止與地心魔物無異，我們就該毫不留情地把她丟到它們之間。沼澤惡魔的心地都比她善良，而太陽還是會在第二天早上升起。有罪！」

接下來是喬吉・華許。「豪爾的女兒一直爲他帶來麻煩，這件慘案沒在十五年前由她姊姊犯下已經是造物主慈悲爲懷了。有罪！」

洛達克・勞利點頭。「我們都知道她有罪。」他轉向洛斯可。

「不管所犯何罪，把女孩綁在外面給地心魔物吃都是種野蠻的行爲。」霍格說。「但如果你們這裡的習俗如此……」他聳肩。「不能任由鎮民殺害鎮民。我說綁她出去，做個了結。有罪！」

「看看明年我會不會讓你代表鎮中廣場發言。」西莉雅喃喃說道。

「對不起，女士，不過我確實在爲鎭中廣場發言，」霍格說。「鎭民在前來鎭上購物時一定要有安全感，放個殺人犯在外面跑肯定會讓鎭民不安。」

「豪爾是個自私自利的惡毒老頭，」米雅達．博金說。「我曾經試圖幫瑞娜說媒，但豪爾聽都不聽。我絕不懷疑科比是他殺的，而瑞娜是爲了避免被殺而採取了必要手段。無辜。」

「那麼科比爲什麼會被割下卵蛋？」可琳問。「我認爲是他強暴她，而她前來鎭上報仇。她刺傷他的股間，然後兩人互毆，直到她結束一切。豪爾一定是來追她的，而她從後面偷襲他。這個女孩手中染滿鮮血，西莉雅。她可以來找我們，或是大聲呼救，但她選擇使用一把獵刀解決問題。我說她有罪。」

所有人都轉向馬克．佩斯特爾。現在四票無辜，五票有罪，他有權讓議會陷入僵局，或是宣告她有罪。他一言不發地坐了很長一段時間，皺起眉以指尖撐起臉頰。

「所有人都在說『無辜』或『有罪』，」馬克終於說道。「但法律沒有這麼說。我們都聽到法律怎麼說了，它說『得負責的人』。我認識豪爾．譚納，認識他很多年了，向來不喜歡那個惡魔養的渾蛋。」他一口啐在地上。「但這並不表示他該被人從背後捅死。在我看來，這個女孩不在乎她爸，現在導致兩個男人死亡。不管她有沒有動手殺人，就像太陽會出來一樣，她肯定得爲此事『負責』。」

投票結束了，但西莉雅因爲太過震驚而無法動手去拿議事槌。喬吉提起拐杖敲擊地板。「有罪，六比四。」

「那麼今晚我就要她死。」洛達克吼道。

「我不准你這麼做！」西莉雅說，終於擠出聲音。「法律規定她有一個白晝的時間可以懺悔，而天已經快要黑了。」

喬吉敲擊拐杖。「西莉雅說的對。瑞娜・譚納明天一早會被綁在鎮中廣場的木樁上，讓所有人唾棄並見證，直到造物主的公義獲得伸張。」

「你們想讓鎮民看?!」霍格驚駭莫名。

「不去上學的人是學不乖的。」喬吉說。

「我絕不會袖手旁觀地心魔物撕裂一個人！」可琳叫道。其他人，就連可倫・馬許也都出聲抗議。

「喔，是的，你們要看。」西莉雅突然說道。她環顧四周，目光堅定不移。「如果我們要……謀殺這個女孩，那麼我們都該瞪大眼睛看著，記得我們的所作所爲；男人、女人，以及小孩。」她低吼道。「法律就是法律。」

第二十二章 錯過的道路 333 AR 春

從安吉爾斯堡前往分隔林白克公爵和歐可公爵領地的分界河大橋，騎馬要趕一整天的路程。魔印人太晚出城，無法在天黑前趕到。

這樣或許也好。與黎莎的道別令他心情欠佳，而他打算把怒氣發洩在地心魔物身上。賈迪爾教過他克拉西亞人擁抱痛楚的技巧，這種技巧十分有效，但世上沒有多少能比赤手空拳掐死惡魔還要香甜的藥膏了。

窪地交給黎莎照料就好，至少在克拉西亞人入侵之前不必擔心。她聰明過人，同時也是個天生的領導人，深受鎮民敬仰，本著一顆純潔的心以及良好的生活常識管理鎮務。就算此刻她的魔印技巧還沒超越自己，那也只是遲早的事。

*而且她美艷動人，他心想。這點無法否認。*魔印人見多識廣，但從來不曾見過像她這麼美麗的女人。以前的他或許可以愛她，在賈迪爾把他丟在沙漠裡等死之前，在他爲了生存而被迫在身上紋身之前。

現在他已經不配當人了，他的生命中容不下愛情。

夜晚降臨，但他的魔印眼可以在黑暗中清晰視物。他輕觸黎明舞者的盔甲，上面的魔印散發出淡淡魔光，賦予巨大的戰馬夜視能力。他在地心魔物現形時策馬狂奔，但道路兩旁都是濃密的樹林，木惡魔緊追而來，在樹枝上跳躍，或是沿著樹林邊緣奔跑。樹皮般的外殼讓它們幾乎隱形，但魔印人可以看見它們身上散發的微微魔光，絕對不會認錯。天上傳來風惡魔的吼叫聲，追隨他前進的路徑，試圖加快速度俯衝襲擊。

魔印人放開韁繩，僅以膝蓋駕馭戰馬，伸手取出長弓。頭上傳來的尖叫聲代表惡魔即將逼近，他迅速轉身，一箭貫穿俯衝而來的風惡魔腦袋，造成一陣強烈的魔爆。

刺眼的魔光彷彿照亮所有木惡魔。它們自四面八方的樹林中一撲而上，張牙舞爪，發出痛恨的吼叫。

魔印人不斷射箭，魔印箭矢在兩旁的惡魔身上射出黑色大洞。黎明舞者踏扁前方的惡魔，魔印馬蹄如同慶典煙火般綻放閃光。

惡魔持續追趕，圍著疾行的戰馬奔馳。魔印人將長弓塞回鞍具，拔出一根長矛，以肉眼難察的速度揮舞，攻擊四面八方的地心魔物。其中一頭衝到近處，被他一腳踢在臉上，腳跟的衝擊魔印在一陣魔光中將對方踹向遠處。

一路上，黎明舞者未曾停止奔跑。

⁂

藉由夜晚屠殺惡魔所吸收的魔力，一人一馬在破曉時分河橋鎮映入眼簾時依然精神奕奕，儘管整個晚上都沒有休息片刻。

河橋鎮毀滅至今已十五年。當時河橋鎮是密爾恩的屬地，但林白克想要瓜分過橋費，於是試圖在分界河南邊重建該鎮。

魔印人記得瑞根覲見歐可公爵、告知林白克計畫時的情況。當時公爵大發雷霆，一副不惜將安吉爾斯堡夷爲平地也不願與林白克分享過橋費的模樣。

於是兩座商業城鎮興起了，分界河兩岸各有一座，兩者都自稱是河橋鎮，彼此沒有好感。兩鎮都有皇家警衛駐防，過往旅人必須兩邊付費。拒絕付費的人可以雇用木筏載運人員和貨物過河——這樣做通常比過橋費還貴——不然就是游泳。

河橋鎮是全提沙境內唯一擁有圍牆的村鎮。在密爾恩河岸，圍牆由石塊和沙礫所建；在安吉爾斯河岸則是以焦油塗滿木材緊緊綑綁而成。兩道圍牆都沿著河岸而建，牆頂巡邏的守衛常常隔著分界河對罵。

安吉爾斯河岸的河橋鎮守衛打開鎮門迎接早晨，魔印人立刻穿門而過。他戴著手套，壓低兜帽，遮蔽容貌。守衛或許會對此感到奇怪，但他並不打算多費脣舌，只是高舉林白克的印信，絲毫沒有放慢速度。皇家信使在兩端河岸都可以免費通行。守衛們低聲抱怨這種粗魯的舉動，但沒有阻擋他。

晨間空氣裡瀰漫著一陣霧氣，河橋鎮鎮民於魔印人通過時大多都還在熱粥，沒有人注意到他的出現。這樣比較方便，他紋滿刺青的皮膚常常會讓半數鎮民把他當作地心魔物一般走避，另一半則會當場下跪，口呼解放者。他眞的不知道哪一種情況比較糟糕。

通過河橋鎮後，前往密爾恩的道路就是筆直向北。一般信使走完這段路程約要花兩星期，他的老師瑞根的平均時程比較短：十一天。魔印人駕馭黎明舞者，加上不懼黑暗，只花了六天便抵達，沿路留下許多惡魔灰燼。他在寂靜的黑夜裡全速通過位於密爾恩南方一天路程的村莊哈爾登園，當密爾恩映入眼簾，距離黎明還有幾小時。

密爾恩和提貝溪鎮一樣稱得上是魔印人的故鄉，看著這座自己曾數度發誓永遠不再重返的山城，他的心情五味雜陳。他心煩意亂，不想打架，於是取出攜帶式魔印圈紮營，等待黎明到來，試圖回想關於歐可公爵的一切。

魔印人只有在孩提時代見過歐可公爵一次，不過他後來曾在公爵圖書館中工作，所以知曉公爵的想法。歐可珍藏知識，就像其他人會珍藏食物或財富。如果他將戰鬥魔印交給歐可，公爵絕對不會與他的人民分享。他會試圖藉由保守祕密以擴大自己的權威。

魔印人絕不允許這種事。他要盡快讓城內所有魔印師都取得戰鬥魔印。密爾恩有個魔印師互通聲息的網絡，是他當年協助建立而成的。如果他將魔印交給他的前任老師卡伯，如此一來在歐可有機會封鎖知識前魔印就會傳遍全城。

想到卡伯就開啓了他心中塵封許久的記憶。他已有八年不曾與他的老師或是其他密爾恩人聯絡了。他寫了很多信，但提不起勇氣寄出。瑞根和伊莉莎還好嗎？現在他們的女兒瑪雅已經八歲了。卡伯如何？他的朋友傑克呢？玫莉好嗎？

玫莉，一開始的幾年是因爲玫莉而讓他不想回來。他可以再度面對傑克、瑞根和卡伯，而伊莉莎會爲了他沒有好好道別而抱怨幾句，但他知道抱怨完後她就會原諒他。他不想見的人是玫莉。玫莉，他這輩子唯一愛過的女孩。

她還會想我嗎？他心想。她是否認定我會回來而仍在等待呢？幾年來他曾自問這些問題上千次，但在被她拒絕一次後，他再也不敢追問這些答案。

現在……他低頭看向自己皮膚上的刺青。現在他無法面對任何人，他不能讓他們看到自己變成什麼樣的怪物。他願意相信卡伯，因爲他沒有其他選擇，但最好還是讓其他人以爲他永遠不會回來，甚至是死了。他想到自己背袋中的信件，信裡的內容足以解釋一切。他會找人送信，讓所有人以爲寫信的人死得其所。

他突然感到疲憊不堪，於是就地躺下。睡著的同時，他透過心眼看見玫莉的容顏，看見他們分手那晚。

他的夢境改變了那個過去。這一次，他沒有讓她走。他放棄成爲信使的抱負，留下來經營卡伯的魔印生意。他沒有因此感到受困，反而覺得比行走於赤裸的黑夜中還要自由。

他看見玫莉身穿婚紗的姿容，看見她的肚子優雅地脹大，看見她歡笑，被一群健康快樂的孩子包圍。他看見顧客的微笑，因爲自己的魔印讓他們的家園安全，他看見了伊莉莎眼中的驕傲，一名母親的驕傲。

他的四肢在地面上抽動，徒勞無功地試圖拋開腦中的幻想，但這場夢擒住他，他完全無路可逃。

他再度看見分手的那晚，這次符合現實，他在爭吵後二話不說地策馬離開。但在他離開的同時，他的心眼一直跟隨玫莉，看著她耗費數年光陰在城牆上遊蕩，等待他歸來。她臉上的歡笑與神采蕩然無存，一開始那種憂傷的神情讓她顯得更美；但隨著歲月流逝，那憂傷美麗的容顏逐漸枯萎空洞，嘴角出現淒涼的線條，無神的雙眼四周布滿黑眼圈。她將自己的青春浪費在城牆上，祈禱並哭泣。

他第三次看見分手的那天晚上，這次變成惡夢。在夢裡，他離開，但沒有悲傷、沒有痛苦。玫莉在城門口朝地面吐口水，然後轉身就走，立刻找到另一個男人，徹底忘記他的存在。瑞根和伊莉莎全副心思放在初生的女兒身上，甚至沒有發現他離開了。卡伯的新學徒比他更懂得感恩，一心只想當個好兒子，繼承他的生意。魔印人驚醒，但那個畫面停留在他腦中，而他對自己的恐懼感到羞愧，因爲他知道這樣非常自私。

最後的夢境對大家而言才是最好的結局。他心想。

經過十幾年風吹雨打，獨臂魔攻陷密爾恩魔印網的牆面和城牆其他區塊的顏色依然不同，魔印人在收拾營地，取下黎明舞者身上的護甲時注意到這點。

三場夢依然在他腦中揮之不去。他會在城裡看見哪一種情況？他應該想辦法得知答案嗎？然後安撫自己悸動的心情？

不，他腦中的聲音建議道。你是來找卡伯的，去找他。你不是來找其他人的，不要讓他們痛苦，不要讓自己痛苦。這個聲音一直在他腦海中，提醒他小心謹慎。在腦海裡，那是他父親的聲音，雖然他已經將近十五年不曾見過傑夫．貝爾斯了。

他早已習慣忽略這個聲音。

看一眼就好。他心想。她甚至不會看見我，就算看見了也不可能認出我。看一眼就好，好讓我帶入黑夜中。

他盡可能放慢行進速度，儘管如此，抵達城門時，城門也才剛開而已。城市守衛步出城門，護送魔印師和學徒前往劃分好的區域，讓他們彎下腰去撿取魔印玻璃，並且迅速檢視它們是否透過地心魔物的接觸加持魔力。玻璃魔印是魔印人本人帶來密爾恩的，但就連他也對這種極具效率的製作方式感到訝異，簡直與他們在窪地所做的事沒有什麼差別，只不過不像他們那麼實際就是了。密爾恩魔印師製作的似乎大多是奢侈品：拐杖、雕像、窗戶，以及珠寶。擦掉這些誘餌上的血跡後，所有物品都會像鑽石一樣清澄透徹，而且更加堅硬。

守衛在他接近時抬起頭來。在濕冷的早晨，他戴著兜帽看起來並不特別奇怪，但看到黎明舞者鞍具上的武器，他們立刻舉起長矛，直到魔印人拿出蓋有林白克印信的包裹。

「你起得眞早，信使。」其中一名守衛在鬆了一口氣後說道。

「急著趕路，想要跳過哈爾登園。」魔印人信口開河。「我還以爲可以趕上，結果遠遠聽見最後一陣鐘聲，我就知道絕不可能在日落前抵達城門，我在一哩外紮營過夜。」

「運氣眞背。」守衛說。「在距離溫暖的城牆和溫馨的屋簷一哩的野外紮營肯定特別寒冷。」

魔印人點了點頭，假裝顫抖並拉低兜帽，彷彿想要驅趕餘寒；其實他已多年不曾感受寒冷或炎熱。「我想找個溫暖的房間，喝點熱咖啡。或是先喝咖啡，再找房間也不錯。」

守衛點頭，正打算要揮手招呼他入城時突然抬起頭來。魔印人神色一凜，心想守衛是不是要叫他放下兜帽。

「南方的情況眞如傳聞中那麼糟糕嗎？」守衛問道。「來森堡淪陷，到處都是乞討難民，而這個新任解放者卻什麼也不管？」

就連這麼北邊的地方也聽說了那些傳聞。「在我覲見公爵之前不能談論這些事。」魔印人說。「但沒錯，南方的情況很糟。」

守衛嘟囔一聲，揮手招呼他入城。

❧

魔印人找了間旅店，將黎明舞者牽到馬廄。馬廄裡有個男孩，正在清理隔間。他看起來不到十二歲，整個人髒兮兮的。

僕役階級。魔印人心想，這是他爲什麼這麼早就已經開始工作的原因。男孩多半就睡在馬廄裡，並且認爲這是非常幸運的事。他把手伸進錢袋裡取出一枚沉重的金幣，放在男孩的掌心中。

男孩雙眼凸起，盯著金幣。這很可能是他這輩子拿過最多的一筆錢，足夠他購買衣服、食物並負擔一個月的租金。

「好好照顧我的馬，等我回來的時候還有一枚。」魔印人說。這是奢侈浪費之舉，還可能會引人注目，但金錢對他已沒有任何意義，而他很清楚密爾恩的僕役有多麼容易淪爲乞丐。他離開男孩，進入旅店。

「我要一間房，住幾個晚上。」他對旅店主人說道，假裝輕如羽毛的鞍袋和裝備看起來十分沉重的模樣。

「一晚五枚銀月幣。」旅店主人說。他很年輕，看起來不像老闆，而且還大剌剌地彎身，試圖偷看魔印人兜帽下的容貌。

「火惡魔在我臉上吐火。」魔印人說，惱怒的語氣嚇退了對方。「不是什麼好看的畫面。」

「當然，信使。」旅店主人說著，再度鞠躬。「我道歉，我不該這樣看你。」

「沒關係。」魔印人嘟噥道，拿裝備上樓，鎖在房間裡，然後離開旅店。

密爾恩的街道明亮而又熟悉，他甚至享受著糞堆火和鑄鐵舖的炭火臭氣。這一切都與他印象中一樣，但又有種陌生的感覺。

因爲他變了。

魔印人對前往卡伯店鋪的路至今還是異常熟悉，但他對那一帶的改變感到震驚。店鋪兩邊都擴建了大型房舍。他和卡伯居住的店鋪後方的小房子已經被拆除，好幾倍大的倉庫取而代之。亞倫離開時卡伯的生意興旺，但與眼前的景況相比根本不算什麼。他鼓起勇氣，走向大門。

開門的時候，門上傳來一陣鈴聲，這個聲音如同靈魂中失去的一部分，令他不禁微微顫抖。店鋪比從前大了，但依然充滿熟悉的物品和氣味。他看見與自己共度無數時光的工作台，他曾推到全城各地的小推車。他走到一座窗台前，虔敬地伸出帶著手套的手指觸摸自己親手刻劃的魔印。他覺得自己可以拿出魔印工具立刻上工，好像過去八年的一切都不曾發生過。

「我可以爲你服務嗎？」一個聲音問道，魔印人全身僵硬，血液凝結。他沉迷在過去中，沒聽見有人接近，但他不須轉身就知道對方是誰。他不但知道，而且嚇呆了。她在這裡做什麼？這到底代表什麼意義？慢慢地，他轉身面對她，將臉遮蔽在兜帽的陰影下。

歲月對伊莉莎母親十分仁慈。以四十六歲的人來講，她的長髮依舊烏黑亮麗，臉頰圓潤，只有眼睛和嘴唇旁邊有些許皺紋。笑紋，他聽過別人如此稱呼，而這讓他感到些許欣慰。

*表示她八年來都活在微笑中。*他心想。

伊莉莎張嘴欲言，但一個有著褐色長髮及一雙褐色大眼的小女孩跑了過來，引開了她的注意力。女孩身穿紫紅色連身裙，頭上綁著同樣顏色的絲帶。絲帶綁歪了，許多髮絲垂在她的臉前，她的臉頰和手掌都是白白的粉筆灰，衣服上也沾了不少。魔印人立刻認出她是瑞根和伊莉莎的女兒瑪雅，他曾在她出生後抱過她。她看起來天眞美麗，他突然感到心痛，在她身上看見自己錯失多年的喜悅。

「媽媽，看我畫的！」女孩叫道。她拿出一塊石板，其上繪有魔印圈。魔印人瞄了一眼，心知這道魔印圈威力強大。而且，他看出其中很多魔印都是他當年從提貝溪鎮帶出來的。他對於自己傳承下來的東西能在某些小地方與她的生活有所接觸而感到十分欣慰。

「畫得很漂亮，親愛的。」伊莉莎讚美道，彎下腰去綁起女兒的頭髮。綁完後，她親了親瑪雅的額頭。「再過不久妳父親就會帶妳一起出去幹活。」女孩發出愉快的叫聲。

「我們有客人要招呼，親愛的。」伊莉莎說，轉而面對魔印人，伸手環抱著女兒。「我是伊莉莎母親。」即使多年過後，她在提及這個頭銜時依然充滿驕傲。「這位是我的女兒——」

「你是牧師嗎？」女孩打斷母親，對他問道。

「不是。」魔印人以自從在自己身上刺青後慣用的低沉、刺耳的聲音說道。他不希望被伊莉莎認出自己的聲音。

「那你爲什麼打扮得像個牧師呢？」女孩問道。

「我身上有惡魔傷疤。」他對她說。「我不想讓妳受驚。」

「我不害怕。」女孩說，試圖偷看他兜帽下的長相。他後退一步，拉低兜帽。

「這樣太沒禮貌了！」伊莉莎責罵道。「去找妳弟弟玩。」

女孩露出叛逆的神情，但伊莉莎冷冷瞪她，於是她一溜煙跑到另一頭的工作桌上去找一個約莫五歲，正在把正、反兩面都繪有魔印的木牌疊成一疊的小男孩。魔印人在他童稚的臉上看見瑞根的影子，深深爲他的老師感到高興，但又夾雜著強烈的遺憾，因爲自己永遠沒有機會認識這個男孩，更別提看他長大成人。

伊莉莎一臉尷尬。「很抱歉，我丈夫身上也有不想讓人看見的傷疤，你是信使？」

魔印人點頭。

「今天我有什麼能爲你效勞的？」她問。「新的盾牌？或修補攜帶式魔印圈？」

「我在找一個名叫卡伯的魔印師。」他說。「我聽說這是他的店。」

伊莉莎哀傷地搖了搖頭。「卡伯去世已快四年了。」她說，這些話帶來的打擊遠遠超過惡魔的利爪。「死於癌症，他把店交給我和我丈夫打理。誰請你來這裡找他的？」

「一名……我認識的信使。」魔印人信口胡謅。

「什麼信使？」伊莉莎逼問。「叫什麼名字？」

魔印人遲疑片刻，心念電轉。他想不到任何名字，而他心知拖得越久，他就越有可能洩露身分。「提貝溪鎮的亞倫。」他脫口而出，話才出口就已經後悔。

伊莉莎雙眼一亮。「告訴我亞倫的消息。」她哀求，伸手觸摸他的手臂。「我們從前很親近。你最近一次看到他是在哪裡？他還好嗎？你可以幫我捎信給他嗎？我丈夫和我願意支付任何代價。」

看著她眼中迫切的神色，魔印人突然了解自己離開時傷她有多深。而現在，他竟然愚不可及地給了她還有機會見到亞倫的假希望。但她認識的那個男孩已經死了，身心俱亡。就算他拉開兜帽，說出眞相，她也無法找回從前的他。還是給她一個她需要的結尾比較好。

「亞倫那天晚上提起過妳，」他說，心意已決。「妳和他所描述的一樣美麗。」

伊莉莎微笑接受恭維，雙眼濕潤，接著笑容一僵，突然意識到這句話中隱藏的含義。「哪天晚上？」

「我受傷的那天晚上。」他說。「在克拉西亞沙漠。亞倫死了，爲了讓我生存下來。」這種說法勉強算是事實。

伊莉莎倒抽一口涼氣，伸手摀住口鼻。她的雙眼片刻前還綻放喜悅的淚光，如今盈滿淚水，一張臉痛苦糾結。

「他臨死前還想到妳。」他說。「想到他在密爾恩的朋友，他的……家人。他請我來這裡告訴你們。」

伊莉莎幾乎沒有聽見他的話。「喔，亞倫！」她哭喊，雙腳軟癱。魔印人衝上前去一把接住，引導她走向一座工作台，在她的哭泣聲中扶她坐下。

「母親！」瑪雅大叫，衝了過來。「母親，怎麼了？妳為什麼哭？」她看向魔印人，目光中充滿指責。

他跪倒在女孩身前，不確定是為了降低威脅感，還是為了讓她毆打自己。他暗自希望她動手。

「我為她帶來一些壞消息，瑪雅。」他溫柔地說道。「有時候信使的職責就是要告知人們不想聽的消息。」

彷彿排練好的一樣，伊莉莎突然抬頭看他，不再哭泣。她深吸一大口氣，克制自己的情緒，揚起繡有花邊的袖口擦拭淚水，擁抱女兒。「他說的對，親愛的。我不會有事。帶妳弟弟去後面一會兒，麻煩妳。」

瑪雅再度神色不善地瞪了魔印人一眼，接著點頭帶弟弟離開前廳。他看著他們離開，心裡十分難受。他根本不該來的，該找人送信或去找其他魔印師，雖然沒有人像卡伯一樣值得他信賴。

「我很抱歉，」魔印人說。「我不希望讓妳傷心。」

「我知道。」伊莉莎說。「很高興你告訴我這件事。從某些方面來看，這讓一切變得簡單許多，如果你了解我的意思的話。」

「的確，」魔印人同意道。他在背袋中摸索，拿出一疊信件，以及一本戰鬥魔印寶典，包在油布中，以堅固的繩子綑綁。「這些是給妳的，亞倫希望你們保有這些東西。」

伊莉莎接過包裹，輕輕點頭。「謝謝你。你打算在密爾恩停留一陣子嗎？我丈夫出門了，但他肯定有問題想要問你，他將亞倫視如己出。」

「我只會在城裡待一天，女士。」他說，一點也不想與瑞根交談，瑞根會逼問一些根本不存在的細節。「我要去覲見公爵，還要去找幾個人，然後我就要離開了。」

他心知自己應該就此打住，但反正傷害已經造成了，而且接下來的話完全是脫口而出。「告訴我……玫莉依然住在朗奈爾牧師家中嗎？」

伊莉莎搖頭。「多年前搬走了，她——」

「無所謂。」魔印人打斷她，不希望繼續聽下去。玫莉找到別的男人了。這不是什麼意外的事，他也無權為此心痛。

「傑克呢？那個男孩。」他問。「我也有封信要交給他。」

「他不再是個男孩了。」伊莉莎說，目光銳利地看著他。「他已經長大成人。他住在磨坊路，第三間工人小屋。」

魔印人點頭。「那麼，如果妳允許，我就先走了。」

「你或許不會喜歡在那裡看見的景象。」伊莉莎警告道。

魔印人抬頭看她，試圖咀嚼話中的含義，但從她腫脹的淚眼中根本看不出什麼。她滿臉疲憊，神色誠懇。他轉身離開。

「你怎麼知道我女兒的名字？」伊莉莎問。

他沒想到對方會這麼問。他遲疑片刻。「她過來的時候，妳有向我介紹。」話一出口，他立刻暗自詛咒，因爲伊莉莎還沒介紹就已經被女孩打斷，而他本來只要說是亞倫告訴他的就沒問題了。

「我想我是介紹了。」伊莉莎同意，他感到十分意外。他想自己很走運，並朝門口前進。手指正要碰到門把時，伊莉莎又說話了。

「我很想念你。」她低聲說道。

他僵在原地，克制一股轉身回去將她抱在懷裡乞求原諒的衝動。

他一言不發地離開魔印店。

魔印人邊走邊埋怨自己。她認出他了，他不知道怎麼認出來的，但就是認出來了，而就這麼走出來或許比告知自己死亡的消息傷她更深。伊莉莎將他視如己出，如此離開必定像是徹底拒絕她的愛。但他又能怎麼做呢？讓她看看他對自己做了什麼？讓她知道自己的養子現在變成了什麼樣的怪物？不，還是讓她認爲自己背棄她了比較好，任何謊言都比眞相要好。

*即使她有權知道？*腦中揮之不去的聲音問道。

這個問題令他心痛，於是他將之抛在腦後，把注意力集中在前來密爾恩的主要目的——林白克的要求上。他前往歐可公爵的宮殿，但門口守衛神色不善。

「公爵閣下沒時間接見城內所有衣衫襤褸的牧師。」看見身穿長袍兜帽的他接近時，一名守衛吼道。

「他會接見我。」魔印人說，舉起蓋有林白克印信的包裹。守衛瞪大雙眼，接著懷疑的目光轉回他身上。

「但我不曾見過你。」第一名守衛說。「我見過所有皇家信使。」

「再說，什麼樣的信使會穿牧師長袍？」另一名守衛問道。

魔印人心頭依然縈繞著與伊莉莎會面的情景，沒有耐性與這些無關緊要的人物多費脣舌。「不肯開門通報就會打碎你們腦袋的那種信使。」他說著，拉開兜帽。

守衛們一看見布滿紋身的臉孔，當場後退一步。魔印人朝宮門一比，他們爭先恐後地跑過去開門。其中一名跌跌撞撞地衝向宮殿。

魔印人戴回兜帽，忍住笑意。身爲怪胎還是有點好處。

他步伐穩健地走向宮殿，吸引院子裡所有人的目光，耳中傳來眾人竊竊私語的聲音。沒過多久，公爵的宮廷總管瓊恩主母在宮門守衛的帶領下趕來迎接他。瓊恩在十幾年前魔印人見到她時就已經十分削瘦，現在幾乎可說是骨瘦如柴，皮膚白得近乎透明，其上布滿藍色的血管和老人斑。但她依然腰桿挺直，健步如飛。瑞根曾將宮廷總管比喻成某種自成一格的地心魔物，而數度與她打交道的過程令他堅信這種說法。兩名守衛謹慎地跟在她身後幾步的距離之外。

「就是他，主母。」一名守衛道。

瓊恩點頭，揮手支開守衛。守衛返回宮門，但魔印人看見許多庭院裡的人晃了過來，等著看戲。

「你就是人稱魔印人的人，是不是？」瓊恩問。

魔印人點頭。「我帶來林白克公爵的緊急訊息，還有我本人提供的協助。」

瓊恩揚起一邊眉毛。「很多人相信你是解放者再世，你怎麼會幫林白克服務？」

「我不幫任何人服務。」魔印人說。「我幫林白克送信是因爲我們同仇敵愾，克拉西亞攻擊來森的舉動會影響我們所有人。」

瓊恩點頭。「公爵閣下同意，所以他願意接見你……」

魔印人點頭，開始朝宮殿移動，但瓊恩揚起一指。「……不過要明天。」她把話說完。

魔印人臉色一沉。習慣上公爵會讓信使等待一段時間，藉以展示權威，不過在還沒過中午的時候讓身懷緊急訊息的皇家信使等待一整天？聞所未聞。

「或許妳沒弄清楚我的訊息有多重要。」魔印人嚴肅地道。

「或許是你高估了自己的重要性。」瓊恩回應。「你在分界河以南聲名遠播，不過此刻你身處群山之光、北地守護者歐可公爵的領地。他會在有空時接見你，而他要明天才會有空。」

裝腔作勢。歐可想要藉由遣走魔印人來展示自己的權威。

當然，他可以堅持覲見，宣稱受到侮辱，威脅要回安吉爾斯，甚至硬闖入宮。只要他不想被阻擋，就沒有守衛有能力阻擋他。

但他需要歐可對他釋出善意。瑞根會接獲他交給伊莉莎的魔印寶典，並且曉得該如何處理它們，但唯有歐可有能力提供必要的人力和補給前往安吉爾斯。這一切值得他等待一天。

「非常好。明天破曉時分，我在宮門外等候。」他轉身離去。

「密爾恩有宵禁。」瓊恩說。「破曉前沒有人可以在街上遊蕩。」

魔印人轉身面對她，抬起頭來，讓她看見自己兜帽底下的容貌。他微笑的時候，牙齒在布滿刺青的嘴唇之間顯得格外森白。

「那就叫守衛逮捕我。」他提議道。

他們都喜歡裝腔作勢，展示權威。

瓊恩的嘴抿成一直線。如果魔印人的刺青令她不安，她也沒有流露出來。「那就破曉時分。」她同意道，接著迅速轉身，大步走回宮殿。

離開公爵宮殿後，數名守衛尾隨而來。他們謹慎地保持距離，顯然是打算找出他的落腳處，並且記下與他接頭過的每一個人。

但魔印人在密爾恩住過好幾年，堪稱熟門熟路。他轉入一條死巷，離開守衛視線範圍後，立刻躍起十呎高，抓住二樓的窗沿。接著他又輕輕鬆鬆地跳到對面的三樓窗沿，然後再跳到對面的屋頂。他透過屋頂邊緣偷瞄，看著守衛們耐心等待他發現無路可走後離開巷子。要不了多久他們就會等到不耐煩，然後其中一人會進入巷中調查，但到時候他早就去得遠了。

當他抵達磨坊路第三間房舍時，魔印人想起伊莉莎提起傑克時最後一句暗藏玄機的話。他還好嗎？是不是發生什麼事了？

成長過程中，傑克和玫莉是他僅有的朋友。傑克夢想成為吟遊詩人，兩個男孩曾約定等亞倫取得信使執照就要一起外出旅行，如同信使與吟遊詩人這種常見的組合。

但當亞倫執著地追求自己的目標時，傑克卻從不願意花太多心思練習吟遊詩人的技巧。等到亞倫決定離開的時候，傑克的雜耍技巧就和他以雙臂當翅膀飛翔的能力一樣沒有多大差別。

儘管如此，他似乎過得很不錯。雖然這裡不能與瑞根和伊莉莎的豪宅相提並論，不過傑克的家看來堅固整潔，以密爾恩的標準來看算是寬敞。這個時間傑克多半待在磨坊裡，這樣也好。他家裡會有人幫忙收信，不太可能有人認識亞倫·貝爾斯，更別說是魔印人。

然而他萬萬沒有想到出來應門的竟然會是玫莉。

她看到全身包在兜帽和長袍下的他立刻倒抽一口涼氣，接著後退一步。他和她同等恐懼驚訝，反應也差不多。

「請問，」玫莉問，恢復正常。「有什麼可以效勞嗎？」她把手放在門上，隨時準備甩上房門。

她比印象中年長，但歲月並沒有剝奪她的美貌。他記憶中的玫莉與現在眼前這朵鮮花相比只能算是春天的花蕾。年輕時的纖細四肢如今有了圓潤的線條，濃密的褐髮波浪般地垂在圓臉以及自己親吻了上千次的豐唇兩旁。他一看到她手就開始顫抖，但不管她的美貌有多令他吃驚，眞正令他難以接受的是她前來應門這件事。

她嫁給了傑克。傑克，教他玩擒抱球並且隨他一起去麵包店後窗偷糖吃的男孩；當亞倫告訴他自己想要成爲信使後就一直神情敬畏地跟在他身後的傑克。傑克，在玫莉面前如同隱形的男孩，因爲她眼中只容得下亞倫。

「不好意思，」他說，驚訝得忘記改變音調。「我一定是找錯……」他轉身就走，大步回到磨坊路。

他聽見她在身後喘息，於是加快步伐。

「亞倫？」她叫，他拔腿就跑。

但才剛開始跑，他就聽見她追上來的聲音。「亞倫，停步！拜託！」她叫道，但他裝作沒聽見，一心只想逃跑，強壯的雙腳輕易將她拋在身後。

路上有輛壞掉的馬車翻倒在地，兩個男人在車旁爭吵。他浪費寶貴的時間繞過馬車，玫莉當即拉近兩人的距離。他閃入兩間小屋之後，希望能夠抄捷徑，但他印象中的出口消失了，小巷的末端現在是一面高得無法跳過的高牆。

他閉上雙眼，試圖以意志力讓自己如同在黎莎小屋裡時一樣憑空消失，但太陽高掛頭頂，魔法說什麼也沒有效果。他立刻折返，但已經太遲了。他在玫莉轉入小巷的同時迎面撞上她，兩人同時摔倒。魔印人摔倒時保持冷靜，在撞上石板地時出手抓住兜帽。他全身緊繃，準備翻身而起，但玫莉已經撲到他身上，緊緊將他擁入懷中。

「亞倫。」她泣道。「我放手過一次，我對造物主發誓我絕對不會再放手。」她緊緊擁抱他，在他的長袍中哭泣，而他也摟著她，坐在巷口的地上輕輕地搖晃她。儘管曾經面對大大小小無數惡魔，這個擁抱依然令他感到難以言喻的恐懼。

一段時間過後，玫莉恢復自制，抽噎一聲，用衣袖擦拭鼻子和眼睛。「我看起來一定很糟。」她喃喃說道。

「妳很美。」他說，聽起來不太像恭維，而是陳述事實。

她羞怯地笑了笑，垂下目光，再度抽咽。「我試著等你。」她低聲說道。

「沒有關係。」他說。

但玫莉搖頭。「如果我以爲你會回來，我就會永遠等下去。」她抬頭看他，凝視著兜帽底下的陰影。「我絕對不會……」

「嫁給傑克？」他問，語氣比他預想中要刻薄一點。

她偏開目光，兩人同時尷尬起身。「你離開了。」她說。「他留在我身邊。這些年來他一直對我很好，亞倫，但……」她抬頭看他，微微遲疑。「如果你要我……」

他五內翻騰。他要她怎樣？難道她會和他一起離開嗎？還是留在密爾恩，但離開傑克和他在一起？夢中的景象閃過他腦海。

「玫莉，不要。」他哀求。「不要說出口。」現在他已經沒有回頭的機會了。

她偏過頭，彷彿挨了一下耳光。「你只是回來看看老朋友傑克，拍拍他的背，閒聊幾句，然後你就要再度離開？」她問，深深吸氣，試圖忍住淚水。「你不是爲了我而回來的，是不是？」

「不是那樣的，玫莉。」他說，走到她的背後，雙手搭上她的肩。這種感覺很奇特，熟悉卻又陌生。他已經不記得自己上一次如此與人接觸是什麼時候了。「我希望妳在我離開時找到另一個男人。我聽說妳找到了，而我不想知道是誰。」他暫停片刻。「我只是沒有想到會是傑克。」

玫莉轉回來再度擁抱他，不過沒有直視他的目光。「他對我很好。父親和磨坊的老闆打過招呼，他們讓他擔任監工。我去母親學校幫忙抄寫寫字板，存下足夠的錢買這間房子。」

「傑克是個好人。」魔印人說。

她抬頭看他。「亞倫，你爲什麼還要遮住臉？」

這一次換他偏開頭去。一時間，他竟希望忘記自己的變化。「黑夜改變了我，妳不會想要看到我的樣子。」

「胡說。」玫莉說，伸手去揭他的兜帽。「這麼多年後你還活著，你以爲我會在乎你臉上有沒有傷疤嗎？」

他突然退開，擋下她的手掌。「事情沒有那麼簡單。」

「亞倫，」她在尷尬的時刻過後說道，如同多年前那樣雙手扠腰。「你一聲不吭離開密爾恩已經八年了，至少也該有勇氣露個臉吧？」

「根據我的印象，當年離開的人是妳。」他說。

「你以爲我不知道嗎？」玟莉對他叫道。「這些年來我一直責怪自己，不知道你究竟是死在路邊，還是投入另一個女人的懷抱，一切只是因爲那天晚上自私的我鬧情緒！我到底還要被懲罰多久？只因爲你告訴我你寧願出外冒險也不要和我一起受困牢籠？」

他看著她，心知她說的沒錯。他從來不曾對她撒謊，或是對任何人撒謊，但他依然欺騙了她，因爲他讓她相信自己已經淡忘了成爲信使的夢想。

他緩緩舉起雙手，拉開兜帽。

玟莉瞪大雙眼，在看見紋身的同時伸手摀住嘴阻止自己出聲。光是臉上就有幾十個魔印，沿著他的下頷和嘴唇而上，覆蓋他的鼻子和眼睛四周，就連耳朵上都有。

她本能地退縮。「你的臉，你英俊的臉。亞倫，你做了什麼？」

他曾想像過這種反應無數次，在提沙境內所有地方的人們臉上看過，儘管如此，他還是深深被她的反應刺傷。她眼中的神情等於是在批判現在的他所代表的一切，讓他感到數年不曾感受到的渺小與無助。

這種感覺令他憤怒，密爾恩的亞倫數年來頭一次浮出水面，這一刻再度沉入黑暗中。魔印人重新掌權，他的目光堅定不移。

「我爲了生存，不擇手段。」他說，聲音十分刺耳。

「不，你不是。」玫莉搖頭說道。「你本來在密爾恩就可以生存，安安穩穩地過日子，你並非……爲了生存而自殘。事實上，你會這麼做都是因爲你痛恨自己，認定自己沒有資格過露宿野外之外的生活。你這麼做是因爲你不敢敞開心胸去愛任何可能會被地心魔物奪走的東西。」

「我不怕任何地心魔物能做的事。」他說。「我在夜裡肆意遊蕩，不畏懼任何惡魔，不管大小。它們聞風喪膽，玫莉！」他拍擊胸口，強調這點。

「它們當然聞風喪膽。」玫莉低聲說道，眼淚沿著光滑的臉蛋流下。「你已經變成怪物了。」

「怪物?!」魔印人大叫，令她嚇得退縮。「我成就了數百年來無人成就的事！完成自己從前的夢想！我帶回了人類自從第一次惡魔戰爭過後就失去的力量！」

玫莉一口啐在地上，對他的成就毫不在乎。這畫面令他不安，他昨晚曾見過這個畫面，在他第三場夢境中。

「什麼代價？」她大聲問道。「傑克給了我兩個兒子，亞倫。你會要求他們參與另一場惡魔戰爭，死在戰場上嗎？他們本來可以是你兒子，是你送給世界的禮物，但結果你爲世界帶來的只是一條毀滅之道。」

魔印人張開嘴，憤怒地打算反駁，但什麼也說不出口。如果這話是其他人說的，他一定會辯駁到底，但玫莉輕而易舉地突破他的心防。他爲世界帶來了什麼？會不會有數千名年輕人帶著他的武器上戰場，結果卻在黑夜中慘遭屠殺？

「你說完成了從前的夢想並沒有說錯，亞倫。」玫莉說。「你確保沒有人可以再度親近你。」她皺著臉搖頭。溫柔的嘴唇逸出一聲嗚咽，接著她摀住嘴，轉身逃離他。

魔印人佇立很長一段時間，在人來人往的同時低頭凝視著石板地。他們看見他紋滿魔印的容貌，紛紛開始交頭接耳，但他毫不在乎。再一次，玫莉哭著離開他，而他希望大地吞噬自己。

他漫無目的地在街上遊蕩，試圖坦然接受玫莉所說的話，但沒有辦法。她說的對嗎？自母親慘死的那天晚上以後，他可曾眞的敞開心扉面對任何人？他知道這個答案，而答案令她的指控更具分量。人們在他面前紛紛讓道，他的魔印皮膚對人類和地心魔物一樣，具有阻擋的效果。只有黎莎曾試圖突破這道屏障，而他卻連她也一併趕跑。

一段時間過後，他抬起頭來，發現自己本能地回到卡伯的店前。這個熟悉的地方呼喚著他，而他已經沒有力氣反抗。他覺得內心空了，一片虛無。讓伊莉莎埋怨一頓，舉起拳頭毆打自己，不管她做什麼都不可能比現在還糟了。

他進去的時候，伊莉莎坐在地板上哭泣，獨自一人。她在門鈴響起時抬起頭來，與魔印人四目相交。一段漫長的時間過去，兩人都沒有開口說話。

「妳爲什麼沒告訴我他們結婚了？」他終於問道。這是無理取鬧的質問，但他想不出還能說些什麼。

「你也沒把一切通通告訴我。」她回道。她的語氣中沒有憤怒，沒有責怪。她是在陳述事實，彷彿討論她早餐吃些什麼。

他點頭。「我不希望讓妳看見自己現在這個樣子。」

「什麼樣子？」伊莉莎輕聲問道，將手中的掃帚放到一旁，來到他身邊。她伸手觸摸他的手臂。

「傷疤？我曾經見過。」

他轉過身去，她放開手掌。「我的傷疤是自己刻劃上去的。」

「我們的傷都是這樣來的。」她說。

「玫莉只看我一眼，就好像看到地心魔物似地立刻拔腿就跑。」他說。

「我眞的很遺憾。」伊莉莎說，從後面伸出雙手環抱他。

魔印人很想掙脫，但某部分的他在她的擁抱中融化。他轉過身來，回應她的擁抱，聞著她熟悉的體香，閉上雙眼，敞開心胸，讓痛苦離開身體。

片刻過後，伊莉莎推開他。「我想看看她所見的。」

他搖頭。「我……」

「閉嘴。」伊莉莎輕聲說道，把手伸進兜帽中，一隻手指抵住他的嘴唇。他全身緊繃，看著她的手緩緩向上，撩起兜帽拉向後方。他感到無比恐懼，血液凝結，但依然如同雕像般認命地站在原地。就和玫莉一樣，伊莉莎瞪大雙眼，倒抽一口涼氣，但她沒有退縮，只是看著他，接受眼前的一切。

「我從來不曾欣賞過魔印。」她在一段時間後說道。「以前，它們只是種工具，就像槌子或火焰一樣。」她伸手撫摸他的臉龐。柔軟的手指滑過他眉頭、下頷，以及頭顱上的魔印。「直到現在，在這間店舖中工作，我才了解它們有多美麗。任何能夠守護我們心愛之人的事物都是美的。」

他嗚咽一聲，開始哭泣的時候身形一晃，但伊莉莎穩穩地扶持他，支撐他。

「回家吧，亞倫。」她說。「就算只住一晚也好。」

第二十三章 歐可的宮廷 333 AR 春

魔印人離開魔印店，步行一段距離後再度跳上屋頂，確保沒有人跟蹤他回到瑞根和伊莉莎的家。

這裡比他印象中要小。當他十一歲初到密爾恩時，瑞根和伊莉莎家在他眼中有如一座小村莊，擁有自己的花園、圍牆、僕役房舍，以及大宅本身。現在就連庭院，他小時候學習戰鬥和騎馬的遼闊場地，似乎都帶來一種幽閉恐懼的感覺。他太習慣行走於黑夜中，牆壁令他感到窒息。

門口的僕役二話不說就讓他進去。伊莉莎派人回家報信，還派了另一個人去旅館牽黎明舞者並帶回他的行李。他穿越庭院，進入大宅，走上大理石台階，回到自己以前的房間。

屋裡就和他離開時一模一樣。亞倫居住密爾恩期間擁有很多東西——書籍、衣物、工具、繪有魔印的物品——出外送信時帶不下，因為信使只有一匹馬可以馱物。他將大部分的東西都留在這裡，而這個房間似乎完全不受時間侵擾。床上鋪有新床單，一塵不染，不過所有物品都在原位。他的書桌依然凌亂不堪。他在桌前坐了很長一段時間，沉浸在熟悉的感覺中，重溫十七歲的時光。

門上傳來急促的敲門聲，令他回過神來。他打開房門，看見瑪格莉特母親，她厚實的手臂交握胸前，冷冷打量著他。瑪格莉特自從他第一天抵達密爾恩就開始照顧他，幫他療傷，教導他在城裡做人處世的道理。魔印人驚訝地發現這麼多年過後她依然能夠令他不安。

「讓我看看。」瑪格莉特說。

他甚至不用問她要看什麼。他鼓起勇氣，放下兜帽。

瑪格莉特凝視著他良久，沒有露出預期中的恐懼或驚訝神情。她嘟噥一聲，自顧自地點了點頭。

接著她一巴掌甩在他臉上。

「這一下是爲了你令我家女主人心碎而打！」她叫道。這一巴掌出乎意料地沉重，而在他站穩腳步之前又被甩了一耳光。

「這一下是爲了你令我心碎而打！」她啜泣一聲，然後抓住他，將他拉到身前，緊擁到令他喘不過氣。「感謝造物主你沒事。」她嗚咽道。

沒過多久，瑞根回到家，他拍拍魔印人的肩，直視他的雙眼，完全不提他的紋身。「很高興你回來了。」他說。

事實上，魔印人看到瑞根反而更加驚訝，因爲他胸口別著一個沉重的金胸針，其上刻有魔印師公會的關鍵魔印。

「你現在是魔印師公會的公會長？」他問。

瑞根點頭。「卡伯和我在你離開後成爲夥伴，而你起頭的魔印交換生意讓我們成爲全密爾恩最大的一間魔印商行。卡伯因癌症而虛弱，終致去世前當了三年公會長。身爲他的繼承人，我很自然就繼任了公會長的職位。」

「這是一個全密爾恩無人後悔的決定。」伊莉莎插嘴，凝望她丈夫的眼神中充滿驕傲與愛戀。

瑞根聳肩。「我盡力而爲。當然，」他轉向魔印人。「這職位本來應該是你的。它依然可以屬於你。卡伯的遺囑中明白指出只要你回來，他所擁有的一切都要轉讓給你。」

「魔印店？」魔印人問，想不到自己從前的老師會在多年後依然把自己寫入遺囑中。

「魔印店、魔印交換生意、倉庫，以及魔印玻璃製品，」瑞根說。「學徒合約在內的一切。」

「足以讓你成為密爾恩最有錢有權的人物。」伊莉莎說。

魔印人的腦海中浮現一個畫面，他走在歐可公爵的宮殿大廳裡，幫助公爵閣下擬定政策，號令數十名甚至數百名魔印師。分配權力……締結同盟……

閱讀報告。

授權職務。

旁邊跟著一大群僕役滿足他的需求。

在城牆內窒息。

他搖頭。「我不想要，全都不要。亞倫·貝爾斯已經死了。」

「亞倫！」伊莉莎吼道。「你好端端地站在這裡，怎麼能說那種話？」

「我不能就這麼回來重拾以前的生活，伊莉莎。」他說，脫下自己的兜帽以及手套。「我已經選擇了我的道路，我永遠都不能再活在城牆內。就算是現在，空氣也異常凝重，讓我難以呼吸……」

瑞根搭著他的肩膀。「我以前也當過信使。」他提醒他道。「我知道野外的空氣是什麼氣味，也知道身處城牆內會如何渴望新鮮空氣，但這種渴望是會隨著時間消逝的。」

魔印人凝視他，目光深沉。「我為什麼要讓它消逝？」他大聲問道。「你為什麼要讓它消逝？為什麼要在手持鑰匙的時候把自己鎖回囚牢？」

「因為瑪雅，」瑞根說。「因為亞倫。」

「亞倫？」魔印人語氣困惑。

「不是你。」瑞根低吼，他也有點火了。「我五歲的兒子亞倫。他需要父親，這比他父親需要新鮮空氣重要多了！」

這一下重擊比瑪格莉特的巴掌還要沉重，魔印人心知自己應該受此懲罰。剛剛他對瑞根說話的語氣就像在對自己親生父親說話，好像他是提貝溪鎮的傑夫·貝爾斯，眼睜睜站在原地看自己妻子慘遭屠殺的懦夫。

但瑞根並非懦夫，他已經證明這個事實數千次了。魔印人曾親眼見識過他手持長矛與盾牌面對地心魔物。瑞根不是因爲恐懼而放棄黑夜，他是爲了征服恐懼才這麼做。

「我很抱歉。」他說。「你說的對，我無權……」

瑞根吁出一口氣。「沒關係，孩子。」

魔印人走到瑞根和伊莉莎的接待廳牆上一排排的肖像畫之前。他們每年都會請人畫一幅畫，以紀錄歲月的流逝。第一幅畫裡只有瑞根和伊莉莎，外表十分年輕。第二幅繪於數年後，魔印人看著兒時的臉瞪視著自己，不過臉上沒有魔印，他已經好多年不曾見過這一幕。亞倫·貝爾斯，一個十二歲的男孩，坐在椅子上，瑞根和伊莉莎站在他身後。

接下來每年的肖像畫裡他越長越大，直到有一年，他站在瑞根和伊莉莎之間，伊莉莎抱著襁褓中的瑪雅。

隔年的畫像中他不見了，但沒過多久，新的亞倫出現了。他輕輕觸摸畫布。「眞希望他出生時我在這裡，眞希望此刻我可以待在他身邊。」

「你可以。」伊莉莎語氣堅定。「我們是一家人，亞倫。你不用過著乞丐般的生活，這裡永遠都是你的家。」

魔印人點頭。「我現在了解了，透過一種我從來不曾看待此事的角度。爲此，我深感抱歉。我從前沒有回應你們的愛，今後也沒有能力回應。等我覲見公爵後，就會立刻離開密爾恩。」

「什麼?!」伊莉莎叫道。「你才剛到家而已！」

魔印人搖頭。「我選擇了自己的道路，而我必須走到盡頭。」

「那你打算去哪裡？」伊莉莎問。

「先去提貝溪鎮。」他說。「去把戰鬥魔印交給他們。接下來，請你們將戰鬥魔印傳遍密爾恩和附屬村落，我會負責安吉爾斯和雷克頓。」

「你期望所有小村落都起身戰鬥？」伊莉莎問。

魔印人搖頭。「我並沒有要求任何人戰鬥。但如果當年我爸擁有一把長弓以及魔印箭矢，我媽或許就不會死了。所有人都應該擁有她沒能獲得的機會。等到戰鬥魔印傳遞到世界每個角落，廣爲流傳，不可能再度失落後，人們就可以自行決定該怎麼做。」

「然後呢？」伊莉莎逼問，聽她的語氣，她依然期待有一天他會永遠待下來。

「然後我會戰鬥。」魔印人說。「歡迎所有人與我並肩作戰，我們將會對抗惡魔，直到身亡，或是直到瑪雅和亞倫可以無所畏懼地欣賞日落。」

✤

夜深了，僕役早已就寢。瑞根、伊莉莎，以及魔印人坐在書房，空氣中瀰漫著男人一邊分享白蘭地一邊抽菸時所散發的香甜氣味。

「公爵召喚我明天前往覲見廳會見『魔印人』。」瑞根說。「我得說我再怎樣也想不到他們說的是你。」

他忍俊不禁。「我奉命要讓魔印師假扮成僕役，接著趁你和公爵閣下交談時畫下你身上的刺青。」

魔印人點頭。「我會戴上兜帽。」

「爲什麼？」瑞根問。「如果你打算讓所有人都擁有魔印，爲什麼要隱藏它們？」

「因爲歐可覬覦它們。」魔印人說。「我可以利用這點取得優勢。我要讓他分心，以爲得向我購買魔印，而你可以私底下在公爵領地散布給所有魔印師。遠遠流傳開來，不要讓歐可有機會藏私。」

瑞根嘟噥一聲。「高明。」他同意道。「不過歐可發現後一定會大發雷霆。」

魔印人聳肩。「到時候我早就走了，就當作是他把那麼多知識鎖在大圖書館裡，只讓少數人閱讀的懲罰。」

瑞根點頭。「那麼覲見時我最好裝作不認識你。如果你身分洩露，我就裝出和其他人一樣吃驚的表情。」

「我想這是明智之舉。」魔印人同意道。「你認爲還有誰會出席？」

「越少人越好。」瑞根說。「歐可其實很高興你在破曉時分抵達，這樣他就可以在牧師和貴族們發現之前送你出宮。除了公爵和瓊恩，現場只會有我、信使公會的馬爾坎公會長、歐可的女兒，以及我那些假扮成僕役的魔印師。」

「談談歐可的女兒。」魔印人說。

「海帕緹雅、艾莉雅，以及羅蘭。」瑞根說。「都和她們父親一樣死腦筋，而且長相也沒有好看到哪去。全是母親，都有產下兒子。如果公爵沒有兒子，主母議會將從那堆不神聖的小鬼頭裡挑選下任公爵。」

「所以如果歐可死了，繼任的將會是個小鬼？」魔印人問。

「基本上而言，是的。」瑞根說。「但實際上是男孩的母親會成為女公爵，握有統領領地的實權，直到他長大成人……也可能更久；不要低估她們。」

「我不會。」魔印人說。

「另外你還應該知道，公爵換了新的傳令使者。」瑞根說。

魔印人聳肩。「那有什麼關係？我連以前的都不認識。」

「有關係。」瑞根說。「因為新使者是奇林。」

魔印人立刻抬頭。奇林是瑞根在道上拯救小亞倫時的吟遊詩人夥伴，當時亞倫因為砍斷獨臂魔的手臂遭惡魔感染而昏迷不醒。這個吟遊詩人是個懦夫，當惡魔測試魔印時只會縮在睡袋裡哭泣；但多年後，魔印人發現他在表演時宣稱獨臂魔的手臂是他砍斷的。那時獨臂魔每天晚上都會為了找亞倫復仇而攻擊城牆魔印，有一回甚至真的突破城牆，差點成功報仇。當時亞倫在大庭廣眾之下指責奇林說謊，結果他和傑克被奇林的學徒痛扁一頓。

「一個不敢旅行的人怎麼能幫公爵傳令？」魔印人問。

「歐可掌權的關鍵就是廣納人才及珍藏知識。」瑞根說。「有些貴族看過奇林演唱那首關於獨臂魔的愚蠢歌謠，進而引起歐可的注意。沒過多久奇林就接受公爵聘雇，現在他專門為公爵演出。」

「所以他並沒有真的在傳令。」魔印人說。

「喔，他有。」瑞根說。「大多數的小村落都可以在不必餐風露宿的情況下抵達，歐可甚至為了這個膽小如鼠的傢伙在道上建立幾座驛站。」

公爵宮殿的大門於破曉時開啓，而出門迎接魔印人的不是別人，正是奇林。

奇林看起來與魔印人印象中差不多，從密爾恩人的標準來看身材很高，有著紅蘿蔔色頭髮及翠綠眼珠。他變胖了點，顯然是換了新東家後所得到的福利。稀疏的小鬍子與下頷的鬍鬚分開，不過臉上倒是塗了不少粉，藉以遮掩皺紋，保留逝去的青春年華。

上次見面時奇林身穿吟遊詩人的七彩表演服，現在他身為皇家傳令使者，服飾也配合身分而改變。他的短袖外衣綴有代表歐可公爵的灰色、白色，以及綠色，樣式較為樸實，不過褲子依然寬鬆，以免公爵突然叫他表演翻觔斗。黑斗篷的內裡倒是縫滿七彩補丁，只要迅速轉身就能顯露出來。

「很榮幸見到你，閣下！」奇林說，正式鞠躬行禮。「公爵閣下正在和幾名重要顧問準備迎接你的到來。請隨我來，我會護送你前往等候廳。」

魔印人隨他穿越宮殿。上一次進入此地時，許多僕役和主母為了處理公爵的事務而在裡面忙進忙出。但當此破曉時分，走道上只有零星幾名僕役，而且全都受過保持低調的訓練。

滋滋作響的燈座將走廊籠罩在一股搖曳的光線中。這些燈座不需燃油或燈芯，也不需要藥草師提煉合成物。它的能量來源叫作電力，另一種歐可私藏的古老科技。它看起來十分神奇，但魔印人待在公爵圖書館時就知道這東西只是利用磁力產生的能量，與用風力或水力轉動磨麵機沒有多大不同。

奇林領他來到鋪滿絨布毯且有座壁爐的房間。牆邊都是書櫃，還有張桃木書桌。如果他孤身一人，這裡或許是個等待的好地方。

但奇林不打算離開。他走到一堆銀器旁，倒了兩杯香料紅酒，然後走回來遞給魔印人一杯。「我本人也是知名的惡魔戰士。或許你曾聽過我做的一首歌，歌名叫作『獨臂魔』？」

年輕時的亞倫聽到這話一定會大發雷霆，奇林竟然還在搶佔他的功績，但魔印人已不在乎這種小事了。「我確實聽過。」他說，拍拍吟遊詩人的肩。「很榮幸見到如此勇敢的人。今晚和我一起出戰，我們去讓一大群石惡魔見識陽光！」

奇林臉色發青，皮膚幾近病態地發白。魔印人在兜帽陰影下微笑，或許他沒有自己想像中豁達。

「我……呃，感謝你如此提議。」奇林結巴說道。「那是我的榮幸，當然，但我對公爵的職責不允許我這麼做。」

「我了解。」魔印人說。「幸好當年拯救歌裡的男孩時，你毋須顧慮這麼多。他叫什麼名字？」

「亞倫．班恩斯。」奇林說，以熟練的微笑恢復鎮定。他湊到近處，伸手搭上魔印人的肩，壓低聲音。

「以下是我以惡魔戰士的身分對另一名惡魔戰士說的，」他說。「只要你願意在結束與公爵的會面後撥空接受我的訪談，我可以將你的事蹟寫入歌曲，永遠流傳下去。」

魔印人轉頭面對他，提起兜帽，任由燈光灑入其中。奇林倒抽一口涼氣，移開手臂，退向一旁。

「我殺惡魔不是為了榮耀，吟遊詩人。」他吼道，大步逼近可憐的傳令信使，直到他的背部撞上書櫃，導致書櫃猛烈搖晃。「我殺惡魔，」他湊上前去。「是因為它們該殺。」

奇林手掌顫抖，灑出美酒。魔印人後退一步，面露微笑。「或許你可以把剛剛發生的事情寫成一首歌。」他建議道。

奇林依然沒有離開，不過也沒有再度開口說話，魔印人對此心存感激。

歐可的覲見廳比魔印人印象中來得小，但依然壯觀，許多高大的石柱撐起高得令人咋舌的天花板。天花板漆成類似天空的色彩，中央還有顆耀眼的太陽。地上嵌滿彩繪瓷磚，牆上掛滿繡帷。這是間足以容納很多人的大廳，公爵曾在此舉行無數宴會，並且坐在大廳末端的王座上欣賞宴會的景象。

魔印人入廳時，歐可公爵已經坐在自己的王座上。他身後的王座台上站著幾名相貌醜陋的女人，外貌和公爵相似，身上昂貴的禮服及珠寶彰顯她們是公爵之女的身分。瓊恩主母站在王座台台階下方，手持寫字板和筆。站在她對面的是瑞根和馬爾坎公會長。這兩名退休信使自在地並肩而立。瑞根對馬爾坎輕聲低語，馬爾坎竊笑，瓊恩立刻瞪了他一眼。

瓊恩身邊站著皇家圖書館長、玫莉的父親朗奈爾牧師。

魔印人咒罵自己。他應該料到朗奈爾會出現於此，如果玫莉曾告訴他……

儘管朗奈爾好奇地打量他，目光看來卻不像認得他的樣子。他的身分沒有洩露，至少暫時沒有。

兩名守衛關上廳門，舉起長矛於門前交叉。所有「僕役」手上都拿著寫字板，在石柱的另一邊逡巡，故作低調地仔細觀察他。

近距離看，歐可公爵比魔印人印象中更胖更老。肥大的手指上仍戴滿戒指，胸口還佩戴華麗的項鍊，金冠下的頭髮比之前稀疏。他曾經氣勢非凡，現在看來幾乎無法在沒人幫忙的情況下離開王座。

「歐可公爵，群山之光，密爾恩領主，」奇林宣告道，「容我為你引見魔印人，代表林白克公爵，森林堡壘守護者及安吉爾斯領主的信使。」

瑞根的聲音在他心頭響起，每當覲見公爵時他就會聽見這些話語。只要你容許他們，商人和貴族就會騎到你頭上。你在他們面前必須表現得像個國王，永遠不要忘記出城冒險的人是誰。

他將這話放在心裡，抬頭挺胸，大步向前。「公爵閣下。」他不等對方開口就搶先說道。他長袍飄逸，優雅地鞠了個躬。眾人低聲議論這種大膽的舉動，但歐可似乎毫不在意。

「歡迎來到密爾恩，」公爵說道。「我們曾聽說不少關於你的事蹟。我承認我和許多人一樣以爲你只是傳說中的人物，可以請你讓我見識見識嗎？」他說著，比個移除兜帽的手勢。

魔印人點頭，拉開兜帽，四面八方隨即傳來一陣驚呼。就連瑞根也裝出震驚不已的模樣。

他等待片刻，讓所有人看清自己。「了不起。」歐可說。「眞是百聞不如一見。」他說話的同時，瑞根手下的魔印師著手開始工作，在竭力掩飾的情況下拿筆描繪眼前所見的魔印。

這一次他心裡響起卡伯的聲音。密爾恩堡和提貝溪鎮不同，孩子。在這裡，幹什麼都要花錢。他不認爲他們能夠抄錄多少——他臉上的魔印太小也太密了——但他依然順手拉回兜帽，目光停留在公爵臉上。這意思十分明顯，他不會免費贈送他的祕密。

歐可看向魔印師，對他們輕易洩底感到不悅。

「我爲安吉爾斯的林白克公爵帶來訊息。」魔印人說，拿出蓋有印信的包裹。

公爵不加理會。「你是誰？」他單刀直入地問道。「來自何處？」

「我是魔印人。」他說。「來自提沙。」

「不准在密爾恩提起那個名字。」公爵警告道。

「不管能不能提，事實就是如此。」魔印人回應道。

歐可瞪大雙眼，想不到他竟如此大膽，接著靠回椅背，沉思不語。歐可和魔印人曾見過的公爵不同。在雷克頓或來森，公爵只是代表議會發言的名義領袖而已。在安吉爾斯，林白克握有實權，不過他的兄弟和詹森所做的決定似乎不比他少。在密爾恩，所有一切都在歐可的掌握中。他的顧問顯然只是提出建議，無權下達決定。從他能夠統治這麼久這點來看，他肯定是個精明謹慎的人。

「你眞的能夠赤手空拳殺死惡魔嗎？」公爵問。

魔印人再度微笑。「就像我對你的吟遊詩人所說的，公爵閣下，黃昏後隨我出城，我可以讓你親眼見證。」

歐可哈哈大笑，不過是強擠出來的笑容，他渾圓紅潤的臉頰變得面無血色。「或許改天吧？」

魔印人點頭。

歐可凝視著他一段時間，彷彿試圖做出什麼決定。「所以？」他終於問道。「你到底是不是？」

「閣下是指？」魔印人問。

「解放者。」公爵挑明地講。

「當然不是。」朗奈爾牧師嘲笑道，但公爵比個明顯的手勢，他立刻閉嘴。

「不是。」魔印人回答。「解放者只是傳說，不是眞的。」朗奈爾打算開口駁斥，但他望了公爵一眼，隨即保持沉默。「我只是個找回失落魔印的人。」

「戰鬥魔印。」馬爾坎說，目光炯炯。除了瑞根，他是大廳內唯一曾在黑夜中獨自面對惡魔的人，會對此感興趣並不出人意表。信使公會多半願意付出任何代價讓他們的人擁有魔印長矛和箭矢。

「你是如何找回這些魔印的？」歐可逼問。

「城市之間的廢墟裡藏有許多珍寶。」魔印人回答道。

「哪裡？」馬爾坎問。魔印人只是微笑，讓他們自行上鉤。

「夠了，」歐可說。「那些魔印要多少錢？」

魔印人搖頭。「我不會爲錢出售魔印。」

歐可眉頭一皺。「我可以命令我的守衛說服你。」他警告道，朝門口的兩名守衛點頭。

魔印人微笑。「那你會短少兩名守衛。」

「或許，」公爵若有所思地道。「但我有的是守衛，多得足夠把你壓在地上，讓我的魔印師畫下你身上的魔印。」

「我身上沒有可幫助你們加持長矛或武器的魔印。」魔印人撒謊道。「那些魔印在這裡，」他輕拍兜帽側面。「全密爾恩的守衛都沒辦法逼我交出它們。」

「我不這麼認爲。」歐可警告道。「我看得出來你心裡有個價錢，廢話少說，開價吧。」

「一件一件來。」魔印人說，將林白克的包裹交給瓊恩。「林白克公爵要求同盟，聯手趕走入侵來森的克拉西亞人。」

「林白克當然想要同盟。」歐可不屑地道。「他躲在木牆之後，位於沙漠老鼠覬覦的綠地上。但我有什麼理由出兵？」

「他引用大協定。」魔印人說。

歐可等待瓊恩呈上書信，一把接過，迅速閱讀。他臉色一沉，將信捏成一團。

「早在林白克於分界河岸重建河橋鎮時，」他吼道。「他就違背了大協定，交出十五年來收取的過橋費，或許我會考慮派兵前往他的城市。」

「公爵閣下，」魔印人說，壓抑著一股想要跳上王座台掐死他的衝動。「河橋鎮的問題可以擇日再談。克拉西亞人對你們雙方都是威脅，遠比那種瑣碎的小事重要許多。」

「瑣碎?!」公爵大聲說道。瑞根搖頭，魔印人立刻後悔自己的用字遣詞。他應付貴族的能力遠遠不及他的老師。

「克拉西亞人不是來抽稅的，公爵閣下。」他繼續道。「不要想錯了，他們是來殺戮、姦淫，直到整個北地都被他們納入麾下。」

「我不怕沙漠老鼠。」歐可說。「讓他們來我的群山送死！讓他們在冰封之地圍城，看看他們在城牆外飢寒交迫時能不能用沙魔印對抗冰惡魔。」

「那你的外圍村落怎麼辦？」魔印人問。「你打算犧牲他們嗎？」

「我可以守護自己的領地。」歐可說。「我的圖書館裡藏有記載戰爭科技的書籍、武器和機械的設計圖，足以在傷亡輕微的情況下擊退那些野蠻人。」

「我可以提供建議嗎？公爵閣下。」朗奈爾牧師說，吸引所有人的目光。他深深鞠躬，當歐可點頭後，他迅速走上台階，彎腰低語。

魔印人敏銳的耳力清楚地聽見每一個字。

「公爵閣下，您認爲讓這種祕密重返人間眞的是明智之舉嗎？」牧師問。「當初就是因爲人類相互交戰才引發大瘟疫的。」

「您比較喜歡克拉西亞瘟疫嗎？」歐可小聲回應。「伊弗佳降臨時，造物主的牧師會變成什麼東西？」

朗奈爾遲疑。「你說的很有道理，公爵閣下。」他鞠躬退下。

「就算你堅守分界河，」魔印人說。「密爾恩在缺乏南方的穀物、漁獲及木材的情況下又能撐多久？王室果園或許能提供宮殿所需，但當城內其他人開始挨餓時，他們會把你從內城牆裡揪出來。」

歐可怒吼一聲，但沒有立刻回應。「不。」他終於說道。「我不會在沒有任何回報的情況下為了幫助林白克而派遣密爾恩士兵去南方送死。」

魔印人對此人的短視近利感到怒不可抑，但這種反應依然在他意料中。現在就看他如何協商了。

「林白克公爵授權我談判協商。」魔印人說。「他不會自河橋鎮撤哨，但他願意在接下來的十年間交出一半的過橋費，藉以換取你的協助。」

「才一半，才十年？」歐可嘲笑。「那點錢採辦軍糧都不夠。」

「這點還有談判空間，公爵閣下。」魔印人說。

歐可搖頭。「不夠好，差得遠了。如果林白克要我協助，得付出更多代價。」

魔印人側頭詢問：「什麼代價，公爵閣下？」

「林白克至今依然沒有男性王位繼承人，對不對？」歐可直言相詢。瓊恩主母低呼一聲，大廳中其他人全都為這個不恰當的話題不安躁動。

「就和公爵閣下一樣。」魔印人說，不過歐可並不在乎這下反擊。

「我有孫子。」歐可說。「我後繼有人。」

「恕我愚昧，但此事和同盟有什麼關係？」魔印人問。

「如果林白克想要子嗣，他就得和我的女兒結婚。」歐可說，回頭看向身後那些醜陋的女兒。

「將過橋費當作訂婚禮物。」

「閣下的女兒不都已是母親了嗎？」魔印人語氣困惑地問。

「沒錯。」歐可說。「保證能生，而且全生過兒子，都處於生育年齡。」

魔印人再度看向公爵的女兒們。她們看起來一點也不像處於生育年齡的樣子，但他沒有發表評論。「公爵閣下，但她們不是都結婚了嗎？」

歐可聳肩。「全嫁給低等貴族。我只要一聲令下就能解除婚約，讓她們驕傲地坐在林白克的王座旁，爲他產下子嗣。我甚至願意讓他自己挑。」

林白克死都不會就範。魔印人心想。同盟無望了。

「我無權協商這種事。」他說。

「當然。」歐可同意道。「我今天就會簽署書面提議，派遣我的傳令使者前往林白克的宮殿親自傳達。」

「公爵閣下，」奇林尖叫，臉色再度發白。「您當然需要我待在宮裡——」

「你給我前往安吉爾斯，不然我就把你從高塔上丟下去。」歐可吼道。

奇林鞠躬，試圖在絕望的神情之外加上一副吟遊詩人的面具。「既然不須擔心宮裡的職責，我當然很榮幸能爲您效勞。」

歐可咕噥一聲，目光轉回魔印人身上。「你的戰鬥魔印到底要怎樣才肯賣？」

魔印人微微一笑，把手伸進背袋中取出一本手工綑綁、皮革封面的魔印寶典。「您是指這些？」

「你不是說你沒帶在身上？」歐可問。

魔印人聳肩。「我說謊。」

「你要什麼代價？」公爵再度問道。

「派遣魔印師和補給品隨同您的傳令使者一起前往河橋鎮。」魔印人說。「外加一道皇家命令，同意所有難民可以在不付過橋費的情況下度過分界河，並提供食物、避難所，保護他們安然過冬。」

「這麼多？只為了一本魔印書？」歐可大聲說道。「太荒謬了！」

魔印人聳肩。「如果您想向林白克購買我賣給他的東西，你最好盡快與他接頭，免得克拉西亞人燒燬他的城市。」

「魔印師公會願意分擔公爵閣下的支出，當然。」瑞根立刻說道。

「信使公會也願意。」馬爾坎當即補充。

歐可瞇起雙眼看著他們兩個，魔印人心知自己已經贏了。歐可知道如果自己拒絕，兩個公會會長將私下購買魔印，到時候他就會失去掌控第一次惡魔戰爭以來在魔法方面最偉大突破的機會。

「我絕不會要求我的公會分擔我的支出。」公爵說。「王室會負責全部支出。畢竟，」他朝魔印人點頭。「密爾恩至少能做的就是接納所有遠道而來的難民。當然，前提是他們願意宣誓效忠。」

魔印人皺眉，但還是點了點頭，接著朗奈爾牧師在歐可的指示下快步上前接過魔印寶典。馬爾坎渴望地盯著寶典看。

「你願意隨我們的車隊一起去安吉爾斯嗎？」公爵問，竭力掩飾想要盡快擺脫魔印人的意圖。

魔印人搖頭。「感謝你，公爵閣下，但我自己一個人最安全。」他鞠了個躬，然後在沒有獲得允許的情況下轉身步出大廳。

⁂

他輕而易舉地擺脫歐可派來跟蹤的人。城市已經開始晨間的喧囂，魔印人在人來人往的街道上朝公爵圖書館前進。踏上全提沙最壯觀的建築台階時，他看起來就像一名普通的牧師。

一如往常，公爵圖書館在魔印人心裡同時撩起歡喜與悲傷的情緒。在裡面，歐可及他的先祖幾乎收藏了所有大回歸時逃過火惡魔荼毒的古世界典籍，科學、醫藥、魔法、歷史等所有的一切。密爾恩公爵蒐集所有知識，將之束之高閣，不讓任何人從中受益。

魔印人在當初階魔印師時，曾幫圖書館中的書櫃和家具刻製魔印，換來終生閱讀其中館藏的權利。當然，他並不打算洩露自己身分，就算對微不足道的輔祭書記也一樣，反正他此行的目的也不在圖書。進入圖書館後，他立刻避開人們的目光，走向一條側面通道。

朗奈爾牧師抱著魔印寶典回來時，他已在圖書館長的辦公室裡等候。朗奈爾剛開始沒有注意到他，快步進房，反身鎖門。他呼了一大口氣，轉過身去，將書捧到自己面前。

「很奇怪，歐可竟然把書交給你，而不是更有能力解譯書中魔印的魔印師公會長。」魔印人說。

朗奈爾驚呼一聲向後跌開。看清來人身分後，他的眼睛瞪得更大，伸手迅速在身前比劃魔印。牧師確定魔印人並不打算攻擊後，挺直腰身，恢復冷靜。「我有能力解譯此書。魔印是輔祭課程的一部分，世人或許還沒準備好接受這本書中的知識，公爵閣下命令我先行評估。」

「這就是你的作用，牧師？決定什麼知識可以讓世人接受？好像你或歐可有權不讓人們取得對抗地心魔物的能力。」

朗奈爾輕哼一聲。「閣下說得好像你沒有高價出售魔印，而是免費贈送的。」

魔印人走到朗奈爾的書桌前。桌面十分整齊，一塵不染，上面只擺有一盞油燈，一組光滑的桃木寫字工具，以及放有牧師私人卡農經的黃銅書架。他順手拿起卡農經，敏銳的耳朵聽見牧師不滿的吸氣聲，但對方沒有吭聲。

皮革封面十分陳舊，墨跡很淡。這不是擺著好看的陳列品，而是經常參閱的指南，牧師三不五時就會琢磨其中記載的神祕內容。待在圖書館期間，朗奈爾曾經命令亞倫閱讀這本經書，但他不像朗奈爾那樣深信此書，因爲這本書是建立在兩個他無法接受的大前提下：一是世上存在全能的造物主，一是地心魔物是造物主派來懲罰人類罪孽的瘟疫。

在他的眼中，這本書如同這個世界的所有事物，都得爲人類淒慘的處境負責——在應該堅強的時候懦弱退縮，總是活在恐懼中，對一切不抱半點希望。儘管如此，卡農經中對於手足情誼以及人類團結合作等描述都是魔印人深信不移的理念。

他翻動書頁，找到要找的頁面，開始唸誦：

「世上沒有任何男人不是你的兄弟，沒有任何女人不是你的姊妹，沒有任何小孩不是你的子嗣。因爲所有人都承受大瘟疫的苦難，不管是正義之士還是罪人。所有人都必須團結一致，對抗黑夜。」

魔印人重重闔起經書，嚇了圖書館長一大跳。「我要求公爵付出什麼代價購買魔印，牧師？要歐可在無助的人找上門來時幫助他們？我要如何從中獲利？」

「你可能與林白克狼狽爲奸。」朗奈爾說道。「他付錢要你趕走那些對分界河以南的地區造成困擾的乞丐。」

「聽聽你在說什麼，牧師！」魔印人說。「找盡藉口不去遵守卡農經的教誨！」

「你到底爲何而來？」朗奈爾問。「只要願意，你可以將魔印送給密爾恩的每一個人。」

「已經送了。」魔印人說。「你和歐可都沒有能力阻止魔印流傳。」

朗奈爾瞪大雙眼。「你爲什麼告訴我這個？奇林要到明天才會出發，我還是可以要求公爵取消收留難民的承諾。」

「你不會的。」魔印人說，刻意將卡農經放回原先的位置。

朗奈爾皺眉。「你來找我幹嘛？」

「我想了解歐可提到的戰爭機器。」魔印人說。

朗奈爾深吸一口氣。「如果我拒絕呢？」

魔印人聳肩。「那我就自己去書櫃裡找。」

「除非擁有公爵印信親批的文件，任何人不得查閱資料。」朗奈爾說。

魔印人拉開兜帽。「就連我也不能？」

朗奈爾訝異地凝視著他滿臉刺青。他沉默了很長一段時間，再度開口說話時，他引用了另一段卡農經文。「他的身上擁有印記……」

「惡魔無法逼視，它們將於恐懼中抱頭鼠竄。」魔印人接著唸道。「這段經文是我幫你的書櫃刻製魔印那年，你強迫我背誦下來的。」

朗奈爾凝視他良久，試圖撥開魔印和歲月的痕跡。他的眼中突然閃過認出對方的光芒。「亞倫？」他驚呼道。

魔印人點頭。「你曾承諾我一輩子都可以進館查閱資料。」他提醒圖書館長。

「當然，當然……」朗奈爾說，但思緒立刻飄開。他彷彿為了釐清思緒般大力搖頭。「我怎麼會沒看出來？」他喃喃說道。

「看出什麼？」魔印人問。

「你。」朗奈爾跪倒。「你就是解放者，為了結束大瘟疫而降臨世間！」

魔印人臉色一沉。「我可沒這麼說。你認識小時候的我！我既倔強又衝動，從來不曾踏足聖堂。我向你女兒求婚，然後一走了之，背棄我們的婚約。」他湊到牧師身前。「我就算吃惡魔糞也不會相信這個『大瘟疫』是人類自作自受的懲罰。」

「當然不是。」朗奈爾同意道。「解放者的看法必定與我們相反。」

「我才不是天殺的解放者！」魔印人大聲說道，但這次圖書館長沒有退縮，他驚訝地睜大雙眼。

「你是呀，」朗奈爾說。「只有這樣才能解釋你的奇蹟。」

「奇蹟？」魔印人難以置信地問道。「你是抽了潭普草嗎，牧師？什麼奇蹟？」

「奇林可以隨意編造在路上拯救你的歌謠，但我在那之前就已經聽卡伯大師說過眞實的版本。」朗奈爾說。「你砍斷石惡魔的手臂，而當它突破城牆時，是你把它誘入魔印陷阱的。」

魔印人聳肩。「那又怎樣？任何具有基本魔印技巧的人都做得到。」

「但我沒聽說任何人這麼做過。」朗奈爾說。「而且你砍斷石惡魔手臂時才十一歲，還是在獨自露宿野外的情況下。」

「要不是瑞根救我，我早就重傷不治。」魔印人說。

「信使出現之前，你已經撐過好幾個晚上。」朗奈爾說。「造物主一定是在考驗結束時派遣他去救你的。」

「什麼考驗？」魔印人問，但朗奈爾沒有回答。

「本來是個路邊撿來的乞兒，」圖書館長繼續。「而你卻爲密爾恩帶來全新的魔印，並在結束學徒階段之前振興了整個魔印產業！」他說話的語氣像是在每件事蹟中看見全新的光芒，抽絲剝繭地解開某個偉大的謎團。

「你為神聖圖書館繪製魔印。」他語氣敬畏地指著房間說道。「當時你只是個孩子，一個學徒，而我竟然允許你幫全世界最重要的建築繪製魔印。」

「只是家具而已。」魔印人說。

朗奈爾點頭，彷彿又找到另一條線索。「造物主要你來此，前來大圖書館。這裡的一切都是為了你而收藏的！」

「胡說八道！」魔印人說。

朗奈爾當即起身。「請你戴上兜帽。」他說著走向房門。

魔印人看他片刻，接著照做。朗奈爾帶他離開辦公室，前往主圖書室，大步穿越書櫃迷宮，如同男子在家中穿梭，急著去關火爐似的。

魔印人絲毫沒有落後。在幫圖書館內每個書櫃、每張書桌、每張板凳刻製魔印之後，館內的布局已深深烙印在他腦海。沒過多久他們就來到一道以繩索隔開通道的拱門前。一名身材壯碩的輔祭站在門口管制人員進出，他頭頂的拱心石上刻著「BR」二字。

這裡面收藏的是整座圖書館中最珍貴的書籍——大回歸前撰寫的書籍原稿。這些書都存放於玻璃之後，鮮少有人觸碰，因為館方早在許久以前就已抄錄謄本。BR區中同時也存放著無數參考書籍、哲學書籍，以及由虔誠的造物主牧師擔任的歷任圖書館長判定，就連密爾恩學者也不適合接觸的故事。

魔印人小時候很喜歡趁巡邏禁書區的輔祭不在時跑進來研究這些書籍。他曾經不只一次夾帶禁忌的浪漫小說或未編審過的歷史書籍出來當作夜間的讀物，然後在被發現之前將書放回原位。

輔祭在牧師接近時深深鞠躬，朗奈爾帶他前往其中一個禁書書櫃。這裡共有好幾千本書，不過公爵的圖書館長知曉每一本書，完全沒有放慢腳步察看書櫃或書脊，直接從中挑出一本。他轉過身去，將書交給魔印人。封面書名以手寫標示：古世界武器。

「科學時代擁有可怕的武器。」朗奈爾說。「可以殺死數百人，甚至數千人的武器。造物主當然會爲此感到憤怒。」

魔印人沒有理會他的評論。「歐可打算重新建造？」

「最可怕的武器超出我們的能力範圍，需要大型精煉廠和大量電能。」朗奈爾說。「但不少武器只須簡單的化學知識和鑄鋼能力就可以了。那本書，」他指著魔印人手中的書。「鉅細靡遺地記載了這些武器列表和製法。帶走吧。」

魔印人揚起一邊眉毛。「歐可得知本書失竊會有什麼反應？」

「他會大發雷霆，然後要我去查閱原稿重新謄寫一份。」朗奈爾說著比向一排排的玻璃書櫃。玻璃上的魔印都是當年魔印人親手刻劃而成的。

朗奈爾牧師順著他的目光望去。「魔印師公會開始加持玻璃後，我就把它們搬出去吸取魔力。你的魔印讓那些書櫃堅硬無比，又是另一個奇蹟。」

「你不能洩露我的身分。」魔印人說。「那會讓所有我認識的人陷入危險。」

朗奈爾點頭。「暫時而言，我知道就夠了。」

就算他沒告訴朗奈爾自己是誰，玫莉多半也會告訴他，但他沒想到這個恪守教規的男人竟然會相信自己——亞倫．貝爾斯——就是解放者。魔印人皺起眉，將書放入背袋。

心靈惡魔於新月的最後一個晚上追逐魔印人的蹤跡來到密爾恩堡。惡魔王子只有在一個月中最黑暗的三個晚上才能現身人世，但它很快就能找出獵物的蹤跡，跟隨滯留空中的氣味尾隨而來，即使對方已路過數日也聞得到。那是種十分微妙的氣味——不太像人類，並且帶有盜自地心魔域的魔力氣息。

心靈惡魔坐在化身魔所化的風惡魔背上，凝視著下方位於人類滋生地外的魔印網。城牆的魔印威力強大，但屋頂上的魔印力場卻有極大的縫隙。除非意外發現，不然一隻需要魔力加持才能看見魔印網的有翼軀殼絕對沒有能力找到這些縫隙，但在惡魔王子眼中，魔印網清晰無比，於是它引導自己的化身魔輕鬆穿越魔印網，進入城市中。

房舍的窗戶緊閉，黑暗的街道空無一人。心靈惡魔感受到房舍上的魔印試圖吸收自己的魔力，但化身魔迅速滑翔，魔印根本來不及吸收。城內到處都是複雜的魔印網，但惡魔王子如同人類繞過水坑一樣輕易地避開它們。

它們跟隨空中一條隱形通道穿越全城。它們在雄偉的內城稍作停留，但在內城門外聞了一聞後立刻了解這裡不是最終目的地。接著它們前往一座魔印力場強大得令惡魔王子遠遠就能感受到吸力的巨型建築。通常每處人類滋生地至少都有一座這種建築，它們最好避開這種建築，特別是當它的獵物不在該處的時候。另外還有一股更新的氣味離開那棟建築。

那股氣味帶領它們來到另一堵魔印圍牆，這堵圍牆的魔印縝密，完美無瑕。這些魔印並非針對它們的屬性，但惡魔王子心知只要自己或是化身魔試圖強行通過，魔印網依然會啓動並且造成強大的痛楚。惡魔不得已出手破壞其中一些魔印，讓自己安然無恙地穿越力場。

它們悄然地飛往大宅，透過窗戶，心靈惡魔終於看見自己的獵物。他身邊的都是枯燥無味的生物，但獵物本身在皮膚上繪製魔印，竊據的魔力綻放強烈的光芒。

強烈無比。惡魔王子已經存活數千年，是頭小心謹慎、思慮周詳、堅決果斷的生物。在如此深入人類滋生地之處，它沒有辦法召喚軀殼進攻，而心靈惡魔又不願犧牲自己的化身魔。親眼看見這名人類之後，它立刻肯定非殺死對方不可，但等下個月對方缺乏防備時展開進攻勝算較高，而且還得迫使對方先回答一些問題才行。

它移動到窗口，觀察著人類牲口難聽的叫聲和動作。

「那你會發現自己短少兩名守衛。」瑞根邊以低沉渾厚的笑聲說道。「我還以爲歐可當場就要氣得爆血管了！我教你表現得像個王者，不是什麼有自殺傾向的克拉西亞人！」

「我沒想到他會要求聯姻。」魔印人說。

「歐可很清楚自己不會有兒子。」瑞根說。「所以明智的做法就是在女兒們爲了爭奪王位而使密爾恩分裂前，先送走至少一人。不管林白克選擇哪個女兒，她多半都會慶幸自己可以離開，並且獲得奪取安吉爾斯王座的機會。」

「林白克不會接受聯姻。」魔印人說。

瑞根搖頭。「那得看克拉西亞人究竟帶來多大的威脅了。」他說。「如果有你說的一半，林白克或許就別無選擇。你會和他分享歐可的武器書嗎？」

魔印人搖頭。「我對公爵之間的政治議題不感興趣，也不打算幫助提沙人民在克拉西亞人入侵領土以及地心魔物測試魔印的情況下自相殘殺。如果辦得到的話，我比較想要改裝這些武器用以對付地心魔物。」

「難怪朗奈爾把你當成解放者。」瑞根說。

魔印人突然轉頭看他。

「不要那樣看我。」瑞根說。「我和你一樣不相信你是解放者。至少，不相信你是上天派來的使者。但或許當時機成熟時，自然會出現一名擁有足夠的意志與動力的領袖來引導我們。」

魔印人搖頭。「我不希望引導任何人。我只想要散播戰鬥魔印，確保它們從此不會失傳，讓人們自己引導自己。」

他走到窗前，透過窗簾看向夜空。「我會在天亮前離開，不讓任何人……」

他差點錯過對方，因爲他的視線看向天空而非地面。那只是驚鴻一瞥，還沒看清楚就已經消失，但他經魔印加持的眼睛絕對沒有看錯。

庭院裡有頭惡魔。

他轉身衝向房門，邊跑邊扯下長袍，丟在大理石板地上。伊莉莎發出一聲驚呼。

「亞倫，怎麼了？」她叫道。

他沒理她，舉起沉重橡木門上的門閂，順勢推開大門，彷彿那門完全沒有重量。他跳入庭院，發狂似地四下搜尋。

什麼也沒有。

瑞根隨即衝到門口，手持長矛以及魔印盾牌。「你看見什麼？」他問道。

「院子裡有頭惡魔。」他說。「力量強大，待在魔印後面。」

「聽我的話。」伊莉莎叫道。「在我心跳停止前進屋裡來。」

魔印人不理會她，在院子裡遊走找尋。瑞根的圍牆內還有僕役宿舍、果園和馬廄。很多地方可以藏身。他在黑暗中快速行走，一切在他眼前無所遁形，他的眼力甚至比在白晝時更好。

空氣中有股氣息，像是殘留的臭味，但虛無縹緲，難以捉摸。他肌肉緊繃，隨時準備採取行動。但什麼也沒有。他徹頭徹尾地搜了一遍，沒有任何發現。難道他看錯了？

「有發現嗎？」瑞根在他回來時問道。他還站在門口，位於魔印之後，不過隨時準備衝入庭院。

「完全沒有。」魔印人聳肩道。「或許是我看錯了。」

瑞根咕噥一聲。「小心駛得萬年船。」

魔印人進屋時接過瑞根的長矛。信使的長矛是道上最信賴的夥伴，而瑞根的這根，儘管已經將近十年不曾出外送信，至今依然有在上油保養，矛頭銳利。

「我離開前先幫這根長矛繪製魔印。」他說，看了屋外一眼。「你明天早上記得檢查圍牆魔印。」瑞根點頭。

「你一定要這麼快就走嗎？」伊莉莎問。

「我已經引起太多注意，不希望讓人找來這裡。」魔印人說。「我最好在太陽出來之前離開，趁黎明城門開啟時立刻出城。」

伊莉莎一副不太高興的樣子，但她緊緊擁抱他，親吻他。「我們要在另一個十年過去之前與你重逢。」她警告道。

「你們會的。」魔印人承諾道。「我保證。」

魔印人在黎明前離開瑞根和伊莉莎時，覺得自己已經很多年不曾如此愉快。瑞根與伊莉莎不肯休息，與他徹夜談天，告訴他這些年來密爾恩發生的事，並且詢問他後來有些什麼際遇。他說了些早期的冒險故事，但沒有提起在沙漠裡遭遇的事，亞倫．貝爾斯死去而魔印人誕生的事，也沒有提到後來的事。

儘管如此，光講之前那些就夠講一整個晚上了。他一直待到晨鐘響起之前才離開，還得在人們開始打開魔印屋門和魔印窗葉的同時快跑遠離瑞根家，以免引人注意。

他微笑。本來伊莉莎的計畫很可能是讓他錯過晨鐘，被迫多待一天，但她從來不曾成功困住他。

當他抵達時，白晝城門的守衛還在伸展四肢，不過城門已開。「看來今天早上大家都起得很早。」其中一名守衛在他路過時說道。

魔印人好奇這話是什麼意思，而接著在他騎經第一次遇見傑克的山丘時，發現他的朋友坐在一顆大石頭上等他。

「看來我及時趕到了。」傑克說。「我還得違反宵禁才趕得上。」

魔印人跳下馬背，走到他面前。傑克沒有起身或是伸手寒暄的舉動，於是魔印人在他身旁坐了下來。「我在這座山丘上認識的傑克絕對不會違反宵禁。」

傑克聳肩。「沒有多少選擇，我知道你一定會趁著天亮偷溜出城。」

「瑞根的手下沒有把信交給你嗎？」魔印人問。

傑克取出一疊信，丟在地上。「我不識字，你很清楚。」

魔印人輕嘆一聲。事實上，他忘記了。「我去找過你。」他說。「沒想到會在那裡看到玫莉，而她也沒有留我。」

「我知道。」傑克說。「她哭著跑來磨坊找我，把事情都告訴我了。」

魔印人垂下頭去。「我很抱歉。」

「你應該抱歉。」傑克說。他沉默地坐了一會兒，遙望著眼前的景象。

「我一直知道她嫁給我，是退而求其次。」他終於說道。「你離開一年後，她才不再把我當作只是用來靠著哭泣的肩膀。又過了兩年她才同意嫁給我，又過了一年我們才結婚。即使在婚禮當天，她依然滿懷希望地期待你衝進來打斷儀式。黑夜呀，就連我也如此預期。」

他聳肩。「不能怪她。她嫁給比她低了一個階級的人，而且我沒有受過教育，長得又不好看。小時候我跟著你到處跑是有原因的，你在各方面都比我強，我甚至沒有資格當你的吟遊詩人。」

「傑克，我沒有比你好。」魔印人說。

「是呀，我現在了解了。」傑克啐道。「你永遠不可能成爲比我更好的丈夫。知道爲什麼嗎？因爲我和你不同，我在她身邊。」

魔印人皺眉，懺悔的念頭通通消失。他可以接受傑克生氣、心傷，但無法承受這種高傲態度。

「和我記得的傑克一樣。」他說。「只會跑出來盡可能求個表現，聽說玫莉她爸還得找磨坊老闆幫忙，你才能搬離父母的家。」

但傑克毫不退讓。「我在這裡陪她，」他大聲道，指著自己腦袋。「還有這裡！」他指向自己心口。「你的腦袋和內心一直都在那裡。」他揮手比向地平線。「所以你何不趕快回去？這裡沒有人須要你解放。」

魔印人點頭，跳回黎明舞者背上。「你自己保重，傑克。」他策馬離開。

第二十四章　夜裡的弟兄　333 AR　春

「嘿！小心坑洞，我在調音！」馬車於道上顛簸時，羅傑叫道。他小心翼翼地爲魔印人送的小提琴清理上蠟，並且在吟遊詩人公會會館購買昂貴的琴弦。他原先的小提琴是傑卡伯大師的，那廉價的工藝導致他隨時都要調音。在那之前，他用的是艾利克的小提琴，作工較爲細緻，但因爲太過老舊，所以早在被傑辛．黃金嗓和他的學徒們打爛前就已經不能用了。

這把自某座被遺忘的廢墟裡找出來的琴完全是不同等級。琴頸和琴身的弧度與羅傑之前用過的大不相同，但作工十分精緻，而經歷無數世紀的木質部分看起來和新的沒什麼兩樣。一把足以匹配公爵的小提琴。

「很抱歉，羅傑，」黎莎說。「但道路似乎並不在乎你是不是在調音，我不知道道路爲什麼這麼顛簸不平。」

羅傑對她吐舌頭，輕輕轉動位於殘缺手掌上的食指和大拇指間最後一枚弦軸，以另一隻手的大拇指撥弄琴弦。

「好了！」他終於叫道。「停車！」

「羅傑，天黑前還有很多路要走。」黎莎說。羅傑知道在窪地之外多待一刻對她都是種折磨，她擔心窪地鎮民就像母親擔心自己的小孩。

「停一下就好。」羅傑哀求。黎莎嘖了一聲，不過還是照做。加爾德和汪妲同時停馬，好奇地打量馬車。

羅傑站在駕車座位上，揮舞著小提琴和琴弓。他將樂器夾在下頷之下，以琴弓輕撫琴弦，拉出一陣嘹亮的嗡嗡聲。

「妳聽，」他神色讚歎。「像蜂蜜一樣醇潤，傑卡伯的小提琴相較下簡直是玩具。」

「你覺得好聽就好，羅傑。」黎莎說。

羅傑皺眉片刻，接著揮揮琴弓，不去理她。他伸長僅存的兩根手指取得平衡，琴弓如同殘缺手掌的一部分在琴弦上舞動。羅傑以小提琴演奏著音樂，整個人徜徉在音樂的旋風中。

他感受到艾利克的金牌安穩地貼在自己胸口，隱藏在七彩上衣下。它引發的不再是痛苦回憶，而是爲他帶來慰藉，用以紀念爲他犧牲的人；感覺到它的存在讓他腰身挺得更直。

這不是羅傑第一個護身符。數年來他都把綁有艾利克金髮的木娃娃放在七彩褲腰帶的暗袋內。在那之前，他的護身符是他母親的娃娃，上頭綁著母親的紅髮。

但有了這塊金牌，羅傑可以感受到老師以及父母都在守護自己，而他則透過小提琴與他們交談。他演奏自己的愛，演奏自己的孤獨與遺憾，訴說著無法在他們生前告訴他們的事。

終於演奏完畢後，黎莎和其他人依然凝望著他，他們一臉茫然，有如遭受蠱惑的地心魔物。經過一段沉默後，他們終於晃晃腦袋，恢復意識。

「從來不曾聽過如此美妙的音樂。」汪妲說。加爾德咕噥一聲，黎莎拿出手帕輕拭眼角。

接下來通往解放者窪地的旅程充滿了音樂，只要羅傑一有空就會開始演奏。他知道他們回去後依然得面對同樣的問題，但有了公爵及吟遊詩人公會答應的援助，加上脖子上掛著守護金牌所提供的慰藉，他心裡燃起一股所有問題都會解決的希望。

距離窪地一天路程的時候，道上開始出現眾多難民，很多人都直接在道上搭起帳篷和魔印圈。黎莎立刻認出他們是雷克頓人，因爲雷克頓人普遍矮胖，擁有一張圓臉，而且能從站姿看出他們慣於在船隻甲板而非陸地上行走。

「出了什麼事？」黎莎對遇上的第一個人問道，那是一名來回踱步安撫嬰兒的少婦。女人的目光茫然空洞，看著黎莎跳下馬車。接著她注意到黎莎的藥草圍裙，眼中閃出一絲光芒。

「求求妳，」她說，捧起不停叫鬧的嬰兒。「我想他病了。」

黎莎接過嬰兒，伸出敏銳的手指檢查他的脈搏和體溫。片刻過後，她讓他坐在自己的臂彎，然後將一個指節塞到他嘴裡。嬰兒立刻安靜下來，精神抖擻地大力吸吮。

「他沒問題。」她說。「只是感受到母親的壓力。」女人鬆了一大口氣。

「出了什麼事？」黎莎再度問道。

「克拉西亞人。」女人說。

「造物主呀，他們這麼快就進軍雷克頓了？」黎莎問。

女人搖頭。「他們擁入來森堡的附屬村落，強迫女人以長袍裹身，強拉男人對抗惡魔。他們挑選來森女孩當作妻子，就像屠夫挑選牲口屠宰，把男孩趕入訓練營，教導他們仇視自己的家人。」

黎莎皺眉不語。

「外圍村落不再安全。」女人說。「有能力的人就搬進雷克頓城，少數人留下來捍衛家園，剩下的人就前往窪地尋找解放者。他不在那裡，鎮民說他去安吉爾斯了，所以我們要去安吉爾斯。他會撥亂反正的，妳看著吧。」

「我們都是如此期望。」黎莎嘆氣說道，雖然她心存懷疑。她交還嬰兒，爬回馬車。

「我們得立刻趕回窪地。」她對其他人說。接著她轉向加爾德。

「讓路！」伐木巨漢叫道，如同獅吼，難民們爭先恐後地離開道路，讓他駕馬通過。帳篷、毯子，以及魔印轉眼收得一乾二淨。黎莎對此感到抱歉，但馬車不能離開道路，而她的孩子需要她。

遠離數以千計的難民後，他們立刻策馬急奔，但絕不可能在天黑前趕到窪地。黎莎以眼神示意，羅傑當場拿起小提琴，一行人就憑著黎莎的光芒木杖引導方向、羅傑的小提琴驅趕地心魔物，穿越黑暗繼續趕路。

黎莎可以在光亮邊緣看見遭受迷惑的惡魔，隨著音樂的節奏擺動身體，緩緩跟隨羅傑前進。

「我寧願它們直接開打。」汪妲說。她拉弓搭箭，隨時準備攻擊。

「這樣有違自然。」加爾德同意道。

他們於午夜時分抵達黎莎位於窪地外圍的小屋，稍事停留讓黎莎卸下車上的貴重物品，然後繼續穿越黑暗，前往鎮上。

如果之前的狀況算糟，現在鎮上比之前還要糟上許多倍。雷克頓的難民裝備比較齊全，有帳篷、魔印圈，以及滿載補給品的馬車，但他們圍著禁忌魔印外圍駐紮，削弱了魔印的威力。

黎莎轉向加爾德和汪妲。「去找其他伐木工，沿著禁忌魔印巡邏。任何位於魔印邊緣十呎內的營帳都必須搬離，不然街道上就會滿是地心魔物。」兩人點頭離開。

她轉向羅傑。「去找史密特和約拿。我今晚要召開議會，不管他們睡了沒有。」

羅傑點頭。「我想我不用問妳要去哪裡。」他跳下馬車，在她朝診所方向前進時拉上魔印斗篷的兜帽。

賈迪爾抬頭看著阿邦一拐一拐地步入王座廳。「你今天精神不錯，卡非特。」

阿邦鞠躬。「春天的空氣令我精神百倍，沙達馬卡。」

阿山在賈迪爾身旁輕哼一聲。賈陽和阿桑退向一旁，他們已學會不要在父親面前找阿邦麻煩。

「你對於解放者窪地了解多少？」賈迪爾問，不理會他們。

「你想找魔印人？」阿邦問。

阿山撲到阿邦身前，一把緊扣他的咽喉。「你從哪裡聽來那個名字，卡非特？」他問道。「如果你又賄賂奈達馬打探消息，我就——」

「阿山，夠了！」賈迪爾在阿邦虛弱地喘氣掙扎時叫道。一看達馬基沒有立刻照做，賈迪爾沒有再度下令，而是對準他的腰部狠狠一腳。阿山被踢向一旁，重重摔落在光滑的石板地上。

「你為了吃豬肉的卡非特而毆打你忠心的達馬基？」阿山在呼吸平穩後難以置信地問道。

「我打你是因為你不從命。」賈迪爾糾正道，接著目光掃向所有王座廳中的人。阿雷維拉克和馬吉、賈陽和阿桑、阿山、哈席克，還有廳門守衛。只有英內薇拉躲過他的目光，她身穿半透明長袍躺在位於王座旁擺滿亮絲枕頭的床上。「我已經受夠了這種遊戲，所以我在此公開宣布，任何沒有我的允許就在我面前動手打人的人都將處以死刑。」

阿邦露出得意的笑容，但賈迪爾立刻轉身瞪他。「還有你，卡非特，」他吼道。「你要是再敢用問題來回答問題，我就挖出你的右眼讓你吞下去。」

阿邦臉色蒼白，看著賈迪爾大步走回王座，重重坐下。「你如何得知魔印人的事？達馬嚴厲審問了很久才從青恩聖徒口中套出這個名字。」

阿邦搖頭。「所有青恩都在談論他，解放者。恐怕審問了半天都是拿點麵包屑或是說幾句好話就能在街上探聽來的消息。」

賈迪爾皺眉。「那麼消息指出他在某個叫作解放者窪地的村落？」阿邦點頭。「你對這個村落了解多少？」

「直到一年之前，該村都叫作伐木窪地。」阿邦說。「某個歸安吉爾斯公爵管轄的小村落，專門砍伐樹木當作木材和燃料。木頭在沙漠中難以運送，所有我很少和他們做生意，但我在那裡或許還有聯絡人，某個販賣上等紙張的商人。」

「上等紙張有什麼用處？」阿山問道。

阿邦聳肩。「我不知道，達馬基。」

「那麼自從該地改名後，你又聽說過些什麼？」賈迪爾問。

「去年魔印人在該村流感肆虐、魔印失效時伸出援手，」阿邦說。「他赤手空拳殺了數百頭阿拉蓋，並且教導鎮民參與阿拉蓋沙拉克。」

「不可能。」賈陽說。「青恩太虛太弱，不可能起身面對黑暗。」

「或許不是所有青恩都是如此。」阿邦說。「別忘了帕爾青恩。」

賈迪爾瞪著他。「沒有人記得帕爾青恩，卡非特。」他低吼。「你最好也不要記得他。」

阿邦點頭，在拐杖允許的範圍內深深鞠躬。

「我要親自去看一看。」賈迪爾決定。「你隨我一起去。」所有人驚訝地看著他。「哈席克，去找山傑特。叫他召集解放者長矛隊。」賈迪爾的迷宮部隊成為他的專屬護衛後就獲得這個稱謂。解放者長矛隊是由克拉西亞最頂尖的五十名戴爾沙羅姆所組成，指揮官是山傑特凱沙羅姆。

哈席克鞠躬，當即離開。

「你認爲這樣明智嗎，解放者？」阿山問道。「在敵人的領土上與主力部隊分開並不安全。」

「想要安全就不要參與沙拉克卡。」賈迪爾說。他一手搭上阿山的肩膀。「但如果你擔心，可以隨我來，我的朋友。」

阿山深深鞠躬。

「這是愚蠢之舉。」阿雷維拉克低吼道。「就算是解放者長矛隊也敵不過一千名懦弱的青恩。」

賈陽哼了一聲。「我不這麼認爲，老頭。」

阿雷維拉克轉向賈迪爾，賈迪爾點頭表示允許。年邁的達馬基朝賈陽出手，男孩當場摔倒。

「我要殺了你，老頭。」賈陽吼道，立刻翻身而起。

「試試看，小鬼。」阿雷維拉克挑釁道，擺出沙魯沙克的架式，揚起獨臂對他招手。賈陽怒吼一聲，但在最後關頭，他瞄向自己的父親。

賈迪爾微笑。「沒有問題，想殺他就試試看。」

賈陽的臉上露出殘酷的笑容，但片刻過後他又摔倒在地，阿雷維拉克拉扯他的手臂，用腳抵住賈陽的氣管緩緩施壓。

「夠了。」賈迪爾說，阿雷維拉克立刻放手，向後退開。賈陽猛咳，一邊起身一邊搓揉喉嚨。

「就算是我兒子也要尊敬達馬基，賈陽。」賈迪爾警告。「這下你就知道話不能亂說了。」

他轉向阿雷維拉克。「我不在的時候，艾弗倫恩惠就交給達馬基統治，議會以你馬首是瞻。」

阿雷維拉克瞇起雙眼，似乎在決定還要不要繼續抗議。最後，他深深鞠躬。「謹遵沙達馬卡號令。阿山達馬基不在期間，誰會代表卡吉部族發言？」

「我兒子，阿蘇卡吉達馬。」阿山說，朝年輕人點頭。阿蘇卡吉還不滿十八歲，但已取得穿著白袍的資格，這表示他有資格纏黑頭巾，只要他有能力保住它。

賈迪爾點頭。「如果賈陽能夠學會謙遜，他就可以暫代沙羅姆卡。」

所有目光集中在賈陽身上，而賈陽無法掩飾臉上驚訝的神情。片刻過後，他半跪而下，一手抵地，這可能是他這輩子第一次這麼做。「我當然願意為達馬基議會效勞。」

賈迪爾點頭。「我不在的時候，督促弱小部族持續征服青恩。」他對阿蘇卡吉和阿雷維拉克交代道。「沙拉克卡需要全新的戰士，而不是為了爭奪井水爭吵不休的部族。」兩人鞠躬。

英內薇拉自枕頭床中起身，半透明的面紗後神情平靜。

「我要私底下與我丈夫交談。」她說。

阿山鞠躬。「當然，達馬佳。」他迅速清場，只留下阿桑走在最後，不肯離去。

「有事令你困擾，我的兒子？」賈迪爾等其他人離開後問道。

阿桑鞠躬。「如果你不在時賈陽可以暫代沙羅姆卡，那我應該有權擔任安德拉。」

英內薇拉哈哈大笑。阿桑瞇起雙眼，但他知道不能激怒她。

「那你的地位就會高於你哥，兒子。」賈迪爾說。「一個父親不會輕易做出這種決定。再說沙羅姆卡向來是指派的，安德拉則是必須親自爭取的頭銜。」

阿桑聳肩。「召喚達馬基。如果有必要，我可以把他們通通殺光。」

賈迪爾凝視兒子雙眼，看見野心，同時也看見或許足以驅使這個剛滿十八歲的男孩通過十一場生死考驗的強烈自尊，即使這表示他得殺死自己的兄弟，或他最好的朋友兼謠傳中的愛人阿蘇卡吉。阿桑的白袍或許禁止他使用武器，但他比賈陽還要高強許多，就連阿雷維拉克都不敢對他掉以輕心。

賈迪爾為這個兒子感到驕傲。他已認定自己的次子會比賈陽更適合繼承自己的地位，但他還需要更多磨練，而且他的長子賈陽只要還有一口氣在就絕不會任由弟弟超越自己。

「只要我還活著一天，克拉西亞就不需要安德拉。」結果賈迪爾說道。「賈陽也只有我不在時才能戴白頭巾。你要協助阿蘇卡吉管理卡吉部族。」

阿桑再度開口，但英內薇拉打斷他。

「夠了，」她說。「這個議題結束了，下去。」

阿桑皺起眉，但還是鞠躬離開。

「有朝一日他會成為偉大的領袖，如果他能活那麼久的話。」賈迪爾在兒子關門後說道。

「我對你也是如此期待，丈夫。」英內薇拉說，轉頭面對他。這話十分刺耳，但賈迪爾沒說什麼，心知在妻子說完之前自己說什麼都沒有意義。

「阿雷維拉克和阿山說得對，」英內薇拉說。「你沒有必要親自率隊。」

「沙達馬卡的職責難道不是為沙拉克卡召集軍隊嗎？」賈迪爾問。「根據傳言，這個青恩參與聖戰。我一定要調查清楚。」

「你至少可以等到我有機會擲骰子後再說。」英內薇拉說。

賈迪爾皺眉。「沒有必要每次我離開皇宮都擲骰子。」

「或許有。」英內薇拉說。「沙拉克卡不是遊戲。想要成功的話，我們就得掌握所有優勢。」

「如果艾弗倫要我成功，我就不需要其他優勢。」賈迪爾說。「如果祂不打算……」

英內薇拉拿起裝阿拉蓋霍拉的毛氈袋。「祈禱，就當讓我高興一下。」

賈迪爾嘆氣，不過還是點了點頭，退到王座廳後方英內薇拉的房間。就和往常一樣，屋內放滿色彩鮮豔的枕頭，充斥著甜膩的焚香氣味。賈迪爾心跳加速，嗅著英內薇拉的體香讓他血脈賁張。吉娃卡在獲得滿足時會很樂意與其他女人分享丈夫，但她幾乎與男人一樣飢渴，這間經常使用的側房就是專門爲了這個目的而設，而且通常是當達馬基和賈迪爾的顧問在王座廳等待時派上用場。

英內薇拉拉上所有窗簾，他則透過她現在唯一會穿的半透明長袍欣賞她的胴體。儘管年過四十——她從來不曾透露自己的年紀——她仍比他其他妻子美艷許多，線條依然渾圓緊實，肌膚依然光滑柔順。他很想立刻佔有她，但擲骰時英內薇拉心無旁騖，他知道在擲完骰子前她一定會拒絕自己。

他們跪在絲質枕頭上，空出一大塊空間讓骰子滾動。就和往常一樣，英內薇拉需要他的血來施法，拿她的魔印匕首乾淨俐落地劃開傷口。她將匕首上的鮮血舔乾淨，然後插回腰帶上的刀鞘，手掌壓住傷口，將骰子通通置入掌心。骰子在黑暗中綻放耀眼的光芒，她搖晃骰子，一擲而出。

惡魔骨骰散落在地上，英內薇拉迅速察看結果。賈迪爾知道骨骰落地的位置就和上面的符號一樣重要，但他對骨骰的理解也僅只如此。他曾多次見過其他妻子爲了擲骰結果爭得面紅耳赤，但沒有人膽敢質疑英內薇拉的解譯。

達馬佳朝面前的骨骰發出憤怒的嘶吼，突然抬頭看向賈迪爾。

「你不能去。」她說。

賈迪爾皺眉，走到窗邊，憤怒地抓起窗簾。「不能？」他大聲問道，將沉重的窗簾往兩側拉，屋內當即灑落耀眼的陽光。英內薇拉差點沒能及時收回骨骰。

「我是沙達馬卡，」他說。「世上沒有我不能去的地方。」

英內薇拉的臉上閃過一絲怒意，不過稍縱即逝。「骨骰說如果你去會遭逢大難。」她警告道。

「我已經厭倦妳的骨骰了。」賈迪爾說。「特別是它們總告訴妳一些妳認爲我沒資格知道的事，我要去。」

「那我就隨你一起去。」英內薇拉說。

賈迪爾搖頭。「妳不能去。妳要待在這裡，防止妳兒子自相殘殺，直到我回來。」他走到她面前，一把抓住她的肩膀。「不過在啓程前，我還要再嚐一次我妻子的滋味。」

英內薇拉手腕翻轉，看起來似乎只是輕輕碰了他手臂一下，但他頓時掌力全失，她立刻向後退開。「如果你要自己去，你就給我等著，」她說，臉上浮現一絲殘酷的微笑。「讓你更有活著回來的理由。」

賈迪爾皺眉，但他知道不能逼她，不管自己是不是沙達馬卡兼她的丈夫都一樣。

汪妲打開通往黎莎小屋的房門，讓羅傑和加爾德進去。她聽說魔印人命令加爾德貼身保護羅傑後，立刻堅持也要貼身保護黎莎，還要每晚睡在小屋裡。黎莎開始支使她做一些日常雜務，試圖澆熄她這種緊迫盯人的熱情，但汪妲欣然接受所有工作，黎莎得承認自己漸漸習慣她高大的身軀跟在身邊了。

「伐木工已經把規畫爲下一道大魔印的區域給清出來了。」羅傑在黎莎的桌旁坐下喝茶時說道。

「一哩見方，就和妳交代的一樣。」

「很好，」黎莎說。「我們立刻開始鋪設石塊，標清邊界。」

「那塊土地上擠滿木惡魔，」加爾德說。「數百頭。砍樹就像是糞堆吸引蒼蠅一樣將它們吸引而來，開始建設前必須先召集群眾殺光它們才行。」

黎莎仔細打量加爾德。伐木巨漢總是在提議戰鬥，如同掛在他腰帶上那雙布滿凹痕和缺口的鐵甲護手給人的聯想。但黎莎一直不能肯定他是爲了殺戮的樂趣和魔力的快感，還是眞的爲了鎭上著想。

「他說的對。」羅傑在黎莎保持沉默時補充道。「魔印啓動後，惡魔會被逼到魔印圈外，導致數量越來越多，隨時準備殺害任何不小心離開禁忌魔印圈的人。我們最好在開闊的空地上殺光它們，避免日後還要進入樹林內逐一獵殺。」

「要是魔印人在就會這麼做。」加爾德問。

「魔印人會動手殺掉半數惡魔，」黎莎說。「但他不在這裡。」

加爾德點頭。「所以我們要有妳的幫忙。我們需要雷霆棒和液態惡魔火，越多越好。」

「我知道了。」黎莎說。

「知道妳很忙，」加爾德說。「如果妳寫下配方，我可以找鎭民幫忙調配。」

「你要我交給你火焰的祕密？」黎莎哈哈大笑。「我寧願讓這個祕密永遠消失！」

「惡魔火和我的魔印斧頭到底有什麼不同？」加爾德問。「妳願意把斧頭交給鎭民，卻不願把惡魔火交給鎭民？」

「不同的地方在於，你的斧頭不會在不小心摔落地面或放在太陽底下曬時炸燬方圓五十呎內的一切。」黎莎說。「我自己的學徒如果有朝一日能學到火焰的祕密就算她們幸運了。」

「所以我們應該將難民的城鎮建在惡魔肆虐的土地上？」加爾德問。

「我們是要擴建窪地，不是另建難民鎮。」黎莎更正道。「研擬清剿計畫，如果看來可行，我就會提供所需物資。但——」她補充道。「我會在場監督，確保不會有哪個木腦白痴放火燒死自己或燒燬樹林。」

加爾德搖頭。「那不安全。妳得待在診所，以免有人受傷。」

黎莎雙手交抱胸前。「那你們就得在沒有惡魔火的情況下作戰。」

汪妲照樣雙手交抱胸前。「只要有我在，沒有惡魔能動黎莎女士一根寒毛，加爾德．卡特，我也同意黎莎女士在場監督。」

「一星期後行動。」黎莎說。「還有很多時間架設陷阱、調配藥水，去知會班恩一聲。在讓惡魔見識陽光的同時幫我們加持一些玻璃也不錯。」

加爾德和羅傑都不太滿意，但黎莎知道他們除了點頭同意別無選擇。她或許沒有做到阿瑞安那般圓融，無法讓男人們認爲是自己希望她到場監督的，不過也算不錯了。她心想當年布魯娜是否也是如此，在無人知情的情況下從她的小屋統治窪地。

五十名戰士駕馭沙漠黑戰馬，跟在騎著白駒的賈迪爾和阿山身後穿越綠地。阿邦坐在他的長腳駱駝背上，遠遠落後，不過依然將部隊保持在視線範圍。部隊爲了讓他跟上，幾度被迫停下行進，通常是停在可以讓馬喝水的溪邊。水源在綠地幾乎隨處可見，沙漠戰士們至今依然爲此感到驚奇。

「艾弗倫的鬍子啊，路上的石頭眞多。」阿邦終於抵達一條小溪時哀號道。他幾乎等於是從駱駝背上摔下來的，一邊呻吟一邊搓揉腫脹的背部。

「我不懂爲什麼要帶這個卡非特來，解放者。」阿山問。

「因爲我希望除了你我，還有其他人不用靠數手指頭就能算術。」賈迪爾說。「阿邦可以看見其他人看不見的東西，而我如果想要率領綠地人參與沙拉克卡，就得從所有角度看清楚這塊土地。」

阿邦不斷抱怨凹凸不平的道路或是寒風，不過賈迪爾發現奔馳的時候可以輕易忽略其他人永無止盡的批評。他感到數十年不曾感受過的自由，彷彿一個難以想像的重擔突然離開自己的肩膀。因爲在這段或許會持續數星期的旅程中，他都只須爲阿邦、阿山，以及身後五十名堅強的戴爾沙羅姆負責就好。他有點希望自己能夠永遠奔馳下去，遠離青恩、達馬基，以及達馬丁的政治糾紛。

他們在路上遇到一些綠地難民，但難民一看到他們立刻抱頭鼠竄，而賈迪爾沒有理由追捕他們。這些人徒步行走，又不敢趁夜趕路，根本不可能趕在他們前面警告窪地鎭民，而且也沒有人膽敢攻擊解放者長矛隊。就連夜裡的地心魔物都不敢阻擋他們的去路，因爲賈迪爾沒有在日落時下令休息。不過阿邦倒是有辦法在夜裡跟上部隊。他駕馭駱駝騎在戰士之中，爲了性命安全忍受他們的冷嘲熱諷。

他們就在這樣一個夜晚抵達窪地，道路另一端呼聲震天，其中還夾雜著許多震耳欲聾的聲響以及強烈的火光。

他們放慢步伐，賈迪爾轉入樹林，隨著聲響尋去，戰士尾隨在後。最後他們來到一塊滿是樹墩的空地邊緣，目睹青恩展開他們北地人的阿拉蓋沙拉克。

烈火沿著壕溝延燒，伴隨著戰場上持續不斷的魔印光芒，將空地照耀得如同白晝，地上躺滿阿拉蓋的屍體。烈火和魔印將惡魔趕往幾個地點，北地人就等在那裡將它們碎屍萬段。

「他們預先準備了戰場。」賈迪爾沉思道。

阿邦東張西望，找到一個合適的地方，綁好駱駝，從鞍袋內取出一道攜帶式魔印圈，開始在自己和駱駝身邊架設起來。

「即使在這麼多戰士身邊，你還是要像懦夫一樣躲在魔印之後？」賈迪爾問。

阿邦聳肩。「我是卡非特。」他簡短說道。賈迪爾輕哼一聲，轉向北地人繼續觀戰。

與艾弗倫恩惠裡的青恩不同，這些北地人身材高大魁梧。其中最壯碩的男人不使長矛和護盾，而是舞動魔印巨斧和鋤頭。這些男人與木惡魔一般高大，而且把它們當成樹木一樣劈砍。

北地人勇猛善戰，但有數百頭木惡魔持續擁入。就在青恩快被惡魔攻陷時，他們突然閃向一旁，為等在後方的弓箭手清出射程範圍。

看見弓箭手身穿北地女子偏好的長裙，如同妓女般露出面孔和胸口上半部時，賈迪爾忍不住發出一聲驚呼。

「他們讓女人參與阿拉蓋沙拉克？」阿山驚訝地問道。賈迪爾仔細觀察戰場，發現就連近身肉搏的戰士裡面也有幾個女人。

其中還有一名巨人，聳立在這群高大的男人中，在足以傳出數哩的吼叫聲中領頭進攻。他一手拿著在他手中看起來像是手斧的雙刃巨斧，另一手使的是如同隨身小刀的大彎刀。

一名北地人被一頭八呎高的木惡魔擊倒，巨人在惡魔使出致命一擊前一把將它擒抱且摔倒。他跌倒時武器脫手，但當阿拉蓋撲上來時對他並沒有任何影響。巨人單憑一條手臂阻擋惡魔的衝勢，緊緊抓住，接著舉起另一條手臂一拳揮下，魔光四射，打得阿拉蓋團團亂轉。賈迪爾看出他手上戴著一副以魔印金屬打造的沉重護手。

巨人不給木惡魔時間恢復，跳到它身上，毆打它的腦袋，直到身上沾滿膿汁，對方不再動彈。他朝夜空吶喊，濃密的金色長髮和鬍鬚相襯映，看起來就像站在獵物身上的雄獅。

另一頭惡魔逼近，但一名髮色鮮紅、膚色蒼白，身穿如同卡非特般七彩補綴鮮艷服飾的瘦弱男孩站在對方面前，拿出一把看起來像樂器的東西。他拉出刺耳的聲響，阿拉蓋緊抱腦袋，發出痛苦的尖叫。男孩持續拉奏噪音，惡魔彷彿受驚一般拔腿就跑，直接衝向另一名青恩的利斧。

「艾弗倫的鬍子啊。」阿邦喘息道。

「那傢伙到底身懷什麼樣的魔法？」阿山問。

「我們一定要查清楚。」賈迪爾同意道。

「請容許我殺死巨漢，將男孩抓來給你。」哈席克請纓道，眼中綻放準備出戰的瘋狂目光。

「不要動手。」賈迪爾說。「我們是來觀察，不是來戰鬥的。」他看得出來自己的戰士不喜歡這個答案，但他不在乎，因為還有另外兩個身影吸引他的目光。其中一名顯然是女子，手無寸鐵，只提著一只小籃子。另一名身材魁梧許多，而且身穿男子服飾，但與其他北地女子一樣手持長弓。她的臉上布滿惡魔傷疤。

兩人身上都披著繡有數百魔印的斗篷，在戰陣中來去自如，沒有阿拉蓋去騷擾她們，其他北地人也都與她們保持距離。

「阿拉蓋看不見她們，彷彿她們身披卡吉斗篷。」阿山說道。

一頭惡魔一爪劃開一名男子胸口，他慘叫倒地，斧頭脫手。身披斗篷的女人迅速衝向男子，高個子的一箭射中惡魔，苗條的女人則半跪在男子身邊。她拉開兜帽，賈迪爾看見她的容顏。

她甚至比英內薇拉還要美麗，皮膚如牛奶般白皙，與漆黑可比石惡魔外殼的秀髮形成強烈對比。

女人撕開男人的上衣，處理他的傷口，女保鏢則站在旁邊守護她，射殺任何膽敢接近過來的阿拉蓋。

「某種北地達馬丁？」賈迪爾思索道。

「或許是愚蠢可笑的異端。」阿山說。

片刻後，美貌女子對保鏢下令，保鏢長弓上肩，抱起傷患。一群阿拉蓋阻擋她們的退路，但北地達馬丁把手伸進袋裡取出一樣物品。火光乍現，於她的掌心炙烈燃燒，她揚起手臂拋出烈焰。一聲巨響炸飛所有擋路的阿拉蓋，落地後全都不再動彈。

「或許。」賈迪爾說。「但這些北地人並不缺乏實力。」

「這些男人一定比卡非特還要懦弱，竟然仰賴女人伸出援手。」山傑特說道。「我寧願戰死沙場。」

「不。」賈迪爾說。「我們才是懦夫，在青恩展開阿拉蓋沙拉克時躲在陰影中。」

「他們是敵人。」阿山說。

賈迪爾看著他，緩緩搖頭。「白天或許是敵人，但在夜晚，所有男人都是兄弟。」他拉起面巾，舉起長矛，發出一聲戰呼，衝入戰陣中。

他的手下驚訝地遲疑片刻，接著一聲發喊，加入戰團。

「克拉西亞人！」屠夫的妻子梅倫叫道，羅傑大驚抬頭，發現她沒看錯。數十名身穿黑衣的克拉西亞戰士衝入空地，揮舞長矛，大呼小叫。他血液凝結，琴弓自小提琴上滑開。

一頭惡魔差點將他當場擊殺，不過加爾德一刀砍下疾揮而來的魔爪。

「注意惡魔！」加爾德朝所有伐木工下令。「如果死在惡魔手中，克拉西亞人就會沒有敵人可戰。」

但他們很快就發現克拉西亞人並不打算攻擊窪地鎮民。在某個頭纏白頭巾、手持看起來像由純銀打造的魔印長矛的男人帶領下，克拉西亞人如同闖入雞舍的狼群般撲向惡魔，以極具效率的手法展開殺戮。

那領袖獨自衝入一群木惡魔中，但如此膽大的行徑似乎是以強大的實力爲後盾，因爲他出手迅捷，長矛如風，殺惡魔就如魔印人一樣輕鬆。

其他戰士護盾相連，組成三角戰鬥陣型，將惡魔如同夏天的大麥般連根鏟除。其中一組人馬由某個身穿白袍的人帶領，與其他戰士的黑袍形成強烈的對比。白袍男子赤手空拳，但充滿自信地穿梭於戰陣中。一頭木惡魔朝他撲去，他向旁一讓，趁勢一推一拐，將惡魔推往一名戰士的矛頭。

另一頭惡魔攻擊他，但白袍男子向左一偏，接著轉回右邊，在沒有移動雙腳的情況下閃避惡魔的利爪。惡魔揮到第三爪時，他抓住對方的手腕，狠狠一扭，以惡魔本身的力道反擊其身，將惡魔翻倒在地，旁邊的戰士順手刺穿它的身體。

羅傑和其他人本來預計要戰鬥一整晚，預備的援軍也會投入戰局，而且會用掉黎莎大部分的火藥。

克拉西亞人參戰後，一切在幾分鐘內就結束了。

最後一頭惡魔倒地後，克拉西亞人和綠地人全都僵在原地，張大眼睛互瞪。所有人都緊握武器，似乎不能肯定此役到底結束了沒，但沒有人膽敢搶先行動，大家都在等待領袖下令。

「青恩都用一隻眼睛在看我們。」賈迪爾對阿山說道。

阿山點頭。「另一隻眼睛看向那個巨人，還有讓阿拉蓋抱頭鼠竄的紅髮卡非特男孩。」

「他們和其他人一樣僵在原地。」賈迪爾注意道。

「那就不是真正的領袖，」阿山猜測。「只是異端的凱沙羅姆，那個巨人甚至可能是他們的沙羅姆卡。」

「依然是兩個值得尊敬的男人。」賈迪爾說。「來吧。」

他大步走向兩人，將長矛插回背上的肩帶，攤開手掌，表示自己沒有惡意。來到兩人身前時，他禮貌地輕輕鞠躬。

「我是阿曼恩，霍許卡敏之子，卡吉之子賈迪爾的嫡傳血脈。」他以標準的提沙語道，看著男人們眼中露出理解的目光。「這位是阿山達馬基。」他比向阿山，阿山也輕輕鞠躬。

「我的榮幸。」阿山說。

兩名綠地人好奇地互看一眼。最後，紅髮男孩聳了聳肩，巨人接著鬆懈下來。賈迪爾驚訝地發現男孩的地位較高。

「羅傑，河橋鎮旅店的傑桑之子。」紅髮男孩說著將七彩斗篷甩到身後。他一腳向前，一腳在後，以某種綠地人的鞠躬姿勢彎腰行禮。

「加爾德．卡特，」巨人說。「呃……史帝夫之子。」他的行禮方式很野蠻，就這麼向前一步，伸出手掌，動作快得賈迪爾差點抓起他的手腕，扭斷他的手臂。直到最後關頭，他才了解巨人只是想要握手招呼。他握得非常大力，或許是某種原始男子漢的測試，賈迪爾也用力緊握，直到兩個男人的骨頭都磨在一起。終於放手後，巨人對他點頭表達敬意。

「沙達馬卡，又有青恩來了。」阿山以克拉西亞語道。「一名異教祭司還有那個異教醫療師。」

「我不希望與這些人對立，阿山。」賈迪爾說。「不管是不是異教徒，我們都要像對待達馬和達馬丁一樣對待他們。」

「我要不要順便幫他們的卡非特洗腳？」阿山語氣厭惡地說道。

「如果我下令的話。」賈迪爾回應，朝新來的人深深鞠躬。紅髮男孩跨步向前，幫忙引見。賈迪爾和聖徒招呼、鞠躬，然後立刻忘記對方姓名，轉而面對女子。

「黎莎．佩伯女士。」羅傑介紹道。「解放者窪地的藥草師。」黎莎拉開裙襬，屈膝點頭，賈迪爾發現自己的目光從頭到尾都沒辦法離開她的乳溝。她直視他的雙眼，他驚訝地發現她的眼珠如同天空般蔚藍。

在一股衝動下，賈迪爾拉起她的手，親吻她手背。他知道這樣做十分大膽，特別是對陌生人，但根據傳說，艾弗倫寵幸膽大之人。黎莎對他的舉動發出一聲驚呼，蒼白的臉頰微微變得紅潤，那一刻她甚至還比之前更加美麗。

「感謝你的協助。」黎莎說，朝空地上數百具阿拉蓋屍體點了點頭。

「所有男人在夜裡都是兄弟。」賈迪爾鞠躬說道。「我們團結一致。」

黎莎點頭。「那白晝呢？」

「看來北地女子不只會打架。」阿山以克拉西亞語低聲說道。

賈迪爾微笑。「我認爲所有人在白晝也該團結一致。」

黎莎瞇起雙眼。「團結在你的統治下？」

賈迪爾察覺阿山和綠地人都開始緊張。那感覺像是場上所有人都不重要，只有他們兩人可以決定戰場上的黑色惡魔膿汁上會不會染上一片血紅。

但賈迪爾不怕那種情況，他覺得今日會面彷彿是許久以前就已註定的。他無奈地攤開雙手。「如果那是艾弗倫的旨意，或許有一天吧。」他再度鞠躬。

黎莎的嘴角微微上揚。「至少你很誠實，或許這樣也好。既然夜還不深，你和你的部屬是否願意賞光一起喝杯茶？」

「我們深感榮幸。」賈迪爾說。「我的戰士們能否在這塊空地上紮營等待？」

「去那一頭吧。」黎莎說。「這邊還有工作要做。」

賈迪爾好奇地看著她，接著發現許多綠地人在戰事結束後集結而來。這些人體形稍矮，也沒有使斧頭的戰士那般強壯，他們開始在戰場上蒐集閃閃發光的物品。

「他們在幹嘛？」他問，只是爲了聽她的聲音，而不是眞的在乎北地卡非特在幹什麼。

黎莎看向旁邊，彎腰撿起一只有瓶塞的玻璃瓶，遞給賈迪爾。那是只優雅的瓶子，散發出簡樸的美感。

「拿你的矛柄擊碎它。」她說。

賈迪爾皺起眉，不能理解摧毀如此美麗的事物代表什麼意義。或許這是某種代表友情的儀式。他拔出卡吉之矛，按照她的吩咐去做，但矛柄在清脆的聲響中自瓶身彈開，沒能擊碎玻璃。

「艾弗倫的鬍子啊。」賈迪爾喃喃說道，不斷敲擊玻璃瓶，但怎麼打也打不破。「難以置信。」

「魔印玻璃。」黎莎說，再度撿起瓶子，遞交給他。

「眞是慷慨的禮物。」阿山以克拉西亞語說道。「至少他們懂得尊敬我們。」

「我們的人民可以從彼此身上學到很多，如果白天也和黑夜一樣和平共處。」黎莎說。

「我同意。」賈迪爾說，凝視她的雙眼。「讓我們在喝茶時談論此事，還有其他話題。」

「你看到他的王冠了嗎？」黎莎問。

羅傑點頭。「還有那根金屬長矛，他就是馬力克和魔印人提到的那個人。」

「顯然是。」黎莎說。「我是說那頂王冠上的魔印，魔印人的額頭上紋有同樣的魔印。」

「眞的嗎？」羅傑驚訝地問道。

黎莎點頭，壓低音量，只讓他聽見。「我認爲亞倫並沒有告訴我們他對此人所知的一切。」

「不敢相信妳竟然請他喝茶。」汪妲說。

「難道我應該對著他的眼睛吐口水嗎？」黎莎問。

汪妲點頭。「或是叫我射殺他。他殺死來森堡中半數男人，命令手下強暴領地裡所有適合生育的女人。」

汪妲突然住嘴，接著轉向黎莎，湊到近處。「妳打算對他下藥，是不是？」她問，眼中閃閃發光。「囚禁他和他的手下？」

「我才不會做這種事。」黎莎說。「我們對於這人所知都是聽別人講的，唯一親眼所見的只有他和他手下幫助我們除掉兩百頭木惡魔。除非做出任何踰矩的行為，不然他都是我們的客人。」

「更別說綁架他們的解放者，肯定會把克拉西亞大軍直接引來窪地。」羅傑補充道。

「那也是個重點。」黎莎同意道。「去請史密特清空旅店，召集議會成員。讓所有人親自評判這頭所謂的沙漠惡魔。」

「他與我想像中大不相同。」約拿牧師說道。

「看起來彬彬有禮。」加爾德同意道。「但都是虛情假意，就像公爵王宮中的僕役。」

「那叫作禮貌，加爾德。」黎莎說。「你和其他男人也該上點禮貌課。」

「他說的有理。」羅傑說。「我以為他是頭野獸，而不是什麼在抹油的鬍子後面微笑的貴族。」

「我懂你的意思。」黎莎說。「我肯定沒有想過他會如此英俊。」

約拿、羅傑，以及加爾德全停下腳步。黎莎又走了幾步，這才察覺他們沒有跟上。她回頭發現男人們都在看她，就連汪妲都面露驚訝。

「幹嘛？」她問。

「我們會假裝妳沒說那句話。」羅傑過了一會兒說道。他繼續前進，其他人跟在他身後。黎莎搖了搖頭，跟了上去。

「這些綠地人比想像中還要糟糕，」阿山在回去與部下會合時說道。「我不敢相信他們竟然聽從女人號令！」

「但眞是個了不起的女人！」賈迪爾嘆道。「如此強勢，如此出眾，如同黎明般美貌。」

「她打扮得像個妓女。」阿山說。「你應該爲了她膽敢直視你的雙眼而將她處死。」

賈迪爾嘶吼一聲，揮手驅離這個想法。「殺害達馬丁是死罪。」

「對不起，沙達馬卡，但她並不是達馬丁。」阿山說。「她是個異教徒。所有綠地人都是異教徒，崇拜某個虛假的神祇。」

賈迪爾搖頭。「不管知不知情，他們都遵循艾弗倫的安排。伊弗佳中只有兩條神聖法條：崇拜神祇，以及參與阿拉蓋沙拉克。除了這兩條聖律，所有部族都有權遵守自己的傳統。或許這些綠地人與我們也沒有那麼不同，或許我們只是不習慣他們的習俗。」

阿山張嘴欲言，但賈迪爾的眼神表示討論已結束。阿山閉上嘴，深深鞠躬。「當然，既然沙達馬卡這麼說，那就一定是事實。」

「去吩咐戴爾沙羅姆紮營。」賈迪爾下令道。「你、哈席克、山傑特，還有阿邦和我一起參加他們的茶聚。」

「我們要帶卡非特去？」阿山皺眉。「他沒資格和男人一起喝茶。」

「他說他們的語言比你流利，我的朋友。」賈迪爾說。「哈席克和山傑特兩人加起來也只會說幾個單字。我帶他來就是爲了這個原因，他會在這次會面中發揮寶貴的作用。」

克拉西亞人抵達時，全鎮的人彷彿都已聚集在史密特的旅店外面。黎莎只讓議會成員及他們的配偶參加茶聚，加上史密特的兒子和孫子端茶服務，窪地的人可比克拉西亞人多太多了。

賈迪爾走向旅店時，群眾開始發出不滿的聲浪。「滾回沙漠去！」有人叫道，人們紛紛附議。

如果克拉西亞人因此感到不安，他們也沒有表現出來。他們抬頭挺胸地擠過群眾，毫不畏懼。只有其中某個身穿亮麗服飾、手持拐杖的肥胖瘸子，在經過時面露謹慎。黎莎站在門口，隨時準備在群眾失控時衝上前去。

「妳說的對，他真的很英俊。」伊羅娜在她耳邊說道。

黎莎驚訝地轉頭看她。「誰告訴妳我這麼說了？」伊羅娜只是微笑。

「歡迎。」黎莎在賈迪爾抵達門口時說道。她和她媽行了一模一樣的屈膝禮。賈迪爾看向伊羅娜，接著轉向黎莎。她們長得很像，不會有人看不出來她們的關係。

「妳的……姊姊？」賈迪爾問。

「我母親，伊羅娜。」黎莎兩眼一翻，聽著伊羅娜咯咯嬌笑，任由賈迪爾親吻她手背。「還有我父親厄尼。」她朝父親點頭。賈迪爾對他鞠躬。

「容我介紹我的部屬。」賈迪爾說，比向身後的男人。「妳已經見過阿山達馬基了。這位是山傑特凱沙羅姆，那位是我的戴爾沙羅姆保鏢哈席克。」兩人在介紹到自己時低頭鞠躬。賈迪爾沒有介紹第五名隨行人員，便逕自與其他手下一起步入旅店，一邊鞠躬一邊相互介紹。

第五人與其他人不同。其他人很瘦，他很胖。其他人身穿簡單樸素的服飾，他則身穿鮮艷得如同吟遊詩人的七彩服。其他人體格壯健，他卻整個人倚在拐杖上，好像少了拐杖就會摔倒。

黎莎在對方進屋時張口招呼，但他的目光瞟向她身後，接著對她父親鞠躬。「很榮幸終於與你見面，厄尼・佩伯。」

厄尼好奇地打量他。「我認識你嗎？」

「阿邦・安哈曼・安卡吉。」男人自我介紹道。

「我……之前有賣紙給你。」厄尼片刻後突然想起。「我，啊……事實上你上次訂的貨還堆在我店裡。我本來在等待付款，結果一直沒有來森堡信使的回信。」

「六千張你女兒的花押紙，沒記錯的話。」阿邦說。

「黑夜啊，那是你訂的?!」黎莎驚呼。「你知道我花了多少時間在那些紙上嗎？弄了半天卻只能堆在乾燥屋裡當……當堆肥！」

賈迪爾立刻走了過來，丟下正在自我介紹的史密特，好像他根本無關緊要。

「你說了什麼話冒犯我們的主人，卡非特？」他大聲問道。

阿邦在拐杖允許的情況下深深鞠躬。「看來我欠她父親一筆錢，解放者，她和她父親數年前製作的一批紙張因爲我們的邊疆封閉導致無法收貨。」

賈迪爾怒吼一聲，反手一拳將他捶到地上。「你要支付欠款的三倍價錢，立刻！」阿邦落地時大叫一聲，吐出一口鮮血。

黎莎推開賈迪爾，衝到阿邦身邊半跪而下。他試圖掙脫，但她用力捧著他的腦袋，檢視他的傷勢。他嘴唇裂開，不過應該不用縫合。

她立刻起身瞪視賈迪爾。「你到底有什麼問題?!」

賈迪爾面露震驚的神色，彷彿黎莎頭上突然長出角來。「他只是卡非特。」他解釋。「一個毫無榮譽可言的弱者。」

「我不在乎他是什麼！」黎莎大聲說道，衝到賈迪爾面前，鼻子差點碰在一起，她的雙眼綻放藍色怒火。「他是我們的客人，就和你一樣，如果你還想繼續當我們的客人，你就給我注意禮貌，不准動手打人。」

賈迪爾站在原地，驚訝得說不出話來，他的手下也都一副同等驚訝的模樣。他們轉向領袖，打算聽從指示行動。戰士們摩拳擦掌，隨時準備拔出肩膀後方的短矛，而黎莎則準備把手伸進圍裙口袋中抓出一把盲眼藥粉，提防他們發難。

但賈迪爾偏開目光，後退一步，深深鞠躬。「妳說的對，我為動手打人向妳賠罪。」他轉向阿邦。「我會支付三倍價錢購買你自她父親那買來的紙張。」他大聲說道，然後轉向黎莎。「任何黎莎女士如此看重的東西肯定都是貴重的珍寶。」

阿邦頷頭磕地，接著撐著拐杖起身。厄尼連忙過去扶他，不過瘦小的厄尼根本扶不動對方肥胖的身軀。

賈迪爾轉身朝黎莎微笑，一臉驕傲，彷彿他真的認為展示自己的財力會比暴力毆打更能取悅她。

「不管英不英俊，他都是個浮誇的渾蛋。」黎莎低聲對羅傑說道。

「或許，」羅傑同意。「不過是個只要有心就可以把窪地當成小蟲一樣踏扁的渾蛋。」

黎莎皺眉。「那可不一定。」

「北地女子個性堅強。」哈席克在人們招呼他們於長桌旁的硬板凳上就座時以克拉西亞語說道。

「我們的女人也不遑多讓。」賈迪爾回應。「她們只是把一切隱藏在長袍下。」所有男人，包括阿邦在內，通通發出一陣認同的笑聲。

孩童端茶上桌，外帶幾盤硬餅乾。北地聖徒清理喉嚨，所有人轉頭看他。阿山看他的神情如同猛禽打量獵物。綠地牧師在達馬的目光下臉色發白，但依然開口說話。

「我們有餐前禱告的習俗。」他說。

伊羅娜輕哼一聲，約拿瞪她一眼。賈迪爾不去理會女人，但對於她的無禮感到訝異。「我們也有這樣的習俗，牧師。」他鞠躬說道。「我們理應感謝艾弗倫所賜予的一切。」

聽見賈迪爾強加給造物主的名字，約拿嘴唇微微翕動，不過只是點了點頭，盡可能冷靜以待。

「造物主啊，」約拿吟詠道，雙手捧起茶杯，彷彿獻祭一般。「我們感謝眼前的食物和飲料，代表你賜給我們的生命以及富饒的恩典。我們求你賜予服侍你的力量，並且請你降福給我們，以及所有今晚不能聚集在餐桌前的人們。」

「今年可沒有什麼富饒的恩典。」伊羅娜喃喃說道，拿起一塊硬餅乾，厭惡地鼻頭緊皺。接著女人突然露出吃痛的表情，賈迪爾從她瞪向黎莎的模樣猜測多半是被女兒在桌底下踢了一腳。

「很抱歉我們無法提供更豐盛的菜餚。」黎莎在和賈迪爾目光相對時說道。「但戰爭的蹂躪深深影響我們的村子，數千名難民毫無來由地失去他們擁有的一切，以及許多深愛的人。」

「毫無由來？」阿山以克拉西亞語低聲道。「他們侮辱你以及你的聖道，解放者！」

「不！」阿邦斷聲道。「這是一項挑戰，小心應答。」阿山瞪視著他。

「兩個都給我閉嘴！」賈迪爾厲聲道。他目光離開黎莎和她母親身上，轉向牧師點頭。

「你們的餐前禱告與我們的大同小異。」他說。「在克拉西亞，就算只有空碗我們也要禱告，因爲透過艾弗倫的意志，空碗比盛滿的飯碗更能堅定人心。」

他看回黎莎。「我聽說一年前你們村子與其他小村落沒有兩樣。」他說。「但現在你們人口眾多，實力堅強。街道上沒看見飢民，也沒有乞丐、哀慟或殘廢的人。不但如此，你們甚至在黑夜中挺身而出，對抗數以百計的惡魔。如同煉鋼一般，我的出現改變了你們的村子，讓它變得更加堅強。」

「改變我們的不是你，」加爾德突然說道。「是魔印人，當時你們還在沙漠上啃沙。」

哈席克神色一凜。賈迪爾懷疑他是否聽得懂綠地人說了什麼，但巨人的意思很清楚。他對哈席克搖搖手指，要他冷靜下來。

「我想了解這個魔印人。」賈迪爾說。「我在艾弗倫恩惠就聽說了很多他的事蹟，但從未真的遇上見過他本人的人。」

「他是解放者，你只須知道這點就夠了。」加爾德低聲吼道。「爲我們帶回失傳多年的魔法。」

「對抗阿拉蓋的戰鬥魔印。」賈迪爾說。加爾德點頭。

「我可以見識他製作的魔印武器嗎？」賈迪爾問。

加爾德遲疑，目光瞟向黎莎。賈迪爾順著他的目光看去，再一次，他幾乎溺斃在她如同冰水般的蔚藍雙眼中。她面露微笑，他全身感到一陣快意。

「可以讓你看，」黎莎說著露出羞怯的笑容。「只要你也給我們看看你們的——你的長矛。」

就連阿邦也爲她如此大膽的行徑發出一聲驚呼，但賈迪爾只是微笑。他伸手拔矛，但阿山捉住他的手。

「解放者，不行！」阿山斷聲道。「卡吉之矛不能被青恩褻瀆。」

「它不再只是卡吉之矛了，阿山。」賈迪爾以克拉西亞語說道。「它同時也是阿曼恩之矛，我想給誰看就給誰看。這也不是它第一次被青恩的手碰到，它的法力依然留存。」

「萬一他們想要據爲己有呢？」哈席克問。

賈迪爾看著他，神色冷靜。「如果他們敢這麼做，我們就殺光這個鎮上所有男人、女人，以及小孩，將整座村落夷爲平地。」

爭論結束，他將長矛平舉身前。加爾德把手伸向腰帶，取下一把長刀。哈席克和山傑特神情緊張，準備動手，但巨人翻轉刀面，手握刀身，將刀柄遞給賈迪爾。兩人同時交換武器。

接著雙方再也顧不得禮儀，兩邊對魔印有研究的人通通湊上前來研究武器。

賈迪爾將長長的刀身轉向明亮處，凝視著如同發光的河道般刻蝕在刀面上的複雜魔印。他立刻看出大多數魔印都和自己的族人用來加持武器的魔印一模一樣，是源自幾乎包含世上所有戰鬥魔印的卡吉之矛上的符號。

但這些魔印不只是實用，與戴爾沙羅姆長矛上粗糙的魔印不同。它有種可以和卡吉之矛相提並論的藝術之美，數百個魔印飄逸縱橫，編織出一張不但美觀，對阿拉蓋也十分致命的魔印網。

「美不勝收。」賈迪爾喃喃說道。

「無價之寶。」阿邦說。

「這個魔印人會不會是從安納克桑中盜出這些魔印的？」阿山懷疑。

「荒謬。」賈迪爾說。「那裡千年之內無人踏足，除了……」

他看向部下，所有人都是同樣一個念頭。

「不。」最後賈迪爾說道。「不，他死了。」

「當然，他不可能還活著。」阿山於片刻後說道，其他人紛紛點頭。

他們抬起頭來，看見黎莎和她戴起眼鏡的父親正在仔細打量卡吉之矛。他們觀察卡吉之矛已經夠久了，他沒理由洩露它所有的祕密。

「這些魔印威力強大。」他說，將長刀遞還給加爾德，刀柄在前。他指向長矛，綠地人頗不情願地將之歸還。黎莎看著長矛歸還時的渴望神情十分動人。她迫切想要取得長矛中的祕密。

「魔印人在哪裡？」賈迪爾將卡吉之矛插回肩帶後對加爾德問道。「我非常想要見他一面。」

「他獨來獨往。」黎莎在巨人回話之前插嘴說道。

賈迪爾朝她點頭。「妳這襲奇妙的斗篷是他給妳的嗎？它就和卡吉本人身穿的斗篷一樣，可以讓妳在阿拉蓋之前隱形。」

黎莎臉色一紅，賈迪爾了解到自己無意間恭維了她。

「隱形斗篷是我自己發明的。」她說。「我修改了困惑和強化視覺的魔印，融合一點禁忌魔印，不讓任何地心魔物看見身披斗篷的人。」

「不可思議。」賈迪爾說。「艾弗倫必曾對妳開示，賜予修改魔印的能力，製作出如此美麗且威力強大的物品。」

黎莎低頭看著自己的斗篷，若有所思地伸手把玩。最後，她輕呼一聲，站起身來，解開喉間的銀釦環。「送你。」她說，將斗篷遞給賈迪爾。

「妳瘋了嗎?!」伊羅娜大叫，衝上前去擋在她面前，就像阿山之前阻止賈迪爾交出卡吉之矛一樣。

「斗篷只對惡魔有效。」她說，不單向母親解釋，也向賈迪爾解釋。「明早太陽升起時，讓它提醒你誰才是真正的敵人。」她推開母親，將斗篷交給賈迪爾。

賈迪爾雙掌平放桌面，低頭鞠躬。「這個禮物太珍貴，我沒有東西可以回禮。看在艾弗倫的份上，我不能收。」

「它能提醒你那一點就是最好的回報。」黎莎說。賈迪爾再度鞠躬，難以置信地接下神奇的斗篷。如果那魔印人武器上的魔印算是和諧的曲調，黎莎的隱形斗篷簡直堪稱交響樂章。他小心翼翼地摺疊斗篷，在自己或手下開始因研究禮物而分心前塞入自己的長袍內。

「感謝妳，黎莎女士，厄尼之女，解放者窪地的藥草師。」他說著，再度鞠躬。「妳的禮物讓我深感榮幸。」

黎莎微笑，坐回座位。一時間，綠地人全都假裝喝茶，並在喝茶的同時交頭接耳。賈迪爾任由對方私下討論，轉頭看向阿邦。

「告訴我關於打扮得像個卡非特的紅髮男孩的事。」他命令道。

阿邦鞠躬。「綠地人稱他這種人爲吟遊詩人，解放者。他們是四處遊蕩的說書人兼樂手，身穿亮眼的服飾以吸引觀眾的目光。這是種高尚的職業，從業人員常被視爲鼓舞人心的領袖人物。」

賈迪爾點頭，吸收這些知識。「他的音樂能影響阿拉蓋，透過音樂控制它們，那是怎麼回事？」

阿邦聳肩。「魔印人傳說中有提到某個能以音樂蠱惑阿拉蓋的人，但我對他的能力一無所知。可以想見，這並非什麼普遍的能力。」

羅傑不自在地看著克拉西亞人偷偷打量自己。他們很顯然在談論自己，儘管羅傑的耳力敏銳，足以辨認如同驚異音樂般的語言的聲調和模式，不過要聽懂他們在說什麼又是另一回事了。

克拉西亞人對他又愛又怕，就和魔印人對他的態度很像。羅傑不光是個樂手，同時也是個說書人，而他曾編造過許多克拉西亞傳說，但從來不曾遇過任何來自那片土地的人。他的腦中浮現上千個問題，不過在抵達他的舌尖之前就已經亂成一團，因爲面前這些根本不是他故事中的那些異國王子。羅傑曾經騎馬穿越通往來森的道路，親眼見過他們的手段。不管有沒有文化，這些都是姦淫擄掠、無惡不作的惡人。

賈迪爾再度朝他看來，在羅傑來得及偏過頭去之前，兩人目光交會。羅傑大吃一驚，感覺如同被逼入絕境的野兔。

「請見諒，我們實在太不禮貌了。」賈迪爾鞠躬說道。

羅傑假裝搔著胸口，其實只是藉機觸摸自己的護身符。他透過金牌以及隨侍左右的加爾德建立信心。這已不是羅傑第一次慶幸這名伐木巨漢曾發誓守護自己了。

「我不介意。」他說，輕輕點頭。

「我們家鄉沒有吟遊詩人。」賈迪爾說。「我們對你的職業感到好奇。」

「你們沒有音樂家？」羅傑一臉訝異地問道。

「有。」賈迪爾說，「但在克拉西亞，音樂唯一的作用就是讚美艾弗倫，而非用以在戰場上蠱惑惡魔。告訴我，這種能力在北地普遍嗎？」

羅傑哈哈大笑。「一點也不普遍。」他放下茶杯，希望杯子裡倒的是比較烈的飲料。「我甚至無法教會任何人，我也不確定自己是怎麼做到的。」

「或許艾弗倫親自向你開示，」賈迪爾建議道。「或許他賜福給你們家中血脈。你的兒子當中有人展露天賦嗎？」

羅傑再度大笑。「兒子？我根本還沒結婚。」

克拉西亞人似乎對此感到震驚。「擁有這種力量的男人應該有很多妻子幫你生孩子。」賈迪爾說。

羅傑竊笑，朝他們舉起茶杯。「同意，我應該有很多妻子。」

黎莎輕哼一聲。「我倒想看看你怎麼應付妻子。」餐桌旁的兩方人馬通通開口嘲笑羅傑。羅傑一言不發地等待笑聲止歇，窪地的人每天都在開羅傑玩笑，但他並不會因爲習以爲常而不臉紅。他看著賈迪爾，卻發現克拉西亞領袖沒有和其他人一起笑。

「我可以請問一個私人問題嗎，傑桑之子？」賈迪爾問。

羅傑在聽見父親名字時觸摸胸口的金牌，但還是點了點頭。

「你手上的傷是怎麼來的？」賈迪爾問，指向羅傑少了兩隻手指以及部分手掌的手問道。「看起來是舊傷，不可能是你長大成人後對抗阿拉蓋所留下來的，而且它並沒有妨礙你的行動，可見這個傷已經跟了你很多年。」

羅傑感覺全身的血液都凝結了。他的目光飄向身穿亮眼絲綢、因爲身有殘疾而忍受同伴嘲弄的肥胖商人。他不知道克拉西亞人會不會因爲自己只有半隻手掌而不把他當作男人看待。

所有人都不再交談，默默地等待羅傑回答。本來他們就在偷聽兩人交談，但現在所有人都明目張膽地看著他們。

羅傑皺起眉。窪地人與他們又有什麼不同？他懷疑。沒有任何窪地人，包括黎莎，曾提起他的斷指，大家都假裝沒這回事，然後又在自以爲沒人在看時偷偷瞄它。

至少他不掩飾自己的好奇。羅傑心想，轉頭看回賈迪爾。而且我也毫不在乎他對我有什麼看法。

「我三歲的時候，惡魔闖入我們家門。」他說。「我父親拿起撥火棒阻擋惡魔，我媽則帶著我一起逃命。一頭火惡魔跳到她背上，咬斷我的手指，然後咬中她的肩膀。」

「你怎麼逃過一劫？」賈迪爾問。「你父親救了你嗎？」

羅傑搖頭。「當時我父親已經死了。我母親殺掉那頭火惡魔，將我推入地窖中。」

桌旁驚呼四起，就連賈迪爾也瞪大雙眼。

「你母親殺了一頭火惡魔？」他問。

羅傑點頭。「她把惡魔從我身上拉開，將它壓在水槽中直到溺斃。惡魔不再掙扎時，水面早已翻滾沸騰，將她的手煮得一片通紅，布滿水泡。」

「喔，羅傑，眞是太可怕了。」黎莎呻吟道。「你從來不曾告訴我這件事！」

羅傑聳肩。「妳又沒問。從來不曾有人問我手是怎麼受傷的，所有人都刻意避開我的手，包括妳。」

「我一直以爲你想要保有隱私。」黎莎說。「我不希望讓你不自在，只因爲提起你的……」

「殘疾？」羅傑說，不喜歡她那同情的語氣。

賈迪爾突然起身，一臉憤怒。餐桌旁雙方人馬立刻緊張起來，隨時準備開打或是逃命。

「這是阿拉蓋傷疤！」他大叫，伸手越過餐桌，抓起羅傑的手掌，高高舉在眾人面前。「任何以同情眼光看你的人都該下地獄去，這是榮譽的象徵！」

「傷疤表露我們對抗阿拉蓋的決心！」他叫道。「以及對抗奈本人的決心！這些傷疤讓她知道我們曾經見識她的深淵，並且朝裡面吐口水！」

「哈席克！」賈迪爾指向體形最壯碩的手下。在他的命令下，戰士豁然起身，拉開護甲長袍，露出佔據半個胸口的半圓形齒痕。

「土惡魔。」他說，帶有濃厚的口音。「很大。」他補充，攤開手臂。

賈迪爾轉向加爾德，挑釁地瞇起雙眼。

「還不錯，」加爾德哼道。「不過我應該比得過。」他拉開胸口的上衣，轉身露出一條從右肩延伸到左腰的爪痕。「木惡魔這一下著實不輕，」他說。「個子小一點的人可能當場就被撕成兩半。」

羅傑訝異地感受沸騰的情緒如同漣漪般擴散，餐桌兩邊的人紛紛起身述說自己受傷的故事，爭辯著誰的傷勢比較沉重。這一年來，鎮上幾乎人人都曾受過傷。

但屋內沒有任何悔恨的氣氛。人們笑著談論差點沒能閃開的攻擊，有時甚至出手比劃，就連克拉西亞人也開心地拍擊大腿。羅傑看向臉上布滿醜陋傷疤的汪妲，卻發現她露出印象中從未見過的笑容。

當屋內的氣氛達到高潮時，賈迪爾如同吟遊詩人大師般站上自己的板凳。「讓阿拉蓋看見我們的傷疤，並且心生絕望！」他大叫，脫下他的長袍。

橄欖色肌肉賁起，但這並非所有人發出驚呼的原因，而是他身上的疤痕，那些疤痕都是魔印。數百個魔印，甚至可能上千個，如同魔印人的紋身般刻劃在他身上。

「黑夜呀，或許他真的是解放者。」羅傑喃喃說道。

第二十五章　不惜代價　333 AR　春

「你最好給我快一點。」哈席克笑著對阿邦道。「不然就把你留在黑暗裡。」

阿邦一臉痛苦，汗水如同小溪般沿著肥胖的臉頰流下。阿曼恩以極快的步伐回到營地，與阿山大步走在前方，把可憐的阿邦留下與哈席克、山傑特並行。這兩個男人打從孩提時代就開始折磨他，現在更是變本加厲。

一星期前，哈席克趁阿邦前往大帳傳信時強暴了他的女兒。稍早前，被強暴的是他妻子。祖林和山傑特在卡吉沙拉吉中刻意照料阿邦的奈沙羅姆兒子們，向他們灌輸唾棄卡非特父親的觀念，令阿邦心痛不已。所有解放者長矛隊的戰士都嘲笑唾棄他，趁沙達馬卡不在時肆意毆打他。他們全都認識阿曼恩多年，解放者對阿邦言聽計從讓他們感到忿忿不平。阿邦心知自己一旦失寵，肯定活不了多久。

當他們離開解放者窪地大魔印所建造的禁忌力場後，阿邦身上立刻爬滿雞皮疙瘩，不得不承認不管沙羅姆們怎麼做，他都不會爲了維護自尊而放棄對方的保護。

這就是卡非特的宿命。

「我不了解你爲什麼要以對待眞正男人的態度對待這群懦弱的青恩。」阿山邊走問阿曼恩。

「這些人都很堅強。」阿曼恩回應道。「就連他們的女人都有阿拉蓋傷疤。」

「他們的女人都和妓女一樣無恥。」阿山說。「她們的丈夫應該多教訓她們，其中最糟糕的就是他們的領袖！我不敢相信你任由她訓斥你，像是……像是……」

「達馬丁？」阿曼恩問。

「比較像是達馬佳。」阿山說。「而這個女人兩者都不是。」

阿曼恩臉頰微微抽動，要是阿邦看到這種憤怒的徵兆一定會拔腿就跑。

但阿曼恩沒有動怒。「想一想，阿山。」他說。「我有必要浪費人力征服這群已在對抗阿拉蓋的人嗎？」

「他們並非在你的指揮下戰鬥，沙達馬卡。」阿山指出。「根據伊弗佳記載，想要贏得沙拉克卡，所有戰士都得遵守解放者號令。」

阿曼恩點頭。「他們會的。我不是靠殺人統一克拉西亞部族，我是藉由迎娶各族達馬丁，將我的血脈融入各族來達到統一的目的。沒道理我在北地不能如法炮製。」

「你想娶那個……那個……」阿山難以置信地說。

「那個什麼？」阿曼恩問。「那個舉手投足就能殺死阿拉蓋、魔印技巧可比古代女巫的美貌女子？」他將對方送他的魔印斗篷舉到面前，閉上雙眼，深深吸氣。「就連她的體香都令我痴狂，我一定要得到她。」

「她甚至不信伊弗佳！」阿山啐道。「她是個異教徒！」

「即使異教徒都在艾弗倫的計畫中，我的朋友。」阿曼恩說。「你難道看不出來嗎？北地唯一參與阿拉蓋沙拉克的部族是由一名女子所統治的，一名擁有前所未見力量的北地醫療師。透過與她結合，我可以在兵不血刃的情況下吸收他們的力量。這樁婚姻簡直是艾弗倫親自安排的。我可以感受到祂的意志在我體內激盪，絕對不容違逆。」

阿山似乎還想爭辯，但阿曼恩顯然心意已決。他皺起眉，但依然鞠躬。「謹遵解放者號令。」他咬牙切齒地說道。

他們終於抵達營地，阿邦在看見阿曼恩的大帳已搭建好後，終於鬆了一大口氣。戴爾沙羅姆圍著大帳休息，輪班守衛，絕不放過任何風吹草動，不管是惡魔還是其他東西所引發。

「阿邦，和我開會。」阿曼恩說。「山傑特和阿山，去照顧弟兄。」

達馬基和凱沙羅姆互換一個苦澀的眼神，但沒有多說，領命離開。哈席克跟上阿曼恩，但阿曼恩以眼神阻止他。

「我和卡非特會面不須保鏢。」阿曼恩說。

哈席克鞠躬。「當你沒有指派我其他任務時，解放者，我就會假設自己該跟在你身邊。」

「我的帳篷還沒搭。」阿邦提議道。

阿曼恩點頭。「哈席克，去處理。」

哈席克抬頭看向阿邦，眼中浮現殺機，但阿邦安安穩穩地躲在阿曼恩身後，沒有像個卡非特一樣諂媚鞠躬，反而對他露出嘲笑的神色。

阿邦轉身步入大帳，撩起帳簾讓阿曼恩進入。他放下帳簾時哈席克臉上那無能為力的憤怒神情並不足以補償他女兒所失去的童貞，但阿邦只能從這種小地方得到復仇的快感。

賈迪爾在兩人獨處後立刻轉身面對阿邦。

「很抱歉我打了你，」他說。「那是——」

「為了取悅那個女人，我知道。」阿邦打斷他道。「如果有效就很值得，但這些青恩看待世界的觀念與我們不同。」

賈迪爾點頭，想起從前帕爾青恩守護阿邦的景象。「我們的文化先天上就會羞辱彼此，我早該知道那樣行不通。」

「與青恩交涉時一定要格外謹慎。」阿邦同意。

賈迪爾提起卡吉之矛。「我是戰士，阿邦。我的戰略只能用在征服人類與屠殺阿拉蓋，我並不擅長這類……玩弄人心的手段。」他不屑地說道。「而你和英內薇拉可是深諳此道。」

「你總是不會說謊，阿曼恩。」阿邦鞠躬說道，似乎同時帶有恭敬與嘲弄的意味。

「那我要如何佔有這個女人？」賈迪爾問。「我知道她在注意我。你認爲她和達馬丁一樣擁有選擇丈夫的權利，還是我該去找她父親？」

「達馬丁可以選擇丈夫是因爲沒人知道她們父親是誰。」阿邦說。「黎莎女士刻意向我們介紹她的父親，接著又送斗篷給你，顯然表示她願意接受追求。一名普通的女子或許會送給追求者上好的布袍，但她的禮物足以匹配解放者。」

「所以我只須去和她父親談定聘禮就好了。」賈迪爾說。

阿邦搖頭。「厄尼很會討價還價，但不會造成阻礙。我比較擔心達馬佳會反對這場婚姻，而其他達馬基會支持她。」

「我會處死任何反對此事的達馬基。」賈迪爾說。「就算是阿山也一樣。」

「這樣做會給部隊帶來什麼觀感，阿曼恩？」阿邦問。「他們的領袖爲了某個青恩女子殺死他自己的達馬基？」

賈迪爾皺眉。「何必擔心？英內薇拉沒有反對的理由。」

阿邦聳肩。「我這麼說是因為達馬佳或許會發現這個北地女人不像其他吉娃森一樣容易掌控。」

賈迪爾心知阿邦說得沒錯。他一直認為英內薇拉是世界上最強勢的女人，但這個解放者窪地的黎莎似乎從各方面來看都與她旗鼓相當。她絕對不會屈就於次等妻室，而英內薇拉又不可能容忍地位相等的女人。

「然而這種不願屈就的態度就是我非娶她不可的原因，如果我要帶領青恩參與沙拉克卡的話。」賈迪爾說。「或許我可以和她祕密結婚。」

阿邦搖頭。「結婚的傳言遲早都會傳入達馬佳耳中，而她只要一句話就可以取消婚約，但黎莎的部族可能將那視為莫大的侮辱。」

賈迪爾搖頭。「肯定有辦法的。這是艾弗倫的旨意，我感覺得出來。」

「或許……」阿邦開口，手指在鬈曲的鬍子裡轉動。

「什麼？」賈迪爾問。

阿邦沉思一段時間，接著搖頭揮手。「只是個想法，但應該行不通。」

「什麼想法？」賈迪爾問，語氣顯示他不會再問第二遍。

「啊，」阿邦說。「我只是在想，要是達馬佳只是你的克拉西亞吉娃卡呢？如果可以這樣算，表示可以另外指派一名北地吉娃卡，安排和綠地青恩女子的婚事。」

阿邦搖頭。「但就連卡吉也沒有兩個吉娃卡。」

賈迪爾摩拳擦掌，一邊沉思一邊感受皮膚上的魔印傷疤。

「卡吉活在三千年前，」他終於說道。「而且聖典也殘缺不全。誰能肯定他有幾個吉娃卡？」

眼看精明的阿邦沒有立刻回應，賈迪爾微笑。「你明天前往黎莎父親家去清償債務，」他下令。

「然後談妥要付多少聘金。」

阿邦點頭離開。

阿邦拄著駱駝頭拐杖，一拐一拐地穿越村鎮，沿途不斷向綠地人微笑示意。他們瞪視著他，很多人露出不信任的表情。雖然他的拐杖在克拉西亞會引人暴力相對，在青恩之間卻似乎帶來反效果。他們羞於攻擊無力反抗的男人，就像他們羞於攻擊女人，這解釋了他們的女人能如此隨心所欲的原因。

阿邦發現自己對綠地的好感與日俱增。這裡的天氣不會太熱也不會太冷，不像沙漠那麼極端，而且北地的資源豐富得超乎阿邦想像。這裡有無盡的獲利可能。他的妻子和孩子已經在艾弗倫恩惠裡發了一筆小財，而綠地大部分區域都還沒有開發。在克拉西亞，他很有錢，但依然被人視為半個男人。在北地，他可以過著達馬基般的生活。

這已不是阿邦第一次質疑阿曼恩真正的想法了。他真的相信自己就是解放者，還有像和這個女人結婚是艾弗倫的旨意之類的鬼話，還是一切只是為了掌權？

如果是其他人，阿邦都會認定是後者，但阿曼恩總是天真地相信這種事，甚至會被這種誇大妄想所迷惑。

這種事情荒謬絕倫，但幾乎所有克拉西亞的男人、女人，以及小孩都對他的神性深信不移，進而賦予阿曼恩大得根本不必在乎是真是假的權力。無論如何，阿邦服侍著世界上最有權勢的男人，就算他們沒有恢復往日的友誼，起碼看起來也像是朋友。

但現在友誼中又多了一樣新的變數，就是達馬佳，深諳操弄人心之道的阿邦一眼就能認出另一名同道。英內薇拉利用阿曼恩來達成自己的目的，但就連阿邦也看不出她的目的究竟爲何，而阿邦還是專靠看穿他人慾望致富的人。

達馬佳透過某種不爲人知的手段影響阿曼恩，但影響力已微不足道。他是沙達馬卡。不管是不是達馬丁，只要他一聲令下，人民絕對會爲了取悅他而毫不遲疑地將她撕成碎片。

阿邦當然知道不要介入他們兩人之間。他經驗老到，絕對不會犯下如此愚蠢的錯誤。只要英內薇拉察覺他的不忠，她立刻就會把他當作蠍子般一腳踩扁，就連阿曼恩也不能阻止她。阿邦的地位低於達馬佳，就像她低於阿曼恩，不過阿邦低賤太多了。

「唯一眞的可以應付女人的只有女人。」阿邦的父親死前曾向他囑咐過很多次。這是個好建議。黎莎．佩伯會動搖英內薇拉的權力基礎，或許可以幫助阿曼恩完全擺脫她的掌控，而最好的部分在於達馬佳永遠不會發現他曾參與此事。

阿邦越笑越開心。

阿邦很高興地發現厄尼討價還價的實力就和他的信使一樣高超，阿邦唾棄任何不會討價還價的人。只有阿曼恩除外，因爲阿曼恩並非不會討價還價，而是不願意討價還價。

結果他們談定十分公道的價錢，但在應阿曼恩要求而將價錢提高三倍後便是一大筆錢。厄尼和他妻子一臉愉快地看著阿邦掏出金幣。

「貨都在這裡。」厄尼說，將裝有黎莎所製花押紙的箱子放上櫃台，打開盒蓋。

阿邦伸手撫摸最上面一張鮮艷的紙面，感受著嵌入紙張中如同藝術般的花朵所印出的花紋。他閉上雙眼，深深吸氣。「這麼久了依然香甜。」他微笑說道。

「保持乾燥，香味永遠不會變淡。」厄尼說。「至少對凡人而言堪稱永遠。」

「你女兒似乎深受艾弗倫眷顧。」阿邦說。「從各方面來說都是，有如天使。」

伊羅娜輕哼一聲，但厄尼瞪她一眼，她立刻閉嘴。

「她是。」厄尼同意道。

「我家主人想要購買她回去作爲妻子。」阿邦說。「他授權我協商聘金，出手保證大方。」

「有多大方？」伊羅娜問。

「那不重要！」厄尼大聲道。「黎莎不是像馬一樣拿來賣的！」

「當然，當然，」阿邦說著鞠躬，爲自己爭取一點評估情況的時間。他沒想到厄尼會如此反應，而且也很難判斷自己究竟是眞的冒犯了對方，還是一種用以哄抬價格的策略。

「請原諒我的用字遣詞。」阿邦說。「看來我在最關鍵的時刻錯用了你們的語言。我沒有不敬的意思。」

這話似乎讓厄尼冷靜了一點，阿邦立刻換上曾讓數千名顧客將他錯認爲朋友的笑臉。「我家主人知道你的女兒統治你們部族，不是什麼普通的貨物。」他說。「他想要藉由融合兩族的血脈爲她和你們部族增添榮耀。你的女兒會伴隨在他左右，成爲北地地位最崇高的女人，同時還能影響解放者的議會和床第，在我家主人發兵北上時避免不必要的衝突。」

「你是在威脅我們？」厄尼大聲問道。「你是說如果我們不賣，你的主人就會殺光我們，然後強奪她？」

阿邦面紅耳赤。他確實冒犯對方了，而且深深冒犯。帕爾青恩從前總說克拉西亞人脾氣火爆，但此刻看來北地人在聽人直言不諱時脾氣也沒有好到哪裡去。

阿邦深深鞠躬，攤開雙手。「拜託，我的朋友，讓我們重新開始。我的主人沒有威脅，也不打算攻擊貴鎮。在我們的習俗裡，父親有責任爲女兒安排婚事。而婚事中有一部分就是要讓新郎家提供父親和女兒一筆象徵她的價值的聘金。據我所知，北地人也有同樣的習俗。」

「有的。」伊羅娜在厄尼回答前插嘴道。

「有些人或許會這麼做。」厄尼更正道。「但我並不是如此教育黎莎。你家主人想要娶我女兒，他就得像其他人一樣追求她，如果她決定選擇他，那麼他就可以前來尋求我的祝福。」

這在阿邦眼中看起來好像反過來了，但無關緊要。他再度鞠躬。「我會向我家主人講清楚的，我想他立刻就會展開追求。」

厄尼瞪大雙眼。「我不是……噢！」他在伊羅娜的指甲插入他的手臂時叫道。阿邦饒富興味地看著這個動作。他的妻子們一點也不溫馴，但也絕對不敢在顧客面前貶低他的權威。

「這樣對大家都沒有壞處，如果他帶花來訪的話。」伊羅娜說。「你自己也說那是黎莎的選擇。」

厄尼凝視她良久，接著嘆氣點頭。他拿起盒蓋，蓋回黎莎的紙張上。

「盒子很重。」他說。「要我找個男孩來幫你拿嗎？」

阿邦鞠躬。「麻煩你。」

「我想男孩們都在忙。」伊羅娜說。「我可以出去走走，紙我來拿就行了。」

阿邦再度感到困惑。在克拉西亞，這種勞動本來就該女人來做，但從厄尼瞪大雙眼打量妻子的眼神判斷，阿邦看得出來厄尼十分震驚。

他看著伊羅娜繞出櫃台，欣賞她的美貌，儘管年華老去。或許她是個枕邊妻子，只須做點輕鬆工作，隨時待在丈夫身邊滿足對方的淫慾就好。很多克拉西亞男人都有這種妻子，但阿邦無法忍受這種程度的怠惰，就算他最年輕貌美的妻子都必須和其他人一樣辛勞工作。

走在厄尼店前的小道上時，阿邦轉頭看她。「我向艾弗倫禱告，希望我對你們習俗的誤解沒有嚴重冒犯妳和妳丈夫。」

伊羅娜搖頭。「我們和你們也沒那麼大不同，只不過在這裡，父親負責認可婚事，母親負責安排婚事。厄尼在聘金談妥前是不會祝福任何人的。」

阿邦赫然止步，終於弄清楚是怎麼回事了。「當然。不過很遺憾地，我家主人的母親卡吉娃和他的妻子一起留在艾弗倫恩惠，我可以代她協商嗎？」

伊羅娜點頭，不過揚起一邊眉毛。「他還有其他妻子？」

「當然，」阿邦說。「阿曼恩·賈迪爾是沙達馬卡。」

伊羅娜皺眉。「告訴他如果夠聰明，不要在我女兒面前提起這些妻子。女孩嫉妒起來就像狂風暴雨一樣。」

阿邦點頭。「我一定會提醒他的，謝謝。我假設妳女兒是處女？」

「她當然是。」伊羅娜立刻道。

阿邦鞠躬。「拜託，不要感到冒犯。在克拉西亞，男人的第一妻室會親自檢視其他妻子的狀況，但如果你們習俗如此，當然妳說了算。」

「我們的習俗當然不會讓丈夫或是藥草師以外的人看見我們的大腿中間。」伊羅娜說。「所以你或你家主人不要妄想試喝牛奶。」

「當然。」阿邦說，爲了終於展開協商而點頭微笑。

賈迪爾如同野獸般在大帳中來回踱步，等待阿邦歸來。

「他怎麼說？」卡非特一入帳，他立刻問道。「辦成了沒有？」

阿邦搖頭，賈迪爾深吸一口氣，擁抱失望的感覺，在沒有造成任何傷害的情況下任其透體而過。

「黎莎女士比我想像中更像達馬丁。」阿邦說。「她有權選擇自己的丈夫，不過你還是得支付聘金才能取得她父親的祝福。」

「我不惜任何代價。」賈迪爾說。

阿邦鞠躬。「你說過了。」他同意道，「但我，你最卑微的僕人，還是展開協商，盡可能降低你的財物損失。」

賈迪爾毫不在乎地揮了揮手。「所以我可以直接去找她？」

「她父親允許你追求她。」阿邦說，賈迪爾微笑，提起長矛，在一面銀鏡前整理儀容。

「你要怎麼對她說？」阿邦問。

賈迪爾回頭看他。「沒有概念。」他坦白道。「但這是艾弗倫的旨意，所以我相信不管我說什麼都不會說錯話。」

阿邦皺眉。「我不認爲這樣可行，阿曼恩。」

賈迪爾轉向阿邦，心中清楚他沒有說出口的意思。在信仰這方面，阿邦和帕爾青恩很像。有禮貌、有包容力，但毫無信仰可言。

賈迪爾看著自己的老朋友，內心感到無比同情，終於了解身爲卡非特所代表的意義。艾弗倫不會與他們交流。阿邦可以在每一句話裡提及造物主的名諱，但從來不曾聽過祂的聲音，感受到祂的全能意志。阿邦眼中只看得見利益，他永遠都會是它的奴隸。

但那同樣也是艾弗倫計畫中的一部分，因爲卡非特能看見其他人看不見的細節，對於賈迪爾而言如果他想要打贏沙拉克卡，那會是非常重要的細節。

賈迪爾伸手放上阿邦肩膀，面露哀傷的微笑。「我知道你不這麼認爲，我的朋友，但如果你不相信造物主，也請對我有信心。」

阿邦鞠躬。「當然。但最起碼，避免提及你其他妻子。她母親告訴我黎莎女士的妒意如同狂風暴雨。」

賈迪爾點頭，一點也不懷疑這樣的女人能夠看清自己的價值，並且期待其他女人讓道兩旁。這只會讓他更想要她。

羅傑心不在焉地帶領學徒練習。他們有些微進步，但每當坎黛兒彎腰去拿小提琴箱，他就可以看見橫跨她胸口的疤痕上緣。那或許是道象徵榮耀的惡魔傷疤，但同時也提醒羅傑這些學徒在可以眞正上場作戰之前還有多長的路要走。他希望吟遊詩人公會的導師可以盡快抵達。

伐木工在街道對面的魔物墳場上訓練戰技。建立新的大魔印還有許多工作要做，但只要克拉西亞人還在空地紮營，就沒有任何伐木工願意上工。加爾德將伐木工分組指派巡邏任務，其他人就聚集在墳場訓練待命。如果黎莎發現沒人在工作一定會大發雷霆，但儘管曾經歷那麼多風浪，黎莎依然會輕易相信他人。

突然有人大叫一聲，羅傑抬起頭來，看見克拉西亞領袖朝他走來，身後跟著兩名保鏢，哈席克和山傑特。他們將矛和盾揹在背上，儘管賈迪爾一派輕鬆冷靜，另兩名戰士還是一副身處敵陣的模樣。他們下意識地彎曲手指，渴望出手拔出長矛。

賈迪爾朝羅傑走去，加爾德一邊大叫，一邊率領幾名手下前往攔截。賈迪爾的保鏢轉身面對他們，長矛和盾牌當即握在手中。伐木工們一看，立刻舉起武器，一場衝突眼看難以避免。

但賈迪爾轉身，以同樣的目光看向伐木工和沙羅姆。「我們是黎莎女士的客人！」他叫道。「除非她改變立場，不然我們不該暴力相向。」

「那就叫你的手下收起長矛。」加爾德說，一手握著斧頭，另一手握著魔印彎刀。數十名伐木工穿越墳場，在他身後聚集，但哈席克和山傑特處變不驚——迫不及待地想要和對方大打出手。見識過克拉西亞戰士的身手後，羅傑認爲這會是場硬戰。

但接著賈迪爾以克拉西亞語下達命令，他的保鏢立刻收起長矛，不過盾牌依然拿在手上。

「我不是說收起武器，我是說放下武器。」加爾德吼道。

賈迪爾微笑。「不會有人在門口要求客人繳械的，史帝夫之子加爾德。」

加爾德張嘴欲言，但羅傑打斷他。

「當然，你說的沒錯。」他大聲說道，轉向加爾德。「收起你的斧頭。」他對伐木巨漢說道。加爾德瞪大雙眼。這是羅傑第一次公然對他下達命令，而且還是他不願接受的命令，因爲只要他收起武器，其他伐木工都會照做。

兩人目光相對，加爾德透過眼神挑戰他的權威，但羅傑是默劇演員，他可以輕易模仿魔印人那種嚴肅的神情，並且換上亞倫專門用來嚇退他人、使群眾遠離的嘶啞嗓音。

「我不會說第二遍，加爾德。」他說，同時感到巨漢的意志瓦解。加爾德點頭後退，將斧頭和彎刀插回原位。其他伐木工訝異地看著他，不過反正人多勢眾，於是紛紛照做。

羅傑轉回去面對賈迪爾。「有什麼我可以爲你效勞的嗎？」

「有的。」賈迪爾鞠躬說道。「我有事想找黎莎女士談談。」

「她不在鎭上。」羅傑說。

「我懂了。」賈迪爾說。「你可以告訴我該去哪裡找她嗎？」

「當然不！」加爾德吼道，不過羅傑和賈迪爾都沒理他。

「爲什麼？」羅傑問。

「她送給我價值連城的斗篷。」賈迪爾說。「我希望回送一件同樣貴重的禮物。」

「什麼禮物？」羅傑問。

賈迪爾微笑。「那是我和黎莎女士之間的事。」

羅傑打量著他。他在心裡大叫不要相信這個姦淫擄掠的笑面沙漠惡魔，但賈迪爾似乎自有一套榮譽標準，而他認爲停戰期間這個男人不會傷害黎莎。如果他的禮物眞的擁有同等強大的魔法，那麼拒絕他就太愚蠢了。

「把你的戰士留在這裡，我就帶你去找她。」羅傑說。

賈迪爾鞠躬。「當然。」保鏢們大聲抗議，加爾德和幾名伐木工也一樣，但羅傑和賈迪爾再次不加理會。「我對黎莎女士沒有惡意，當然不介意有監護人在場監督。」

他的用字遣詞聽起來有點奇怪，但羅傑想不出還有什麼好爭論的。沒過多久他們就走在通往黎莎小屋的小徑上。加爾德堅持跟來，沿路一直瞪著賈迪爾，不過克拉西亞領袖似乎毫無所覺。

「黎莎女士爲什麼沒有住在貴鎭強大的大魔印裡？」賈迪爾問。「在我看來，像她這麼重要的人物實在不該冒險接觸阿拉蓋。」

羅傑大笑。「如果今晚地心魔域浮現人間，那麼世上最安全的地方就是黎莎的小屋了。」

賈迪爾不太相信這種說法，但當他們接近小屋時，他發現道路都是由魔印大石塊鋪成，每一塊都大得可以讓人站立其中，不必擔心踏花魔印。

賈迪爾突然停步，驚訝地看著石塊。他蹲下身去，伸手抵在石塊表面。「艾弗倫的鬍子呀，要刻這些起碼要一千名奴隸。」

「我們不是你們那種骯髒的沙漠奴隸販子。」加爾德喃喃說道。賈迪爾心中立刻生起把他殺掉的衝動，但這肯定不是取悅黎莎女士的做法。他擁抱這股羞辱，將它抛到腦後，注意力回到道路上。

「這些魔印是用灌的，不是刻的。」羅傑說。「採用一種石頭和水混合而成，名叫克里特的原料，能在乾掉後凝固。黎莎在地上雕刻魔印，然後自由的人民在上面灌注石塊。」

賈迪爾讚歎地凝望道路。「這些都是戰鬥魔印，而且環環相扣。」

羅傑點頭。「踏入道路的惡魔下場就像踏入陽光下。」

賈迪爾終於了解自己原先嘲弄的態度有多自大天眞。儘管綠地人蠻荒無禮，但就連沙利克霍拉裡也沒有收藏北地女人的某些魔印。

庭院同樣令人驚歎，地上鋪滿克里特石板，在小屋外圍及周邊區域編織出一道複雜的魔印網。這座大花園中生氣勃勃，藥草和花朵井然有序，排列出更多魔印線條。其中有不少賈迪爾不認得的魔印，但他看得出這些魔印的功用不只是單純驅離或殺害地心魔物。

他從來不曾如此深切地感到艾弗倫的意志在自己體內激盪。這個女人註定要成爲他的妻子，有了她和英內薇拉的輔助，世上還有什麼他辦不到的事？

黎莎一邊準備午餐，一邊聽著汪妲砍柴所發出的悅耳節奏。經歷過昨晚的事件，並且拿她遇上這些男人和難民的故事與亞倫的警告比較過後，這種簡單的工作能助她釐清思緒。

黎莎並非不信任傳言，但她喜歡自行判斷。很多難民都會人云亦云、誇大事實，而亞倫有時待人嚴厲，毫不寬容。他在克拉西亞時發生了一些事，受到一些無法原諒的傷害，但既然他不願提起那些事，黎莎也就只能猜測。

不管克拉西亞人的其他傳言是否屬實，他們絕對是天下無敵的戰士。黎莎一看到他們動手立刻了解這點。伐木工體形較爲壯碩，肌肉也更加結實，但他們出手的精準度完全不及戴爾沙羅姆。駐紮在空地上的五十名戰士在被群眾拖倒之前絕對可以造成極大的傷害，而如果賈迪爾其他的手下都有他們一半的戰力，窪地鎮民就沒有多少勝算，即使有她各式各樣的火焰祕密作為後盾也一樣。

於是她下定決心，如果能有任何轉圜餘地，絕對不和對方開戰。殺惡魔是一回事，但所有人命都是寶貴的。古世界的書籍提到世界上曾有上億人口，但大回歸後還剩下多少？五十萬？想到僅存的人類竟然還要自相殘殺就令她感到滿心厭惡。

但她也不能投降，她絕對不會將窪地拱手讓給克拉西亞人。她耗費這麼多心力在流感後重建窪地，並吸收來森和雷克頓的難民，可不是為了將他們拱手交給克拉西亞人。如果有方法談和，她一定要找出來。

與克拉西亞領袖的第一次會面似乎表示這個可能是存在的。他文質彬彬、知識豐富，一點也不像難民們描述的那種瘋狂野獸，而且顯然懷抱信仰，雖然黎莎認為他們的宗教有時候既野蠻又殘暴。她深深凝視他的雙眼，並沒有在其中發現暴戾之氣。如同嚴厲的父親教訓孩子一樣，阿曼恩．賈迪爾只是在做他自認對人類最好的事。

黎莎暫停工作，因為她發現屋外的砍柴聲停止了。門開時她抬起頭來，看見汪妲站在門框中。

「去洗手擺設餐具。」黎莎說。「午餐再過一會兒就好了。」

「對不起，女士，但羅傑和加爾德前來找妳。」汪妲說。

「請他們進來，多擺兩副餐具。」黎莎說。

但汪妲待在原地。「還有其他人。」

黎莎將菜刀放在砧板上，然後擦一擦手，來到門口。阿曼恩．賈迪爾站在前廊，神態冷靜，完全無視加爾德的目光。他在戰士黑袍外多披了件白袍，搭配他王冠上的白色頭巾。黎莎的目光掠過其上的魔印，但強迫自己不要盯著看。她將目光下移到他雙眼，但這樣更糟，因爲他目光如炬，彷彿能看穿她的靈魂。

賈迪爾深深鞠躬。「原諒我不請自來，女士。」

「只要妳一句話，我立刻把他拖回去，黎莎。」加爾德說。

「別亂說話。」黎莎道。「歡迎。」她對賈迪爾道。「汪妲和我正要坐下來吃午飯，你願意與我們一同用餐嗎？」

「這是我的榮幸，我很樂意與你們共進午餐。」賈迪爾說，再度鞠躬。他跟著黎莎進屋，停在門口脫下涼鞋，擺在門邊。黎莎注意到就連他的腳上也布滿魔印傷疤。他一腳踢出多半能對地心魔物造成與魔印人同等嚴重的傷害。

黎莎小姐準備的午餐是一鍋素菜搭配新鮮麵包和乳酪。賈迪爾在黎莎禱告時低下頭去，接著所有人同時開始用餐。他本來要端起碗來喝湯，但發現綠地人都把湯碗留在桌上，用某種工具舀起碗裡的食物來吃。

他看向自己面前的餐具，發現一把類似的工具——末端有凹痕的木條。他看向黎莎，模仿她的動作淺嚐食物。十分美味，裡面放滿他從未嚐過的蔬菜。他開始大口吃菜，拿厚厚的綠地麵包刮乾碗裡最後一滴湯汁，就像加爾德和汪妲一樣。

「太美味了。」他對黎莎說道，接著在看到她因這句恭維而面露喜悅時感到一陣快意透體而過。

「我們克拉西亞沒有這種食物。」

黎莎微笑。「只要我們能和平共處，就能從彼此身上學到很多。」

「和平，女士？」賈迪爾問。「阿拉上沒有和平。只要阿拉蓋佔據黑夜，人類在他們面前畏縮不出就不可能和平。」

「所以傳言是眞的？」黎莎問。「你打算征服我們，徵召我們的人參與沙拉克卡？」

「我有什麼理由征服你們？」賈迪爾問。「妳的族人在造物主面前恭敬謙遜，在黑夜前毫不退縮，並在阿拉蓋沙拉克中與我的戰士並肩作戰。這表示你們已成爲伊弗佳教徒，只是你們並不知情。」

「沒這回事！」巨漢吼道。「我們和你們骯髒的——」

「加爾德．卡特！」黎莎的聲音如同達馬的鞭子一般竄出，讓他噤聲。「在我的餐桌上嘴巴放乾淨點，不然我就給你一大把胡椒，讓你一個月不能說話！」

加爾德神情畏縮，賈迪爾再度對這個女人的權威感到訝異。相形之下，達馬丁簡直堪稱懦弱。

黎莎轉向他。「很抱歉，阿曼恩。」她在看見他的微笑時似乎有點吃驚。「我說了什麼嗎？」

「妳直呼我的名字。」賈迪爾簡單回應。

「我很抱歉。」黎莎說。「這樣是否不太恰當？」

「正好相反，」賈迪爾說。「我的名字在妳口中聽來格外悅耳。」

由於沒有面紗遮住臉頰，賈迪爾看出她白皙的肌膚在聽見自己的話後變得紅潤。他從來不曾追求女人，不過看來艾弗倫似乎在親自引導他說該說的話。

「三千多年前，」賈迪爾說。「我的祖先卡吉統治這片土地，從南方的海洋到北邊的凍土。」

「歷史是如此記載的，」黎莎同意道。「不過三千年是段很長的時間，口耳相傳的說法……不能盡信。」

「或許在北地是如此，」賈迪爾說。「但沙漠之矛裡的沙利克霍拉神廟已存在超過三千年，而我們的紀錄十分明確。卡吉確實統治過這片土地，有時候憑藉長矛，有時候憑藉著部族同盟，以血緣交融堅定盟約。」

他環顧餐桌。「卡吉的血脈至今依然茁壯。就連你們的鎮名——解放者窪地都是在紀念他。你們不是有待征服的青恩，而是我們失散多年的血親。我賜名你們為窪地部族，並且賦予你們所有伴隨而來的權利。」

「什麼權利？」黎莎問。

賈迪爾把手伸進長袍中，取出他自己的伊弗佳聖典。書皮是由刻滿魔印的軟皮所製，書頁鍍金。其中夾著一條標記頁面用的紅絲帶，書頁因為經常使用的關係而被翻得又薄又軟。

「這些權利。」他說，將聖典交給她。

黎莎以行家的眼光打量這本書，他在她檢視書脊時才想起她是製書商的女兒。她推開餐碗，將腿上的餐巾攤在桌上，然後將書本放在上面，開始翻閱。

「很美。」她在片刻後說道。「儘管我很想學習你們的語言，恐怕我還是一個字也看不懂。」她闔起書頁，將書交還給他。

賈迪爾伸出一手阻止她。「留著，還有什麼比這本書更適合用來學習的？對照妳本身的信仰，或許妳會發現伊弗佳中的真理遠遠超乎妳的想像。」

「喔，我不能接受！」黎莎說。「這實在太貴重了！」

賈迪爾大笑。「妳送給我一件媲美卡吉的斗篷，而妳竟然拒絕接受記載他的眞理的典籍？我另外再抄錄一本就好了。」

黎莎低頭看回那本書，接著又轉向他。「這本書是你自己抄錄的？」

「用我自己的鮮血。」賈迪爾說。「我在沙利克霍拉求學時抄的。」

黎莎瞪大雙眼。

「這不是什麼金銀珠寶，我了解。」賈迪爾說。「可以的話，我會給妳數不清的金銀珠寶，但我這次北上沒帶那些東西。這本書就是我此刻身上最有價値的物品，除了我的王冠、長矛，以及新斗篷。在阿邦和妳母親談妥恰當的聘金之前，我希望妳可以收下它。」

「聘金？」黎莎大吃一驚。

「當然，」賈迪爾說。「妳父親允許我追求妳，而妳母親會談妥妳的身價。他們沒告訴妳嗎？」

「不，他們天殺的沒有！」黎莎大叫，迅速起身，撞開身後的椅子。所有人通通跟著站起。賈迪爾感到一股突如其來的恐懼。他冒犯了她，但在不了解是怎麼回事的情況下，他甚至無法道歉。

「惡魔養的！」巨漢大吼一聲，揮出斗大的拳頭。

賈迪爾不記得上次有人膽敢攻擊他是什麼時候。如果此刻不是身處黎莎女士的餐桌上，賈迪爾一定會將他擊斃，但想到黎莎厭惡暴力，賈迪爾只有出手自衛。他抓起加爾德的手腕向後一扯，將他整個人翻轉過來，拉到桌上。他僅以一根腳趾抵住加爾德的喉嚨，光憑兩根手指固定他的手腕，不管巨漢如何掙扎，始終受制於他，一張臉隨著時間一秒一秒地過去而越漲越紅。

「你的長官在交談，沙羅姆。」他說。「我是因爲尊重黎莎女士才一再容忍你的無禮，但如果再敢對我出手，我就折斷你的手臂。」他輕輕一扯，加爾德痛得大叫。所有人都轉向黎莎聽候指示。

黎莎雙手胸前交抱。「你活該，加爾德．卡特。沒有人叫你在我家裡攻擊任何人。」她朝門口點頭。「出去，羅傑和汪妲也出去，你們全都在院子裡等。」

「我們才不出去！」羅傑叫道，汪妲跟著點頭。「如果妳以為我們會讓妳和這個——」

他們腳下傳來一聲巨響，伴隨一道白光，所有人通通嚇得跳了起來。黎莎一言不發，只是臉色鐵青地指向大門。兩人奪門而出。賈迪爾放開加爾德，而他也立刻匆忙離開。

賈迪爾轉向黎莎，深深地鞠了個躬。「我很抱歉，女士，但我不了解自己做錯了什麼。我誠心前來拜會妳和妳的家人，但你們表現得好像我在偷了一口井後還要拐帶妳逃跑一樣。」

黎莎很長一段時間沒有任何反應，臉上的怒意可怕到讓賈迪爾彷彿身處沙塵暴中那樣想要伸手遮眼。慢慢地，她擁抱這種感覺，表情再度恢復寧靜。

「我也很抱歉。」她說。「我生氣不是因為你，而是因為我是最後一個得知此事的人。」

「阿邦告訴妳父母我會立刻前來。」賈迪爾說。「我以為他們會告知妳。」

黎莎點頭。「我相信你，我母親以前就經常瞞著我安排這種事。」

賈迪爾鞠躬。「如果需要時間考慮，妳不用立刻答覆。」

「好……」黎莎開口。「我是說，不好。我的意思是，我很榮幸，但我不能嫁給你。」

妳會嫁的。賈迪爾心想。妳命中註定會愛上我，就像我已經愛上妳一樣。

「為什麼不？」他對她問道。「妳母親說妳沒有訂婚，不管妳家人要求多少聘金我都付得出來。要不了多久，我就會統治整個北地，而妳會和我一起統治，還有誰可以提供更好的條件？」

黎莎暫停片刻，接著搖了搖頭，彷彿在釐清思緒。「那些都無關緊要。我才剛認識你，聘金對我毫無意義，而且老實說，我不認為我希望你『統治』任何地方。」

「隨我回艾弗倫恩惠，」賈迪爾說。「來看看我的族人以及我們所建立的一切。我會遵照妳的要求，教妳我們的語言，而妳可以深入認識我，評判我是否……夠資格統治北地。」

黎莎凝視他良久，但賈迪爾耐心等候，心知她的回答是英內薇拉。「好吧，」她終於說道。「但要有監護人陪伴，而且在我安全回到窪地前不做任何決定。」

賈迪爾鞠躬。「當然，我以艾弗倫之名起誓。」

羅傑在院子裡踱步，凝視著黎莎的小屋。加爾德斗大的拳頭握得如同兩塊大火腿，就連汪妲也將長弓舉在手中。最後，屋門開啓，黎莎伴隨賈迪爾來到前廊。「汪妲，護送賈迪爾先生回鎭上去，」她說。「加爾德，幫我把柴劈完。」

加爾德嘟噥一聲，在汪妲和賈迪爾沿著步道離去時拿起汪妲的斧頭。羅傑看著黎莎，只見她朝屋門點了點頭。她走回小屋，直接走向布魯娜的搖椅，裹上她的披肩。這向來不是什麼好兆頭。

「他被妳拒絕後如何反應？」羅傑問，沒有坐下。

黎莎嘆氣。「沒有什麼反應。他請我好好考慮考慮，邀請我和他一起回來森。」

「妳不能去。」羅傑說。

黎莎揚起一邊眉毛。「你和我媽一樣無權決定我的婚姻，羅傑。」

「妳是說妳想嫁給他？」羅傑問。「在喝杯茶，吃頓尷尬的午飯之後？」

「當然不是。」黎莎說。「我並不打算接受他的求婚。」

「那妳究竟有什麼理由將自己送入虎口？」羅傑問。

「大軍壓境了，羅傑。」黎莎說。「你看不出來這個親眼認清敵人的機會有多寶貴嗎？去數數他們的營帳，熟悉他們領袖的想法？」

「那也不能把我們自己的領袖當作代價。」羅傑說。「林白克公爵不會親自跑去密爾恩弄清楚歐可的企圖，他會派遣間諜去。」

「我沒有間諜。」黎莎說。

羅傑輕哼一聲。「妳有數千名欠妳一命的來森人，其中很多人都還有家人留在來森。我們可以說服一些人回去探聽消息。」

「我不會命令人們以身犯險。」黎莎說。

「那妳自己就可以以身犯險？」羅傑問。

「我認為阿曼恩不會傷害我。」黎莎說。

「兩天前，他還是沙漠惡魔。」羅傑說。「現在他就變成阿曼恩了？怎麼，難道妳對所有自認是解放者的男人情有獨鍾？」

黎莎皺眉。「我不要聽你講這種話，羅傑。」

「我才不管妳要什麼。」羅傑叫道。「妳曾聽說克拉西亞人如何對待女人。不管那條狡詐的毒蛇怎麼和妳說，一離開窪地弓箭手的射程範圍，妳就會變成他的財產，任何與妳同去的人眉心都會插上一根長矛。」

「所以你不隨我去？」黎莎問。

「黑夜啊，我說的話妳都沒有在聽嗎？」羅傑大聲問道。

「一字不漏。」黎莎說。「不過我還是要去。如果阿曼恩是那種男人，那麼戰爭絕對無法避免，我們做什麼都無關緊要。但如果他在餐桌上說的有幾句眞話，那我們就有機會找出方法和平共處，而這樣的結果遠比黎莎．佩伯一人的命運來得重要。」

羅傑嘆氣，癱在一張椅子上。「我們什麼時候出發？」

第四部

地心魔域的召喚

第二十六章　重回故土　333AR　夏

魔印人的心情隨著密爾恩堡逐漸遠去而越來越差。離開瑞根和伊莉莎家時的好心情完全被傑克一掃而空。他們的對話不停在他心中重複，他來不及爲自己辯解，也無法擺脫傑克的說法沒錯的念頭。

爲了轉移注意力，他仔細閱讀朗奈爾給他的那本書，卻得不到任何慰藉。書裡記載了他覬覦許久的黎莎的火焰祕密，還有將火焰的威力轉爲殺戮用途的機械設計圖。這些工具都是專門設計用來屠殺人類，而非惡魔。

究竟是地心魔域將人類逼至絕種邊緣，他懷疑。還是我們咎由自取？

他在太陽開始下山時看見路邊的一座堡壘廢墟。歐可的某個祖先曾在此地駐軍，但惡魔攻陷了堡壘，之後就沒有重建。信使大多認定此地有鬼魂作祟，所以都敬而遠之。一扇鏽蝕的柵門垂在扭曲不堪的門框上，城牆到處都是殘破的大洞。

他騎馬進入堡壘，將黎明舞者安置在一道魔印圈中。他脫到剩下纏腰布，挑了一根長矛和長弓。黑夜降臨時，惡臭的魔霧開始自庭院的石板縫隙中滲出。惡魔喜歡聚集在沒有魔印守護的廢墟，本能告訴它們總有一天會有獵物回來。五十名士兵在堡壘魔印崩潰時陣亡，多半就是被此刻凝聚形體的同一批惡魔所殺；該要有人幫他們報仇。

魔印人一直等到惡魔發現他並展開攻擊後才舉起長弓。領頭的是一頭火惡魔，不過他的第一箭瞬間奪走了它的性命。接下來是一頭石惡魔，射了好幾箭才解決。

石惡魔轟然倒地，其他惡魔愣在原地，有幾頭甚至開始撤退，但魔印人沿著城牆縫隙和大門放置魔印石，將它們困在堡壘中。弓箭射完後，他舉起長矛和盾牌展開進攻，不久便拋開武器，赤手空拳屠殺惡魔。

隨著夜色深沉，他吸收的魔力越來越多，整個人越戰越勇。他迷失在瘋狂的殺戮中，心無旁騖，直到最後魔印皮膚上沾滿滋滋作響的惡魔體液，再也找不到任何一頭倖存的惡魔。沒過多久，天色開始轉亮，附近僅存的幾頭地心魔物開始化身迷霧，躲避能夠燒盡它們一身污穢的陽光。

接著，陽光照到他身上，他感覺皮膚有如著火般。陽光光芒刺眼，令他噁心頭昏、喉嚨灼痛。站在陽光下令他痛苦不堪。

這種情況曾經發生過。黎莎說那是陽光在焚燒他體內過剩的魔力，但他心中的另一個部分、某個原始的部分，十分清楚眞相。

太陽在抗拒他。他逐漸變成惡魔，地表不再是屬於他的地方。

地心魔域在召喚他，爲他提供庇護所。通往地心魔域的道路，如同自地底竄升的魔法通道，在他的魔印目光之前無所遁形，而它們都吟唱著同樣的旋律。在地心魔域的擁抱下，陽光絕對傷不了他。

魔印人開始化身迷霧，沿著一條魔法通道微微下沉，測試著其中的感覺。

一次就好，他告訴自己。*去刺探弱點，看看能不能將戰場帶入地底*。那是個崇高的想法，但並不完全是事實，最有可能的情況是他會死在裡面。

反正世界沒有我會更好。

但在他完全消失前，庭院中一具惡魔屍體在陽光照射下起火燃燒，發出一道閃光以及劈啪聲。他朝那個方向望去，看著屍體如同慶典爆竹般一具接著一具燃燒。

地心魔物燃燒的同時，他身上的痛楚逐漸消失。太陽就和往常一樣削弱他的力量，不過並沒有摧毀他。

還不到時候，他心想。但快了，最好趁有機會時將魔印帶回提貝溪鎮。

隨著魔印人逐漸接近提貝溪鎮，熟悉的地標開始出現，將他被地心魔域糾纏不休的思緒喚回現實。他看見自己與瑞根、奇林過夜的信使洞窟，看見他們找到他的廢墟，至少那些地方沒有惡魔侵擾。一群夜狼佔據了那座廢墟，而魔印人明智地決定不去打擾牠們。就連地心魔物也不會輕易招惹一群夜狼。數百年來惡魔不斷獵食弱小的動物，導致僅存的野外掠食者都是最凶猛剽悍的動物。夜狼因其漆黑的毛皮而得名，成狼可重達三百磅，一群夜狼甚至能圍殺木惡魔。

接著，他來到自己將獨臂魔打殘的小空地。他原先以為這塊空地會與自己離開時一模一樣：一塊漆黑的焦土，中央有一圈他曾在此架設魔印圈的荒地。

但十四年過去了，那塊荒地現在生氣勃勃，甚至比周遭區域還要繽紛多彩。如果他相信這種事，這或許是個好兆頭。

在提貝溪鎮這種偏遠村落裡，一名信使，或任何陌生人——就算是來自隔壁村落的陽光牧地——都是十分稀有的景象，肯定會引人注目。於是當魔印人過早抵達鎮郊時，他就停在路上靜靜等待。最好還是晚點再經過外圍區域進入鎮上，趁人們忙著檢視魔印，沒空理會路人的時候。他會在黃昏時分抵達鎮中廣場，時間剛好夠去霍格的酒館租個房間。第二天早上，他只要去找鎮長，交給對方一本戰鬥魔印寶典，分發幾把武器給想要武器的人，然後在半數鎮民發現他之前離開。他不知道西莉雅是否還是鎮長，就和自己小時候一樣。

他經過的第一座農場是馬克・佩斯特爾的，儘管聽見了動物的叫聲，卻沒有看見任何人。沒過多久，他抵達豪爾的農場。譚納家的田地完全荒廢，看起來似乎是最近的事，因為魔印依然完整，田中沒有焦痕；但牲口都不見了，田裡雜草叢生，似乎已有一段時間沒人照料。他沒有看見惡魔攻擊的跡象，他好奇發生了什麼事。

豪爾的農場對他而言具有特殊意義。十一歲以前，豪爾的農場是他曾到過離家最遠的地方，除此之外，他母親去世的前一天晚上，他還在這裡親過班妮和瑞娜。諷刺的是，現在他再也想不起來母親的容顏，卻清楚記得那兩個吻。他記得自己的牙齒與班妮的撞在一起，兩人嚇得一起退後；他還記得瑞娜柔軟溫暖的嘴唇，以及她呼吸的氣味。

他已經許久不曾想起瑞娜・譚納。他們的父親幫他們倆訂婚，如果亞倫沒有離家，他們現在多半已經成婚，一起撫養小孩、照料傑夫的農場；他很好奇她後來怎麼了。

他越走越覺得奇怪。他沒有任何理由保持警覺，因為打從進入提貝溪鎮後他就沒有看到半個人影；每棟房子都大門深鎖。他暗自計算日期，夏日慶典還沒到，鎮民一定是因應大號角的召喚集結在某處。

大號角位於鎮中廣場，只有在發生惡魔攻擊事件時才會吹響，傳達攻擊發生的方位，讓住得最近的人們可以趕去幫助倖存者，可能的話幫忙重建。鎮民會鎖起牲口，為了幫助他人趕去，有時候甚至在外過夜。

魔印人知道自己離家時看待鎮民的眼光過於嚴苛，他們與伐木窪地或其他數十個自己曾到過的外圍村落沒有什麼不同。提貝溪鎮的人或許不像克拉西亞人一樣與惡魔開戰，但他們透過自己的方式起身反抗，團結一致，強化彼此間的羈絆。他們爭吵的都是一些芝麻蒜皮的小事。提貝溪鎮沒有人會讓鄰居挨餓受凍，而在大城市裡這種事常常發生。

魔印人嗅著空氣，展望天際，但沒有看見濃煙——惡魔攻擊必定會有的現象。他豎起耳朵，但聽不見任何動靜，左顧右盼片刻，他又繼續朝鎮中廣場前進。那裡應該會有人告訴他是否有攻擊的事。

接近鎮中廣場時天已經快要黑了，數百鎮民鼓譟的聲響開始傳入他的耳中。他放鬆心情，了解自己多慮了，好奇到底什麼事情可以吸引全鎮的人跑來鎮中廣場過夜。難道霍格的女兒終於結婚了？

街道上空無一人，但全鎮鎮民都到了。所有面臨廣場的前廊、門口，以及窗口都擠滿了人。有些人，像是南哨的居民，甚至自行繪製魔印圈，手持卡農經，遠離其他人，沉浸在祈禱中，與相互扶持、傷心哭泣的博金丘居民形成強烈對比。他看見瑞娜的姊姊班妮也是其中之一，她緊緊抱著路席克·博金。

他順著他們的目光轉向廣場中央，看見一個美麗的女子被綁在木樁上。

太陽下山了。

魔印人立刻認出瑞娜·譚納。或許是因爲他剛剛還想起她，或許是因爲他才剛看到她姊姊，但即使經過這麼多年，他依然一眼就認出瑞娜的圓臉，以及她幾乎及腰的棕髮。

她四肢軟垂，如果不是手臂和胸口上綁著繩索根本無法站立。她眼睛是張開的，但眼神茫然，沒有焦點。

「這到底是怎麼回事？」他大叫，腳跟用力踹向黎明舞者的腹部。巨馬衝向廣場，越過一臉訝異的鎮民，踏出的每一步都掀起一塊草皮。四周的火把和油燈讓廣場籠罩在一股黯淡的光線中，但天際已經轉爲一片深紫，地心魔物即將現身。

他跳下馬背，衝向木樁，打算解開束縛瑞娜的繩索。一名長者大步來到他面前，揮舞一把上面滿是污漬的獵刀。魔印人敏銳的嗅覺聞到刀上的血腥味，同時認出對方是魚洞的發言人洛達克・勞利。

「此事與你無關，信使！」勞利說，舉起獵刀指著他。「這個女孩殺死我的親戚和自己的親生父親，我們一定要她死在地心魔物口中！」

魔印人訝異地看向瑞娜，接著一切如同甩在臉上的巴掌般回到腦海。她及班妮在乾草棚上想和他玩的結婚遊戲、宣稱是偷看她們父親和伊蓮所學來的遊戲。魔印人的腦海浮現伊蓮的祕密，她苦苦哀求傑夫要他帶她私奔；深夜裡豪爾屋中發出的呻吟聲。

記憶瞬間湧來，但這次他是以成年人的角度，而非天眞男孩的眼光來看整件事。他感到滿心恐懼，隨之而來的是憤怒。他在洛達克有機會反應前動手抓住對方的手腕，接著以一招沙魯沙克順勢扭轉，將他摔倒，獵刀脫手而出。

魔印人在眾人面前高舉獵刀。「如果瑞娜・譚納殺死她父親，」他叫道。「那我可以告訴你們，他該死！」

他走過去欲割斷綑綁瑞娜的繩索，但數名費雪家的人在加瑞克的帶領下手持魚矛朝他直撲而來。他將血刀插上木樁，然後轉身面對他們。

如果將接下來發生的事稱爲打鬥，算是給足費雪家人面子了。他們都是壯丁，不過不是戰士。魔印人則是訓練有素的戰士，而且比他們全部人加起來還要強壯。要不是他手下留情，只怕不少費雪家的人落地時都會摔成重傷。

「有我在此，沒有人會死在地心魔物口中。」他叫道。「我要帶她走，你們絕對無法阻止我！」

他聽見拐杖敲地的聲響，抬起頭來，難以置信地瞪大雙眼。喬吉．華許站在一旁，看起來就和自己上次見到他時一模一樣，不過那已是十六年前的事，而當時喬吉就已經九十多歲了。

「我們或許無法阻止你。」他說，輕輕點頭，揚起拐杖。「但我想你要應付的不是我們，小鬼。大瘟疫會把你們倆一併解決！」

魔印人順著拐杖望去，發現他說的沒錯。廣場四周瀰漫魔霧，有些地心魔物已開始凝聚成形。費雪家的人大聲尖叫，退回魔印圈後。

喬吉．華許臉上露出得意的笑容——伸張公義的笑容，但魔印人毫不畏懼。他拉開兜帽，面對南哨牧師的目光。

「我曾應付過更可怕的對手，老頭。」他大吼一聲，脫下長袍。圍觀群眾在看見他身上的紋身時同聲驚呼。

如同往常，首先動手的是火惡魔。一頭火惡魔撲向瑞娜，但魔印人抓住它的尾巴，把它甩到廣場對面。另一頭出手攻擊，但他皮膚上的魔印綻放魔光，它的利爪當即滑開。他在地心魔物咬下前抓起對方下顎，它當即朝他的眼睛吐火。

他臉上的魔印短暫發光，吸收對方的攻擊，將火焰唾液轉化為一陣涼風。過程中他掌心的魔印越來越亮，最後捏碎惡魔的口鼻，將它拋向一旁。

接著一頭木惡魔凝聚成形，衝向黎明舞者，但戰馬揚起前蹄將它踩扁，魔印馬蹄上爆出陣陣魔光。

天上傳來一聲尖叫，魔印人及時轉身，抓住俯衝而來的風惡魔，借力使力，將它重重摔在地上，然後一腳踏下，在震耳欲聾的魔爆中踏碎對方的喉嚨。

另兩頭木惡魔朝他撲上，他踢中第一頭的腹部，在魔光中震退對方，接著與第二頭近身纏鬥。他以沙魯沙克緊扣對方一條手臂，然後使盡全力狠狠拉扯，扯斷惡魔手臂。他將斷臂丟向喬吉・華許，不過斷臂在南哨牧師的魔印圈前彈開。

三頭火惡魔跳到獨臂木惡魔身上，沒過多久受傷的地心魔物就在遭受火焰吞噬的同時尖聲慘叫。另一頭木惡魔自地上爬起，打算再度攻擊魔印人，但他對它嘶吼一聲，惡魔嚇得裹足不前。

「是解放者！」群眾中有人叫道。不少人跟著大叫，有些甚至跪倒，但魔印人只是皺眉。

「我不是來這裡解放任何把女孩丟在黑夜裡等死的人！」他吼道。他轉向瑞娜，自木樁上拔出獵刀，割斷束縛她的繩索。她癱在他懷中，兩人的目光短暫交會。瑞娜的眼神恢復焦點，她搖了搖頭，彷彿試圖釐清思緒。他將她抬到黎明舞者背上。

「那個女巫殺了我兒子！」加瑞克・費雪叫道。

魔印人轉身，腦中清楚浮現兒時慘遭科比・費雪毆打的景象。「你兒子是個惡棍，是個一無是處的廢物。」他說著爬上馬鞍，坐在瑞娜身後。她像個小孩似地依偎在他懷中不住顫抖，儘管今晚的天氣溫暖。

他轉頭看向群眾，掃視恐懼的面孔。他看見自己的父親攙著伊蓮・譚納，心中浮現另一股怒意。如果傑夫明知豪爾對她們姊妹的所作所爲，依然可以站在那裡眼睜睜看著瑞娜被人綁上木樁，那就表示一切都沒有改變。

「我是來這裡教導你們對抗惡魔之道的！」他對群眾叫道。「但看來提貝溪鎮只養得出懦夫和蠢材！」

他掉轉馬頭準備離去，但心中隱隱作痛，於是他回過頭去，再給鎮民一次機會，最後一次機會。

「任何寧願對抗惡魔也不要把鄰居送入它們口中的男人、女人，或是小孩，明天黃昏時都來這裡等我。」他叫道。「不來的話，你們就自生自滅！」

這時傑夫直視他的目光，但沒有認出他來。「瑞娜．譚納是我的親人！」他叫道，所有人都轉頭看他。「今晚請你留宿我位於鎮北的農場！瑞娜知道路！」魔印人知道傑夫的農場在哪，但他還是點了點頭，掉轉馬頭面向北方。

「聽著，你不能窩藏那個殺人的女巫，傑夫．貝爾斯！」洛達克．勞利叫道。「議會投票表決過了！」

「那麼幸好我沒參加議會。」傑夫吼回去。「因為在黑夜的見證下，如果你或其他人膽敢來我的農場找她，我就要你們血濺當場！」

洛達克張嘴欲言，但群眾間已傳來憤怒的吼叫。他不安地環顧四周，不確定他們到底站在哪邊。

魔印人輕哼一聲，策馬而行，離開鎮中廣場，朝父親的農場前進。

ஜ

一路上瑞娜不發一言，靠著他休息，緊緊抓住他的長袍。幾頭惡魔撲向他們，但黎明舞者閃過攻擊，加快速度，迅速甩開對方。戰馬甚至兩度在沒有減速的情況下踏過惡魔的身體。

他父親的農場就和記憶中差不多，不過屋子後方多建了一間小屋。麥田裡的魔印樁還是他當年親手刻的那幾根，不過多年來添加了幾層亮光漆。傑夫費盡心思保養魔印，這個習慣傳承到他兒子身上，多年來數度拯救亞倫的性命，並且影響了他大半輩子的命運。

受到房屋吸引，庭院上聚集了一大堆地心魔物，不停測試魔印。魔印人射殺兩頭惡魔，清空通往畜棚的道路，進入畜棚魔印守護的範圍後，他立刻將黎明舞者帶往馬廄，然後站在門口，以長弓一一終結地心魔物。不久院子裡的惡魔死傷殆盡，他便護送瑞娜前往小屋。

魔印人在將瑞娜安置在客廳裡並點燃壁爐中的爐火時一直激動地顫抖。這裡的一切都如此熟悉，熟悉得令他心痛，就連屋裡的氣味都和從前一樣。他默默期待母親步出廚房，叫他洗手準備吃飯。一隻老貓走過來聞他的氣味，在他的腳邊慵懶磨蹭。他抓起貓，搔搔牠的耳朵，想起這隻貓的母親當年在畜欄的破推車上產下小貓的景象。

他走到坐在原位的瑞娜面前，看著她摩挲自己的裙襬。「妳還好嗎？」

瑞娜搖頭，兩眼盯著地板。「不確定我還好不好得起來。」

「我了解那種感覺。」魔印人說。「妳餓嗎？」

看到她點頭後，他把貓放下，走進廚房，毫不訝異地發現一切都和自己印象中一模一樣。他看到煙燻火腿和新鮮蔬菜，還有放在麵包箱裡的麵包。他把所有東西拿到砧板上，然後從水桶裡舀一鍋水。不久他就在爐火上燉了鍋菜，屋裡當即瀰漫著香氣。他打開櫥櫃，在餐桌上擺餐具，接著過去叫瑞娜來吃，發現老貓依偎在她腿上。她一邊哭泣，一邊下意識地撫摸老貓，淚水滴落在牠的毛上。

吃飯的時候，瑞娜沉默寡言，他發現自己目不轉睛地看著她，希望自己知道說什麼話能讓她的雙眼恢復生氣。

「好吃嗎？」他在她拿麵包刮淨最後一點湯汁時問道。「想吃的話還有。」她點頭，於是他自爐火上端下菜鍋，又幫她添了一碗。

「謝謝。」她說。「感覺好像幾天沒吃東西了，一直不覺得餓。」

「我想妳這星期過得不順。」他說。

她終於面對他的目光。「你殺了那些惡魔，赤手空拳地殺了它們。」

魔印人點頭。

「為什麼？」她問。

魔印人揚起一邊眉毛。「殺惡魔需要理由嗎？」

「但他們告訴你我做過什麼。」瑞娜說。「他們沒說錯。如果我服從我爸，這一切都不會發生，或許我應該死在地心魔物口中。」她再度將目光移開，但魔印人用力抓住她的肩膀，強迫她轉頭面對自己。他的雙眼彷彿要噴出火來，她的眼中則流露恐懼。

「妳聽我說，瑞娜．譚納。」他說。「妳爸沒資格要妳服從，我知道他在農場裡對妳和妳姊姊所做的事，那種男人根本死有餘辜。所有的一切都是他造成的，不是妳，從來都不是妳的錯。」

她愣愣地凝望著他，他搖晃她的肩膀。「妳有聽到嗎？」

一時間，瑞娜只是凝視著他，接著緩緩點頭。然後又點一次，這次更堅決。「他對我們做的事是不對的。」

「毫無疑問。」魔印人嘟噥道。

「而可憐的科比也沒有做錯任何事。」瑞娜繼續，越說越快。她抬頭看他。「他不是惡棍，至少在我面前不是。他只是想要娶我而已，但爸……」

「為此殺了他。」魔印人在她遲疑時把話說完。

她點頭。「那樣的男人和惡魔根本沒有兩樣。」

他也點頭。「而妳得對抗惡魔，瑞娜．譚納。唯有如此，妳才能抬頭挺胸地做人。自己該做的事，絕不能交給別人去做。」

第二天早上傑夫的馬車停在院子裡時，瑞娜還蜷縮在火爐旁沉睡。魔印人站在窗口打量窗外，在看見四個小孩跳下馬車時感到喉嚨一緊；他們是素未謀面的弟弟和妹妹。

接著下車的是老當益壯的諾莉安，以及伊蓮。魔印人小時候曾暗戀伊蓮，現在的她依然美艷，但看著父親以對待自己母親的方式扶她下車就讓他感到很不自在。他不怪伊蓮想要逃離豪爾的魔掌——至少再也不怪了——但看著她如此輕易地取代母親的地位依然令他難受。

他望向道路，沒有人跟來；他打開房門出去迎接他們。小孩立刻停步，在他走向傑夫時凝視著他。

「她在火爐旁沉睡。」他說。

傑夫點頭。「謝謝你，信使。」

「你說過會保護她，我把這個責任交給你。」魔印人說著，伸出一根紋有刺青的手指指向自己父親。

傑夫吞嚥口水，點了點頭。「我會的。」

魔印人瞇起雙眼。傑夫滿嘴都是聽起來真心誠意的承諾，而且他也有意承擔責任，但每當事到臨頭時，他常常無法信守承諾。

可是在沒有其他選擇的情況下，魔印人只好點頭。「我去牽馬離開。」

「等一等，拜託。」傑夫說著抓住他的手臂。魔印人看向他的手，傑夫立刻放手退開。

「我只是……」他遲疑。「我們希望你留下來吃頓早餐，這是我們至少可以爲你做的。或許今天傍晚全鎮的人都會前往廣場，如你所說的。你可以在這裡休息，待到晚上。」

魔印人看向他，很想離開這個地方，但也很想認識自己的弟弟妹妹，而且他的肚子咕嚕作響，渴望再度品嚐道地的提貝溪早餐。這些兒時不放在心上的東西已成爲珍貴的回憶。

「這位是小傑夫。」傑夫說，在眾人來到餐桌旁時介紹自己的長子。男孩對他點頭，不過還是盯著他布滿紋身的手掌，並且試圖偷看兜帽內的陰影。

「他旁邊的是珍妮．泰勒，」傑夫繼續。「他們訂婚至今已兩年了。後面是我們家最小的孩子，希兒維和科利。」

魔印人坐在小孩子對面、瑞娜和諾莉安中間，聽到這兩個名字咳了幾聲，因爲那是他母親和舅舅的名字。他喝口水，掩飾自己訝異的神情。「你的孩子都很可愛。」

「哈洛牧師說你是解放者再世。」小希兒維突然說道。

「我不是。」魔印人對她道。「只是前來散布好消息的信使。」

「現在的信使都和你一樣？」傑夫問。「全都滿身刺青？」

魔印人微笑。「只有我這樣。」他承認。「不過我只是個人，就和你們一樣。我不是來解放任何人的。」

「你解放了瑞娜。」伊蓮說。「感激不盡。」

「我本來不用這麼做的。」魔印人說。

傑夫面對指責，無言以對。「你說的沒錯。」他終於說道。「然而有時候我們身為群體的一份子，而群體又作出決議……」

「不要再找藉口了，傑夫·貝爾斯。」諾莉安突然說道。「他說的對。除了親戚朋友，我們在這世上還擁有些什麼?不管任何情況我們都該爲他們挺身而出。」

魔印人轉向她。她和印象中的諾莉安不同，不再是他母親遭受惡魔攻擊當晚站在前廊袖手旁觀的女人。當時她除了阻止亞倫出去救母，什麼也沒做。他點了點頭，目光再度飄回傑夫臉上。

「她說的對。」他說。「你得起身對抗那些會傷害你和你家人的人。」

「你說話很像我兒子。」傑夫說，目光彷彿望向遠方。

「你說什麼?」魔印人說，喉嚨一緊。

「像我?」小傑夫問。

傑夫搖頭。「你哥哥。」他對兒子道，桌旁除了魔印人和瑞娜，所有人都憑空比劃魔印。

「多年前，我還有個名叫亞倫的兒子。」傑夫解釋道，伊蓮握起他的手掌，爲他帶來力量。

「事實上，他還曾和瑞娜訂婚。」他朝瑞娜點頭。「亞倫的母親死在地心魔物手中，之後他就離家出走。」他低頭看向桌面，語氣變得難過。「亞倫總是愛問自由城邦的事，我希望他眞的去了大城市……」他說不下去，大力搖頭，試圖抛開這個想法。

「但現在你擁有美滿的家庭。」魔印人說，希望轉移到比較正面的話題。

傑夫點頭，以雙手握住伊蓮的手，輕輕一捏。「我每天都感謝造物主將他們賜給我，但這並不表示我不懷念失去的家人。」

早餐過後，魔印人前往畜棚檢視黎明舞者，但其實是為了暫時逃離人群。當他開始幫馬刷毛的時候，畜棚大門開啓，瑞娜走了進來。她切了一顆蘋果給黎明舞者吃，等牠吃完後撫摸戰馬的腹部。牠輕聲嘶鳴。

「幾天前，我在入夜後抵達這裡。」她說。「本來我一定會死在惡魔手中，但傑夫在沒有離開魔印範圍的情況下拿斧頭攻擊一頭惡魔。」

「有這種事？」魔印人問，在看見她點頭之後感到喉嚨一緊。

「你會告訴他，是吧？」她問。

「告訴他什麼？」魔印人問。

「你是他兒子，」瑞娜說。「告訴他你還活得好好的，而且已經原諒他了。他已經等待很久了，你明明已經原諒他，為什麼還要懲罰他？」

「妳知道我是誰？」他驚訝地問道。

「我當然知道！」瑞娜大聲說。「我不笨，不管其他人怎麼想。如果你不是亞倫．貝爾斯，怎麼會認識我爸、知道他做過什麼？你怎會知道科比是個惡棍，還有傑夫的農場在哪裡？黑夜呀，你隨意繞過那些櫥櫃，好像這裡還是你家！」

「我不打算讓任何人知道。」魔印人說，突然發現自己在密爾恩生活時就已經改掉的提貝溪鎮口音又恢復了。這是信使的老把戲，轉換成偏遠村落的口音來取得鎮民的信任。他曾耍過不下百次這種把戲，但這次不同，感覺像是打從離家後他就在耍這個把戲，而現在終於換回自己的口音了。

瑞娜一腳踢中他的小腿，他痛得叫出聲來。

「這下是爲了你以爲我不曉得，而且也不打算告訴我！」她叫道，用力將他推倒在馬廄後方的乾草堆裡。「我等了你十四年！一直認定你會回來找我，我們有婚約。但你根本不是回來找我的，是不是？就連現在也不是！你只打算來了就走，以爲不會有人發現！」她又踢了他一腳，他立刻翻身而起，移動到黎明舞者身後。

她說的沒錯。就像去密爾恩時一樣，他以爲可以神不知鬼不覺地回顧從前的生活，就像拆開繃帶看看傷口好了沒有。然而實情是這些傷口都已經化膿，終於到了它們開始流血的時刻。

「我們父親交談五分鐘並不足以決定我們的婚事，瑞娜。」他說。

「是我要求我爸去找傑夫的，」瑞娜說。「當時我就告訴你我們訂婚了，你離開那天的黃昏我也在前廊說過同樣的話。我們有婚約！」

但魔印人搖頭。「在黃昏時說某些話並不能讓它成眞。我從來不曾與妳訂婚，瑞娜。雖然那天晚上妳這麼說，但我沒有。」

瑞娜看著他，眼中泛出淚光。「或許你沒有與我訂婚，」她承認道。「但我有。那是我這輩子唯一爲自己做過的事，我絕對不會收回承諾。我們接吻那一刻我就知道了，我們命中註定要在一起。」

「但妳已答應嫁給科比．費雪了。」他說，掩飾不了語氣中的苦澀。「他以前老和朋友一起打我。」

「你教訓過他們了。」瑞娜說。「科比對我一直很好……」她抽噎一聲，摸摸胸口的項鍊。「我不知道你還活著，而我又得逃離我的家……」

他伸手搭上她肩膀。「我知道，瑞娜，我不是那個意思。不要爲妳的所作所爲責怪自己，我只是說世上沒有命中註定的事，我們都在以我們自認最好的方式過日子。」

她看著他。「我想和你一起離開，我認爲這是最好的方式。」

「妳知道那代表什麼意思，瑞娜？」魔印人問。「我不會在太陽下山後躲在魔印圈後面，我的生活並不安全。」

「我在這裡就安全了？」瑞娜問。「就算他們沒有在你離開後立刻把我綁上木樁，我又能依靠誰？這裡有誰不是站在旁邊眼睜睜看我被地心魔物吃掉？」

他凝視她良久，試圖想出拒絕她的理由。費雪家的人都是欺善怕惡的惡棍——今天晚上他會恫嚇他們，如果他們還不知道害怕。瑞娜在提貝溪鎮會很安全，她應該要安安穩穩地過日子。

但光是安全就夠了嗎？安全的生活對他而言不夠，他有什麼資格認定對她就算足夠了？他總是看不起那些一輩子都生活在恐懼中的人。

與瑞娜相處就像在傷口上灑鹽，讓他想起自己開始在身上刺青時所放棄的一切。與不認識他的人相處都已經很難受了，而瑞娜讓他感覺自己彷彿又回到十一歲。

但她需要他，而這種需求驅退了地心魔域的召喚。今天是他離開密爾恩後第一次期待黎明。內心深處，魔印人知道自己絕不可能在地心魔域存活，但看到自己家鄉的人竟將瑞娜送給黑夜讓他想要永遠離開人類的世界。如果他獨自一人離開提貝溪鎮，或許他就會這麼做。

「好吧，」他終於說道。「只要妳跟得上我的腳步。如果妳拖慢我，我就把妳留在經過的第一座城鎮。」

瑞娜環顧四周，發現一絲陽光自乾草棚門門縫中灑落。她緩緩走到陽光下，面對他的目光。「我不會拖慢你。」她承諾道，拔出豪爾的獵刀。「陽光為我見證。」

「妳握那把刀的樣子像是它能幫妳對抗地心魔物。」魔印人說。「我幫妳刻蝕魔印。」瑞娜眨眼，看著獵刀，舉在身前。他伸手去拿，但她突然縮手，緊握手中。

「這把刀是世界上唯一屬於我的東西。」她說。「如果你願意教我，我想自己來刻。」

魔印人懷疑地凝視她，回想小時候她糟糕的魔印技巧。瑞娜察覺他的神情，皺起眉。

「我不再是九歲小孩了，亞倫．貝爾斯。」她大聲說道。「十年來我家的魔印都是我負責的，至今沒有任何惡魔闖入我家，所以你不要小看我；我可以畫出和你一樣好的魔印圈或熱魔印。」

魔印人大吃一驚，搖頭驅散剛剛那種想法。「對不起。離開提貝溪鎮後，自由城邦的魔印師也是這樣對我，我都忘記那感覺有多侮辱人了。」

瑞娜走到他存放裝備的地方，自鞍袋的護套中拔出一把魔印匕首。「這裡，」她說，走到他面前。「這個魔印有什麼效果？」她指向刀鋒上的一個魔印。「剩下的刀刃為什麼都是同一個魔印，只是角度不同？沒有連在一起怎麼形成魔印網？」她倒轉匕首，以手指感受刀面上的魔印。

魔印人指向刀鋒。「這是刺擊魔印，用來刺穿硬殼。旁邊的是切割魔印，讓匕首插入外殼後劃開血肉用的。只要角度正確，切割魔印就會自行連接。」

瑞娜點頭，目光沿著魔印上移。「那這些呢？」她指向位於刀刃內側的魔印問道。

晚餐過後，傑夫套好馬車，全家人都爬上車去，朝鎮中廣場前進。瑞娜坐在魔印人身後，一起騎在黎明舞者背上。

他們在即將日落時抵達。如果昨天廣場算是擠滿人，今天簡直是擠爆了。提貝溪鎮所有區域的人通通到齊，不論男女老幼。他們擠在街道和廣場上，總數超過一千，都站在臨時放置的魔印石後面。

他們抵達時，所有人抬起頭來，完全無視傑夫一家人的存在，只看著騎在巨型魔印戰馬上、頭戴兜帽的陌生人，以及坐在他身後的女孩。群眾在魔印人經過，前往廣場時讓道兩旁。他駕馭黎明舞者前後轉了幾圈，讓所有人都能看到他們。他伸手拉開兜帽，群眾同聲驚呼。

「我來自自由城邦，爲了教導提貝溪鎮的好人們殺惡魔的方法而來！」他叫道。「但目前爲止，我還沒有看見任何『好人』。好人不會把無助的女孩送入地心魔物口中！好人不會眼看地心魔物傷人卻袖手旁觀！」他一邊說話一邊持續繞圈，盡可能與群眾目光相對。

「她不是什麼無助的女孩，信使！」洛達克．勞利大叫，擠到魚洞居民前面。「她是個冷血殺手，議會投票決議要她付出代價。」

「是，他們投票了。」魔印人大聲同意道。「而且沒有人挺身而出反對這項決議。」

「鎮民相信他們的發言人。」洛達克說。

「眞的嗎？」魔印人朝群眾問道。「你們相信你們的發言人嗎？」

所有區域的人們同聲高喊「相信」。提貝溪鎮的鎮民都以自己所屬的地區和共同分享的姓氏爲傲。

魔印人點頭。「那麼看來我要測試的就是你們的發言人。」他跳下馬背，自黎明舞者的鞍袋中挑出十根輕矛，筆直插入面前的地上。

「任何今晚與我並肩作戰的議會成員或他們的子嗣，如果戰死，都會得到一根刻有戰鬥魔印的長矛，」他說著舉起一根矛。「以及戰鬥魔印的祕密，讓他們自行製造武器。」

現場陷入震驚的沉默，所有人都轉向他們的發言人。

「可以給我們一點時間考慮嗎？」馬克‧佩斯特爾說。「我們不想草率決定。」

「當然。」魔印人說，仰頭看天。「我想你們可以考慮……十分鐘。明天這個時候，我會走在回自由城邦的路上。」

「不孕」西莉雅率眾而出。「你期待我們這些提貝溪鎮的長老，拿著長矛深入黑夜？」

魔印人看著她，多年不見她依然盛氣凌人。她曾經鞭打過他很多次，不過都是為了他好。對他而言，與不孕西莉雅對立比以眼神嚇阻一頭石惡魔還要困難，但這一次該被鞭打的人是她。

「比你們給瑞娜‧譚納的機會要好多了。」他說。

「並非所有人都投死刑票，信使。」西莉雅說。

魔印人聳肩。「你們坐視不管，與親自動手沒什麼兩樣。」

「沒有人可以凌駕法律。」西莉雅說。「只要議會投票決議，我們就得優先考量本鎮的利益，不管我們自己的感受如何。」

魔印人一口啐在她腳邊。「如果法律規定要把鄰居送給黑夜，去妳媽的法律！妳想要優先考量本鎮的利益，那就站出來讓大家看看妳付出的是否和收穫的一樣多。不然的話，我就帶著我的長矛離開。」

西莉雅瞇起雙眼，接著撩起裙襬大步走入廣場。四面八方傳來驚呼，但西莉雅不加理會，拔起一根長矛。哈洛牧師和布林‧厚肩立刻跟進。高大的伐木工渴望地拔起長矛，鎮中廣場的居民和伐木工大聲歡呼。

「還有人有疑問嗎？」魔印人問，環顧四周。當年他只是個小男孩，在提貝溪鎮說話沒有分量，現在他終於有能力說出自己的想法。群眾突然開始鼓譟，但如同辨認溪中的巨石，他很快地輕易認出其他發言人。

「我有疑問。」喬吉．華許說。

魔印人轉頭面對他。「問，我會坦承相告。」

「我們要怎麼肯定你眞的是解放者？」喬吉問。

「如我所言，牧師。」魔印人說。「我不是，我只是個信使。」

「誰的信使？」喬吉問。

魔印人遲疑片刻，察覺問題中的陷阱。如果他說自己不是任何人的信使，大家就會假設他是造物主的信使。最好的選擇就是回答歐可。提貝溪鎮基本上算是密爾恩的領地，鎮民會假設戰鬥魔印是歐可的禮物。但他已經承諾過要坦承相告。

「這回的信息沒有雇主。」他承認道。「我在一座古世界廢墟中找到戰鬥魔印，然後一肩扛起散布魔印的責任，讓所有人類都有能力起身戰鬥。」

「唯有解放者回歸，大瘟疫才會結束。」喬吉說，一副將魔印人困在邏輯陷阱裡的樣子。

但魔印人只是聳肩，交給喬吉一根魔印長矛。「或許你是解放者，殺死一頭惡魔來確認一下。」

喬吉放開拐杖，接過武器，眼中綻放堅定的光芒。

「我親眼見識超過百年大瘟疫的景象。」他說。「眼睜睜看著所有我認識的人過世，包括我的孫子。我一直懷疑造物主究竟爲了什麼原因在召喚這麼多人去祂身邊的同時讓我活這麼久，我想是因爲我在世上還有未竟之事。」

「克拉西亞人相信除非殺死一頭惡魔，否則男人沒有資格進入天堂。」魔印人說。

喬吉點頭。「明智的民族。」他走過去站在西莉雅身邊，南哨的人在他走過時紛紛比劃魔印。

洛斯可．霍格跟著踏入廣場，捲起衣袖露出粗壯的胳臂，他抓起一根長矛。

「爸，你在幹嘛？」他的女兒卡特琳大叫，衝出來抓住他的手臂。

「用用腦子，女孩！」霍格大聲道。「販賣魔印武器肯定可以大撈一筆！」他掙脫女兒，走過去站在其他發言人身邊。

沼澤區傳出一陣騷動，只見可倫．馬許坐在一張硬背椅上。「我爸沒有手杖根本站不起來。」凱文．馬許叫道。「讓我代他出戰。」

魔印人搖頭。「對一個自認有權坐在議會裡扮演造物主的人而言，長矛就像拐杖一樣好用。」沼澤的居民開始揮舞拳頭，大聲怒罵，但魔印人不為所動，雙眼凝視可倫，挑釁他挺身而出。年邁的沼澤發言人皺起眉，但仍自椅子上起身，一拐一拐地緩緩走去，拾起一根長矛；他將手杖放在喬吉的拐杖旁邊。

魔印人的目光轉向米雅達．博金，看著她推開兒子的擁抱，大步走出博金丘的人群。她在經過的時候看向可琳一眼，但藥草師搖了搖頭。「我有病人需要照料。」她說。「而且萬一你們有人能活著回來，也會需要我的幫助。」

馬克．佩斯特爾同樣搖頭。「我還沒蠢到踏出魔印圈。」他說。「我的家人和牲口需要我，我來不是為了要死在地心魔物手中的。」他後退一步，農場和牧地居民發出一陣不滿的聲浪。

「如果現任發言人這麼沒種，讓我們挑選新發言人！」有人叫道。

「為什麼？」魔印人對他們叫道。「你們之中也沒人有種站出來為瑞娜．譚納說話！」

「那並非事實！」瑞娜叫道，魔印人一臉訝異地轉頭看她。她冷冷面對他的目光。「五個夜晚之前，傑夫．貝爾斯曾為我擋下一頭火惡魔。」

所有人轉向傑夫，傑夫在眾人的目光下面露怯色。魔印人感覺像被瑞娜一腳踹在牙齒上，但他父親已經面對測試，而他比任何人都想知道結果。

「她說的是真的嗎，貝爾斯？」他問。「你在你家院子裡對抗一頭惡魔？」

傑夫凝視地面良久，接著看向他的孩子。他似乎從他們身上獲得力量，於是抬頭挺胸。「是。」

魔印人轉向農場和牧地的居民，提貝溪鎮中所有的農夫和牧人。「只要你們在日落前一致推舉傑夫．貝爾斯為發言人，我就讓他參戰。」

群眾立刻發出一陣同意的聲浪，諾莉安推了傑夫一把，讓他邁開步伐。最後魔印人轉身面對洛達克．勞利。

「根本無法證明他的長矛有用！」勞利叫道。

魔印人聳肩。「相信我就站出來，不然就別出來。」

「我不認識你，信使。」勞利說。「不知道你從哪裡來，也不知道你有何信仰。除了你說的話，我對你一無所知，而你認為費雪家的公義不該得到伸張！」很多費雪家的人都點頭鼓譟表示認同。

「所以你可以諒解，」洛達克繼續說道，大步走入廣場，不光面對魚洞居民，同時也面對全體鎮民。「我不能完全相信你的話。」

魔印人點頭。「我可以諒解。」他指向開始從發言人腳下冒出的魔霧。「現在我建議你要嘛就拔出一根長矛，不然就回去你的魔印圈。」

洛達克．勞利發出一聲最不體面的哀號，以他一雙老腿所能達到最快的速度，三步併作兩步地衝回魚洞區的魔印圈。

魔印人轉頭看向挺身而出的發言人。他們笨拙地握著長矛，因爲他們習慣拿工具而非武器，不過令人意外的是，他們的眼中毫無畏懼。除了傑夫一張臉蒼白得如同雪惡魔的鱗片，他們似乎十分平靜。發言人在做出決議後就不會質疑它。

「惡魔最脆弱的時候就是形體凝聚到一半的此刻。」魔印人說。「如果你們動作夠快……」話沒說完，霍格已經咕噥一聲，大步走到一頭正在凝聚形體的木惡魔面前。魔印人回想起小時候每年夏至慶典的景象。霍格會把好幾隻豬插在大木棍上，然後付錢給小孩幫忙在火堆上翻面。他舉起長矛，以與刺穿豬隻時同等冷靜精確的手法插入地心魔物胸口。

矛頭上的魔印綻放魔光，地心魔物尖聲慘叫。群眾大聲歡呼，看著魔力如同閃電般竄入半透明的惡魔體內。霍格在惡魔抽動的同時緊握長矛，矛身上的魔印光芒四射，沿著手臂傳入他體內。最後，地心魔物不再抽動，霍格拔出長矛，任由完全轉化爲實體的惡魔摔在地上。

「這感覺倒是不賴。」霍格嘟噥一聲，對著屍體吐口水。

西莉雅接著出手，挑上一頭正在成形的火惡魔。她如同攪拌奶油般反覆戳刺，魔光不斷閃動，劃出死亡的弧線。

可倫如法炮製，以在沼澤裡插青蛙的手法刺向另一頭火惡魔，但他忽地腿軟，身體失去平衡，完全失去準頭。火惡魔喉嚨咯咯作響，醞釀一口火焰唾液。

「爸！」凱文．馬許大叫一聲，衝入廣場。他抓起依然插在地上的一根長矛，將它當作斧頭般揮舞，把火焰唾液打出惡魔口中，帶動惡魔凌空翻滾。唾液在地上燒出一道火線，凱文則順勢追擊，以和他父親同樣的姿勢將惡魔刺死在地。

他看向魔印人，神情堅定不移。「我絕不會看著父親死在地心魔物手中。」他說，露出森白的牙齒，等待魔印人爭辯。他的兒子菲爾扶起可倫，領著他回到魔印後方。

結果魔印人對他鞠躬。「好人。」

傑夫匆忙以矛頭插向一頭幾乎凝聚成形的火惡魔，但他慢了一步，火惡魔朝他噴火。傑夫尖叫一聲，斜過長矛，企圖抵擋火焰。

群眾發出驚恐的叫聲，但傑夫矛柄上的魔印綻放魔光，火焰唾液當下化為一陣涼風。傑夫立刻回神，舉矛就劈，彷彿在拿鋤頭拔除一株頑強的草。他踏在惡魔冒煙的背上，使勁拔出長矛，就像要扯出一堆卡在櫥櫃中的乾草。

一頭風惡魔凝聚成形，魔印人脫下長袍，抓起對方，將惡魔拋向博金丘的魔印石。惡魔撞上魔印網時猛烈抽動，落地後便動彈不得。「米雅達．博金。」他叫道，指向無力反擊的惡魔。

一頭木惡魔對他揮出一條如同樹枝般的手臂，但魔印人扣住它的手腕，借力使力，將它摔在喬吉．馬許面前，喬吉如同敲擊拐杖般插下長矛。魔法撼動全身，他的雙眼冒出狂熱的光芒。

哈洛牧師和布林．厚肩護送米雅達前去擊殺惡魔，兩人手舉長矛守在一旁，嚴防風惡魔在她出矛之前恢復行動。他們根本不須擔心，她如同拿鐵撬插入酒桶般狠狠插落。

另一頭木惡魔現形，布林和哈洛同時出擊。

現在所有惡魔都已凝聚實體。有不少惡魔選擇在廣場上現形，不過超過半數已經死了，而周遭群眾的魔印石阻擋了其他惡魔進入。

一頭火惡魔撲向瑞娜，她大聲驚叫，由於她還騎在黎明舞者背上，戰馬當即立起，將惡魔踩扁。

「集合，包圍！」魔印人命令發言人們。「將長矛舉在身前！」他們遵命行事，困住兩頭風惡魔，以亂矛插死它們。魔印人冷靜地引導他們穿梭於廣場，指揮攻擊，隨時準備在危急時出手相助。但他再也沒有出手的必要，剩下的惡魔很快就被殺光。發言人們環顧四周，此刻握矛的架勢已經與一開始大不相同。

「我感覺像年輕二十歲，回到還能自己砍柴的時候。」西莉雅說。其他人紛紛發出贊同聲。

魔印人望向圍觀群眾。「你們的長老辦到了。」他叫道。「下次有惡魔在你家院子出沒時，記住這點！」

「廣場上沒有惡魔了。」霍格提出。「我們達成你的要求，接下來就換你付帳啦。」

魔印人鞠躬。「現在？」

霍格點頭。「我有一疊上好的羊皮紙，你可以在我店裡的後室抄錄。」

「好吧。」魔印人說，霍格低頭鞠躬，比向雜貨舖。魔印人和其他發言人開始移動，不過霍格轉身面對群眾。

「明天早上再來，」他叫道。「我會在雜貨舖接受魔印長矛的訂單，並且雇用技巧純熟的人來製作長矛！先到先贏！」群眾交頭接耳地談論這個消息。

魔印人搖了搖頭。他知道霍格的生意會非常興隆，他總是有辦法利用鎮民自己就可以做的東西大撈一筆。

第二十七章　邁向未來　333 AR　夏

瑞娜坐在角落，看著亞倫在霍格的後室教導議會成員戰鬥魔印。黛西和卡特琳進進出出，端上現煮的咖啡。她們以疑懼的目光盯著瑞娜，彷彿她會突然一撲而上、拿起放在桌上的豪爾獵刀攻擊她們。她已在刀面上繪製整齊的魔印，此刻正拿著亞倫的刻蝕工具緩緩將它們刻入金屬中。亞倫一度走過，想要看看她做得如何，但她轉過去不給他看。她不打算繼續求助。

黎明曙光自窗葉灑落時，發言人們抄錄完畢，每個人手中都握著一捲羊皮紙。

亞倫又和霍格商談幾句，接著走過來找她。「妳還好嗎？」

瑞娜點頭，壓下呵欠。「只是有點累。」

亞倫點頭，戴上兜帽。「或許妳該趁霍格幫忙準備回程補給的同時回農場小睡一下。」他哼了一聲。「即使我為他帶來這麼大的商機，那個老騙子還是夠膽叫我付錢。」

「你怎麼會以為他不會叫你付錢？」瑞娜說。

「這就要離開了？」西莉雅在他們走向店門時問道。「你為提貝溪鎮帶來重大改變，卻不留下來等待成果？」

「我抵達的時候，鎮上早就已經開始改變，」亞倫說。「我只是推了一把。」

西莉雅點頭。「或許是這樣。自由城邦有什麼消息？他們都在加持武器，獵殺地心魔物了嗎？」

「自由城邦不是妳此刻該擔心的事。」亞倫說。「等提貝溪鎮驅逐所有惡魔之後，你們再來見識遼闊的世界。」

喬吉．華許提起新矛敲擊地面。「照料自己的田地，然後再去幫忙鄰居的田地。」他引用卡農經中一段人人耳熟能詳的經文。

亞倫轉向洛斯可．霍格。「我要你抄寫幾份，送給陽光牧地的發言人。」

「這個嘛，可不便宜。」霍格開口。「光是羊皮紙就差不多要二十個買賣點數，加上抄寫的工錢——」

亞倫打斷他，拿出一枚沉甸甸的金幣。霍格瞪大雙眼，看著這枚又大又厚的金幣。「如果他們沒有收到魔印，我會知道。」他在霍格收下金幣時說。「到時候我就會剝下你的皮來造紙。」

瑞娜看著霍格紅潤的臉色瞬間轉白，儘管體形壯碩許多，他還是在亞倫的目光下畏縮，並且嚥下一大口口水。「兩星期。」他說。「我保證。」

「看來你自己也學了些惡棍欺壓良民的本事。」她在他走回來時低聲說道。他沒有轉頭看她，而且依然戴著兜帽。一時間，她以爲他沒聽見。

「接受信使訓練時學過整套課程。」他說，收起與其他人講話時的低沉嗓音。她可以想像那雙魔印嘴唇正在暗自偷笑。

霍格打開雜貨舖店門，門外已聚集了大批群眾。「後退！」他吼道。「清出一條路讓發言人通過！不然我不接受任何訂單！」鎮民發出不滿的聲浪，深怕有人會趁機插隊，不過還是清出一條路讓發言人通過。

瑞娜走下霍格前廊階梯時，洛達克．勞利已經等在群眾之前。「事情還沒結束，瑞娜．譚納！妳不能永遠躲在傑夫的農場裡。」

「我永遠不會再躲了。」瑞娜直視他的雙眼說道。「我要離開這個天殺的小鎮，永遠不會回來。」洛達克張嘴欲言，但亞倫伸出一根刺青手指指向他。他立刻閉嘴，瞪著他們，看著亞倫以雙掌充作踏階，幫助她跨上黎明舞者。

魔印人自鞍袋裡取出一本小書，轉身環顧群眾。看到可琳・特利格後，他大步走過去。藥草師連忙後退，絆到身後的人群，在尖叫聲中坐倒。

亞倫等她一臉尷尬地爬起身來後，將書放在她手中。「我所有治療惡魔傷口的知識通通記載於此。」他對她道。「妳很聰明，很快就會學會，然後傳承下去。」

可琳瞪大雙眼，點了點頭。亞倫嘟噥一聲，跳上馬鞍。

約莫正午時分，亞倫離開傑夫的農場，去找霍格拿說好的補給。「收拾行李，」他離開時說道。「我一回來就出發。」

瑞娜點頭，看著他離開。她沒有行李可收，就算回豪爾的農場也是一樣。她身上穿著西莉雅的衣服，腰間掛著父親的獵刀，科比給她的溪石項鍊依然繞了兩圈掛在她頸上。她希望自己有東西可以送給亞倫，當作帶她離開的回報，但除了自己，她一無所有。對科比而言這就夠了，但她懷疑亞倫沒那麼簡單就能打發。

伊蓮出門來到前廊，站在她身旁看她坐著刻蝕父親的獵刀。

「帶點東西在路上吃。」她說，提起一個籃子。「霍格煮東西是爲了保存，不是爲了美味。他的培根燻得比肉還硬。」

「謝謝。」瑞娜說，接下籃子。她看著多年來自己時時刻刻掛念的姊姊，此刻卻想不出有什麼話要說。

「妳沒有必要離開。」伊蓮說。

「我非走不可。」瑞娜說。

「信使是個神祕的男人，瑞娜，除了會殺惡魔，我們對他一無所知。」伊蓮說。「他可能比爸還要可怕很多。妳和我們待在這裡比較安全。經歷昨晚的事以後，人們不會再來煩妳。」

「不來煩我。」瑞娜說。「我想這樣我就不必在乎他們把我綁在木樁上了。」

「所以妳打算就這樣跟著一個瘋狂到在身上刺青的陌生男子遠走他鄉？」伊蓮問。

瑞娜站起身來，語氣不屑。「這眞是五十步笑百步！妳和傑夫．貝爾斯私奔時並不愛他，伊蓮。除了他是個會在妻子屍骨未寒時另結新歡的人，妳對他根本一無所知。」

伊蓮甩了瑞娜一耳光，但她毫不退縮，眼神非常堅定，最後退縮的是伊蓮。

「伊蓮，我們之間的不同，」她說。「在於我不是在逃避，我是在邁向未來。」

「邁向未來？」伊蓮問。

瑞娜點頭。「提貝溪鎭不是我想居住的地方，這裡的人放任爸那種人爲所欲爲，卻把我丟入黑夜。我不知道自由城邦是什麼樣子，但肯定比這裡好。」

她湊向前去，壓低聲音，確保不會被人聽見。

「我殺了爸，伊蓮。」她說，揚起魔印獵刀。「是我殺的，殺了那個惡魔養的。他該死，不光是爲了他曾做過的事，也爲了他可能會做卻還沒做的事，爸從來不曾爲自己的暴行付出任何代價。」

「瑞娜！」伊蓮大叫，連忙後退，彷彿她妹妹突然化身爲地心魔物。

瑞娜搖了搖頭，朝前廊欄杆外吐了一口口水。「如果妳有種，很久以前就該親手把他殺了，在班妮和我還小的時候。」

伊蓮瞪大雙眼，但沒有說話，瑞娜看不出來那是出於愧疚還是震驚。瑞娜轉過身去，看向庭院。

「我不怪妳。」她於片刻後說道。「我要是有種，早在他動手的那天晚上就把他給殺了。但我沒這麼做，因爲我害怕。」

她轉回去面對伊蓮的目光。「但我再也不怕了，伊蓮。不怕洛達克·勞利或加瑞克·費雪，也不怕這個信使。我認爲他是個好人，但如果他和爸一樣，那麼就像太陽肯定會升起，我也肯定會幫世界除害。」

兩小時後，魔印人策馬回到庭院。瑞娜於前廊等候，在黎明舞者止住衝勢，於地上揚起一片塵土時走到他身旁。

「天快黑了。」他說，甚至沒有打算下馬。他對她伸出一手。

「你甚至不向他們道別？」瑞娜問。

「提貝溪鎮的生活即將變得多彩多姿。」他說。「最好不要給人理由懷疑我除了帶妳離開，還與傑夫和伊蓮有任何瓜葛。」

但瑞娜搖頭。「你爸有權知道更多。」

他瞪向她。「我絕對不會告訴他我是誰。」他低吼。

瑞娜毫不退縮。「至少讓他知道他兒子沒死，不然你根本沒有資格裁定哪些鎮民夠格得到你的魔印。」魔印人皺起眉，但他還是翻身下馬。瑞娜說的沒錯，他很清楚這點，儘管他不願承認。

「我們要走了！」她叫道，所有人從四面八方趕來。魔印人看著父親，朝他示意。傑夫跟了上去。

「我在信使公會認識一個名叫亞倫・貝爾斯的人。」他在兩人獨處後說道。「或許是你兒子。貝爾斯是個普遍的姓氏，但亞倫這個名字並不常見。」

傑夫眼睛一亮。「眞的？」

魔印人點頭。「事隔多年，但我記得他在密爾恩堡的卡伯魔印商行工作，或許你可以捎個信息給他。」

傑夫伸出雙手，抓起魔印人的一隻手掌緊緊握住。「陽光照耀你，信使。」

魔印人點頭，縮回手掌，走到瑞娜身邊。「天快黑了。」他再度說道。這一次她點頭，讓他幫自己上馬。他坐到她身前，她緊抱他的腰間，兩人一同騎上道路，轉而向北。

「自由城邦不是在南邊嗎？」瑞娜問。

「我知道一條捷徑。」他說。「比較快，還可以避開所有鎮民。」黎明舞者發足狂奔，他們在道上迅速前進。強風吹過瑞娜的髮梢，他們一起發出愉快的笑聲。

❦

亞倫說的沒錯，他眞的記得提貝溪鎮北部所有道路和牧地的位置。在瑞娜發現之前，他們已經過馬克・佩斯特爾的農場，踏上出鎮的大路。

他們馬不停蹄地朝自由城邦前進，直到太陽下山前將近十五分鐘時，他才拉韁止步。

「會不會太趕了點？」她問。

亞倫聳肩。「還有時間架設魔印圈。如果孤身一人，我或許根本不會停下來。」

「那就別停。」瑞娜說，壓抑著對夜晚的恐懼。「我說過不會拖慢你。」

他不理會她，翻身下馬，自鞍袋中取出兩道攜帶式魔印圈。他將一道丟向黎明舞者，另一道架在一塊空地中央，然後迅速調整魔印。

瑞娜吞嚥口水，但沒有抗議。她渾身僵硬、緊握獵刀四下打量，等待惡魔現身。亞倫揚起目光，發現她緊張兮兮的模樣。他站起身來，走到鞍袋旁邊翻來翻去。

「啊，在這裡了。」他終於說道，抖開一件斗篷，丟到瑞娜肩膀上。他把斗篷綁好，拉上兜帽。臉頰旁的布料柔軟得不可思議，像是貓咪的毛皮。她一輩子都穿家中自製的粗布，從沒想過世上有這種布料。她低下頭去，再度驚呼。斗篷上縫有上百個小得不可思議的魔印。

「這是隱形斗篷。」亞倫說。「只要裹在裡面，惡魔就不會發現妳的存在。」

「有這種事？」她語氣訝異地問道。

「以太陽之名起誓。」亞倫說，接著她突然發現自己依然緊握獵刀。終於鬆開手時，她的指節上傳來一陣疼痛。好像過了一小時，她的呼吸才恢復正常。

亞倫回到魔印圈前，迅速架設魔印圈，瑞娜則生了一堆火，拿出伊蓮的籃子。他們一起坐著一段時間，分享冰冷的肉派、火腿、新鮮蔬菜、麵包，以及乳酪。地心魔物偶爾會衝到魔印圈上，但瑞娜相信亞倫的魔印技巧，不把它們放在心上。

「妳穿這套裙裝在馬鞍上不好坐。」亞倫說。

「呃？」瑞娜說。

「如果妳的坐姿不對，我就不能讓黎明舞者全速前進。」他解釋道。

「牠還能跑更快？」瑞娜難以置信地問道。

亞倫大笑。「快很多。」

她湊上前去，雙臂環抱在他的肩上。「亞倫．貝爾斯，如果你想要我脫掉衣服，直說就好了。」她微笑，但亞倫後退，雙手放在她的腰間，輕易地將她舉起向旁放下，就像她把抓抓太太從腿上抱起來一樣。他立刻站起身來。

「我帶妳來不是爲了這個，瑞娜。」他說著向後退開。

「你不是要佔我便宜？」她說，語氣困惑。

「與那無關。」亞倫說，自鞍袋中取出縫紉工具。他將工具丟給她，轉過身去。「把裙子分成兩半，動作快點，今晚我們還有事要忙。」

「有事要忙？」瑞娜問。

「黎明前妳要殺死一頭惡魔。」亞倫說。「不然我就把妳丟在下一個村落。」

Ꞓ

「好了。」瑞娜叫道。她剪掉襯裙，割短裙襬，兩邊都開衩開得很高。坐在魔印圈邊緣刻蝕箭矢的亞倫抬起頭來，目光不禁停留在她裸露的大腿上。

「喜歡嗎？」她問，接著在他大吃一驚並連忙迎向她的目光時露出得意的笑容。「想看清楚的話，就走到火光下。」

亞倫凝視自己的手掌片刻，緩緩摩擦自己的魔印手指，雙眼瞭望遠方。最後他搖了搖頭，站起身來，走到她面前。

「妳信任我嗎，瑞娜？」他問。

她點頭，他隨即拿出一把刷子和一瓶濃稠的墨水。「這是黑柄液。」他說。「它會附著在妳身上幾天，甚至一星期。」

他小心翼翼，甚至有點深情款款地撥開她臉上的髮絲，在她眼旁繪製魔印。畫完後，他輕輕吹乾墨水。他的嘴唇離她不過數吋之遙，她很想親上去，但剛剛遭拒的情況還歷歷在目，令她裹足不前。

吹乾後，他看著她。「妳在火光外的地方看見什麼？」

瑞娜環顧四周，夜晚幾乎陷入完全的黑暗。「什麼也看不到。」

亞倫點頭，伸手放在她眼皮上。這是雙粗糙的手，布滿硬繭和疤痕，不過觸感依然溫柔。皮膚接觸時，她感到一股輕微的刺痛，全身歡愉顫抖。他收回手掌，快感消失，但眼旁的魔印依然十分溫暖。

「妳現在看到什麼了？」他問。

瑞娜環顧四周，一臉驚訝。樹木和植物全都綻放光芒，腳下還有一層模糊的發光霧氣緩緩滲出地面。

「全看到了。」她驚奇地說。「比在陽光下看得還要透徹，一切都在發光。」

「妳看到的是魔法。」亞倫說。「自地心魔域滲出，沾染所有生命，讓他們發光。」

「生命的靈魂？」瑞娜問。

亞倫聳肩。「我不是牧師。地心魔物體內灌滿魔力，在妳現今的眼中綻放強光。」

瑞娜轉身看向樹叢發出騷動的位置，發現一頭木惡魔，前一刻還不見蹤影，現在在魔光四射的世界裡完全無所遁形。她看著自己的手掌，只有淡淡光芒。黎明舞者比較亮，馬蹄和鞍帶上的魔印如同天上的星星般發光。

但光芒最耀眼的還是亞倫，他皮膚上的魔印蘊含強大的魔力。看起來彷彿所有魔印都是以光芒寫成，永遠處於啓動狀態。

「太多魔印了。」亞倫說，注意到她在凝望自己，於是戴上他的兜帽。「吸收太多惡魔的魔力，再也不能變回普通人了。」

「你爲什麼會想放棄這種力量？」瑞娜問。

亞倫遲疑，似乎有點困惑。他張嘴欲言，接著又閉上嘴。「其實我沒有想過放棄，」他終於承認道。「只是這並不是可以反悔的決定，而我做這個決定的時候腦子不太清楚。」他指向瑞娜。「妳此刻腦子也不算清楚。」

「你是什麼身分，亞倫．貝爾斯，有什麼資格判定我腦子清不清楚？」瑞娜大聲問道。

他以那種令人看了就氣的神態忽略這句問話，拿起一根長矛交給她。她懷疑地打量長矛，並沒有伸手去接。

「發言人們都辦到了。」亞倫提醒她。

「我知道。」瑞娜說。「但如果我要動手，就要用我自己的獵刀。」她已經刻完戳刺魔印和切割魔印，不過其他都沒刻。她將獵刀交給他檢視。

「這是把好刀。」亞倫接過獵刀說道。他以拇指撫摸刀刃，幾乎沒有施力就割出鮮血。「鋒利得可以刮鬍子。」

「我爸照顧它比照顧家人還要無微不至。」瑞娜說。

亞倫看向她，不發一言。他以不同的角度觀察獵刀，檢視其上刻蝕的魔印。「刻得好。」他語氣微帶懺悔地說。「足以與我見過的任何魔印相比。可以再做一點強化，不過剛開始這樣就夠用了。」他將刀柄向前，交還給她，瑞娜嘟噥一聲，接回獵刀。

「剩下的就是要測試它了。」亞倫說。「該是離開魔印圈的時候了。」

瑞娜一直都知道遲早得離開魔印圈，但事到臨頭她依然難掩一股恐懼，彷彿肚子裡的東西都要吐出來了。她告訴姊姊自己再也不怕任何事物，但那並非事實。她或許不怕男人，但地心魔物……茅房當晚的景象依然歷歷在目，有時即使在清醒的時候也會讓她突然受驚。

亞倫伸手搭上她的肩。「我們身處荒野，瑞娜。地心魔物只會聚集在人類聚落或獵物很多的地方，這裡只有寥寥幾頭出沒。妳身穿斗篷，而且我也在旁邊。」

「在旁邊拯救我。」瑞娜說。他點頭，而她感到一陣憤怒。她已經厭倦了等待其他人來拯救，但當她看向一頭待在道路邊緣的木惡魔時，身體突然一陣顫抖。「還沒準備好面對這個。」她承認道，痛恨顯露自己軟弱的一面。

但亞倫沒有像斥責發言人們一樣斥責她。「我知道妳很害怕。」他說。「我第一次也很害怕，但我在克拉西亞學會要擁抱自己的恐懼。」

「怎麼擁抱？」瑞娜問。

「讓自己面對恐懼，」他說。「然後讓妳的心靈退入一個超越恐懼的境界。」

瑞娜低哼。「完全沒有道理。」

「有道理。」亞倫說。「我曾見過年紀只有我一半的男孩手持沒有魔印的長矛攻擊惡魔。見過他們無視痛苦持續戰鬥，直到戰勝或戰死。恐懼和痛苦只有在妳放任它們影響妳時才會真的影響妳。」

「有這種事？」瑞娜問。

他點頭，於是瑞娜閉上雙眼，敞開心胸面對恐懼所帶來的不適感、四肢的僵硬，以及腹中的翻騰，緊握的拳頭和冰冷的臉頰。當她感覺到這一切後，她開始忽視它們的存在。

亞倫揚起一根手指，指向一頭棲息在附近樹上的小型木惡魔。本來它是與樹幹完美融合成一體的，但現在於她的魔印眼中綻放耀眼光芒，與黯淡的樹身形成強烈對比。

瑞娜相信斗篷的能力，步出魔印圈，步伐穩健地走向惡魔。它好奇地嗅聞空氣，但似乎沒有察覺到她接近的跡象。在她理解自己在做什麼時，獵刀已插入對方背心。魔印閃爍，惡魔樹皮般的硬殼裂開。一股電擊般的力量竄上她右臂，彷彿她把整條手臂放入一團烈火中，感到一陣微帶快意的痛楚。

惡魔尖叫後退，但瑞娜拔出獵刀，再度插下，接著又是一刀。片刻過後，惡魔倒地，在地面上的魔霧中掀起許多小小的亂流與漩渦。

瑞娜抬頭挺胸，吸入一口香甜的夏夜空氣。她感覺自己這輩子從來不曾如此強壯、充滿活力。道路對面，她瞥見一頭火惡魔雙眼綻放的光芒，而這一次她毫不遲疑，一臉堅定地直奔而去，半跪而下，一刀刺穿對方腦袋。這次，她在惡魔顫抖倒地的同時享受魔法所帶來的痛楚。黑色體液灑落地面，起火燃燒，冒出陣陣白煙。

她最初在路上看見的那頭木惡魔足足有六呎高，此時已注意到剛剛發生的事。她本來可以躲在斗篷之後，但這個想法完全沒有進入腦海。瑞娜大喊一聲，直撲而上。惡魔放聲吼叫，一爪揮出，但瑞娜擁有超乎想像的力量和速度，於笑聲中躲開對方笨拙的攻擊，一刀插入對方胸口。這一次，感覺就和宰豬沒有兩樣。

她環顧四周，急促喘息，卻沒有疲憊的模樣。那種感覺比較像是……慾望。她還想要更多惡魔，希望附近有一整群惡魔。

但沒有。

「我說過了。」亞倫微笑說道。他收起魔印圈，拉起黎明舞者的韁繩。「讓我們自由自在地在黑夜中奔馳。」

瑞娜點頭，在沒有用到馬鐙的情況下輕鬆翻上馬背。她坐在前面，留下空間讓亞倫爬到身後。他哈哈大笑，像她一樣輕鬆上馬。他伸手環抱她的腰間，她則輕踢黎明舞者，在愉快的呼喊聲中策馬狂奔，迎向光芒四射的黑夜道路。

惡魔王子在圍牆中的人類滋生地發現獵物至今已過了一個循環。他被迫浪費兩個晚上的時間追蹤對方，最後終於飛躍一座滿是對方氣味的廢墟。廢墟受到剛架設不久的魔印守護，威力強大的魔印，不過它依然可以輕易突破。

但並沒有這個必要，因爲心靈惡魔發現該名人類的心靈在距離城牆很遠的地方移動。

化身魔拍擊巨大的翅膀，朝該名人類直飛而去，如同死亡般寂靜。心靈惡魔釋放心靈的力量，想辦法進入對方的思緒，但遭受強大的魔印阻擋。它嘶吼一聲，接著在擴張自己的力量時發現對方並非獨處。那人類的心靈伴隨著一名心靈如同天空般開放的雌性人類。它神不知鬼不覺地溜入她的思緒，透過她的雙眼觀察一切。

瑞娜持刀狠狠插入木惡魔體內，扭轉刀尖刺穿對方心臟。亞倫正在她身邊與另一頭惡魔於地上扭打，控制它的行動，讓身上各式各樣致命的魔印發揮效用。

一聲吼叫傳來，瑞娜抬頭看見第三頭惡魔自上方的樹枝中現身。她在對方撲下來的同時迅速轉身，惡魔撞上卡在第一頭惡魔硬殼上的刀柄。第一頭魔物倒地死亡，但她也被迫放開手中的武器。

「惡魔屎。」她說，依照亞倫所教的方法以背著地，並屈起雙腳。她抓住木惡魔那樹枝般的雙臂拉向兩旁，然後狠狠踢出，藉它本身的力道對付它。惡魔落在亞倫身前，亞倫一拳擊碎它的頭顱。

「在我的指節上繪製魔印，我就可以自己來。」瑞娜說。

「沒必要在妳的皮膚上加持魔印。」他對她道。「暫時而言，獵刀就夠了。」

瑞娜走到木惡魔身邊，拔出她的獵刀。她舉起刀給亞倫看。「刀又不在我手上。」

「沒刀妳也應付得不錯。」

「那是因為你沒有忙著應付另一頭惡魔。」瑞娜說。「我不是要你拿針刺青，只要用刷子和黑柄液就好了。」

亞倫對她皺眉。「在皮膚上繪製魔印的回饋效果不同，瑞娜，效果會強烈得讓妳深陷其中。我曾經迷失過很長一段時間，即使到了現在我依然無法恢復自我。我不想看到妳也面對同樣的命運，妳對我來說意義重大。」

「眞的？」瑞娜問。

「我很高興有個人可以聊天，除了黎明舞者以外。」亞倫說，沒有注意到她興味十足的反應。

「我會……寂寞。」

「寂寞。」瑞娜覆誦。「我知道那種感覺。寂寞也能令人迷失，世界上有太多能夠令人深陷其中的事物，這並不表示我們應該一輩子都不去接觸它們。」

亞倫凝視她良久。最後，他聳肩。「我不能告訴妳該怎麼做，瑞娜。妳想要不顧我的反對，在手上繪製魔印，那是妳的決定。」

惡魔王子繼續觀察這種求偶行爲幾分鐘，對人類的求偶儀式深感興趣。這個人類顯然對他的魔法了解不夠深入，無法察覺心靈惡魔的存在或本身魔法的實力。他有成爲統一者的潛力，但身處野外的他並不構成任何威脅，可以安心觀察。

惡魔放開雌性人類的表面思緒，更加深入地刺探她的心靈，尋找該名男性的訊息，但沒有多少有價值的情報；它透過她的嘴唇詢問一個問題。

「你是如何找回失落魔印的？」瑞娜問，自己也吃了一驚。她知道亞倫不喜歡談論離開提貝溪鎮後所發生的事。

「告訴過妳了，在一座廢墟裡找到的。」亞倫說。

「什麼廢墟？在哪裡？」她繼續逼問。

「有什麼差別？」亞倫大聲道。「又不是什麼值得吟遊詩人大肆宣揚的冒險故事。」

瑞娜搖頭，釐清思緒。「很抱歉，我不知道自己爲什麼突然這麼感興趣。沒有關係，我並不想探你隱私。」

亞倫哼了一聲，朝他過去幾星期一邊教導她獵殺惡魔一邊費心架設魔印圈的堡壘前進。

惡魔王子在亞倫拒絕回答問題時嘶聲低吼，在一般情況下，應將他們趕盡殺絕，但目前來說似乎沒有這種急迫性。有太多魔印守護他們，這表示他們不會馬上離開。還可再觀察他們幾個循環週期。

人類進入魔印圈後，心靈惡魔與雌性人類的聯繫立刻遭到阻隔。片刻過後，化身魔降落在一片空地上，化身魔霧，在惡魔王子回地心魔域思索對策的同時擔任守衛。

第二十八章　鏡宮　333 AR 夏

鎮議會一直開到天黑才終於散會。如同黎莎預期，議會成員一致投票反對她隨賈迪爾一起回來森，當她提醒大家投票結果毫無意義時眾人感到一陣錯愕。

黎莎回小屋時沒穿隱形斗篷，但羅傑利用小提琴的琴聲，將一行人籠罩在足以媲美任何魔印網的音樂所形成的保護力場內。新的小提琴似乎大幅增強了他的力量，但汪妲和加爾德還是手持武器，守護妲西和薇卡。

「我還是覺得妳腦袋壞了。」妲西低聲吼道。她和汪妲一樣令人望而生畏——體形同等壯碩，不過稍微矮一點，相貌同樣平庸，但臉上沒有疤痕。

黎莎聳肩。「妳可以任意發表意見，但我的決定不會改變。」

「如果他們綁架妳，我們要怎麼做？」妲西問。「我們又沒有能力解救妳，而妳又是我們鎮上的領袖，特別是當解放者不知所蹤的時候。」

「湯姆士王子和林木軍團很快就會抵達。」黎莎說。

「他們也不會去救妳。」妲西說。

「我沒打算讓他們救。」黎莎說。「妳得相信我有能力自保。」

「我比較擔心其他人，」薇卡說。「如果妳嫁給這個男的，我們會永遠失去妳，而如果妳沒嫁……我們也很可能也會失去妳。我們該怎麼辦？」

「那就是今晚我帶妳們來的原因。」黎莎說。這時小屋已經映入眼簾，他們才一進門，她就指示汪妲拉開通往地窖工作室的暗門。

「除了薇卡和妲西，其他人都留在上面。」黎莎下令道。「這是藥草師的事。」其他人點頭，黎莎帶著兩個女人步下樓梯，同時點燃她冰冷的化學油燈。

「造物主呀。」妲西喘息說道。自從被布魯娜趕走後 她已經多年沒有來過這座地窖。黎莎後來大幅擴建，現在已佔據了整間小屋及庭院大部分的地底，堪稱空間遼闊。魔印梁柱沿著主廳以及許多走廊的牆上支撐起整座地窖。

從前布魯娜只有儲藏幾根用來移除難纏草根的雷霆棒，以及幾罐惡魔火，但現在黎莎的存貨簡直取之不盡，用之不竭。

「這裡的火藥足以把窪地炸成太陽表面。」薇卡道。

「妳以為我離群索居是為了什麼？」黎莎問。「一年來我每天晚上都在製造惡魔火和雷霆棒。」

「為什麼不告訴別人？」薇卡問。

「因為沒有人需要知道。」黎莎說。「我不會讓伐木工或是鎮議會來決定該如何使用這些東西。這是藥草師的事，妳們要慢慢發放使用，而且只能用在性命交關的時刻。我要妳們發誓不會洩露此事，不然我就在妳們茶裡下藥，讓妳們忘記一切。」

兩個女人凝望著她，彷彿在確認她是不是認真的，不過黎莎是認真的，而且確定對方能從她眼中看出自己有多認眞。

「我發誓。」薇卡說。妲西遲疑片刻，最後點了點頭。

「我對太陽發誓。」她說。「但如果妳不回來，再多存貨都有用完的一天。」

黎莎點頭，轉向一張堆滿書籍的桌子。「那些就是火焰的祕密。」

賈迪爾面露愉快的微笑，看著黎莎和她的護花使者抵達。他沒想到這麼有權勢的女人竟然只帶這幾個人同行：只有她的父母、羅傑、巨漢加爾德，以及那個女性沙羅姆，汪妲。

「那女的會讓達馬抓狂。」阿邦指著汪妲說道。「他們會要求她放下武器，把自己包起來。你應該請她留下。」

賈迪爾搖頭。「我曾承諾黎莎可以自行挑選隨行人員，而我打算言出必行。我們的族人得開始接受窪地部族的習俗，或許讓他們見識一個參與阿拉蓋沙拉克的女人會是個不錯的開始。」

「如果她在他們面前表現良好的話。」阿邦說。

「我曾見過那個女人打鬥。」賈迪爾說。「只要加以訓練，她可以與任何沙羅姆匹敵。」

「步步為營，阿曼恩。」阿邦說。「強迫你的手下在短時間內改變，他們或許會起心抗拒。」

賈迪爾點頭，心知阿邦說得不錯。

「我要你在回艾弗倫恩惠的途中貼身陪伴黎莎。」他說。「就拿教她我們的語言當作藉口，這也是她的要求。我直接去找她不太恰當，不過她的隨行人員應該比較願意接納你。」

「我敢肯定比戴爾沙羅姆更願意接納我。」阿邦喃喃說道。

賈迪爾點頭。「我要了解她的一切。她喜歡的食物、她偏好的香味，所有一切。」

「當然，」阿邦說。「交給我。」

趁著戴爾沙羅姆拔營時，阿邦一拐一拐地走向黎莎和她父母的篷車。阿邦驚訝地發現黎莎親自駕車，沒有僕役服侍她或幫她處理雜務；他對她的敬意逐漸加深。

「我可以和妳同車嗎，女士？」他鞠躬問道。「如妳所求，我家主人交代我教妳我們的語言。」

黎莎微笑。「當然，阿邦。羅傑可以騎馬。」羅傑和她一起坐在篷車駕駛座上，哼了一聲，扮個鬼臉。

阿邦深深鞠躬，緊握他的拐杖。如同達馬丁所言，他的腳一直沒有痊癒，至今仍會在極不恰當的時機絆倒。

「傑桑之子，如果你願意，可以騎我的駱駝。」他說，比向拴著駱駝的地方。羅傑懷疑地打量駱駝，直到他看見遮陽的棚子和看起來既寬敞又舒適、有坐墊的座位，這才眼睛一亮。

「牠很溫馴，不用指揮就會跟著其他坐騎走。」阿邦指出。

「好吧，如果算是幫你的忙……」羅傑說。

「當然。」阿邦同意。羅傑抓起小提琴，一觔斗跳下馬車，跑到駱駝旁邊。阿邦說謊，那頭駱駝脾氣很差，但在牠對他吐口水前，羅傑已經拿起樂器，如同蠱惑阿拉蓋般輕鬆地讓駱駝的情緒穩定下來。對阿曼恩而言，黎莎或許更有價值，但羅傑肯定也是值得經營的投資。

「我可以問你一個問題嗎，阿邦？」黎莎問，打斷他的思緒。

阿邦點頭。「當然，女士。」

「你是一出生就開始使用拐杖的嗎？」她問。

如此直接的問話令阿邦十分驚訝。在他的族人中，人們只會嘲笑或忽視他的殘疾，不會有人關心卡非特並提出這種問題。

「我並非生下來就是如此。」阿邦說。「我是在漢奴帕許中受傷的。」

「漢奴帕許？」黎莎問。

阿邦微笑。「正好利用這個字來開始妳的語言課程。」他說，爬上馬車坐在她身邊。「在你們的語言裡，這個字就是『人生之道』的意思。所有克拉西亞男孩都在十分年輕時就被帶離母親身邊，進入部族的訓練營沙拉吉接受訓練，看看艾弗倫打算讓他們成為沙羅姆、達馬或卡非特。」

他以拐杖輕拍自己的瘸腿。「這是無可避免的結果。我天生不是戰士，入營第一天起我便非常清楚這點。我生下來就是卡非特，而……漢奴帕許的嚴格訓練證實了這點。」

「胡說。」黎莎說。

阿邦聳肩。「阿曼恩也是這樣想的。」

「是嗎？」黎莎驚訝地問道。「從他對待你的方式看不出來。」

阿邦點頭。「請妳原諒他那種行為，女士。我家主人和我同一天進入漢奴帕許，而他一再違逆艾弗倫的旨意，揹負我穿越卡吉沙拉吉。他不斷給我機會，但每一次測試我都令他失望。」

「那些測試公平嗎？」黎莎問。

阿邦大笑。「阿拉上沒有任何公平的事物，女士，而最不公平的就是戰士的生活。弱就是弱、強就是強，嗜血就是嗜血、怕血就是怕血，勇敢就是勇敢、懦弱就是懦弱。漢奴帕許揭露男人的本性，而至少在我身上，它是成功的。我內心深處就不是沙羅姆。」

「那不是什麼該羞愧的事。」黎莎說。

阿邦微笑。「確實不是，我也不會感到羞愧。阿曼恩深知我的價值，但……在其他人面前寬容待我並非恰當的行爲。」

「寬容無關恰當。」黎莎說。

「沙漠裡的生活十分艱苦，女士。」阿邦說。「我的族人也因此變得嚴以待人。我懇求妳，在妳了解我們之前不要妄下斷言。」

黎莎點頭。「我就是爲此而來，這段期間讓我看看你的腳，或許我能改善你的狀況。」

阿邦的眼前閃過一道影像，阿曼恩發現阿邦脫下絲質褲子讓黎莎檢查的景象；他的性命在那之後肯定不比一袋黃沙值錢。

阿邦揮了揮手。「我是一名卡非特，女士。不值得妳如此照料。」

「你和其他人一樣都是人。」黎莎說。「如果你要和我相處，我就不要聽見任何自我貶低的話。」

阿邦鞠躬。「我認識另一個和妳有同樣想法的綠地人。」他說，裝出一副隨口說說的語氣。

「喔？」黎莎問。「他叫什麼名字？」

「傑夫之子亞倫，來自提貝溪鎮的貝爾斯部族。」阿邦說，接著在她眼中看出她聽過這個名字的神色，儘管她的表情沒有變化。

「提貝溪鎮離這裡很遠，屬於密爾恩領地。」她說。「我沒機會認識任何來自那裡的人。他是個怎麼樣的人？」

「他在我們族人裡擁有帕爾青恩的稱號，意思是『勇敢的外地人』。」阿邦說。「不管在大市集或是沙羅姆大迷宮裡都如魚得水。啊，他於多年前離開我們的城市，從此再也沒有回來。」

「或許有一天你會與他重逢。」黎莎說。

阿邦聳肩。「英內薇拉。如果這是艾弗倫的旨意，我會很高興再度見到我的朋友，得知他身體無恙。」當天接下來的時間他們都同車共行，談論許多事，但再也沒有提起帕爾青恩的話題。阿邦從黎莎絕口不提此事的態度看出一些端倪。

由於沉重的馬車行進緩慢，戴爾沙羅姆無法於入夜後繼續趕路，留下他們去面對惡魔。阿曼恩下令戰士紮營休息，並在阿邦搭帳時派人找他過去。

「第一天的情況如何？」他問。

「她思緒敏捷。」阿邦說。「我從簡單的片語教起，但她一下子就組構出整個句子。等我們抵達艾弗倫恩惠時她就能向其他人自我介紹並討論天氣，等到冬天就能精通我們的語言。」

阿曼恩點頭。「她學會我們的語言是艾弗倫的旨意。」

阿邦聳肩。

「你還問出了什麼？」阿曼恩問。

阿邦微笑。「她喜歡蘋果。」

「蘋果？」阿曼恩問，一臉困惑。

「某種長在北地樹上的水果。」阿邦說。

阿曼恩皺眉。「你和她聊了一整天，結果只查出她喜歡蘋果？」

「又紅又硬，剛從樹上摘下來的。她悲傷地表示因爲有太多難民要養，蘋果已變成十分稀有的食物。」阿邦微笑看著阿曼恩臉色越來越難看。他伸手進入口袋，拿出一顆水果。「像這樣的蘋果。」

阿曼恩收起難看的臉色，展開嘴角上揚到耳根的微笑。

阿邦離開阿曼恩的帳篷，爲了自己沒提黎莎聽見帕爾青恩時的反應微感罪惡。他沒有說謊，但即使在內心深處，阿邦也沒有辦法解釋自己爲什麼不提。帕爾青恩是他的朋友，這是事實，但阿邦從來不曾讓友情影響他的利益，而現在他的利益與阿曼恩征服北地的成敗息息相關。想要確保成功，阿曼恩就必須盡速找出帕爾青恩並且將他除掉。傑夫之子絕非任何人可以等閒視之的敵人。

但阿邦身爲成功卡非特的一大訣竅就在於嚴守祕密，等待正確的時機揭露，而全世界最大的祕密莫過於此。

ℰ

賈迪爾來到黎莎的魔印圈時，她正在攪拌湯鍋。如同魔印人，他輕鬆地穿越克拉西亞紮營區中沒有魔印守護的土地。他身上披著黎莎的魔印斗篷，但將其撩在身後，並沒有發揮在地心魔物眼中隱形的效果。

除非風惡魔從天上發現他的身影，否則他不會需要保護。太陽下山後，戴爾沙羅姆就開始獵殺營區附近的惡魔，將樹林裡的木惡魔屍體疊成一堆，等待黎明到來就會化爲一團沖天大火。

「我可以分享妳的營火嗎？」賈迪爾以提沙語問道。

「當然，霍許卡敏之子，」黎莎以克拉西亞語回道。她依照阿邦所言，撕下一片麵包拿到他面前。「與我們一起分享麵包。」

賈迪爾咧嘴而笑，深深鞠躬，接下麵包。

羅傑和其他人都來到湯鍋前準備用餐，不過看到黎莎若有深意的表情後全部自動離開。只有伊羅娜留在可以偷聽他們談話的距離內，對此賈迪爾似乎感到十分恰當，雖然黎莎不喜歡被人偷窺。

「妳的食物令我的舌頭驚喜不斷。」賈迪爾在刮淨第二碗菜餚時說道。

「很簡單的一道菜。」黎莎說，但聽到他的恭維依然忍不住微笑。

「希望妳沒有吃得太飽。」賈迪爾說，拿出一顆大紅蘋果。「我最近喜歡上這種北地水果，就像妳分享麵包一樣，我想與妳分享。」

黎莎一看到蘋果，嘴裡就口水直流。她有多久沒有嚐到成熟的蘋果了？在飢餓的難民如同蝗蟲過境般席捲解放者窪地周遭區域的情況下，蘋果一可以吃就會立刻被人採走，而且常常還沒長好就被摘走了。

「我很樂意。」她說，試圖壓抑語氣中的熱切之情。賈迪爾拿出一把小刀，乾淨俐落地將蘋果切片。黎莎享受著每一口香甜的滋味，兩人吃了一段時間才把整顆蘋果吃完。黎莎發現他雖然愛吃蘋果，但卻把大部分都讓給她吃，只吃幾塊沒切好的切片，並一臉愉快地看著她吃。

「謝謝，眞好吃。」黎莎吃完後說道。

賈迪爾在她對面鞠躬。「我的榮幸。現在，如果妳願意，我很榮幸爲妳唸誦一段伊弗佳的經文，如同我所承諾。」

黎莎微笑點頭，從裙子的深口袋裡取出皮革聖典。「我非常樂意，不過如果你要唸你的書給我聽，你就得從頭唸起，並且保證整本念完，一字不漏。」

賈迪爾側頭看她，一時間，黎莎擔心自己冒犯了他。但接著，他的臉上緩緩浮現微笑。

「那可要唸很多晚啊。」他說。

黎莎環顧營地以及空蕩的平原。「最近晚上我似乎都很有空。」

意外的是，一行人抵達艾弗倫恩惠時最引人注目的並非汪妲，而是加爾德。賈迪爾看著眾沙羅姆的目光打量伐木工高大的體形和強健的肌肉，搜尋對方的弱點，如同面對每個初次見面的人般衡量彼此的實力。隨時準備與任何人戰鬥正是沙羅姆之道——敵人、兄弟、父親或是朋友。他手下所有戰士都迫不及待想和這個北地巨漢一較高下，擊倒此人的沙羅姆會獲得無比的榮耀。

直到打量完加爾德這個最明顯的威脅後，他們的目光才開始瞟向汪妲，接著有些人恍然大悟，終於發現她是個女人。

他們沒有派人報信，但在進入賈迪爾宮殿的庭院時，英內薇拉和達馬基丁已經在等待他們。英內薇拉躺在一座由數名身穿拜多布和小背心的青恩奴隸所抬的枕頭轎子上。她打扮得如同往常一般暴露，當奴隸放下轎子，她自轎中起身時，就連綠地人也低聲驚呼、面紅耳赤。她翹臀微擺，來到賈迪爾面前，伸出雙手。

「她是誰？」黎莎問。

「我的第一妻室，英內薇拉達馬佳。」賈迪爾說。「其他都是我的次等妻室。」

黎莎突然狠狠瞪他，正如阿邦所警告的，她的臉上滿是陰霾。

「你已經結婚了?!」她大聲問道。

賈迪爾好奇地打量她。就算再怎麼喜歡吃醋，她還是應該知道這點。「當然，我是沙達馬卡。」

黎莎張嘴欲言，但英內薇拉已經迎了上來，於是她把嘴裡的話硬吞回去。

「丈夫，」英內薇拉說，隨即擁抱並且深深親吻他。「我在床上時時刻刻想念你的體溫。」

賈迪爾對她的舉動感到訝異，接著發現英內薇拉的目光不斷瞟向黎莎，這才了解她是像狗一樣在標示地盤。

「容許我引見我尊貴的客人，」他說。「厄尼之女、窪地部族的首席藥草師黎莎女士。」英內薇拉聽見這頭銜時臉色一沉，瞪向賈迪爾，接著又轉向黎莎。

黎莎自認表現得還算得體，以冷靜的神態毫不退縮地面對英內薇拉的目光，並以綠地人慣用的禮儀屈膝行禮。「很榮幸認識妳，達馬佳。」

英內薇拉的微笑和回禮與她同樣難以捉摸，賈迪爾立刻知道阿邦說的沒錯。英內薇拉絕不可能接受這個女人成為吉娃森，而當賈迪爾不顧反對和黎莎結婚並讓她管理所有北地妻室時，英內薇拉肯定不會沉默以對。

「我有事和你私下商談，丈夫。」英內薇拉說，賈迪爾點頭。面對她的時刻終於來臨，他一點也不打算拖延。他感謝艾弗倫此刻太陽依然高掛天際，她不能在白晝施展她的霍拉魔法。

「阿邦，安排鏡宮給黎莎女士和她的隨行人員居住。」他以克拉西亞語說道。鏡宮並不足以匹配黎莎的身分，然而艾弗倫恩惠裡最好的建築就是這棟三層樓高，其中擺滿地毯、繡帷，以及銀框鏡子的宮殿。

「我想鏡宮此刻是伊察奇達馬基的住所。」阿邦說。

「那麼伊察奇達馬基會需要其他安排。」賈迪爾說。

阿邦鞠躬。「我了解了。」

「請原諒我，」賈迪爾說著朝黎莎鞠躬。「我得與我的妻子商量一些事。阿邦會幫你們安排住宿事宜，安頓好後，我再來拜訪。」

黎莎點頭，流露出一種隱含怒火的冷淡神態。這個景象令賈迪爾心跳加速，同時在與英內薇拉步入宮殿時爲他帶來力量。

「你帶那個女人回來究竟想怎樣？」來到王座室旁的枕頭寢宮後，英內薇拉立刻問道。

「骨骰沒告訴妳嗎？」賈迪爾得意地問。

「當然有。」英內薇拉大聲道。「但我滿心期望這次是它們搞錯了，你並沒有蠢到這種地步。」

「婚姻奠定了我在克拉西亞的權力基礎。」賈迪爾說。「而假設婚姻在北地也會發揮同等功效是愚蠢之舉嗎？」

「這些是青恩，丈夫。」英內薇拉說。「讓戴爾沙羅姆繁衍後代沒有問題，但青恩女人沒有資格懷你的種。」

「我不這麼認爲。」賈迪爾說。「這個黎莎遠遠超越我見過的所有女人。」

英內薇拉皺眉。「無所謂。骨骰已經提出異議，我絕不會同意這場婚事。」

「妳說的對，無所謂。」賈迪爾說。「我還是會娶她。」

「你不能娶。」英內薇拉說。「我是吉娃卡，我決定你可以娶誰。」

但賈迪爾搖頭。「妳是我的克拉西亞吉娃卡。黎莎會成爲我的綠地吉娃卡，有權支配我所有北地妻室。」

英內薇拉雙眼凸起，一時間他以為她的眼珠會跳出眼眶。她放聲尖叫，一撲而上，長長的指甲疾揮而出。賈迪爾的背可以證明這些指甲有多銳利，因為他常常在另一種情況下被它們抓傷。

他立刻轉向一旁。想起上一次她攻擊自己的手法，他盡可能以最少的肢體接觸抵擋並且閃躲英內薇拉的攻擊。她的長腳包在單薄的半透明絲綢中，配合手指的動作踢得又高又快，專門瞄準男人肌肉和神經交會的弱點。萬一被她擊中，他的四肢立刻就會不聽使喚。

這是賈迪爾此生第一次見識達馬丁的沙魯沙克，他大開眼界地欣賞眼前致命精準的攻擊，心知英內薇拉有能力在達馬基還沒發現她出手前擊斃對方。

不過賈迪爾是沙達馬卡。他是當今世上最偉大的沙魯沙克大師，而在卡吉之矛的幫助下，他的身體比正常情況更加強壯敏捷。現在他對她的戰技懷抱敬意，並且謹慎提防，就連英內薇拉也不是他的對手。最後他扣住她的手腕，將她壓倒在枕頭堆裡。

「再敢攻擊我，」他說。「我就會殺了妳，管妳是不是達馬丁。」

「異教妓女扭曲了你的心靈。」英內薇拉啐道。

賈迪爾大笑。「或許，也或許她只是幫我解放心靈而已。」

❦

伊察奇達馬基一臉怨懟地帶著老婆和孩子離開鏡宮。

「如果目光能殺人，他的肯定可以。」羅傑說。

「你以為那座宅邸不是他從某名來森貴族手中搶來的嗎？」黎莎回道。

「誰知道這些人是怎麼想的？」羅傑問。「如果他事先殺光那個貴族及其家族，或許還能稱得上是光榮佔領。」

「這樣並不有趣，羅傑。」黎莎說。

「我沒有在開玩笑。」羅傑說。

沒過多久，阿邦步出鏡宮，深深鞠躬。「妳的宮殿在等妳入住，女士。我的妻子們會幫妳的隨行人員收拾下層房間，不過作為妳私人住所的一整層頂樓都已收拾完畢了。」

黎莎抬頭看著眼前的大宅，光是頂樓就有數十扇窗戶，整層頂樓都給她一個人使用？那比自己和汪妲共住的小屋大上十幾倍。

「一層樓都是她的？」羅傑問，與她一起瞠目結舌。

「當然你也會有很多房間，傑桑之子，」阿邦鞠躬說道。「但傳統上處女新娘必須獨自居住頂樓，與樓下的隨行人員分開，確保她在披上婚紗前維持貞節。」

「我沒有同意阿曼恩的求婚。」黎莎指出這點。

阿邦鞠躬。「沒錯，不過妳也沒有拒絕，所以妳依然是我家主人的追求對象，直到妳做出決定。恐怕在這一點上，我們得依照傳統規矩。」

他湊到近處，假裝摸鬍子，趁機遮住嘴。「而我強烈建議，女士，除非妳答應求婚，不然不要在艾弗倫恩惠裡違反任何規定。」黎莎點頭，心裡早已做出同樣的結論。

他們進入鏡宮，到處都有一身黑的女人在擦拭打掃。主接待廳兩側各有一整排鏡子，永無止盡地反映廳內的景象。鋪於光滑石板地中央的地毯名貴厚重，染有繽紛的色彩，通往樓上的樓梯欄杆通通漆成金黃及象牙色。牆上掛滿肖像畫，多半都是前屋主的畫像，一臉怨嘆地看著他們步上台階。黎莎好奇這些人在克拉西亞人入侵後面對了什麼樣的下場。

「如果妳願意和隨行人員待在樓上等待，女士，」阿邦說。「我等會兒就會來分別護送他們前往自己的房間。」

黎莎點頭，阿邦鞠躬，將他們留在一間窗口可以俯瞰整個來森的巨型起居室內。

「出去守著房門，加爾德。」黎莎在阿邦離開時說道。房門關閉後，黎莎立刻轉向自己母親。

「妳告訴他們我是處女？」她問道。

伊羅娜聳肩。「他們如此假設，我只是沒有說破而已。」

「如果我眞的嫁給他，而他發現我不是怎麼辦？」黎莎問。

伊羅娜輕哼一聲。「妳又不是第一個以女人的身分步入新房的新娘，沒有男人會爲了這點小事拒絕一個垂涎許久的女人。」她看向厄尼，發現他正在打量自己的鞋子，好像鞋上寫滿了字。

黎莎皺眉，接著搖頭。「無所謂，我不打算成爲後宮中的新娘之一。他好大膽，竟敢不告訴我就把我帶來！」

「喔，看在黑夜的份上！」羅傑大聲說道。「妳沒理由不知道，所有克拉西亞故事都是從某個擁有幾十個妻妾的領主開始講起的。反正這樣到底有什麼不同？妳說過妳根本不打算嫁給他。」

「沒人問你。」伊羅娜說道。黎莎一臉驚訝地看著她。

「妳早就知道他結過婚了，是不是？」黎莎指責道。「妳明明知道這點，竟然還想把我當成牲口般與他交易！」

「我知道，沒錯。」伊羅娜說。「我同時還知道他可以一把火燒掉窪地，也可以讓我的女兒成爲王后。我這樣選擇難道很糟糕嗎？」

「我要和誰結婚輪不到妳來決定。」黎莎說。

「總得要有人決定。」伊羅娜說。「而妳顯然不打算決定。」

黎莎瞪著她。「妳到底承諾他們什麼，母親？他們提出什麼樣的條件？」

「承諾？」伊羅娜大笑。「這是椿婚事，新郎要的不過就是一個床上的玩物兼小孩製造機。我保證妳很能生，並且可以產下兒子。就這樣。」

「妳太噁心了。」黎莎說。「妳怎麼可能知道這種事？」

「我或許提到妳有六個哥哥，」伊羅娜承認道。「都在對抗惡魔時不幸身亡。」她假裝傷心地說。

「媽！」黎莎大叫。

「妳認為六個太多了嗎？」伊羅娜問。「我還擔心講得太誇張了，但阿邦立刻接受了這種說法，而且似乎還有點失望。我認為我應該要說更多的才對。」

「說一個就夠多了！」黎莎說。「撒小孩死去的謊，妳都不尊重死者嗎？」

「尊重什麼？」伊羅娜問。「不存在的孩子可憐的靈魂嗎？」

黎莎感到左眼後方一條肌肉抽動，心知自己的頭要開始痛了。她按摩自己的太陽穴。「來這裡是個錯誤。」

「現在發現太晚了。」羅傑說。「就算他們放我們走，現在離開就和把口水吐在他們臉上沒什麼兩樣。」

左眼後方疼痛加劇，令她感到一陣暈眩。「汪妲，去拿我的藥草包。」還是先喝個調節血液循環的藥酒舒緩頭痛再來應付她媽比較好。

賈迪爾在下層房間打掃乾淨、黎莎的朋友都各自回房後抵達。黎莎心想他是不是故意等到自己獨處後才來的。

他站在門口，微微鞠躬，不過沒有進屋。「我不想做出踰矩的行爲，妳希望妳母親到場監督嗎？」

黎莎輕哼一聲。「我寧願讓一頭地心魔物到場監督，如果你把手放到任何不該放的地方，我想我自有辦法對付你。」

賈迪爾哈哈大笑，再度鞠躬，步入房內。「關於那點我毫無疑問。我得再度爲此寒酸的住所道歉，我希望我有一座可以與妳的力量及美貌媲美的宮殿，唉，可惜這個簡陋的地方就是此刻艾弗倫恩惠最豪華的房舍了。」

黎莎想告訴他除了林白克公爵的宮殿，自己從來不曾見過如此美麗的建築，但她壓下這句恭維，心知這一切都是克拉西亞人強奪而來，根本不值得自己讚美。

「你爲什麼不告訴我你已經結婚了？」她直言相詢。

賈迪爾一臉驚訝，看起來不像裝的。他深深鞠躬。「請原諒，女士，我假設妳知道。妳母親建議我不要提起這點，因爲妳的妒意可比美貌，這表示一定非常可怕。」

黎莎一聽到他提起她媽，太陽穴就再度開始抽痛，不過她無法否認這句恭維令她感到愉悅，雖然這只是表面話。

「你的追求令我感到無比榮幸。」黎莎說。「看在造物主的份上，我甚至認眞考慮過！但我不打算成爲一群妻妾中之一，阿曼恩。北地人沒有這種傳統，婚姻是兩個人的結合，不是兩打人。」

「我無法改變事實，」賈迪爾說。「但我求妳不要妄下定論。我會冊封妳爲北地第一妻室，有權拒絕我未來所有的婚事。如果妳不希望我再娶任何北地女子，那我就不娶。仔細考慮考慮，如果妳懷了我的兒子，我的族人就非得接受窪地部族不可。」

黎莎皺起眉，但她心知不能當場把話說死。他們現在人在他的地盤。再一次，她對自己草率決定前來感到後悔。

「黑夜即將到來。」賈迪爾說，在看到她沒有回應時改變話題。「我來邀請妳和妳的保鏢一起參與阿拉蓋沙拉克。」

黎莎凝視他良久，考慮他的邀請。

「對抗阿拉蓋是我們兩族人民的共同點。」賈迪爾說。「這樣做可以幫助我的戰士接受你們，如果他們看到我們是……黑夜裡的手足。」

黎莎點頭。「好吧，不過我父母不能上場。」

「當然，」賈迪爾說。「我對艾弗倫的鬍子發誓，他們待在這裡會很安全。」

「我有理由擔心他們的安危嗎？」黎莎問，想起伊察奇達馬基的眼神。

賈迪爾鞠躬。「當然沒有，我只是在陳述事實。原諒我。」

賈迪爾帶領黎莎和其他人前往阿拉蓋沙拉克時，黎莎讚歎地看著克拉西亞戰士整齊的校閱隊形。阿邦一拐一拐地跟在她的身旁，黎莎如同往常一樣慶幸有他陪伴。她的克拉西亞語進步神速，但克拉西亞有太多她和其他人所不了解的文化規矩。就像羅傑一樣，阿邦有能力在嘴唇不動的情況下發聲，指示他們什麼時候該鞠躬，什麼時候該點頭，何時應該退讓，何時應該強硬，至今還沒有讓他們遇上任何衝突。

不過除此之外，黎莎發現自己喜歡阿邦。儘管一次受傷讓他淪落到所屬社會最低賤的階級，這個卡非特依然有辦法保持樂觀的態度和幽默感，並且從某方面而言算是取得了某種全新的權力。

「不可能只有這些人。」羅傑低聲說道，看著集合校閱的沙羅姆。「單憑這些人絕不可能攻下整個公爵領地，光是我們窪地就可以集結這麼多戰士了。」

「不，羅傑。」黎莎搖頭，低聲說道。「我們集結的是木匠和麵包師、洗衣工和裁縫師，任何願意在必要時拿起武器捍衛家園的人，這些人可是專業的戰士。」

羅傑嘟囔一聲，再度看向集結的部隊。「還是不夠。」

「你說的對。」阿邦說，顯然把他們低聲的交談一字不漏地聽了進去。「你們眼前只是我的主人麾下部隊的一小部分人馬。」他比向站在城門口的十二隊人馬。「這些是克拉西亞十二部族最精英的部隊，精挑細選成為部族達馬基進城時的榮譽守衛。他們是全世界最強悍的戰鬥部隊，但就連他們也不能與沙達馬卡麾下的百萬大軍相提並論。剩下的部隊全都散入艾弗倫恩惠的數百座小村落中。」

百萬大軍。只要賈迪爾能集結四分之一的人馬，自由城邦最好就盡快投降，而她也最好乖乖成為賈迪爾的床上玩物。亞倫似乎認定克拉西亞部隊沒有這麼大的規模。黎莎看向阿邦，不知道他有沒有誇大其詞。她心中湧現數十個疑問，但明智地將一切放在心中，不讓疑問揭露自己心裡的想法。

除非必要，不然絕不讓任何人得知妳的想法。布魯娜曾教導過她，阿瑞安似乎也很認同這種思維。

「那麼住在那些村落裡的人呢？」黎莎問。「他們怎麼了？」

「他們還住在那裡。」阿邦說，語氣十分受傷。「你們一定以爲我們是野獸，竟然擔心我們會濫殺無辜。」

「恐怕北方的傳言都是這麼說的。」黎莎說。

「那麼傳言並非事實。」阿邦說。「我們會向被征服的人民抽稅，沒錯，男孩和男人則會接受阿拉蓋沙拉克的訓練，但除此之外，他們的生活沒有改變。而我們提供的回報就是讓他們能驕傲地面對黑夜。」

再一次，黎莎打量阿邦的表情，試圖找出誇大或撒謊的跡象，但找不到。徵召男孩和男人前赴戰場當然十分可怕，但至少她可以告訴窪地裡心慌意亂的難民他們被俘虜的丈夫、兄弟，以及兒子很可能至今依然存活。

黎莎和其他人出現時，部隊中傳來陣陣騷動，但他們的白面巾軍官大聲下令，眾沙羅姆立刻閉嘴準備校閱。部隊最前方站著兩個男人，一個身穿戰士黑袍、頭戴白頭巾，另一個身穿達馬的白袍。

「我家主人的長子，賈陽。」阿邦指著戰士說道。「以及次子，阿桑。」他指向祭司。

賈迪爾大步走到部隊前方，全身散發一股強大的氣勢。戰士們心悅誠服地看著他，就連他兒子的目光都帶著狂熱。黎莎很驚訝地發現在兩個禮拜的學習過後，她可以聽懂他大部分的話。

「沙漠之矛的沙羅姆們！」賈迪爾喊道。「今晚我們有幸邀請來自北方窪地部族的沙羅姆，我們的黑夜弟兄，與我們一起參與阿拉蓋沙拉克。」他比向黎莎的人馬，部隊裡隨即傳來震驚的聲浪。

「他們要參戰？」賈陽大聲問道。

「父親，伊弗佳明白詔示女人禁止參與沙拉克。」阿桑抗議道。

「伊弗佳是解放者寫的，」賈迪爾說。「現在我就是解放者，沙拉克的規矩由我來訂。」

賈陽搖頭。「我絕不與女人並肩作戰。」

賈迪爾如同獅子般疾撲而上，以迅雷不及掩耳的手法出掌緊扣兒子的喉嚨。賈陽難以呼吸，拉扯父親的手臂，但對方的手掌如同鐵箍，根本無法掙脫。賈迪爾手上使勁，賈陽的雙腳當即離開地面，腳趾只能勉強觸碰地面。

黎莎驚呼一聲，開始移動腳步前進，但阿邦伸出拐杖阻在她前方，力量大得出奇。

「別當傻子。」他厲聲低語。迫切的語氣令黎莎停下腳步，退回原位，無助地看著賈迪爾搾乾兒子的生命。她在男孩摔倒在地，不住抽動、重重喘息，但性命無礙後終於鬆了一口氣。

「什麼樣的禽獸會攻擊自己的兒子？」黎莎驚駭地問道。

阿邦張嘴欲言，但被加爾德打斷。「沒得選擇。如果他連自己兒子都管不住，沒有人會與他一起對抗黑夜。」

「我不需要鎮上的惡霸提供意見，加爾德。」黎莎斥道。

「不，他說的對。」汪妲的話令黎莎更加驚訝。「我聽不懂他們在說什麼，但我如果用那種語氣和我爸說話，我爸一定會把我的鼻子打歪。讓他吃點泥土對他沒有壞處。」

「看來我們的處世之道也沒有那麼不同，女士。」阿邦說道。

阿拉蓋沙拉克是每天晚上沿著城市外圍進行的掃蕩行動。沙羅姆自北城門出城，然後分道兩邊，肩並肩、盾頂盾，六個部族朝東邊，六個部族朝西邊，殺光沿途遇上的阿拉蓋，最後在南城門會合。為了避免更多衝突，賈迪爾刻意派遣賈陽和阿桑向東而去，自己則帶領黎莎和其他人向西行，阿邦留在城門內。

窪地部族的人都不用盾，於是賈迪爾安排他們跟在前線後方，與哈席克及數名解放者長矛隊的戰士親自守護黎莎。在戴爾沙羅姆與地心魔物交鋒後，惡魔很快就穿越盾牆，毫不遲疑地攻擊後方較小規模的隊伍。

一開始克拉西亞人試圖保護他們，但如同賈迪爾所期望，黎莎和其他人很快就讓部隊了解他們不須保護。羅傑的小提琴將惡魔誘入陷阱或是讓它們自相殘殺。黎莎將魔法火焰拋向阿拉蓋，讓惡魔如同風中的沙粒般灰飛煙滅。加爾德和汪妲直接殺入惡魔陣中，伐木巨漢舉起斧頭和彎刀將惡魔砍成碎片，汪妲的弓弦如同羅傑的琴弦般嗡嗡作響，射殺任何進入視線範圍的惡魔。她甚至擊落幾頭還沒機會俯衝而下的風惡魔。

弓箭用盡時，她距離其他人很遠。一頭火惡魔放聲嘶吼，直撲而上，其中一名解放者長矛隊的戰士大叫一聲，衝上前去守護她。

他根本沒有必要費心。汪妲將長弓掛回肩上，雙手抓起惡魔的獸角，轉身避開火焰唾液，施展流暢的沙魯沙克扭轉招式將之壓倒在地。她拔出魔印匕首，劃開惡魔的喉嚨。

她抬起頭來，眼中那股渴望惡魔膿汁的神情與賈迪爾見過的任何一名沙羅姆不相上下。她朝片刻之前試圖衝來上拯救自己，如今目瞪口呆的戴爾沙羅姆微笑，接著瞪大雙眼，指向天際。

「小心！」她叫道，太遲了，一頭風惡魔直衝而下，撕裂戰士的護甲，致命的利爪劃破他身體。所有人同時反應。羅傑手中多了一把魔印飛刀，疾射而出，與汪妲的匕首以及三根長矛同時擊中惡魔，在它來得及展翅高飛前將對方擊倒。黎莎撩起裙襬，奔向倒地的戰士。她跪倒於戰士身旁時，阿拉蓋還在數吋外的地方抽動。賈迪爾跑到她身邊，加爾德和長矛隊戰士則將惡魔擊斃，隨即圍在四周護衛。

那名戰士名叫瑞斯塔維，他忠心耿耿地在賈迪爾麾下效力多年。他的護甲染滿鮮血，並在黎莎試圖檢視傷口時瘋狂掙扎。

「壓住他。」黎莎命令道，語氣與達馬丁沒有兩樣，已習慣他人服從自己的命令。「他這樣掙扎我無法療傷。」

賈迪爾奉命而行，抓起瑞斯塔維的肩膀壓在地上。戰士瞪大狂野的雙眼，直視賈迪爾的目光。

「我準備好了，解放者！」他叫道。「祝福我，送我踏上孤獨之道！」

「他說什麼？」黎莎在割開厚重長袍，拋開粉碎的陶瓷護甲時問道。看見傷口有多大時，她忍不住咒罵一聲。

「他告訴我他的靈魂已經準備好要上天堂了。」賈迪爾說。「他要我祝福他，讓他痛快死去。」

「我不准你這麼做。」黎莎說道。「告訴他或許他的靈魂準備好了，但他的身體還沒。」

她眞像帕爾青恩。賈迪爾心想，突然發現自己有多想念老友。瑞斯塔維顯然死定了，但北地醫療師拒絕在沒有救治的情況下放棄他。這是種高尙的行爲，他也很清楚如果不顧她的意願殺死對方，即使是對方主動要求，他都會深深冒犯黎莎。

賈迪爾雙手捧起瑞斯塔維的臉頰，直視他的雙眼。「你是解放者長矛隊的戰士！沒有我的命令不得踏上孤獨之道，早一刻都不行。擁抱痛楚，停止掙扎！」

瑞斯塔維渾身顫抖，不過點了點頭，深深吸入一大口氣，隨即不再掙扎。黎莎驚訝地看著他們，接著推開賈迪爾，開始療傷。

「讓盾牆持續推進。」賈迪爾吩咐哈席克。「我在這裡等待女士治療瑞斯塔維。」

「治療什麼？」哈席克問。「就算他活下來，這輩子也無法重執長矛。」

「你和我一樣無法判斷這種事。」賈迪爾說。「一切都是英內薇拉。我不會違逆我的未婚妻，就像我不會違逆達馬丁一樣。」

解放者長矛隊留在原地，在黎莎和瑞斯塔維之外圍成一圈，不過根本沒有必要。羅傑的音樂守護著他們，沒有阿拉蓋膽敢逼近。

「可以移動他了。」黎莎終於說道。「我已經止血，但還要進一步治療，我需要一張病床和良好的照明。」

「他還有機會重返戰場嗎？」賈迪爾問。

「他會活下來。」黎莎說。「這樣不夠嗎？」

賈迪爾皺眉，謹慎選擇用字遣詞。「如果不能戰鬥，他日後很有可能選擇結束自己的性命。」

「不然就會淪爲卡非特？」黎莎問，臉色一沉。

賈迪爾搖頭。「瑞斯塔維殺過數百頭阿拉蓋，他在天堂已佔有一席之地。」

「那他爲什麼要自殺？」黎莎問道。

「他是沙羅姆。」賈迪爾說。「他註定要死在阿拉蓋的利爪下，而不是老死在某張病床，成爲家人和部族的負擔。這就是達馬丁日出之前不會治療傷患的原因。」

「讓身受重傷的人就此死去？」黎莎問。

賈迪爾點頭。

「這樣不人道。」黎莎說。

賈迪爾聳肩。「這是我們的處世方式。」

黎莎看著她，搖了搖頭。「這也是你們與我們不同的地方。你的族人生存就是爲了戰鬥，我的族人戰鬥則是爲了生存。等你贏了沙拉克卡，再也沒有惡魔可戰之後該怎麼辦？」

「那麼阿拉和天堂將會融爲一體，」賈迪爾說。「世界會成爲天堂。」

「那麼你爲什麼沒有順應對方的要求把他殺掉？」黎莎問。

「因爲妳叫我不要那麼做。」賈迪爾說。「我曾犯過一次錯誤，不顧某個妳的族人同樣的要求，差點摧毀了我們之間的友誼。」

黎莎側過頭去，一臉好奇。「阿邦口中的帕爾青恩？」

賈迪爾瞇起雙眼。「卡非特說了什麼？」

黎莎冷冷看他。「沒什麼，他說他們是朋友，而我讓他想起他的朋友。爲什麼問？」

賈迪爾的怒氣當即消失，心中充滿一股空虛而悲傷的情緒。「帕爾青恩也是我朋友。」他終於說道，「而妳在某些方面與他很像，不過某些方面又大不相同。帕爾青恩擁有一顆沙羅姆之心。」

「什麼意思？」黎莎問。

「意思是他爲其他人的生存而戰，就像妳一樣，但對他自己而言，他活著就是爲了戰鬥。當他身受重傷，生存無望時，他依然自地上爬起，奮鬥到最後一口氣。」

「他死了？」黎莎驚訝地問道。

賈迪爾點頭。「已經很多年了。」

黎莎在某間從前的來森診所中徹夜救治傷患，切割並且縫合戴爾沙羅姆的傷口。她雙手染滿鮮血，背部因爲彎腰工作而疼痛不已，但瑞斯塔維會活下去，而且很有可能完全康復。

佔領這間診所的達馬丁在她救人的時候竊竊私語，讚歎又恐懼地打量黎莎。她可以感覺出她們對她突然闖入十分不滿，特別是在深夜時分，而且對她大聲下令心懷怨懟，但幫她翻譯的是賈迪爾本人，而沒有任何身穿白袍的女人膽敢違逆沙達馬卡。汪妲和加爾德被迫留在屋外，羅傑和賈迪爾的保鏢也一樣。

眾達馬丁表現得像是被關在自己家裡的俘虜，在英內薇拉闖進來時通通鬆了一大口氣。她面色鐵青，大步走到黎莎面前，兩人面對面而立。

「妳竟敢做這種事？」英內薇拉吼道，她的提沙語口音很重，不過咬字清楚。所到之處香氣如霧般繚繞，放浪的穿著讓黎莎聯想到自己的母親。

「我竟敢做哪種事？」黎莎問道，毫不讓步。「拯救某個被妳們丟在外面自生自滅的男人？」

英內薇拉唯一的反應就是一巴掌甩在黎莎臉上，銳利的指甲當場劃出血痕。黎莎倒向一旁，還沒站穩腳步，對方已經拔出匕首再度朝她撲來。

「妳沒資格站在我丈夫面前，更別妄想躺上他的床。」英內薇拉啐道。

黎莎把手伸進圍裙某個口袋中，在英內薇拉接近的同時朝達馬佳的臉上輕彈手指，空中當即瀰漫一片盲目藥粉。

英內薇拉尖聲慘叫，向後退開並摀住臉頰，黎莎則趁機站穩腳步。英內薇拉在臉上灑水，接著回頭看向黎莎，臉上的妝整個花掉。她的雙眼一片血紅，神色怨毒，隱現殺機。

「夠了！」賈迪爾叫道，縱身擋在兩人之間。「我不准妳們打架！」

「你不准？」英內薇拉難以置信地問道。黎莎也是同樣的想法——賈迪爾和亞倫一樣沒有資格不准她做任何事——但賈迪爾只把注意力放在英內薇拉身上。他在眾人面前高舉卡吉之矛。

「沒錯，」他說。「妳打算違抗我的命令嗎？」

屋內一片死寂，其他達馬丁困惑地凝望彼此。英內薇拉或許是她們的領袖，但賈迪爾卻是神的代言人。黎莎可以想像如果英內薇拉繼續堅持會面對什麼樣的下場。

確實，對方似乎也了解到這一點，收起氣焰。她轉過身去，闖出診所，朝其他達馬丁輕彈手指，眾人紛紛隨她而去。

「我會為此付出代價的。」賈迪爾以克拉西亞語輕聲說道，不過黎莎聽得懂。一時間，他肩膀下垂，看起來不再像是天下無敵的克拉西亞領袖，反而像是她父親剛與伊羅娜吵完架的模樣。她幾乎可以看出賈迪爾在想像英內薇拉使出各種讓他日子難過的手段，心裡有點同情他。

接著女子的尖叫打破寧靜，疲憊的男人當即消失，再度成為全世界最有權勢的男人。

第二十九章　黑葉粉　333 AR　夏

賈迪爾在綠地巨漢發出獅子般的吼叫時衝出達馬丁聖堂，黎莎緊跟在後。安卡吉和克里弗用繩子綑住加爾德的手腕，兩邊各有三名戴爾沙羅姆緊拉繩索，彷彿把他當作發狂的戰馬。其中一名戰士騎在加爾德寬厚的背上，雙臂在對方頸前交握，試圖令他窒息倒地，但加爾德似乎完全沒有察覺他的存在。那戰士的雙腳遠離地面，就連拉扯繩索的人都被拉得東倒西歪。

羅傑被另一名戴爾沙羅姆輕鬆地壓在牆壁上，對方單憑一手箝制他，欣賞著旁邊的騷動，臉上露出愉快的笑容。

「你們幹什麼？」賈迪爾喝道。「那個女人呢？」

沙羅姆回答之前，旁邊兩棟建築間的巷子裡再度傳來一聲尖叫。「等我回來還有人敢碰綠地人的話，我就把他的手給剁掉！」他一邊大叫一邊衝入小巷，以迅雷不及掩耳的速度越過眾人。

汪妲身處小巷中，一名戰士自身後抓住她，在被她咬傷時大聲吼叫。另一名戰士躺在地上，雙手緊抱腿間，而第三名戰士祖林靠在牆上，驚懼地看著自己被折成不可思議角度的手臂。

「放開她！」賈迪爾吼道，所有人抬頭看他。汪妲立刻獲釋，隨即一手肘捶入身後戰士的腹部，在他倒地的同時伸手去拔腰帶上的匕首。

賈迪爾提起長矛指向她。「住手。」他警告道。就在此時，黎莎趕入巷內，發出一聲驚呼。她立刻跑向汪妲。

「怎麼了？」黎莎問。

「這些惡魔養的想強暴我！」汪妲說。

「北地妓女撒謊，解放者。」祖林啐道。「她攻擊我們，折斷我的手臂！我要她死！」

「你以爲我們會相信汪妲把你們三個引到巷子裡來攻擊你們？」黎莎問道。

賈迪爾不理會兩人，眼前的情況十分明顯。他本來期望汪妲在戰場上卓越的表現可以讓這些戰士打消做出這種行爲的念頭，但祖林和其他人顯然認爲有必要提醒她只要出了戰場，她還是個女人，而且還是未婚女子。根據伊弗佳律法，她在任何情況下都無權拒絕或攻擊沙羅姆。祖林和其他人都沒有犯罪，並且有權要求處死汪妲。

但賈迪爾曉得綠地人不會如此看待此事，而他需要他們的戰士，不論男女，一起參與沙拉克卡。他看向黎莎，立刻了解自己並非大公無私。這些沙羅姆得學會自制。他得嚴懲他們，就像多年前嚴懲哈席克一樣。

賈迪爾揮手比向祖林及另外兩人，接著指向牆壁。他們遵命在牆前列隊，抬頭挺胸，無視身上被女孩打出的傷。不管她的性別爲何，她都是天生的戰士。

賈迪爾聽見黎莎張口吸氣，於是在她開口前舉手阻止她，來到他的手下身前來回踱步。

「我在追求黎莎女士，」他冷冷說道。「侮辱女士的僕人就等於侮辱她，而侮辱她就等於侮辱我。」

他直視祖林雙眼，以卡吉之矛的矛頭輕觸他的胸口。「你有沒有侮辱我，祖林？」他輕聲問道。

祖林瞪大雙眼。他發狂似地看向汪妲，接著把目光移向賈迪爾。他在矛頭前不安掙動，儘管矛頭只是輕輕觸身，接著他開始發抖。他知道自己的死活端看此刻如何回答，但對解放者撒謊會讓他失去上天堂的資格。

祖林崩潰了，跪倒在地、泣不成聲。他將額頭壓在地上號啕大哭，抱著賈迪爾的腳。「原諒我，沙達馬卡！」

賈迪爾踢他一腳，後退一步，看向位於祖林兩旁的戰士。他們立刻著地跪倒，額頭抵地，放聲大哭。

「閉嘴！」賈迪爾叫道，戰士們立刻噤聲。他指向汪妲。「這個女人今晚殺的阿拉蓋比你們三個加起來還多，這表示她的榮耀超越你們三人的性命。」

戰士們畏縮在地，但不敢開口爲自己辯護。「前往神廟，今晚和明天白晝都待在裡面禱告。」賈迪爾說。「明天晚上你們可以手持長矛步入黑夜，沒有盾牌，只穿黑拜多布。等你們戰死後，你們的骸骨會進入沙利克霍拉。」

戰士們終於寬心，顫抖哭泣，親吻賈迪爾的腳背，因爲他透過這個裁決賜給他們沙羅姆一輩子唯一害怕失去的東西：戰士的死法，以及通往天堂的資格。「感謝你，解放者。」他們不斷重複這句話。

「走！」賈迪爾說道，男人們立刻離開。

賈迪爾回過頭來看向黎莎，卻發現對方滿臉怒容。「你就這樣放他們走？」她問道。賈迪爾這才發現剛剛是用克拉西亞語交談，而她多半只聽得懂一小部分。

「當然不是。」賈迪爾說，轉回她的語言。「他們將被處死。」

「但他們向你道謝！」黎莎說。

「因爲我沒有剝奪他們的黑袍，取消他們的權力。」賈迪爾說。

汪妲朝地面吐口水。「那些惡魔養的活該這種下場。」

「不，不該是這樣！」黎莎說道。賈迪爾看得出來她還在生氣，但不曉得原因。難道他應該在她眼前親手處死他們嗎？綠地人對待女人的方式與他們大不相同，他並不清楚他們會如何處理這種事。

「妳還希望我怎麼做？」賈迪爾問。「他們沒有得逞，甚至沒有把她打傷。」他充滿敬意地朝汪妲點頭。「所以我認爲他們不該爲了她的貞操受罰。」

「反正我也不是處女。」汪妲說。黎莎轉頭看她，但女孩只是聳肩。

「而他們得爲此付出性命？」黎莎問道。

賈迪爾好奇地打量她。「他們將會光榮戰死。他們明晚會赤裸裸地步入黑夜，只有一根長矛用以自保。」

黎莎眼睛凸起。「這樣太野蠻了！」

賈迪爾終於了解了，死亡是綠地人的禁忌。他鞠躬。「我原以爲這樣的懲罰會令妳滿意，女士。如果妳希望，我可以改判他們鞭刑。」

黎莎看向汪妲，汪妲只是聳肩。她回頭面對賈迪爾。「好吧。但我要求親眼見證，而且處刑完畢後我要親自治療他們。」

賈迪爾對這樣的要求感到驚訝，但沒有顯露出來，只是深深鞠躬。他對綠地人的習俗深深著迷。「當然，女士。明天日落時行刑，好讓所有沙羅姆見證並且牢記在心；我會親自操鞭。」

黎莎點頭。「謝謝，這樣的教訓足夠了。」

「這一次而已。」汪妲吼道，賈迪爾微笑看著她眼中的怒火。竟然要三名解放者長矛隊的戰士才能勉強制伏她，而且沒人得逞！進一步訓練的話，就連凱沙羅姆都不是她的對手。他看著她，心裡做了決定，某個他很清楚可能造成部隊反彈的決定，但艾弗倫選擇他來領導沙拉克卡，而他打算用自己的方式統帥大軍。

他以戰士的禮儀對女人鞠躬。「不會再有下一次了，汪妲·瓦弗林·安卡特·安窪地。我親口向妳保證。」

「謝謝。」黎莎說，伸手輕觸他的手臂，賈迪爾內心雀躍不已。

門上傳來響亮的敲門聲。

「誰啊？」羅傑叫道，醒了過來，左顧右盼。屋內很暗，不過他可以透過絲絨床幔的縫隙看見亮光。

打從離開林白克公爵的妓院後，羅傑就不曾睡過如此舒服的床。床墊和枕頭塞滿鵝毛，床單柔軟滑順，下面還有加墊床罩。那感覺就像是睡在溫暖的雲朵上。羅傑沒有聽見進一步的聲響，腦袋無法抗拒床鋪的召喚，再度回到枕頭的懷抱。

房門開啓，羅傑睜開一隻眼睛，看見阿邦的妻子步入房內，也有可能是他的女兒——羅傑無法分辨她們的不同。她和他所有妻女一樣身穿寬鬆的黑袍，除了眼睛全部遮住，而她在他的面前目光低垂。

「你有訪客，傑桑之子。」女人說道。

她前去拉開沉重的床幔，羅傑呻吟一聲，伸出一手擋在眼前，遮蔽自豪華臥房窗口灑落的陽光。

黎莎或許擁有這座豪宅的一整個樓層，不過羅傑也分到了二樓一整條側翼，比他父母在河橋鎮的旅店所有房間加起來還多。伊羅娜在得知克拉西亞人對他如此慷慨時大發雷霆，因爲她只分到一間臥房及客廳，儘管它們十分奢華。

「現在幾點？」羅傑問。他覺得自己才剛睡不到一小時。

「天剛亮。」女人回答。

羅傑再度呻吟。他確實才睡不到一小時。「不管訪客是誰，請她晚點再來。」他說，再度躺回床上。

女人深深鞠躬。「我不能那麼做，主人。你的訪客是達馬佳，你必須立刻見她。」

羅傑當即起身，睡意消失殆盡。

羅傑打扮完畢，離開臥房時，整座鏡宮都已活躍起來。他拿吟遊詩人的化妝盒掩飾臉上的黑眼圈，亮紅色頭髮梳到腦後綁在一起；他換上最好的表演服。

達馬佳，他心想。她找我會有什麼天殺的事？

加爾德等在走廊上，見他出門立刻跟隨在後。羅傑無法否認有伐木巨漢在的感覺比較安全，而當他抵達樓梯時，黎莎、汪妲正好與厄尼和伊羅娜一起步下三樓。

「她想怎樣？」黎莎問。她睡得不比他多，儘管沒上妝，臉上依然沒有倦容。

「掏空我的口袋，」羅傑說。「妳也找不到答案。」

他們全部跟隨羅傑下樓，讓他覺得自己好像在帶領大家步向懸崖。羅傑是個演員，習慣身為目光焦點，但這一次不同。他將手放在胸口，透過上衣緊握金牌。堅實的觸感令他寬心，於是他順著阿邦妻子的指示進入主接待廳。

就和之前一樣，羅傑一看見達馬佳立刻面紅耳赤。他曾與數十名鄉村女孩以及幾名氣質出眾的安吉爾斯貴族仕女上過床，每個都稱得上可愛漂亮，有的甚至美艷動人。儘管黎莎艷冠群芳，但她彷彿一點也不在乎這個事實，完全沒有利用自己的外貌去佔人便宜。

但達馬佳十分清楚自己的優勢。半透明面紗後顯露出完美的下頷線條以及圓潤的鼻型、充滿異國風情的大眼睛、又長又翹的睫毛，以及如同流水般披落在肩的油亮鬈髮。她半透明的長袍遮蔽一切，同時又呈現一切——光滑的臂膀和大腿線條、渾圓的乳房及深色乳暈，還有毫無毛髮的下體，全部一覽無遺。她附近的空氣充斥著濃郁的香氣。

更有甚者，她的一舉一動，每個站姿，每副表情，通通將她的一切融合成一首足以吸引所有男人的旋律。達馬佳可以用自己的身體影響男人，就像羅傑用小提琴影響惡魔。他感覺自己下身的堅挺，慶幸自己穿了件寬大的七彩褲。

她站在接待廳內，身後跟著兩名女子，身穿英內薇拉不屑穿的克拉西亞服飾，不過她們的長袍都是上好絲料所製。其中一名穿著達馬丁的白袍，另一名則是一身黑。她們的頭巾後方垂落許多漆黑的髮辮，長髮及腰，繫以金絲帶。她們透過面紗偷偷打量他。

「羅傑．阿蘇．傑桑．安音恩．安河橋。」英內薇拉的口音濃厚，讓羅傑聽得渾身舒暢。他試圖提醒自己她是他的敵人，但似乎徒勞無功。「我很榮幸認識你。」達馬佳繼續道，深深鞠躬，低得羅傑擔心她的乳房會整個彈出長袍。他在想就算露出來了，她會不會在乎？她身後的女孩們鞠躬鞠得更深。

羅傑弓身回禮。「達馬佳，」他簡單說道，不知道該如何稱呼比較恰當。「我深感榮幸，想不到妳竟然專程跑來會見我這個小人物。」

「不要太捧她了，羅傑。」黎莎低聲道。

「我丈夫要我來的。」英內薇拉說。「他說你接受他幫你說媒的提議，好讓你的魔法傳承到下一代子嗣身上。」

「我有嗎？」羅傑問。他想起在解放者窪地的交談，但他以爲他們在說笑。他們不可能眞的相信……

「當然有。」英內薇拉說。「我丈夫獻上他的長女阿曼娃，擔任你的吉娃卡。」身穿達馬丁白袍的女孩向前一步，跪在厚實的地毯上，額頭貼地。這個姿勢拉撐了她的絲袍，隱約露出誘人的線條。羅傑強迫自己移開目光，以免有人說他盯著人家看，接著如同受驚的兔子般望著達馬佳。

「這其中一定有什麼……」他想說的是誤會，但英內薇拉隨即又指示另一個女孩上前。「這是阿曼娃的女僕希克娃。」她在女孩跟著阿曼娃下跪時說道。「沙達馬卡的妹妹漢雅之女。」

「他的女兒和外甥女？」羅傑驚訝地問道。

英內薇拉鞠躬。「我丈夫說你曾受艾弗倫感召，除了他自己的血脈，他絕不會獻上其他配不上你的女人。如果你希望，希克娃會成爲稱職的第二妻室，然後阿曼娃就可以開始依據你的喜好幫你物色其他妻室。」

「造物主啊，一個男人要有多少妻子？」黎莎問。

嫉妒？羅傑不悅地想。很好，難得讓妳也嚐嚐那種感覺。

英內薇拉面露不屑地看向黎莎。「只要他有條件，她們也配得上他，一個男人在經濟能力允許的範圍內想娶多少就娶多少。但有些人，」她對黎莎輕哼一聲。「就是不配。」

「阿曼娃的母親是誰？」伊羅娜在黎莎回應前問道。

英內薇拉轉向她，揚起一邊眉毛。伊羅娜撩起裙襬，順勢行了個屈膝禮，完全不像羅傑印象中她會做的事。「解放者窪地的伊羅娜·佩伯，黎莎的母親。」

英內薇拉雙眼一亮，露出燦爛的微笑，來到伊羅娜身前，熱情擁抱。「當然，很榮幸認識妳。我們有很多事情要討論，不過那都可以下次再說。我聽說傑桑之子的母親已經長伴艾弗倫身邊，妳願意代表她來安排婚事嗎？」

「當然。」伊羅娜點頭說道，黎莎瞪她一眼。

「代表我媽是什麼意思？」羅傑問。

英內薇拉故作忸怩地微笑。「確保她們揭露面紗時你會規規矩矩，並且確認她們是處女。」羅傑再度面紅耳赤，努力呑嚥口水。

「我……」他張嘴欲言，但英內薇拉不理他。

「我是阿曼娃的母親。」她對伊羅娜道。「符合妳的標準嗎？」

「當然。」伊羅娜嚴肅地道，好像世界上還有第二種答案一樣。

英內薇拉點頭，轉而打量其他人。「可以請各位清場嗎？」

一時間，所有人都待在原地，直到伊羅娜突然拍手，嚇了所有人一跳。「你們聽見了，出去！你別走，羅傑。」她在羅傑和其他人一同轉身離去時抓住他的手臂。

只有黎莎留著。

「這裡沒妳的事，厄尼之女。」英內薇拉說。「妳不是新郎或新娘的家人。」

「喔，但我是呀，達馬佳。」黎莎說。「如果我媽可以代表羅傑母親，那我，身為她的女兒，自然可以代表他的姊姊。」她微微一笑，湊向前去，壓低聲音。「伊弗佳在這一點上十分明確。」她得意地道。

英內薇拉皺眉張嘴，但羅傑打斷她。「我希望她留下。」這句話尾音有點尖銳，因爲英內薇拉突然轉頭瞪他，不過接著她露出燦爛的微笑，深深鞠躬。「如你所願。」

「鎖門，黎莎。」伊羅娜命令道。「別讓加爾德跑回來說忘了帶斧頭。」英內薇拉哈哈大笑，而這兩個女人氣味相投的模樣讓羅傑感到無比恐懼。伊羅娜似乎比羅傑還要清楚目前的處境。

黎莎似乎同樣不安，但羅傑看不出來是因爲兩個女人的笑聲，還是伊羅娜隨意支使她的模樣。她轉身走向巨大的鍍金廳門，閂上門閂的聲音大得嚇得羅傑當場跳起。他覺得她們根本是在把他鎖在裡面，而不是把加爾德鎖在外面。

英內薇拉輕彈手指，兩個女孩挺直腰身，不過依然跪在地上。

「阿曼娃是達馬丁，」英內薇拉說，伸手觸摸她的肩膀。「醫療師、接生婆，以及艾弗倫所眷顧的人。她還年輕，不過已經做好骨骰，並且通過許多考驗。」

她看向黎莎，面露微笑。「或許她可以幫妳治好臉上的抓傷。」她說，指向黎莎臉頰上被自己抓出的血痕。

黎莎微笑以對。「妳似乎不停地眨眼呀，達馬佳。眼睛會刺痛嗎？喜歡的話我可以幫妳準備一盆清水。」

羅傑轉回英內薇拉，期待聽到惡毒的反駁，不過英內薇拉只是微笑，繼續說道：「我幫我丈夫生下八個兒子、三個女兒。我家族的女人都很能生，而骨骰說阿曼娃也不遑多讓。」

「骨骰？」黎莎問。

英內薇拉皺眉。「那個與妳無關，青恩。」她突然道。

微笑立刻回到她的臉上。「重點在於阿曼娃會幫你產下子嗣，傑桑之子。希克娃的母親一樣很能生，所以她也將爲你傳宗接代。」

「很好，但她們會唱歌嗎？」羅傑問，試圖藉此轉移這個令他不自在的話題。艾利克曾說過某個不管上過多少女人都無法滿足的男人的下流笑話，現在提的正是笑話中的著名笑點。

但英內薇拉只是微笑點頭。「當然。」她說，輕彈手指，以克拉西亞語下達命令。

阿曼娃清清喉嚨，開始唱歌，聲音嘹亮純淨。羅傑聽不懂歌詞，他自己也不擅長唱歌，但在與當代最偉大的歌手艾利克共同演出多年後，他很清楚該如何欣賞其他人的歌聲。

阿曼娃的歌聲超越艾利克。如同狂風般將他吹起，竊據他的立足之地，隨著節奏四下遨遊。

接著希克娃加入，帶來第二陣風，將之前的歌聲包覆其中。她們配合得天衣無縫，羅傑聽得目瞪口呆。不管是不是女人，如果她們跑去安吉爾斯的吟遊詩人公會，肯定一輩子不愁吃穿。

羅傑一言不發，默默站在原地，聆聽兩個女人歌唱。當英內薇拉終於揮手打住歌聲時，他覺得自己像個吊線突然斷光的傀儡。

「希克娃同時也是廚藝精湛的廚師。」英內薇拉說。「她們兩人都曾受過做愛藝術的訓練，雖然她們不曾和男人睡過。」

「那……呃，藝術？」羅傑問，再度感到面紅耳赤。

英內薇拉大笑，輕彈手指。阿曼娃立刻優雅起身，伸手解開面紗。薄薄的白絲巾如同輕煙般飄散，露出一張美艷絕倫的容貌；阿曼娃宛如她母親的翻版。

希克娃跟在她身後起身，解開她肩膀上的暗繩，接著阿曼娃將整件長袍自身上褪去，絲綢輕輕滑落地面。她赤身裸體地站在他面前，羅傑忍不住倒抽一口涼氣。

英內薇拉轉動一根手指，阿曼娃隨即轉身，讓羅傑從各個角度檢視自己。就像她媽一樣，阿曼娃擁有完美的胴體，羅傑開始害怕自己的七彩褲不夠寬鬆。他不知道自己是不是也該脫衣服，讓所有女人見識一下自己的勃起。

「造物主呀，真的有必要做到這種地步嗎？」黎莎問。

「安靜。」伊羅娜突然說道。「當然有必要。」

阿曼娃轉身去脫希克娃的絲袍，絲袍如同陽光下的陰影般轉瞬消失，在她足畔形成一泓墨黑潭水。她或許不如阿曼娃美艷，但除了這個房間裡的女人，他還不曾見過能與她媲美的女人。

「現在你可以確認她們的貞節了。」英內薇拉說。

「我……呃。」羅傑看著自己的雙手，接著將手藏入口袋中。「沒有這個必要。」

英內薇拉大笑。「你未來的新娘。」她說，露出調皮的微笑。「有些事還是等到新婚之夜比較好。」她對他眨眼，羅傑感到頭暈目眩。

英內薇拉轉向伊羅娜。「有幸請妳幫他檢查嗎？」

「啊……這個……」伊羅娜說。「我女兒比較有資格……」

黎莎語氣不屑。「我媽就算看見處女膜也認不出來。」她低聲對羅傑說：「她連自己的都還沒看清楚就已經弄破了。」

伊羅娜聽見這句話，皺起眉，但沒說什麼，只是瞪著黎莎。

「喔，好啦。」黎莎終於吼道。「只要能夠快點把事情解決。」她彎下腰去，撿起女孩們的衣服，然後攙著她們的手臂，走向大廳角落一塊用布幔圍起來的僕役區。

黎莎放下布幔，遮蔽他人的視線，接著女孩們聽命趴在一張小桌上，彷彿把自己當成配種母馬。她在擔任藥草師期間曾檢視過數百名年輕女子，包括安吉爾斯公爵夫人，不過向來都是爲了病患的健康而做檢查，並非什麼榮譽儀式。布魯娜對這種無聊的事沒有耐心，而她的學徒也沒有什麼不同。

但黎莎知道他們和克拉西亞人之間的關係有多脆弱，公然侮辱對方的傳統絕對無法贏取同盟。

阿曼娃的處女膜完整無缺，但當黎莎轉向希克娃時，卻發現這個女孩微微退縮，並且不安地喘息。她身上浮現汗滴，淡褐色皮膚比之前蒼白。她在黎莎伸指進入她體內時用力緊縮，但還是不夠緊。她不是處女。

黎莎露出得意的微笑。儘管這個儀式原始野蠻，不過卻提供了在羅傑說出任何蠢話前宣稱遭受冒犯並且拒絕她們的理由。然而接著希克娃回頭看她，目光中的恐懼如同巴掌般打在黎莎臉上。阿曼娃看見這個神情，眉頭當即皺起。

「穿衣服。」黎莎對女孩們說，把衣服丟給她們。希克娃迅速著裝，然後趕去協助阿曼娃，後者在她繫緊達馬丁絲袍時冷冷瞪她。

黎莎面色平和地和兩個女孩一同回到接待廳。羅傑知道檢查結果無關緊要——他不會娶賈迪爾的女兒，就像黎莎不會嫁給賈迪爾——但不知爲何他的心臟猛跳，彷彿自己的性命都取決在這個結果。

「如果妳們認爲很重要，兩個都是處女。」黎莎說，羅傑深深吸了一口氣。

「當然。」英內薇拉微笑。但阿曼娃似乎不同意這個結果。她走到母親身旁，在她耳邊低語，先是指向希克娃，然後轉向黎莎。

英內薇拉的臉色陰沉，如同暴風雨前的天際，她大步走向希克娃，抓起女孩的長髮辮。羅傑連忙迎上，但伊羅娜以大得出奇的力量緊緊抓住他的手臂，迫使他待在原地。

「不要幹蠢事，小提琴小鬼。」她嘶聲道。希克娃一邊大叫，一邊被拖回布幔後方。阿曼娃跟了進去，拉上布幔。

「到底是他媽的怎麼回事？」羅傑問。

黎莎嘆氣。「希克娃不是處女。」

「可是妳說她是。」羅傑說。

「我知道被人們質疑『貞節』的女孩會有什麼下場。」黎莎說。「而我寧死也不要對別人做出這種事。」

伊羅娜搖頭。「妳救不了不自愛的人，黎莎。妳的小謊言或許把事情變得更糟。如果妳實話實說，讓我來提出金錢補償，那麼現在事情就已經告一個段落了。」

「她是個人，媽，不是什麼……！」

羅傑不管她們，目光停留在布幔上，心繫那個擁有好歌喉的女孩。他聽見沉悶的吼叫，但卻因爲身後的爭吵而聽不清楚。「妳們兩個可以閉嘴嗎？」

兩個女人憤怒地瞪向他，不過沒再說話。此刻布幔後方沒有任何聲響，而這種情況令羅傑膽戰心驚。正當他打算衝進去時，英內薇拉拉開布幔走了出來，阿曼娃和哭哭啼啼的希克娃跟在後面。阿曼娃一手環抱希克娃，一邊安慰她，一邊支持她行走。羅傑一顆心全都放在她們身上，手掌不由自主地摸向上衣底下的金牌。

英內薇拉對羅傑鞠躬。「很抱歉對你造成侮辱，傑桑之子。那個採草藥的女人欺騙了妳。希克娃並非處女，當然，她將爲此承受嚴厲的懲罰。我希望你不要因爲我女兒和這個妓女的關係而懷疑她的貞節。」她一邊說，一邊觸摸一把珠光寶氣的匕首，羅傑忍不住懷疑什麼樣的懲罰對這些堅忍的克拉西亞人來說才叫「嚴厲」。

現場一片死寂，所有人都在等待羅傑回應。羅傑環顧四周，發現每個女人都屏息以待。爲什麼？片刻之前根本沒人在乎他的想法。

接著他了解了。*我被冒犯了。*

他微笑，抬頭挺胸，換上吟遊詩人的面具，首度直視英內薇拉的目光。「聽過她們的歌聲後，我不打算拆散她們的組合，希克娃的歌聲對我而言比貞操重要。」

英內薇拉鬆了口氣。「你眞是心胸寬闊，這個妓女實在配不上你。」

「我還沒做決定，」羅傑澄清道。「但我希望她不要遭受……任何可能影響歌聲的過度壓力。」

伊羅娜攙起羅傑的手臂，把他拉到後面。「不過這會影響聘金。」

英內薇拉點頭。「當然。如果妳同意監護她們，女孩們可以待在傑桑之子的側翼，讓他習慣她們的陪伴，在做出決定前確保她們……不會遭受壓力。」

「喔，我母親是個十分稱職的監護人。」黎莎喃喃說道。英內薇拉好奇地打量她，似乎不確定黎莎諷刺的語氣是什麼意思，但她沒有多說什麼。

羅傑搖了搖頭，彷彿大夢初醒。我剛剛訂婚了嗎？

阿邦於日落前抵達，護送眾人前往鞭刑現場。黎莎再度檢查藥籃中的藥草和器具，深深吸氣抑制腹中的翻騰。戴爾沙羅姆對汪妲的所作所爲絕對不值得同情，但那並不表示她想要親眼看他們皮開肉綻。然而見識過克拉西亞人對於醫療的鬆懈態度後，她擔心如果不親自治療，那些傷口會感染，進而奪走他們的性命。

在安吉爾斯堡，她和吉賽兒每星期都會治療接受鞭刑的犯人，每次旁觀行刑她都忍不住落淚，然後偏過頭去。那是種可怕的刑罰，不過黎莎鮮少須要重複治療同一個犯人。他們都會謹記教訓，永不再犯。

「我希望妳了解我家主人親自行刑表示他對妳和弗林之女有多麼重視。」阿邦說。「如果是其他達馬，或許就會同情他們所犯的罪行。」

「達馬同情強暴犯？」黎莎問。

阿邦搖頭。「妳必須了解，女士，我們的習俗與你們不同。妳和你們的女人可以任意行走，毫不遮蔽容貌與妳們的，呃……」他伸手比向黎莎低胸服裝的胸線。「魅力。對於許多男人而言都是種冒犯，因爲他們害怕妳們會影響他們女人的想法。」

「所以他們決定要教訓汪妲。」黎莎說。阿邦點頭。

黎莎皺起眉，但腹中的翻騰突然平靜下來。蓄意傷害他人有違她的藥草師誓言，但就連布魯娜在教訓舉止野蠻的村民時也不會有絲毫遲疑。

「我家主人要求達馬基也要到場，還有他們的凱沙羅姆。」阿邦說。「他要讓他們了解，他們得接受你們的習俗。」

黎莎點頭。「阿曼恩說他和帕爾青恩相處時也曾遇過差不多的情形。」

阿邦竭力不動聲色，但黎莎看到他的臉色微微變化。亞倫在自己皮膚紋上刺青前就能給人們帶來這種影響並不是什麼令人驚訝的事。

「我家主人提到帕爾青恩？」阿邦問。

「事實上，是我提的。」黎莎說。「我沒想到阿曼恩也認識他。」

「喔，是的，我家主人和帕爾青恩是要好的朋友。」黎莎沒想到阿邦會這麼說。「阿曼恩是他的阿金帕爾。」

「阿金帕爾？」黎莎問。

「他的……」阿邦皺起眉，思考恰當的用字。「……血誓弟兄，或許可以這麼說。阿曼恩帶他進入大迷宮，爲彼此揮灑鮮血。在我的族人裡，這等於是兩個人體內流著同樣血液的羈絆。」黎莎張嘴欲言，但還沒說話就被阿邦打斷。

「想要準時抵達，現在就得動身了，女士。」他說。黎莎點頭，他們一起召集剩下的窪地人員，包括緊跟著羅傑的阿曼娃和希克娃。

他們來到來森堡的城中廣場，是座位於全城中央的石板環形廣場，以一口巨井爲中心，四周環繞著許多喧囂的商店。黎莎看到來森女人和克拉西亞人一樣出門採買，儘管依然穿著北地服飾，這些女人在進入公共場合時都得纏上遮蔽脖子的頭巾。很多人瞪大雙眼看著黎莎和她母親，在毫無遮掩的情況下招搖過市，似乎在期待護送她們的戴爾沙羅姆回頭教訓她們。

很多克拉西亞人已經抵達現場，包括坐在棚轎中的達馬基還有許多沙羅姆和達馬。廣場上聳立了三根木樁，不過沒有任何繩索或鐐銬。

一陣騷動中，群眾轉頭看見賈迪爾步入廣場，身後跟著坐在棚轎中的英內薇拉以及其他妻室。黎莎數了數，一共有十四人，但不確定是否全部出席。她們走過來站在黎莎和其他窪地鎮民的旁邊，距離近得黎莎可以聞到達馬佳的香水氣味。

賈迪爾走到木樁前，朝解放者長矛隊揮手。三名戴爾沙羅姆在無人催促及看管的情況下步入廣場，脫掉上半身的長袍。他們在賈迪爾面前下跪，額頭貼緊石板地，接著站起身來，雙手緊抱木樁，沒有其他支撐物。那名手臂被汪妲折斷的戰士，他的斷臂還垂在吊帶中。

賈迪爾把手伸入袍中，取出一條有三條鞭尾的皮鞭，每條鞭尾末端都鑲有許多銳利金屬。

「那是什麼？」黎莎問阿邦。她以為阿曼恩會使用普通的馬鞭，這條鞭子看來比馬鞭殘忍多了。

「那是阿拉蓋之尾，」阿邦說。「達馬的鞭子，傳說被這種鞭子抽到就像被沙惡魔的尾巴擊中。」

「他們要挨多少鞭？」黎莎問。

阿邦大笑。「能挨多少就挨多少。沙羅姆會被打到抓不住木樁，摔倒在地。」

「但……那可能會打死他們！」黎莎說。

阿邦聳肩。「沙羅姆都是剽悍的戰士，不過並非以他們的智慧和自我保護的本能聞名。他們把承受鞭打當作男人的考驗，他們的弟兄會下注賭誰撐得比較久。」

黎莎皺眉。「我永遠無法了解他們。」

「我也是。」阿邦同意道。

那是難以忍受的景象，每一下阿拉蓋之尾都在犯人背上流下艷紅的血痕。賈迪爾給他們一人一鞭，然後從頭來過，但黎莎不確定這是出於仁慈，還是藉此不讓他們對痛苦感到麻痺。每一下鞭打都令她皺眉，感覺鞭子好像抽在自己身上。她淚流滿面，眼看男人背部全變成一整片巨大的傷痕、肋骨都開始露出來時，她一心只想逃離現場。犯人一聲不吭，甚至沒有放手倒地。

一段時間過後，她終於偏過頭去，結果卻看見英內薇拉一臉冷漠地欣賞行刑。她發現黎莎在看自己，對黎莎臉上的淚水嗤之以鼻。

黎莎的憐憫之情忽然就此中止，一股怒意化為抗拒同情犯人的魔印力場。她抬頭挺胸，擦乾淚水，以與達馬佳同等超然的態度見證整場鞭刑。

鞭子彷彿永遠抽不完，終於有一名戰士倒地了，接著另一名跟著倒下。黎莎看見戰士們交換賭注，很想朝他們吐口水。當最後一名戰士倒下時，賈迪爾對她點頭，黎莎立刻衝到男人身邊，拿出準備好的針線、藥膏及綳帶。她希望自己準備得夠多。

賈迪爾長矛頓地，所有人轉頭看他。

「向所有想在孤獨之道的終點看見天堂的人散布這個消息！」賈迪爾吼道，聲音越過廣場，傳入街道。「任何在阿拉蓋沙拉克中殺死惡魔的女人都將成為沙羅姆丁，享有所有沙羅姆的權利！」

戰士發出陣陣驚呼，黎莎在達馬和沙羅姆臉上看見同等恐懼的神情。人們開始憤怒地抗議，但賈迪爾以一聲吼叫壓抑所有聲浪。

「如果今晚有人反對這條法令，」他說著露出滿口利齒。「現在就站出來，我保證讓你光榮死去。如果明天有人違背這條法令，我就不會這麼仁慈了。」群眾裡浮現許多敢怒不敢言的表情，但沒有人蠢得眞的站出去。

𝓔

第二天，阿邦和一名戴爾沙羅姆一起來到鏡宮庭院。那戰士將紅色夜巾纏在肩上，黑色鬍子參雜些許灰白。除此之外，外表沒有任何體衰的跡象。黎莎感到十分驚訝，似乎很少有克拉西亞戰士可以活到長出灰鬍的年紀。他姿態高傲，但嚴肅的面孔微現愁容，彷彿在壓抑皺眉的衝動。

「容許我介紹佳佛倫．阿蘇．錢尼．安卡維爾．安卡吉，卡吉沙拉吉的訓練官。」阿邦說。戰士在他介紹時鞠躬，黎莎撩起裙襬，屈膝回禮。

戰士說了幾句克拉西亞語，速度快得黎莎跟不上，但阿邦立刻翻譯。「他說：『我奉解放者之命，爲了訓練妳的戰士參與阿拉蓋沙拉克而來。』卡維爾訓練官是沙達馬卡和我在沙拉吉中的指導教官。」阿邦補充道。「最頂尖的訓練官。」

黎莎瞇起雙眼，接著看向阿邦，試圖在他不動聲色的表情中找出他試圖規避的眞相。畢竟，他的腳就是在沙拉吉中受傷的。

黎莎轉向加爾德和汪妲。「你們願意接受訓練嗎？」

卡維爾和阿邦簡短交談，接著再度以黎莎跟不上的速度發言，儘管她聽得懂很多單字，依然不清楚他的意思。阿邦似乎想要爭辯，但卡維爾握緊拳頭，卡非特立刻鞠躬。

「訓練官說他們的意願不是重點。沙達馬卡已經下令，他們必須遵守號令。」

黎莎眉頭一皺，張口欲言，但加爾德打斷她。「不要緊，黎莎。」他舉起一手。「我想學。」

「我也是。」汪妲說。

黎莎點頭，退向一旁，卡維爾指示兩人上前供他檢視。他嘟噥一聲，似乎認同高大的加爾德，不過對汪妲就不是那麼欣賞了，儘管她與大多數戴爾沙羅姆一樣強壯。接著他回頭面對黎莎。

「我可以把壯漢訓練成偉大的戰士。」阿邦翻譯。「只要他嚴守紀律。這個女的……看著辦吧。」他看起來沒抱多少期望。

訓練官走回庭院，動作迅速流暢。他看向加爾德，大聲號令，捶打自己胸口。

「訓練官要你攻擊他。」阿邦說道。

「這個不用你翻譯。」加爾德說。他迎向前去，聳立在訓練官面前，但卡維爾絲毫不爲所動。加爾德大吼一聲，展開攻擊，儘管謹慎出拳，他的拳頭依然打在空氣中。他撲上前去，試圖擒抱，結果發現自己倒在地上。卡維爾扭轉他的手臂，直到加爾德張口呼叫，這才放開他。

「他對妳會更加嚴厲。」阿邦警告汪妲。「小心戒備。」

「我不怕。」汪妲說，開始前進。

汪妲撐得比加爾德久，她的動作更加迅速流暢，這是意料中的事。汪妲兩度迫使訓練官必須動手格檔她的攻擊，不過第一次擋下後他反手擊中汪妲下頷，令她翻身吐血，第二次則是一拳擊中她的肚子，打得她彎下腰去，腹中空氣急洩而出。

卡維爾在她恢復前抓起她的手臂，將之壓在石板地上。汪妲落地同時一腳踢中他的臉，發出沉重的聲響，但卡維爾毫不在意，面帶笑容地扭轉她的手臂。汪妲臉色發白，咬緊牙關，但說什麼也不肯叫出聲來。

「她不投降的話，訓練官就會折斷她的手臂。」阿邦警告。

「汪妲。」黎莎說，女孩終於認了，出聲喊叫。

卡維爾放開她，不太情願地對阿邦說了句話。

「或許我還是可以把她打造成戰士。」阿邦翻譯。「請離開，讓我們不受打擾專心訓練。」

黎莎看向加爾德和汪妲，點了點頭。「你何不隨我和羅傑去喝個茶呢？阿邦。」

「我的榮幸。」阿邦鞠躬說道。

「但首先，」黎莎說，語氣變得嚴肅。「請讓卡維爾大師清楚知道，如果我回來時發現戰士們的傷勢重得今晚無法戰鬥，我一定會讓他付出慘痛的代價。」

阿邦的妻子試圖服侍他們，但阿曼娃把她們通通趕跑。她拍了拍手，希克娃立刻過去準備泡茶。黎莎皺起鼻頭。這個女孩或許是賈迪爾的外甥女，但地位也只比奴隸好上一點。

「她們昨天起就這樣了。」羅傑說。阿曼娃以克拉西亞語說了句話，阿邦對她點頭。

「我們有義務滿足羅傑的需求，」他翻譯道。「我們絕對不讓其他人代勞。」

「這點我倒沒意見。」羅傑笑著說道，伸個懶腰，將雙手放上後腦。

「別太習慣了。」黎莎說。「享受不了多久。」她看見阿曼娃聽到這話時皺起眉，但沒說什麼。片刻過後，希克娃端茶回來。她默默服侍眾人用茶，目光低垂，接著退回牆邊，與阿曼娃站在一起。

黎莎淺嚐一口，在嘴裡稍含片刻，然後將茶吐回茶杯。

「妳在茶裡摻了一把黑葉粉。」她對希克娃說，將杯子放回桌上。「很聰明。大多數人都嚐不出來，而以這種劑量來看，我要幾星期後才會死。」

羅傑驚呼一聲，一口茶全部吐到自己身上。黎莎接下他的茶杯，手指觸碰杯緣，淺嚐殘留的茶水。「不用擔心，羅傑。看來她們並不急著除掉你。」

阿邦小心翼翼地將杯子放回桌上。阿曼娃看著他，說了幾句克拉西亞語。

「啊……」阿邦對黎莎道。「妳做出了十分嚴重的指控，妳希望我翻譯嗎？」

「盡量翻。」黎莎笑道。「不過我想她完全聽得懂我的話。」

阿邦翻譯，阿曼娃尖叫，衝到黎莎面前大吼大叫。

「達馬丁說妳是騙子和蠢材。」阿邦說。

黎莎微笑，舉起茶杯。「那就叫她喝。」

阿曼娃的雙眼幾欲噴出火來，不等翻譯就一把搶過茶杯。茶水依然滾燙，但她撩起面紗，一飲而盡。她得意洋洋地瞪向黎莎，但黎莎只是微笑。

「告訴她我知道她可以今晚再喝解藥。」她說。「但如果她的解藥與我們北地人用的一樣，那麼接下來的一星期她都會有血便的現象。」阿邦還沒翻譯完畢，阿曼娃臉上露出的肌膚開始變色。

「下次再做這種事，我就告訴妳父親。」黎莎說。「如果我夠了解他，他會扯下妳身上那件漂亮的白袍，打得妳皮開肉綻，前提是沒有把妳當場處死。」

阿曼娃瞪著她，但黎莎只是揮了揮手。「下去。」

阿曼娃嘶吼一句話。「妳沒資格叫我們下去。」阿邦翻譯道。

黎莎轉向羅傑，羅傑看起來一副快要吐了的樣子。「叫你的新娘們回房間去，羅傑。」

「走！」羅傑揮手大叫，甚至沒與她們目光接觸。阿曼娃眉頭深鎖，皺成一個V字，朝黎莎罵了一句克拉西亞髒話，然後帶著希克娃一起衝出大廳。黎莎記下那句髒話，打算改天有機會拿出來用。

阿邦大笑。「難怪達馬佳會怕妳。」

「她看起來並不害怕。」黎莎說道。「她膽大妄爲，竟敢在光天化日下派人行刺。」

「阿曼恩頒布那種政令後，會有這種舉動並不意外。」阿邦說。「但往好處想，她們等於是爲妳帶來榮譽。在克拉西亞，如果沒人試圖殺妳，只代表妳根本不值得暗殺。」

「或許離開的時候到了。」阿邦離開後，羅傑提議道。「如果他們讓我們走的話。」他不否認自己曾對阿曼娃和希克娃動心，但現在他腦子裡只想到臥房軟綿綿的枕頭底下可能藏有好幾把尖刀。

「只要我提出要求，阿曼恩會讓我們走。」黎莎說。「但我還不打算離開。」

「黎莎，她們試圖暗殺妳！」羅傑說。

「英內薇拉試過，而且失敗了。」黎莎說。「現在離開正中她下懷，我才不會被那個……那個……」

「女巫？」羅傑建議。

「對，被那個女巫趕跑。」黎莎同意。「她對阿曼恩的影響太大了，我不打算輕易放棄影響他的機會。」

「妳確定妳只是想要影響他嗎？」羅傑問。黎莎瞪他，但他冷眼以對。「我可不是瞎子，黎莎。」他說。「我有看到妳看他的神情。或許與他的克拉西亞妻子不同，但肯定不是朋友的神情。」

「我對他的感覺無關緊要。」黎莎說。「我並不打算加入他的後宮，你知道卡吉擁有一千個妻子嗎？」

「可憐的渾蛋。」羅傑道。「我認爲對大多數男人來說，一個就夠受了。」

黎莎嗤之以鼻。「你最好記得這句話。還有，阿邦和阿曼恩都認識亞倫，都自稱是他朋友。」

「亞倫不是這樣和我們說的。」羅傑說。「至少不是這樣說賈迪爾的。」

「我知道。」黎莎道。「我想知道事情的眞相。」

「阿曼娃和希克娃怎麼辦？」羅傑問。「趕她們走嗎？」

「好讓她們爲了假冒處女及行刺失敗的事處死希克娃？」黎莎問。「絕對不行，我們有責任照顧她。」

「那是在她行刺妳之前。」羅傑說。

「要想清楚，羅傑。」黎莎說。「如果我吩咐汪妲一箭射穿英內薇拉的眼睛，我絕不懷疑她會照做，但犯罪的人依然是我。我們最好還是把她們帶在身邊加以監視，或許還能看出一點端倪。」

黎莎在深夜裡被一陣慘叫聲吵醒。門外有人敲門，她點燃油燈，穿上賈迪爾送她的克拉西亞絲袍。質料涼爽滑順，穿起來十分舒服。

她打開房門，看見羅傑站在門外，一臉疲憊。「是阿曼娃，」他說。「我聽見她在屋內哭喊，但希克娃不肯開門。」

「我就知道。」黎莎喃喃說道，綁緊絲袍，繫上藥草圍裙。「好吧。」她嘆氣道。「我們去看她。」

他們來到羅傑的側翼，黎莎用力敲擊兩名克拉西亞女孩的臥房房門。她可以聽見門後阿曼娃沉悶的哭喊，以及希克娃以克拉西亞語叫他們離開。

黎莎皺眉。「羅傑，」她大聲說道。「去找加爾德。如果你回來時這扇門還不打開，就讓他撞門進去。」羅傑點頭離去。

如同黎莎所料，房門立刻打開一條縫，驚慌失措的希克娃探出頭來。「沒事。」她說，但黎莎把她推開，進入屋內，順著阿曼娃的聲音走向臥房後方的小房間。希克娃大聲喊叫，試圖阻擋她，但黎莎再度無視她的存在動手推門，門鎖著。

「鑰匙在哪？」她問。希克娃沒有回答，一直含糊不清地說著克拉西亞語。黎莎受夠了。她狠狠甩了女孩一耳光，在屋內掀起一陣回響。

「別再假裝聽不懂我的話！」她大聲道。「我不是白痴。再說一句克拉西亞語，妳要擔心的不只是達馬佳的怒火。」

希克娃沒有回話，但臉上恐懼的神情顯示她聽得懂。

「鑰、匙、在、哪？」黎莎再度問道，刻意在每個字中間停頓一下。希克娃立刻把手伸進長袍裡取出鑰匙。

黎莎穿越房門。奢華的小房間裡充斥著排泄物和嘔吐物的氣味，與火盆中的茉莉焚香參雜在一起，噁心得足以讓任何人嘔吐。黎莎不顧臭味，直接走向躺在便桶旁邊呻吟哭泣的阿曼娃。她的頭巾和面紗都已經扯下，橄欖色皮膚幾乎已變得慘白。

「她在脫水。」黎莎說。「去煮一壺熱水。」希克娃立刻跑開，黎莎繼續檢視女孩，還有便桶裡的排泄物。最後，她聞了聞放在梳妝台上的杯子，嚐了一口殘留的藥水。

「解藥煮得很糟。」她對阿曼娃說。「只要三分之一的清根劑量就足以中合黑葉的藥效。」年輕的達馬丁一言不發，一邊重重喘息，一邊迷惘地看著她，但黎莎知道她聽見了自己的話，並且理解每一個字。

她自圍裙中拿出研缽和碾杵，看也不看地自不同的口袋中取出藥草，在研缽裡放入適當的分量。希克娃拿來熱水，黎莎煮了第二碗解藥，命令希克娃扶起女主人，將藥水強行灌入女孩的喉嚨。

「打開窗戶，讓空氣流通。」黎莎對希克娃說。「拿些枕頭來，我們幫她補充水分，她接下來幾小時都要待在便桶旁邊。」

羅傑和加爾德探頭進來，黎莎立刻打發他們回去睡覺。她和希克娃照顧阿曼娃直到她的肚子不再那麼難受，這才將她抬上床鋪。

「現在妳需要睡眠。」黎莎說，餵阿曼娃喝另一劑藥水。「妳會昏睡十二小時，到時候我們再餵妳吃點東西。」

「妳爲什麼要幫我？」阿曼娃低聲問道，她的口音與她母親一樣濃厚，但咬字依然清楚。「我母親絕對不會如此善待試圖行刺她的人。」

「我母親也不會，但我們和自己母親不同，阿曼娃。」黎莎說。

阿曼娃微笑。「下次面對她時，我或許會希望自己死在毒藥下。」

黎莎搖頭。「妳現在住在我家，沒有人可以逼妳做任何事，包括強迫妳嫁給羅傑。」

「喔，但我們想嫁，女士。」希克娃說。「英俊的傑桑之子深受艾弗倫眷顧。能夠成爲這種男人的第一及第二妻室，一個女人還能要求什麼？」

黎莎張嘴欲言，隨即闔上嘴，心知不管說什麼對方都聽不進去。

黎莎離開阿曼娃的房間時，伊羅娜坐在走廊上等她。黎莎嘆了口氣，一心只想爬回床上，但伊羅娜站起身來，隨她一起上樓。

「羅傑說的是真的嗎？」伊羅娜問。「這兩個女孩對妳下毒？」

黎莎點頭。

伊羅娜微笑。「這表示英內薇拉認為妳有機會從她手中搶走他。」

「我沒事，如果妳在乎的話。」黎莎說。

「妳當然沒事。」伊羅娜說。「妳是我女兒。當妳看上某個男人後，絕對沒有任何沙漠女巫有辦法阻止妳。」

「我並不想搶奪別人的丈夫，母親。」黎莎說。

伊羅娜大笑。「那妳來這裡做什麼？」

「試圖阻止戰爭。」黎莎冷冷說道。

「那如果阻止戰爭的代價就是搶走試圖殺害妳的女人的丈夫呢？」伊羅娜問。「這樣的代價算高嗎？」她嗤之以鼻。「反正這也不算搶奪，這些女人分享丈夫就像母雞分享公雞。」

黎莎兩眼一翻。「喔，能當阿曼恩配種的母雞之一真是幸運。」

「總比被送去屠宰的母雞要好。」伊羅娜反脣相譏。

她們抵達黎莎的房間，伊羅娜隨她進屋。黎莎倒在擺滿枕頭的沙發上，雙手抵住腦袋。「眞希望布魯娜在這裡，她會知道該怎麼辦。」

「她會嫁給賈迪爾，然後馴服他。」伊羅娜說。「如果她擁有妳的肉體和青春，老早就已經夜夜春宵，對兩個解放者予取予求了。」

「妳不知道她會不會這麼做，母親。」黎莎說。

「我對她的了解比妳深。」伊羅娜說。「妳還沒出生前我就當過那個老巫婆的學徒了，當時鎭上還有幾個年紀大得記得布魯娜年輕模樣的老人。根據他們的說法，她從來不曾夾緊雙腿，直到晚年結婚；而那時候窪地完全都是她在管事，比妳現在要厲害多了，因爲她擁有力量，不光是在這裡，」伊羅娜指向黎莎的太陽穴，「還包括了這裡。」她一手指向自己胯下。「那就是女人的力量，威力與採集藥草同等強大，只有白痴才不懂得加以利用。」

黎莎張嘴欲言，但不知爲何她母親的話聽起來很有道理，讓她想不出該怎麼反駁。布魯娜一直是個作風淫穢的老太婆，滿嘴下流辭彙和年輕時的荒唐故事。黎莎本來不把那些故事當作一回事，認定那都是老太婆拿來嚇唬人用的，但現在她不那麼肯定了。

「怎麼利用？」她問。

「賈迪爾爲妳著迷。」伊羅娜說。「任何女人都能看出這點。這就是英內薇拉怕妳的原因，同時也是妳一把抓住這條沙漠之蛇的脖子、讓他遠離妳的族人的機會。」

「我的族人。」黎莎說。「窪地鎭民。」

「當然，窪地鎭民！」伊羅娜大聲道。「來森已經日落西山，無可挽回了。」

「安吉爾斯呢？」黎莎問。「雷克頓？兩地之間的所有外圍村落？我或許可以守護窪地，但我能爲其他地方做什麼呢？」

「何不在賈迪爾的床上幫他們？」伊羅娜問道。「世界上還有其他地方更能讓妳發揮影響力嗎？滿足男人的淫慾，他就會滿足妳所有的要求。妳那顆大腦袋肯定可以想出某些足以化解大部分衝突的要求。」

她湊到黎莎身前，在她耳邊壓低音量。「還是妳寧願每天晚上都讓英內薇拉在他耳邊低語？」

這是個可怕的想法，黎莎立刻搖頭，但她依然不能肯定。

「妳的雙腿中間並非天堂之門，黎莎。」伊羅娜道。「我知道妳想要等到結婚再做，說實在話，我也希望妳能忍到那個時候。但現實不是那樣運作的。」

黎莎冷冷看向她媽，結果發現母親毫不退縮地直視她的目光，準備與她爭辯到底。

「妳看待世界的目光非常透徹，母親。」黎莎說。「有時候我很羨慕這點。」

伊羅娜神色驚訝。「眞的？」她難以置信地問道。

黎莎微笑。「不過不常就是了。」

第三十章　野性　333 AR　夏

瑞娜耐心地等待石惡魔凝聚成形。她謹慎選擇藏身處，隱身於某座山丘頂端唯一的大樹上，面對一塊如同突出於血肉上斷骨的大岩床。

她沿著地面上的足跡找到這頭十幾呎高的石惡魔，每天晚上它幾乎都在同一地點現形。六星期以來，亞倫教了她很多事，包括石惡魔是種慣性的生物，而次等的惡魔都知道要避開石惡魔凝聚成形的地點。

隨著惡臭的灰霧滲出岩床，緩緩凝聚出惡魔的形體，她閉上雙眼，深深吸氣，擁抱心中的恐懼，向內探求自己的內心。

這個克拉西亞的技巧效果驚人。一開始對她是項挑戰，但現在她只須一點時間就能改變自己的觀點，進入對敵人或失敗不再懷抱痛苦和恐懼的心理狀態。

當她張眼起身，赤腳穩穩立於樹枝上時，世界看來已經大不相同。她左手握著豪爾的獵刀，拇指下意識地觸摸自己刻在刀柄上的魔印。她的右手掌心握著一顆栗子。

一陣清風吹過身邊的黃色樹葉，她深吸一口氣，任由空氣拂過自己裸露的肌膚，感覺自己與在腳下現形的惡魔一樣屬於夜晚的世界。

原先及腰的棕髮妨礙了她的動作，所以她剪短頭髮，只留下一條長辮子。她把連身裙丟掉，將直筒式襯衣剪成兩部分：緊緊固定胸部的小背心，露出繪有魔印的小腹，以及兩邊開高衩的裙子，方便紋有魔印的雙腳活動。

亞倫依然拒絕在她身上繪製魔印，但她不顧他的反對，自己研磨黑柄液。這種墨汁在她皮膚上留下深褐色痕跡，可以維持數日不褪。

她凝視下方，看見惡魔終於現形，接著拋下栗子。她也不管栗子有沒有擊中目標，當即跳下樹枝，悄然落下。

栗子在她下墜的同時擊中惡魔的肩膀，上面的熱魔印在黑暗中綻放亮眼光芒，自強大的惡魔身上吸收魔力。堅硬的栗子轉眼發出高熱，在一聲巨響中爆炸。

石惡魔毫髮無傷，但強光和巨響導致它在瑞娜落在它的肩膀時轉頭看向另一邊。她抓住一根魔角，藉以穩定身形，接著將獵刀插入它的喉嚨。刀面上魔光大作，她立刻感覺到一股魔力竄入體內、熱騰騰的黑色體液灑入掌心。

她低吼一聲，拔出獵刀打算繼續攻擊，但惡魔放聲嚎叫，用力轉頭，逼得瑞娜必須緊握魔角才不至於被甩出去。

惡魔揮拳舞爪，攻擊自己頭部，試圖將她甩開。她則四下擺盪，左閃右躲，刀腳齊施，攻擊任何觸手可及的目標。魔法隨著每一下攻擊竄入她體內，每次接觸都如同電擊般令她更加迅速、強壯、敏捷。她眼旁的魔印啓動，黑夜立刻充滿魔光。

她的攻擊令惡魔分心，但沒有造成什麼傷害。她已錯失攻擊眼睛和喉嚨等弱點的良機，也找不到恰當的支點刺穿對方堅硬的頭顱。惡魔的強力攻擊遲早都會擊中她，她哈哈大笑，享受這種刺激。

瑞娜還刀入鞘，把手伸向腰帶上，拔出科比．費雪彷彿在上輩子時送給她的溪石項鍊。她朝惡魔的喉嚨甩出項鍊，放開它的魔角，自另一邊接住項鍊。她兩手交錯，跳到它堅硬的肩胛骨中間，憑藉項鍊的皮繩垂掛在憤怒的惡魔攻擊不到的地方。

她被惡魔甩來甩去，始終不肯放手，利用全身的重量拉扯抵住惡魔喉嚨的魔印溪石。瑞娜在光滑的溪石表面上繪製禁忌魔印，此刻魔光大作，沿著惡魔喉嚨的表面向內擠壓。

沒過多久，巨型惡魔震耳欲聾的腳步聲變成虛弱無比的蹣跚步伐。隨著魔力凝聚，皮繩越來越熱，在夜色中大放光明。

一陣巨響和強光過後，魔法終於消退。巨大的魔角頭顱墜落地面，瑞娜雙腳一蹬，避開落地的大頭。她輕輕落地，巨型惡魔在她身旁轟然倒地。她可以感到對方的魔力刺痛自己的皮膚，並開始治療打鬥中造成的擦傷和瘀青。她看著手中的惡魔體液，再度大笑，收回項鍊，繼續狩獵。

她從來不曾感到如此自由。

一頭沿著樹叢獨自搜尋獵物的火惡魔朝她直撲而來。瑞娜站穩腳步，等待對方大口吸氣，露出攻擊的前兆。

火惡魔總是會在進入攻擊範圍時以一口火焰唾液展開攻擊。這口唾液能夠燃燒一切，通常會把獵物嚇得愣在原地，任由它們以利齒和尖牙持續進逼。只要能閃開第一口唾液，火惡魔要一段時間才能再吐下一口。

瑞娜屈膝，顏面朝下，在惡魔衝到面前吸氣時成爲顯眼的攻擊目標。惡魔瞇起沒有眼瞼的眼珠，張嘴吐氣，就像人類打噴嚏般的反射動作，瑞娜抓緊時機閃向左方，火焰唾液在空氣中畫出一道亮眼的弧光。

當地心魔物張開雙眼，發現獵物已不見蹤影時，瑞娜已經來到它身後，抓起它的魔角。她將它的腦袋扯向後方，然後如同在父親的田裡處理野兔般將之開膛剖肚。

火惡魔的體液濺灑在她身上，如同火堆裡的灰燼般灼燒，但瑞娜處於一種不在乎痛楚的狀態。她在被惡魔體液濺到的地方塗抹泥巴，讓皮膚冷卻，隨即起身。

一陣低沉的吼叫聲告訴她在與火惡魔短暫交手期間已遭受包圍。她轉身，看見一頭光到肩膀就有六呎高，而且還弓身駝背的木惡魔站在自己面前。她的魔印雙眼看見對方兩個夥伴藏身後方的樹林中，粗糙的外殼完全隱沒在附近的樹幹間，不過隱藏不了它們的魔力。等她攻擊第一頭最強的惡魔時，另兩頭就會從側面突襲。

瑞娜已經殺過很多頭木惡魔，但從來不曾在亞倫離開時應付超過一個敵人。

三頭超過我的能力範圍嗎？她拋開這個無濟於事的想法。人絕不可能跑得比惡魔快，被發現後也不可能找到地方藏身。她唯一的選擇就是殺掉對方，或是被對方殺掉。

「那就來吧。」她低吼一聲，伸出獵刀指向面前的惡魔。

魔印人在道路另一邊的樹林中觀察瑞娜，無奈地搖頭。他花了不少時間才找到她。他出門採集藥草和柴火，要她答應在堡壘中等他回來，然後一起獵殺惡魔；這已不是瑞娜第一次按捺不住或無視他的要求獨自跑出來。

眼看她溜到火惡魔的盲點，以她父親的獵刀將它開膛剖肚，他必須承認她的學習能力很強。瑞娜．譚納將全副心神投入在獵殺惡魔上，比伐木窪地的汪妲還要投入，這點從短短幾星期來她的進展就可以得到證明。

他不知道自己教導她擁抱恐懼是不是個錯誤。瑞娜無畏無懼得過了頭，很快就開始魯莽行事；這對她自己以及惡魔來說都是非常危險的事。

他了解她正在經歷的轉變——遠比她想像中更加了解。即使對於擁抱黑夜之道的人而言，黑夜依然殘酷無情，這點從瑞娜應付火惡魔時盯上她的那一群木惡魔身上就可以看出。她很可能只會發現直接上前挑釁的那頭惡魔，然後死在另外兩頭隱藏的惡魔手中。

魔印人拉弓搭箭，隨時準備出手。他打算等到她看見三頭惡魔，以爲自己死定了以後再來動手除掉它們。或許到時候她行事就會更加小心。

❦

木惡魔大聲吼叫，用意是要她受驚甚至嚇呆，就像火惡魔的唾液一樣。這麼做的同時，它的夥伴持續逼近，移動到適合突襲的地點。

但瑞娜不給它們機會突襲，如同自殺攻擊般直撲而上。木惡魔張牙舞爪，挺起胸膛承受她的攻擊。木惡魔的力量僅次於石惡魔，而這傢伙樹皮般的硬殼多半從來不曾被刺穿。

瑞娜迅速轉身，運用飛奔的力道施展迴旋踢。她的魔印腳背和足脛撞入惡魔胸口，令惡魔在一陣猛烈的魔光中向後飛出，倒地不起。

另兩頭惡魔衝出樹林，瑞娜奔向其中一頭，抓住它的手腕，站穩腳步，扭轉腰身，運用對方自身的衝勢，毫不費力地將沉重的木惡魔甩到第三頭惡魔身上。她緊追而上，趁兩頭惡魔掙扎起身的同時以豪爾的獵刀插入所有適合下手的部位。

其中一頭惡魔還未起身就在瑞娜進入攻擊範圍時揮出有如樹枝的手臂。她向後跳開，於呼嘯聲中閃躲掠過胸口的利爪。她一直沒辦法在胸前的小背心上有效地繪製魔印，萬一被擊中會受重傷；她眞羨慕亞倫可以打赤膊戰鬥。

她毫髮無傷地站穩，但攻勢因此受阻，而且三頭惡魔都已爬起身來。它們身上都是焦黑的傷痕，不過正如她自惡魔身上吸收而來的魔力開始治療她的傷勢，惡魔的傷也在迅速復元。要不了多久它們就會痊癒。

她趁它們療傷時把手伸進腰間的布袋，朝它們灑出一把魔印栗子。惡魔在熱魔印綻放魔光的同時尖聲吼叫，出爪抵擋，栗子在細微的啪啦聲中化爲猛烈的火焰。

兩頭站在外圍的惡魔及時逃開，但中間的那頭走避不及，肩膀當場著火。片刻後，整頭木惡魔遭受火焰吞噬，瘋狂尖叫，奮力掙扎。

眼看著夥伴炙烈燃燒，兩邊的惡魔連忙後退，越離越遠，爲瑞娜帶來攻擊的空檔。她再度衝向其中一頭，一刀插入右側第三和第四節肋骨之間的柔軟縫隙。長長的刀刃當即刺穿惡魔的心臟。

她閃避惡魔的垂死掙扎，在它撲上時以左手抓住對方的肩。手掌上的魔印光芒大作，燒焦惡魔長滿節瘤的硬殼皮膚，在對方的魔力竄入體內的同時感受到一股強大的力量。她轉身迴旋，將獵刀插得更深，利用獵刀將兩百磅重的惡魔高舉過頭。她吼叫一聲，聲音有如惡魔，將惡魔拋向燃燒的夥伴。

這時豪爾獵刀本應抽離惡魔體內，但刀柄橫擋卡在肋骨之間。她在獵刀脫手而出時大叫一聲。

眼看她手無寸鐵，最後一頭惡魔立刻吼叫撲上，將她狠狠壓在地上。她全身的魔印光芒四射，但惡魔陷入憤怒與痛苦中，瘋狂地拉扯咬噬，直到它的利爪找到落手處。這一爪深可見骨，瑞娜放聲慘叫，熱血灑落地面。

樹林中傳來一陣騷動，瑞娜心知有更多惡魔受到魔光和戰鬥聲吸引而來，轉眼間就會一擁而上。不過如果她不盡快解決身上這頭惡魔，那些根本無關緊要。

惡魔再度吼叫，她也跟著回吼，使勁向上一頂，當場攻守異位。這是一招基本的沙魯沙克招式，任何初學者都有辦法反制，但地心魔物對於肢體纏鬥的理解僅限於本能反應。她不斷頂出膝蓋，攻擊惡魔的大腿，不讓它抬起雙腳攻擊自己。她養過很多隻貓，心知如果讓對方取得那種優勢，戰鬥將會瞬間結束。

她使勁抽離一條手臂，取出她的溪石項鍊，纏上地心魔物緊繃的頸部，盡可能貼近惡魔，壓制對方攻擊的範圍，接過項鍊的末端，往反方向拉扯。它的利爪不斷抓傷她，但她擁抱痛楚，持續使勁，直到魔光綻放，魔角大頭於清脆的聲響中墜落地面，在她身上灑滿冒煙的黑色體液。

❦

瑞娜灑出魔印栗子時，魔印人無意識地放鬆弓弦。他知道那個熱魔印，那在提貝溪鎮十分常見，他父母常在冬天使用這個魔印，於屋子和畜棚四周的大石頭上繪製此印，藉以吸收並且保存熱力。他曾試圖利用熱魔印來製作武器，拿來當箭頭不錯，但它總會燒掉手持武器或燒爛包裹武器握柄的外皮，進而灼傷他的手掌。就連他皮膚上的細微熱魔印在啟動時都會高熱難耐。

他從來不曾想過拿它們來加持栗子。才不過步入黑夜幾星期，瑞娜已經開始用他從未想過的創新方式繪製魔印了。

他觀察著她舉起惡魔時眼中的狂野神情，好奇自己一開始感受到地心魔物的魔力快感時是否也有同樣的狂態。他認爲他有，那是種會讓人沖昏頭的感覺，會誤以爲自己所向無敵。

但瑞娜並非所向無敵，這一點在片刻後武器脫手、並被惡魔壓倒在地時昭然若揭。魔印人驚呼一聲，在恐懼中冷汗直流，手忙腳亂地拉弓搭箭。他試圖瞄準在地上糾纏的目標，但找不到出手的時機，而他又不願誤傷瑞娜。他拋下弓箭、衝出藏身處，趕去救她。

結果卻發現瑞娜根本不須他搭救。

他站在原地，心跳急促地看著瑞娜，美麗的瑞娜，自己曾在無數寂寞夜晚懷念孩童時代溫暖一吻的瑞娜，傷痕累累地趴在惡魔的屍體上。

她轉向他，放聲吼叫，直到眼中浮現認得他的目光。接著她對他微笑，一副貓咪拖來一隻死老鼠放在主人腳邊的模樣。

瑞娜翻離屍體，在其他惡魔撲上前掙扎起身。她全身染滿自己的鮮血，不過已經感到失血減緩，因爲體內的魔力開始療傷。儘管如此，她依然疲憊得無法繼續作戰。

她低吼一聲，不願放棄，但再度張開雙眼時，眼前卻只看見亞倫，他全身綻放炙烈的魔光，如同造物主手下頂著光圈的天使。他身上只穿纏腰布，蒼白的肌肉上浮現魔印的脈動，看來十分美麗。他不像豪爾那麼高，不如科比那麼壯，但亞倫身上散發出一股其他男人缺乏的力量。她對他微笑，全身沉浸在勝利的驕傲中。三頭木惡魔！

「妳沒事吧？」他問，語氣嚴厲，並不以她為傲。

「沒事，」她說。「只是需要一點休息。」

他點頭。「坐下來，深呼吸，讓魔法治療妳。」

瑞娜照做，感覺全身大小傷痕都開始癒合。要不了多久大部分都會變成淡淡的傷疤，而再過一陣子就連傷疤也會消失。

亞倫撿起一顆魔印栗子焦黑的殘骸。「好主意。」他喃喃說道。

「謝謝。」瑞娜說，即使如此簡單的讚美都令她興奮不已。

「但不管是不是好主意，這都是很愚蠢的行為，瑞娜。」他繼續。「妳可能會引發森林大火，更別提一次面對三頭木惡魔有多愚蠢了。」

瑞娜感覺像他對著自己的肚子打了一拳。「又不是我叫它們盯上我的。」

「是妳不理會我的話，獨自出門獵殺石惡魔。」亞倫斥責道。「還把妳的斗篷留在堡壘裡。」

「斗篷會妨礙我獵殺惡魔。」瑞娜說。

「我不管。」亞倫說。「最後那頭惡魔差點把妳殺了，瑞娜。妳應付它時的擒拿手法亂七八糟，就連奈沙羅姆都能擺脫妳的箝制。」

「那又有什麼關係？」瑞娜大聲問道，內心刺痛，儘管她很清楚他說的沒錯。「我贏了。」

「有關係。」亞倫說。「因為妳遲早會輸。就算是木惡魔也有可能湊巧擺脫束縛，瑞娜。不管魔力讓妳感覺多麼強壯，妳的力氣依然只有它們的一半。一旦忘記這點，就算只是一時輕敵，妳都可能死在它們手中。這表示妳必須佔盡所有優勢，而在惡魔眼中隱形是個極大的優勢。」

「那你幹嘛不穿？」瑞娜問。

「因爲我把它送給妳了。」亞倫說。

「惡魔屎。」瑞娜啐道。「你在袋子裡翻了老半天，一副好幾星期沒碰過它的樣子。我敢打賭你根本沒有穿過。」

「現在不是在講我。」亞倫說。「我經驗比妳豐富許多，瑞娜。妳已沉浸在魔法中，這樣很不安全，我很清楚。」

「這眞是五十步笑百步！」瑞娜大叫。「你每天都在獵殺惡魔，還不是好好的。」

「可惡，瑞娜，我一點也不好！」他叫道。「黑夜啊，就連現在我都感覺得到魔法在改變我。我好勇鬥狠，鄙視不敢戰鬥的人。這些都是魔法的影響，惡魔的魔法。一點魔法會讓妳強壯，太多就會讓妳……淪爲野獸。」

他舉起手掌，掌上布滿數千個小魔印。「我做的事情有違自然，那曾經讓我陷入瘋狂，至今我仍不認爲自己神智清楚。」他伸手搭上她的肩。「我不希望這種情況發生在妳身上。」

瑞娜伸手撫摸他的臉頰。「謝謝你的關心。」她說。他微微一笑，試圖壓低目光，但她捧著他的臉，保持目光接觸。「但你不是我爸也不是我丈夫，就算你是，我的身體也是我自己的，我有權自行支配。我不要繼續依照他人的期望過活，從現在起我要走出自己的道路。」

亞倫皺眉。「走出自己的道路，還是跟隨我的腳步？」

瑞娜瞪大雙眼，全身每條肌肉都在大聲吼叫，要她撲到他的身上，拳打腳踢、張嘴狂咬，直到他……她搖了搖頭，深深吸了一口氣。

「讓我靜一靜。」她說。

「隨我回堡壘去。」亞倫說。

「去你的堡壘！」她叫道。「不要管我，你這惡魔養的！」

亞倫凝視她很長一段時間。「好吧。」

瑞娜咬緊牙關，拒絕在他離開時落淚。她站起身來，不顧肉體疼痛，自惡魔焦屍上拔出獵刀，隨即抬頭挺胸。儘管經歷大火焚燒，這把武器依然毫髮無傷，並且在她擦拭乾淨，還刀入鞘的同時散發殘餘魔法的刺痛感。

亞倫離開後，她在原地呆立良久，內心分成兩邊對立。其中一方想要在尖叫聲中衝入黑夜，找尋惡魔來宣洩自己的怒火。另一方則思考著亞倫所言是否正確，導致她隨時都有可能倒地哭泣。

她閉上雙眼，擁抱痛苦與憤怒，然後將它們拋到腦後。她很驚訝地發現自己能在短時間內平復情緒。

亞倫只是過度保護而已。她殺了這麼多惡魔後，他依然不相信她有能力自保。

她拋開所有情緒，邁開步伐擺出沙魯金第一式的架式，如同行雲流水般迅速變招，試圖將這些招式融入自己的肌肉中，讓她能夠不加思索地施展出來。練招的同時，她回想今晚戰鬥的每個動作，思索提升戰技的方法。

他在其他人眼中或許是無所不能的魔印人，但瑞娜知道他只是提貝溪鎮的亞倫．貝爾斯，而她絕不相信世界上有任何他做得到而她卻做不到的事。

處理得眞好。魔印人一邊走開一邊諷刺地想著。他沒走多遠，靠在一棵樹下席地而坐，閉上雙眼。他的魔印耳可以聽見毛毛蟲爬過樹葉的聲音。如果瑞娜需要他，他可以立刻趕去。

他咒罵孩提時的無知，竟然無法看穿豪爾的本性。伊蓮對他父親投懷送抱時，他還以爲她是個邪惡無比的壞女人，結果她只是想盡辦法生存下去，就像他在克拉西亞沙漠裡所做的事。

至於瑞娜……如果母親逝世那天他隨父親回家，而不是逃離家園，她就會隨他們一起回農場，不會落入她父親的魔爪，也不會被判死刑。他們倆的小孩現在也到了該結婚生子的年紀。

但他背棄了瑞娜，背棄了另一條通往快樂的道路，結果卻導致她的人生成爲悲劇。

帶她走是個錯誤的決定、自私的決定。他一心只想到自己，爲了讓自己保持理性而讓她過這種生活。瑞娜選擇他的道路是因爲她覺得自己已經一無所有，但其實她還有救。她雖然不能回提貝溪鎭，但如果他能帶她前往解放者窪地，她會發現世界上還是有不少好人，寧願起身戰鬥也不願意放棄人生一切美好事物的好人。

但就算盡可能挑最直接的路走，窪地距離他們的堡壘也要一星期路程。他得在她完全淪爲野性的奴隸以前盡快讓她回歸文明。

河橋鎭距離此地不到兩天。到那裡後他們就可以轉往蟋蟀坡、安吉爾斯，以及農墩鎭，然後抵達窪地。途中只要一有機會，他會強迫她與人接觸，並且在白晝趕路，而不是像現在這樣早上睡覺，下午追蹤惡魔的行蹤。

他自己也不喜歡花這麼多時間與人相處，但他想不出別的做法，瑞娜比他重要。如果人們看見他身上的魔印開始議論紛紛，那就由他們去。

歐可信守承諾讓難民度過分界河，但時值夏至時分，又缺乏來森的糧食，全提沙境內的日子都不好過。分界河兩岸的河橋鎮都大幅擴張，難民在鎮牆外圍搭建帳篷，僅以簡陋的魔印守護，深受髒亂與貧困所苦。瑞娜一臉作嘔地皺起鼻頭，他知道這種景象對她抗拒文明的心態沒有任何幫助。

圍牆上的守衛數量也增加了，而且在魔印人和瑞娜接近時投以輕蔑的神色，這是意料中的反應。在艷陽下從頭到腳包在長袍中，魔印人的外表到哪裡都會引人注目；瑞娜身穿衣不蔽體的破布，肌膚上都是褪色的黑柄墨汁，也同樣引人側目。

但魔印人至今不曾在任何城市或小鎮遇過不會見錢眼開的守衛，而他的鞍袋中有很多錢。沒過多久，他們已經步入圍牆，將馬拴在一間鬧哄哄的旅店外。時值傍晚時分，河橋鎮鎮民剛剛結束一天的勞動回家休息。

「我不喜歡這裡，」瑞娜說，打量著數以百計的鎮民走過他們身旁。「半數鎮民面有飢色，另一半一副怕我們動手行搶的樣子。」

「沒有辦法。」魔印人說。「我要打聽消息，而在野外不可能打探消息，暫時融入人群吧。」瑞娜不喜歡這個答案，不過還是默默點了點頭。

旅店的酒吧此時人滿爲患，但活動大多集中在吧台附近，魔印人在後方找到了一張空桌。他和瑞娜過去坐下，片刻過後，一名年輕貌美、眼神略帶哀傷疲憊的女侍來到他們面前。她的服裝還算乾淨，只是有點舊，而他一眼就從她的膚色及臉型認出她是來森人，或許是最早抵達的一批難民，所以還能幸運地找到工作。

他們旁邊坐了一桌吵雜的男人。「唉，蜜莉，再來一輪！」其中一名男子叫道，同時重重拍擊女侍的臀部。她嚇了一跳，閉上雙眼，深吸一口氣，然後換上一副虛假的微笑，轉身面對他們。「當然，男士們。」她愉快地說道。

她轉頭面對他們，微笑立即消失。「你們要點什麼？」

「兩杯麥酒和晚餐。」魔印人說。「如果還有空房，還要一間房。」

「有空房。」女侍說。「但路過的旅人很多，所以房價不低。」

魔印人點頭，在桌上擺了一枚金幣。女侍瞪大雙眼，她這輩子或許不曾見過眞正的金子。「這些應該夠付房間和今晚的酒錢，零錢不用找了。現在，房間的事要找誰談？」

女侍立刻抄起金幣，免得被旁邊的酒客發現。「去找米契，他是老闆。」她說，指向一個捲起衣袖、圍著白圍裙、滿頭大汗的胖子，他在吧台後方努力幫所有舉在他面前的酒杯加滿酒。轉頭去看的時候，魔印人瞥見女侍將金幣塞入自己的連身裙內。

「謝謝。」他說。

女侍點頭。「麥酒待會兒就來，牧師。」她鞠躬離開。

「我去租房，待在這裡，不要惹事。」魔印人對瑞娜說。「不會太久。」她點頭，他起身離開。

吧台前很擠，人們都想在躲回自己的魔印圈之前再喝幾杯。魔印人得站在吧台最旁邊等待老闆注意到自己，不過當對方轉過頭來時，魔印人亮出另一枚金幣，老闆立刻趕來。

米契給人一種壯漢發福的感覺。或許他有能力趕跑惹麻煩的酒客，不過由於生意成功且邁入中年，他現在的力氣似乎早已不復當年。

「一間房。」魔印人說，將金幣遞給他。他從錢袋裡取出另一枚金幣，舉在眼前。「以及是否有來自南方的消息，如果你有聽說的話。我們在提貝溪鎮待了一段時間。」

米契點頭，不過眯起雙眼。「消息傳不到提貝溪鎮，」他說，湊上前試圖偷看魔印人兜帽下的長相。

魔印人後退一步，旅店老闆立刻退開，慌張地看向金幣，深怕它自眼前消失。

「最近人們都在談論南方的消息，牧師。」米契說。「前些日子，沙漠老鼠把窪地的藥草師搶去給他們領袖——沙漠惡魔當新娘。」

「賈迪爾。」魔印人低吼一聲，緊握拳頭。他早該在克拉西亞人離開沙漠時就溜入他們的營地將他除掉。他曾以為賈迪爾是個看重榮譽的人，但現在他很清楚一切都是為了掩飾他對權力的渴望。

「根據傳言，」米契繼續說道。「他是為了除掉魔印人才前往窪地的，但解放者失蹤了。」

魔印人憤怒無比，怒火中燒。如果賈迪爾膽敢傷害黎莎，如果他敢碰她一根寒毛，他一定會把他殺了，然後把他的大軍趕回沙漠。

「你還好嗎，牧師？」米契問。魔印人將在掌心中捏到變形的金幣拋給他，不等房間鑰匙便轉身離開，他得立刻回窪地。

然後他聽見瑞娜怒吼，緊接著又是一聲慘叫。

瑞娜進入旅店時倒抽一口涼氣。她從來不曾見過這種地方，人多得幾乎喘不過氣。人聲吵雜，空氣潮濕污濁，充滿菸斗和汗水的氣味。她感到心跳加速，但轉向亞倫時，卻發現他抬頭挺胸，充滿自信，這才想起他是什麼人，他們是什麼人。她一樣抬頭挺胸，面對眼前那些冷漠的目光。

某些男人在看見她時出聲叫囂，但被她一瞪之後，大多立刻轉移視線。不過她在擠過人群時感覺被人抓了一下屁股。她立刻轉身，緊握刀柄，但沒人看見動手的人；有可能是身後十幾個男人中任何一個，而他們全都假裝沒看到她。她咬緊牙關，迅速跟上亞倫，身後隨即傳來一陣嘲笑。

當隔壁桌的男人打女侍的屁股時，瑞娜感到一股前所未有的憤怒。亞倫假裝沒有看見，但她知道他有。就和她一樣，他很可能也在壓抑一股折斷對方手臂的衝動。

亞倫去找旅店老闆後，隔壁桌的男人轉過椅子來面對她。

「我還以為那個牧師永遠不會離開呢。」他笑嘻嘻地說道。他是個身材高大的密爾恩男子，肩膀寬厚，蓄著粗獷的黃鬍及金色長髮。他一桌夥伴全部轉過來看向瑞娜，目光掃視她全身上下裸露的肌膚。

「牧師？」她困惑地問道。

「妳那個一身長袍的護花使者。」男人道。「我能夠想像妳這麼美麗的女孩需要聖徒來護送，因為沒有世俗男人能不碰妳。」他自桌下伸過手去，巨大的手掌一把抓住她的大腿，用力捏下。瑞娜全身僵硬，沒想到對方如此膽大妄為。

「我想妳有辦法一次應付我們三個。」男人直言不諱。「我打賭妳已經濕了。」他的手掌繼續朝大腿上方移動。

瑞娜終於受夠了。她伸出左手，一把抓起他的拇指，以右手指節對準他拇指和食指之間的施壓點狠狠壓下。壯漢驚呼一聲，手掌力氣全失，接著瑞娜施展沙魯沙克，反轉他的手腕，將對方手掌緊緊壓在桌上。

然後一刀砍斷。

男人瞪大雙眼，一時間驚得呆了，與他的同伴一樣不知所措。接著傷口開始噴出鮮血，男人張嘴尖叫，他的朋友都跳下座位，踢開椅子。

瑞娜早有準備。她將慘叫的男人踢向一名夥伴，然後跳到桌上，壓低身形，將父親的獵刀反握在手臂下方，不讓大多數人看見，但只要有人接近立刻就能出刀。

「瑞娜?!」亞倫大叫，自後方將她抱起。她在被亞倫拖下桌面時扭動掙扎。

「到底怎麼回事？」米契大聲問道，拿著一根巨棒推開群眾而來。

「這個女巫砍斷我的手！」金髮男子叫道。

「我沒砍斷其他東西算你走運！」瑞娜站在亞倫身後對他叫道。「你憑什麼摸我那裡？我又沒有和你訂婚！」

旅店老闆轉身面對她，接著看見亞倫，雙眼隨即大張。亞倫在和她拉扯時弄開了兜帽，現在所有人都看見他臉上的魔印。

「魔印人。」旅店老闆喃喃說道，這個名字當即在圍觀群眾之間傳開。

「解放者！」有人叫道。

「該走了。」亞倫輕聲說道，抓起她的手臂。她跟緊他的腳步，隨他推開所有走避不及的鎮民。他拉回兜帽，不過依然有一大群酒客跟著他們衝出旅店。

亞倫加快步伐，拖著她前往馬廄，丟出一枚金幣，然後奔向黎明舞者。

片刻過後，他們衝出馬廄，朝鎮外疾馳而去。鎮門守衛大聲喝止，旅店的群眾緊追在後，但太陽即將下山，沒人膽敢跟隨他們進入暮色中。

「可惡，瑞娜，妳不能就這樣隨隨便便亂砍別人的手掌！」亞倫在離河橋鎮不遠處的空地停馬紮營時斥責道。

「他活該，」瑞娜說。「除非我願意，不然沒有男人可以碰我那裡。」

亞倫臉色一沉，但沒有反駁。

「下次扭斷他的拇指就好。」他終於說道。「這樣就不會有人多看妳一眼了。現在被妳這麼一搞，我們短期內都不能回去河橋鎮。」

「反正我也討厭那裡。」瑞娜說。「這裡，」她張開雙手，彷彿擁抱黑夜。「這裡才是我們的歸屬之地。」

但亞倫搖頭。「解放者窪地才是我的歸屬之地，而根據我在妳展開瘋狂行徑之前從老闆那邊聽來的消息，我已經不能繼續在這裡浪費時間了。」

瑞娜聳肩。「那就出發。」

「怎麼出發？妳剛剛才截斷了我們通過全提沙境內唯一一座大橋的道路。」亞倫叫道。「分界河太深了，不能涉水而過；河面太寬，黎明舞者也不可能游過去。」

瑞娜低頭看腳。「對不起，我不知道。」

亞倫嘆氣。「事情已經發生了，瑞娜。我們會想出辦法的，但妳進入城鎮時得多穿點衣服。在夜裡露出魔印是一回事，但白天穿那麼暴露，是男人都會想入非非。」

「除了你之外。」瑞娜喃喃說道。

「他們只看見大腿和乳溝，」亞倫說。「我看到的是個嗜血成性的女孩，凡事不經大腦，只會用獵刀思考。」

瑞娜瞪大雙眼。「惡魔養的！」她尖叫，舉起獵刀，朝他撲上。亞倫輕輕向旁一讓，抓起她的手腕，順勢一扭，獵刀脫手。他伸手抵住她的手肘，利用她自身的力量將她推倒在地。

她試圖起身，但他撲在她身上，緊扣兩手手腕，將她固定在原地。她試圖用膝蓋頂他兩腿之間，但他早有準備，以膝蓋壓制她的大腿。魔法帶來的蠻力每到早上就會消失，她沒有辦法把他推離自己身上。她尖聲吼叫，瘋狂掙扎。

「妳這樣做只是在證明我說的是對的！」他吼道。「給我住手！」

「這不就是你要的嗎？」瑞娜叫道。「不會拖慢你的人？毫不畏懼黑夜的人？」她使勁抽手，但他的手臂堅如鐵鑄。他們的臉相隔不到數吋。

「我沒有『想要』任何東西，瑞娜，」亞倫說。「我只想帶妳遠離那種處境，我並不打算把妳……變得和我一樣。」

瑞娜不再掙扎。「除了讓我看清自己，你沒有逼我做任何事，我所做的一切都是出於己願。如果你明天就離開我，我依然會在皮膚上繪製魔印。嚐過自由的滋味後，我絕對不要再回去牢籠。」

她察覺他鬆開了手掌，自己只要願意隨時可以掙脫，但亞倫眼中浮現某種光芒，一種她從來不曾見過的理解神情。

「我以前常常想起我們在乾草棚上玩親親的那個晚上。」她說。「我把那個吻當作訂婚的象徵，多年後我的嘴唇依然感覺得到那一吻，等待著你的歸來，我一直以爲你會回來。在科比．費雪之前，我沒有再親過別人，而當時我只是爲了不要和爸獨處而親的。科比是個好人，但我並沒有很愛他，我們幾乎互不相識。」

「小時候，妳和我也互不相識。」亞倫說。

她點頭。「當時我根本不懂訂婚是什麼意思，也不知道伊蓮和爸做的事是錯的；那時候不了解的事很多。」

她感覺眼眶中淚如泉湧，但她別無選擇，只能任由眼淚流下。「我知道你是什麼人，過著什麼樣的生活。我對一切不存任何幻想，但我依然可以當你的妻子。我想當，如果你願意接納我。」

他看著她，無言以對，但他的眼神已經表明一切。他壓低身形，兩人鼻頭輕觸，她感到一股快感襲體而來。

「有時候我還能夠感受到那個吻。」她輕聲細語，閉上雙眼，嘴唇微張。一時間，她很肯定他會親她，但接著他放開她，翻向一旁。她驚訝地張開雙眼，看見他自地上爬起，轉過身去。

「妳知道的不如想像中多，瑞娜。」他說。

瑞娜沮喪得想要大叫，但他語氣中的哀傷卻令她動容。她吸了口氣，坐起身來。「造物主啊，你已經結婚了！」她覺得自己無法呼吸。

但亞倫轉頭看她，接著哈哈大笑。不是那種聽到笑話時的禮貌笑聲，或打算傷害他人時的獰笑，而是眞心大笑，笑得全身顫抖，必須伸手扶著黎明舞者才能站穩。笑聲化去了她的恐懼，讓她鬆了一大口氣。她突然感到心情開朗，和他一起捧腹大笑。他們笑了好一陣子，化解彼此間的緊繃情緒，接著笑聲漸歇，終於恢復寧靜。

瑞娜站起身來，伸手觸摸亞倫的手臂。「如果有什麼我不知道的事情，請告訴我。」

亞倫看看她，點點頭。再一次甩開她的手，走開幾步，雙眼垂向地面。

「這裡，」他於片刻之後說道，踢了踢腳下的泥土。「有一條通往地心魔域的通道。」

她走過去，透過魔印眼觀看。沒錯，在他們腳邊翻騰不休的閃亮魔霧如同菸斗上的煙霧般不斷湧出。

「我感覺得到這條通道，」亞倫說。「召喚我直接通往地心魔域。它在呼喚我，瑞娜。就像我媽在晚餐時間叫我一樣，它呼喚我，而我很想……」他的形體開始消失，彷彿他是一個鬼魂……或是地心魔物。

「不！」瑞娜大叫，出手抓他，但雙手透體而過。「叫它停止召喚！」

片刻之後，亞倫凝聚成形，她鬆了一大口氣，不過他的神色依然悲傷。「我身上的魔印並非我不能正常過日子的原因，瑞娜。吸收過多魔力就會變成這個樣子。現在我比較像是惡魔，不像個人類，每天黎明我都在等待太陽將我燒成灰燼。」

瑞娜搖頭。「你不是惡魔，惡魔不會擔心解放者窪地或提貝溪鎮。惡魔不會在乎某個認識的女孩慘遭惡魔毒手，或是花費幾個月試圖幫助對方。」

「或許，」亞倫說。「但只有惡魔才會要求那個女孩也變成惡魔。」

「你沒有要求我做任何事。」瑞娜說。「我所有決定都是自己做的。」

「那就花點時間謹慎思考。」亞倫說。「因為這不是妳能反悔的決定。」

第三十一章　歡愉大戰　333 AR　夏

羅傑對所有人宣稱自己之所以在樓梯間練習小提琴而不是在自己的側翼，是因為那個地點可以讓音樂迴盪於整棟宅邸中。這種說法並沒有錯，但真正原因是那裡可以清楚看見阿曼娃和希克娃的房門。三天來，他完全沒有看見女孩們出門。

他不知道自己為什麼關心。他到底在想什麼，竟然在擁有充足的理由拒絕兩人時為希克娃挺身而出？甚至在她們刺殺黎莎後還讓她們留下？難道他真的考慮成為沙漠惡魔的女婿？結婚的想法總是令羅傑恐懼，過去幾年來他曾數度為了逃脫這個圈套而遠走高飛。

婚姻是專業自殺，艾利克總是這麼說。女人們搶著要和吟遊詩人上床，所以我們順從她們的意願。但一旦你訂婚了，所有吸引她的特點突然間都變成問題了。她們不希望你繼續旅行，又不希望你每天晚上都去表演，或是加班演出，接著她們會懷疑你為什麼總是挑選漂亮的女孩上來丟飛刀。不知不覺間，你就已變成天殺的木匠，能在第七日的時候上台唱首歌就算走運了。想和任何女人睡覺都由得你，但床邊一定要放著打包好的行李，並且在聽到「訂婚」兩個字的時候立刻走人。

然而他還是不假思索地跳出來幫希克娃解圍，即使到了現在，他的腦中依然不時響起兩個女孩美妙的和聲。羅傑渴望與她們一同歌唱，而當他想起她們的長袍掉落地面那畫面時，他的心裡生起了另一種渴望，一種打從遇上黎莎以來就不曾在其他女人身上感受到的渴望。

但黎莎不想要他，而艾利克又在沒有朋友的情況下孤獨死去。

阿邦的女人三不五時會送食物來或清理便桶，但女孩們的房門一直只是拉開一條縫，而且總是在他有機會看清楚裡面的狀況之前就被關上。

當晚在阿拉蓋沙拉克中，羅傑緊張地打量賈迪爾。卡維爾、加爾德和汪妲手持矛盾與其他戴爾沙羅姆並肩作戰，他們適應得十分良好。加爾德或許不擅長沙魯沙克，但在持盾推進的時候，沒有人比他更強壯，也沒有人能夠在盾牆後方將矛刺得比他更遠。

羅傑與黎莎、賈迪爾，以及數名解放者長矛隊的戰士一同推進，以自己的音樂籠罩眾人、驅退惡魔，同時卻強烈地感覺自己心不在焉。賈迪爾遲早都會詢問羅傑對自己的女兒和外甥女有沒有興趣，如果他的答案無法滿足對方，只怕當場就會有人慘死，而且肯定是他。

但截至目前，賈迪爾的眼中都只容得下黎莎，如同墜入愛河的男人一樣不停地偷瞄她。當然，這並不會讓他感覺更加自在，特別是當羅傑發現黎莎也在回應他的目光時。他不是傻子。就算她沒發現，他也很清楚那代表什麼意思。

羅傑在掃蕩行動結束，所有人解散回城後終於鬆了一口氣。他整個人看起來糟透了，手指因爲演奏而麻痺，全身肌肉無處不痛。他汗流浹背，身上沾了一層惡魔焚燒的煤灰。

看著加爾德和汪妲全身充斥著惡魔的魔力，一副彷彿剛剛跳下床，而不是要上床就寢的模樣，羅傑的心情更加難受。他從來不曾感受魔法的威力。在看過魔印人形體消散，說什麼要溜入地心魔域之後，他就對魔法產生了強烈的恐懼。最好還是用音樂和惡魔保持距離，然後丟丟飛刀就算了。

但在解放者窪地居住將近一年後，經常吸收魔力的人身上都出現了顯而易見的變化。他們比原先強壯，身手更加敏捷，不會生病，也不會疲憊。年輕人迅速長成，老人的老化速度減緩，甚至返老還童。但從另一方面來說，羅傑感覺自己彷彿快要崩潰了。

他跌跌撞撞地步入臥房，一心只想好好睡上幾小時，但房內的克拉西亞油燈亮著，散發香甜的氣味，這點似乎不大對勁，因為他出門前天還沒黑。床頭櫃上放著冰水，還有摸起來尚有餘溫的麵包。

「我還吩咐希克娃幫你準備洗澡水，未婚夫。」一個聲音自羅傑身後響起。他嚇得大叫，連忙轉身，手握飛刀，結果發現說話的是阿曼娃，希克娃則跪在她身後，旁邊擺了個熱騰騰的大澡桶。

「妳們進我房間做什麼？」羅傑問，他想收起飛刀，但手指不聽使喚。

阿曼娃順勢下跪，彷彿舉行儀式般額頭輕觸地面。「原諒我，未婚夫。我最近……身體不適，須要希克娃照顧。無法服侍你令我內心不安。」

「那個……啊，沒關係。」羅傑說，強迫自己收起飛刀。「我不須要服侍。」

阿曼娃聞聞空氣。「對不起，未婚夫，但你得洗個澡。明天就是月虧之始，得準備一下才好。」

「月虧？」羅傑問。

「暗月。」阿曼娃說。「相傳惡魔王子阿拉蓋卡將會出沒人間。男人在月虧的白晝必須精神氣爽，才能度過最漆黑的夜晚。」

羅傑眨眼。「太美了。應該有人寫首月虧之歌。」他立刻開始構思旋律。

「對不起，未婚夫。」阿曼娃說。「已經有很多關於月虧的歌了。你希望我們幫你沐浴的時候唱給你聽嗎？」

羅傑腦中突然浮現這兩個女人一邊裸體高歌，一邊把他掐死在澡盆裡的畫面。他緊張大笑。「我的老師告訴我要小心太過美好的事物。」

阿曼娃側過腦袋。「我不了解。」

羅傑大口吞嚥口水。「或許我該獨自沐浴。」

女孩們透過面紗咯咯嬌笑。「你已經看過我們裸體的模樣了，未婚夫。」希克娃說。「你怕我們看見你的嗎？」

羅傑面紅耳赤。「不是那樣，我……」

「不相信我們。」阿曼娃說。

「我有理由相信妳們嗎？」羅傑問道。「妳們假扮不會說提沙語的無辜少女，然後試圖行刺黎莎，結果卻又完全聽得懂我們在說什麼。我怎麼知道澡盆裡面沒有黑葉草？」

兩個女孩再度額頭抵地。「如果你是這樣想的話，那就殺了我們吧，未婚夫。」阿曼娃說。

「什麼？」羅傑問。「我不會殺任何人。」

「那是你的權利。」阿曼娃說。「而且我們的背叛行爲理應處以死刑。你如果拒絕我們，我們也將面對同樣的命運。」

「他們會殺死妳們？」羅傑問。「解放者的子嗣？」

「要嘛就是達馬佳爲了我們行刺失敗殺死我們，不然就是沙達馬卡爲了我們意圖行刺而殺了我們。如果我們不在你的臥房裡尋求庇護，我們就死定了。」

「妳們可以安安穩穩地待在這裡，但那並不表示妳們必須幫我沐浴。」羅傑說。

「我表妹和我絕不希望讓你顏面無光，傑桑之子，」阿曼娃說。「如果你不想娶我們爲妻，我們就去向我父親坦白。」

「我……不知道可不可以接受這種做法。」羅傑說。

「今晚你不須接受任何事情。」希克娃說。「除了一首月虧之歌以及舒適的澡。」兩名克拉西亞女孩同時撩起面紗，引吭高歌，歌聲如同他印象中一樣美妙。他聽不懂歌詞，但深沉的曲調明顯表達出在黑夜中找尋力量的意境。她們站起身來，走到他面前，緩緩地引領他前往澡盆，幫他脫下衣服。沒過多久，他已經赤身裸體，坐在熱騰騰的澡盆裡，感受著舒舒服服的熱水洗去肌肉上的痠痛。她們在他身邊編織出一道音樂的面紗，如同他用以蠱惑惡魔的音樂般令他著迷。

希克娃輕輕聳肩，黑色絲袍滑落地面。羅傑低聲呼叫，看著她轉身解開阿曼娃的長袍。

「妳們在幹嘛？」他在希克娃自前方踏入澡盆時問道。阿曼娃從後面入盆。

「當然是幫你沐浴。」阿曼娃說。她立刻繼續唱歌，舀起一掌心的熱水倒在他頭上，希克娃則拿出刷子和肥皂。

她的動作輕快有力，邊刷下他身上的塵土和血塊，邊幫他按摩肌肉，但羅傑幾乎沒有注意，雙眼緊閉，陶醉在她們的歌聲中，以及那溫柔的觸摸下，直到希克娃將雙手伸入水中。他當場跳了起來。

「噓，」阿曼娃輕聲道，柔軟的雙唇貼在他耳邊。「希克娃已經有過經驗，而且受過枕邊舞蹈的訓練。讓她成爲我們送給你的夜虧之禮。」

羅傑不清楚枕邊舞蹈是什麼意思，不過其實並不難猜。希克娃的嘴唇貼上他的，他在她爬上他的大腿時張嘴喘息。

黎莎原先不知道羅傑的臥房就在自己臥房正下方，直到樓下傳來希克娃的叫聲。一開始她以爲女孩是在慘叫，於是連忙起身，準備去拿藥草裙，接著她才聽出那是什麼叫聲。

她試圖繼續回去睡。儘管這種行爲極爲不妥，羅傑和希克娃似乎都不打算低調行事。她拿了一個枕頭蓋在頭上，不過叫聲竟然突破屏障而來。

其實她並不驚訝。就某些方面來說，她甚至沒有想到他們會拖這麼久。在英內薇拉如此鼓勵他們檢查希克娃的童貞之後，黎莎就一直覺得她很不對勁。要激發羅傑英雄救美實在太容易了，輕輕鬆鬆就讓他接受她們成爲他的新娘，畢竟，羅傑只是個男人。

她輕哼一聲，心知那只是實情的一部分而已。英內薇拉連她也一起耍了。

事實上，她不贊成男人娶超過一名妻子，但她還是認爲羅傑會對那兩個女孩帶來好的影響，而或許丈夫的責任也可以幫助他成長。如果這是他想要的話……

*就算是他想要的，我也不必在這裡聽。*她心想，接著翻身下床，走出走廊，在她的樓層挑了間空房。她心懷感激地爬進被窩，滿心以爲自己會立刻入睡，但剛剛的聲音在她腦中迴盪，引來一些不該的遐想畫面。賈迪爾除下衣衫，肌肉上的魔印栩栩如生。她心想它們是否也與亞倫的一樣微帶刺痛。

終於睡著後，她陷入一場春夢中。在夢裡，她想起她和加爾德縮在父母家中客廳地板上時壁爐發出的熱氣、馬力克的狼眼、亞倫的親吻和擁抱所引發的激情。

但加爾德和馬力克都背叛了她，而亞倫又拒絕了她。春夢化爲惡夢，當日在道上被三個強盜壓在地上的景象再度清晰無比地回到眼前。她再度聽見他們的淫言穢語，感到他們拉扯自己的頭髮，承受被他們騎在身上的感覺。她將這段回憶封鎖在腦海角落，但很清楚那是曾經發生過的殘酷事實。在這些畫面中，她清楚地看見英內薇拉在執行鞭刑時對她露出的不屑神情。

她猛然驚醒，心臟猛跳。她伸出雙手，找尋東西守護自己，不過屋內當然沒有其他人。

恢復正常後，恐懼消失了，一股強烈的憤怒取而代之。他們在道上自我體內奪走了某樣東西，但我絕對不會讓他們奪走一切。

黎莎臉上塗著厚厚一層化妝品，試穿著可能是第一百件衣服，同時還要顧慮精心設計的髮型，不讓它被衣服弄亂。

賈迪爾要來求婚了。當天早上他派人捎信，說下午要來造訪，繼續爲她唸誦旅途中尚未唸完的伊弗佳聖典，不過大家都知道他眞正的意圖。

阿邦的第一妻室莎瑪娃帶了幾十套衣服來給她試穿，比嬰兒肌膚還要柔軟的克拉西亞絲綢，鮮艷且極盡裸露之能事。她和伊羅娜把黎莎當作娃娃打扮，讓她在牆上一整排鏡子面前走動，爭論著哪些剪裁樣式比較性感。汪妲幸災樂禍地看著她們，大概在爲了阿瑞安的裁縫師對待她的方式感到慶幸。

「這件太誇張了，就算以我的標準來看也一樣。」伊羅娜評論最後這套服裝說道。

「太暴露了。」黎莎說。這套衣服幾乎完全透明，像是英內薇拉會穿的東西。她要有布魯娜的厚披肩才好意思穿上這套衣服。

「妳得維持神祕感。」伊羅娜同意道。「讓他自己想辦法贏得獎賞。」她挑了件沒有那麼透明的連身裙，但絲綢依然緊貼黎莎，讓她覺得自己一絲不掛。她打了個冷顫，終於了解這種服飾爲什麼在北地不像沙漠那麼流行。

「沒這回事。」莎瑪娃說。「黎莎女士的身材可以媲美達馬佳，讓沙達馬卡看清楚在合約簽訂前只能看不能摸的好貨。」她拿出一套透明裸露到黎莎都不知道穿來幹嘛的服裝。

「夠了！」她大聲說道，脫下伊羅娜挑選的衣服，順手丟到地板上。她拿起一塊布，開始擦掉臉上莎瑪娃和伊羅娜爲之爭論顏色的化妝品。

「汪妲，去拿我那套藍色衣服過來。」黎莎說。她的語氣將女孩臉上的笑意一掃而空，立刻領命而去。

「那件單調的老玩意？」伊羅娜問道。「妳會看起來——」

「像我自己。」黎莎打斷她。「不是什麼濃妝艷抹的安吉爾斯妓女。」兩個女人都張嘴欲言，但她瞪向她們，她們立刻閉嘴。

「至少不要弄亂髮型。」伊羅娜說。「我弄了一個早上，打扮一下不會要妳的命。」

黎莎轉身，欣賞母親幫她濃密的黑髮所做的造型，額頭上的劉海桀驁不馴，背上的波浪如同飛瀑。她微笑。

汪妲帶著黎莎的藍色連身裙回來，但黎莎看著它嘖嘖兩聲。「讓我想想，去拿我節慶時候穿的那套禮服。」她向母親眨眼。「沒道理不能打扮一下。」

黎莎在自己的臥房中來回踱步，等待賈迪爾到來。她遣走了其他女人，聽她們說三道四只會讓她更加緊張。

門上傳來敲門聲，黎莎迅速照照鏡子，縮起小腹，挺起胸部，然後過去開門。

但等在外面的不是賈迪爾，而是阿邦，目光低垂，手裡拿著一只小酒瓶以及一只更小的酒杯。

「增加勇氣的禮物。」他說著將手中的東西遞給她。

「這是什麼？」黎莎問，打開酒瓶聞了聞。她皺起鼻頭。「聞起來像我用來消毒傷口的東西。」

阿邦大笑。「它肯定常被拿去消毒傷口。這玩意叫作庫西酒，是我們族人用來消除緊張的飲料。就連戴爾沙羅姆也喝，爲太陽下山之後增添勇氣。」

「他們會在喝醉之後上場打仗？」黎莎難以置信地問道。

阿邦聳肩。「庫西酒……朦朧中帶有清晰，女士。喝一杯，妳會感到溫暖而寧靜。喝兩杯，妳會擁有沙羅姆的勇氣。喝三杯，妳會感覺自己有能力在不失足墜落的情況下於奈的深淵邊緣跳舞。」

黎莎揚起一邊眉毛，但嘴角微微上揚。「或許喝一杯吧。」她說，在小酒杯中倒滿了酒。「此刻我不介意暖暖身體。」她將酒杯放在嘴邊，一飲而盡，然後在喉嚨傳來灼燒感時咳了咳。

阿邦鞠躬。「每一杯都比之前更加甜美，女士。」他離開。黎莎又倒了一杯。的確，這酒的口感滑順爽口。

第三杯如同肉桂般美味。

阿邦對於庫西酒的說法沒錯。黎莎感覺酒意如同魔印斗篷般籠罩全身，同時提供溫暖與保護。腦中爭吵不休的聲音消失了，在那陣寧靜中，她的思緒達到了一種前所未有的清明境界。

屋內燥熱難耐，儘管她的慶典禮服胸線很低。她朝胸口搧風，饒富興味地看著賈迪爾一邊裝作不感興趣，一邊又不時偷瞄自己的模樣。

他們舒舒服服地靠在枕頭上，伊弗佳聖典攤在兩人之間，不過賈迪爾已經好一會兒沒有唸經給她聽了。他們談起其他話題，她越來越棒的克拉西亞語、他在卡吉沙拉克的日子，以及她當布魯娜學徒的生活，還有他母親因爲生了太多女兒而遭受排擠的情況。

「我媽對於只生一個女兒也一直耿耿於懷。」黎莎說。

「像妳這樣的女兒比一打兒子還強。」賈迪爾說。「但妳哥哥們呢？就算他們已經長伴艾弗倫身邊，也不會因此而貶低她的榮耀呀。」

黎莎嘆氣。「我媽騙你的，阿曼恩。她只生我一個，而我也沒有惡魔骰子可以保證幫你生兒子。」此言出口的同時，她感到心中的大石終於放下。就像她的衣服一樣，她要讓他認識眞正的她。

意外的是，賈迪爾只是聳了聳肩。「那就順應艾弗倫旨意吧。就算妳已生了三個女兒，我也會珍惜她們，並且深信妳一定會幫我生兒子。」

「我也不是處女。」黎莎脫口而出，然後屏息以待。

賈迪爾凝視著她良久，黎莎懷疑自己是不是透露太多了。但她是不是處女又關賈迪爾什麼事？從賈迪爾的眼神看來，這事顯然事關重大，但她母親的謊言在她心中造成很大的壓力，如果她繼續保持沉默，那與她親口撒謊沒有兩樣。

賈迪爾左顧右盼，似乎在確定屋內只有他們兩人，接著湊向前去，嘴唇幾乎與她相觸。「我也不是。」他低聲說道，她哈哈大笑。兩人笑成一團，沉浸在坦誠融洽的氣氛當中。

「嫁給我。」他懇求道。

黎莎輕哼一聲。「你爲什麼還要更多妻子，你已經有了……」

「十四個，」賈迪爾揮手說道，彷彿她們不算什麼。「卡吉有一千個。」

「有誰會記得他第十五個妻子的名字？」黎莎問。

「珊娜娃．克雷瓦克。」賈迪爾不假思索地說道。「傳說她父親竊取影子打造她的黑髮，於是自她的子宮裡產下了史上第一代偵察兵，隱身於黑夜中，但依然傳承了父親的警覺特質。」

黎莎瞇起雙眼。「你亂編的。」

「萬一不是的話，妳願意親我一下嗎？」賈迪爾問。

黎莎假裝考慮。「如果是的話，我要打你一下。」

賈迪爾微笑，指向伊弗佳。「卡吉的所有妻子都被記載在聖典中，接受世人的永世讚揚。其中有些妻子的記載頗爲詳盡。」

「一千個全都記在裡面？」黎莎懷疑地問道。

賈迪爾對她眨眼。「直到一百名之後才從詳述她們的生平變成簡述。」

黎莎笑嘻嘻地拿起聖典。「兩百三十七頁。」賈迪爾說。「第八行。」黎莎翻到他說的那一頁。

「上面怎麼說？」賈迪爾問。

黎莎依然不太看得懂書上的文字，但阿邦教過她拼音唸誦的技巧。「珊娜娃．克雷瓦克。」她說。她把整頁的內容唸給他聽，努力模仿美如音樂般的克拉西亞口音。

賈迪爾微笑。「聽妳說我們的語言令我通體舒暢。我已經開始記載我的生平——阿曼佳聖典，與卡吉撰寫伊弗佳一樣，用我自己的鮮血撰寫。如果妳擔心被世人遺忘，嫁給我，我會將妳的事蹟寫成一整座沙丘。」

「我還是無法做決定。」黎莎坦白說道。正當賈迪爾的笑容開始消失時，她湊向前去，展顏歡笑。「但你已經贏得了一個吻。」他們四唇交觸，一股遠比任何魔法還要強大的感覺襲體而來。

「萬一被妳媽發現怎麼辦？」賈迪爾問，在發現她不打算停止擁抱時將她推開。

黎莎雙手捧著他的臉頰，將他拉回身邊。

「我把門鎖上了。」她說，張嘴親了上去。

黎莎是藥草師，是古世界科學專家，且常常做實驗。她最喜歡的就是學習新事物，不管是藥草、魔印或是異國語言，世界上沒有任何她無法學習並且加以改進的學問。

所以那一天在床上，當他們脫下衣服時，十五年來都在學習治療人體的黎莎終於學會如何讓人體自在高歌。

在汗水與喘息聲中分開時，賈迪爾似乎十分滿意。「妳比吉娃沙羅姆的枕邊舞者還要厲害。」

「壓抑多年的結果，」黎莎說，愉快地伸展身軀，毫不在意裸露自己。她從來不曾如此自在過。「幸好你是沙達馬卡，稍微遜色的男人可能無法倖存。」

賈迪爾大笑，親吻她。「我為了戰爭而生，必要的話可以與妳歡愉大戰十萬場。」

他站起身來，低頭鞠躬。「但太陽快要下山了，我們得趕赴另一個戰場。今晚是月虧的首夜，阿拉蓋將會異常壯大。」黎莎點頭，兩人不情願地穿上衣衫。他拿起他的長矛，她則換上藥草裙。

加爾德、汪妲和羅傑與解放者長矛隊在庭院裡等待，沒有人向他們多說什麼。黎莎感覺自己有些異樣，她很肯定其他人都看得出來，但即便如此，也沒有人表現在臉上。

即使在阿拉蓋沙拉克作戰期間，黎莎都覺得與賈迪爾如此靠近地並肩作戰，讓她無法集中精神。他似乎也有相同感受，當她處理經驗老到的戰士所受的輕傷時，他一步也沒有離開她身側。

「我明天也可以來爲妳讀經嗎？」賈迪爾在戰事結束後問道。他還要忙上幾小時，但窪地鎮民可以先回鏡宮。

「只要你喜歡，每天都可以爲我讀經。」她說，只見賈迪爾喜形於色。

惡魔王子待在遠方觀察解放者的傳人與手下屠殺軀殼。心靈惡魔已經觀察解放者傳人好幾週期了，如同王子所恐懼的，他是個統一者。他很顯然還不了解惡魔骸骨長矛和王冠所蘊藏的力量，但他的力量依然與日俱增，且這些人類軀殼已經開始統一，可能造成威脅。此時要殺解放者傳人已經有點困難，就算惡魔王子成功，還是有很多人可以取而代之。

但北地雌性人類帶來新的轉機，成爲解放者傳人的弱點。她的心靈缺乏防護，而且她對解放者傳人以及它兄弟在北方跟蹤的那個男人所知甚詳。

當她與其他人分開時，心靈惡魔隨即跟上。

回到鏡宮後，黎莎幾乎等於是飛身上樓，直奔臥房。

「妳怎麼了？」汪妲問。

「看來妳完全搞不清楚狀況。」汪妲一臉茫然地看著她，黎莎大笑。「回床上去吧。卡維爾訓練官要不了多久就會來對妳大吼大叫了。」

「卡維爾沒那麼糟。」汪妲說，不過還是依照她的吩咐回房。

黎莎踮起腳尖，溜過母親房門，祈禱那個女人起碼願意等到天亮才來盤問她。在溜回她與賈迪爾做愛的臥房並且鎖上房門後，她誠心感謝造物主。

終於剩她一個人後，她終於再也按捺不住憋了一整個晚上的笑容。

接著一個布袋套上她的腦袋。

黎莎試圖尖叫，但布袋底端的繩子拉緊，令她喘不過氣，聲音便啞了。一隻強壯的手掌將她手臂扯到身後，接著雙手又被同一條繩子綑住手腕。襲擊者從後方踢中她的膝蓋，用繩子的末端綑綁腳踝。一開始黎莎用力掙扎，但每個動作都會牽動喉嚨上的繩索，她很快就安靜下來，以免勒死自己。

她被扛在一個強壯的肩膀上，抬離窗戶，於冷風中被人扛下一道梯子。他們無聲無息，但黎莎可以從梯子震動的感覺判斷對方至少有兩個人。

她的體重對扛她的男人來說似乎不是問題，對方在呼吸和心跳都很平穩的情況下於街道上飛奔。黎莎試圖辨別方向，但根本辦不到。最後她被扛上一道台階，進入建築，走過一連串的走廊，穿越一扇房門。男人們停下腳步，粗魯地將她丟在地上。

這一摔把她體內的空氣通通擠出體外，不過厚重的地毯令她毫髮無傷。對方割斷她腳踝和手腕上的繩子，扯下頭上的布袋。這個房間燈火通明，但由於之前頭上遮著布袋，油燈看來依然刺眼。黎莎揚起顫抖的手掌擋在臉前，讓雙眼適應光線。之後，她發現自己趴在英內薇拉身前的地板上。英內薇拉躺在一堆枕頭疊出的床鋪上，以一種貓咪打量受困老鼠的神色打量著她。

達馬佳的目光轉向她身後的兩名戰士。他們與所有戴爾沙羅姆一樣全身包覆黑袍，以面巾遮臉，不過沒有攜帶長矛或盾牌，兩人肩膀上都穩穩扛著一具梯子。

「記住，你們沒有來過這裡。」英內薇拉說，男人們鞠躬離去。

她低頭看向黎莎，面露微笑。「男人眞是好用，請過來這裡。」她比向對面另一堆枕頭。

黎莎身形搖晃，等待血液回歸麻痺的雙腳，不過恢復之後她立刻爬起身來，冷靜地環顧四周，抗拒伸手揉脖子的衝動。這是一間堆滿枕頭的做愛房，光線朦朧，香味瀰漫，地板和牆面鋪滿絨布與絲綢。房門就在她身後。

「門外沒有守衛。」英內薇拉笑著說道，揮了揮手，彷彿允許黎莎出門察看。黎莎試圖察看，伸手握住黃銅門把，只看見一道閃光，身體向後飛出，落在厚重的地毯上。她看見門梁、門框，以及門檻上的魔印綻放光芒，但瞬間消退，在她尙未調適好的眼中留下淡淡殘影。

黎莎心裡的好奇大於恐懼，站起身來，走回門口，打量著門框上以金漆、銀漆所繪製而成的細緻魔印。很多魔印她都沒有見過，而她注意到其中包含寧靜魔印。這表示門外的人聽不見屋內的聲音。

她伸出手指輕彈魔印網，看著接觸點附近的魔印發光片刻，照亮縝密的魔印網。

魔力從何而來？她心下好奇。附近沒有地心魔物可以提供必要的魔力，而少了魔力，魔印只是一堆符號而已。

只要有時間，黎莎知道自己可以解除魔印，逃離此地，但這樣做就表示她無法注意英內薇拉，而天知道那個女人會做出什麼事。她轉身面對依然靠在枕頭上的達馬佳。

「好吧，」黎莎說，走過去坐在英內薇拉對面。「妳想談些什麼？」

「妳要和我裝傻嗎？」英內薇拉問。「妳以為我不會在妳碰他的那一刻就發現嗎？」

「就算妳發現了又怎麼樣？」黎莎問。「這又不是罪。根據你們自己的律法，男人可以和任何女人睡覺，只要她不是另一個男人的妻子。」

「或許當妓女是北地女子找尋丈夫的方式。」英內薇拉說。「但在我的族人裡，受害者的妻子有權教訓這樣的女人。」

「阿曼恩早在與我做愛之前就已經向我求婚了。」黎莎說，故意激怒對方，試圖製造逃脫的機會。「而我不認為他自視為受害者。」她微笑。「他充沛的精力充分表達了他的意願。」英內薇拉嘶吼一聲，坐起身來，黎莎知道她已經上鉤了。

「拒絕我丈夫的求婚，今晚就離開艾弗倫恩惠。」英內薇拉說。「這是妳唯一活命的機會。」

「妳之前兩次試圖殺我都失敗了，達馬佳。」黎莎說。「妳怎麼會認為再來一次就能成功？」

「因為這一次我不會交給十五歲的小女孩去做。」英內薇拉說。「也因為我丈夫不會及時趕來救妳。我會告訴所有人妳在誘惑我丈夫的當晚前來刺殺我，沒有人會質疑我殺妳的權利。」

黎莎微笑。「我質疑妳是否有殺我的能力。」

英內薇拉自枕頭底下取出某個小東西，接著一道火光照亮屋內，在黎莎感到一股強烈的熱氣時迅速消失。

「我可以當場把妳燒成灰燼。」英內薇拉威脅道。

這是個令人驚訝的把戲，但對於製作火藥超過十年的黎莎而言，這道火光的產生方式比火光本身更加離奇。英內薇拉沒有點火，沒有混合化合物，沒有撞擊目標。她仔細觀察英內薇拉手中的物品，頓時恍然大悟。

那是一顆火惡魔的頭骨。

這就是魔印的魔力來源。黎莎了解了，不明白自己怎麼會沒有在幾個月前就想到這一點。阿拉蓋霍拉，惡魔骸骨。

明白這一點立刻在她心中掀起無限可能，但如果不能逃出生天，再多可能也沒有意義。她盤算著在被英內薇拉燒死之前，自己沒有辦法繪製魔印抵抗火焰。

「這就是門框的魔力來源？」黎莎問，轉頭面對房門。「木頭裡藏有阿拉蓋霍拉？」

英內薇拉瞄向房門，黎莎趁機把手伸進口袋，掏出一把甩炮，拋向英內薇拉。

小小的紙捲發出劈里啪啦的火光，全然無害，但英內薇拉大叫一聲，出手擋在臉前。黎莎毫不浪費時間，迅速衝上，抓起對方握持惡魔頭顱的手腕。她以拇指緊壓英內薇拉的神經叢，惡魔頭顱應聲而落。黎莎另一隻手也沒閒著，緊握成拳。達馬佳鼻梁上的軟骨發出清脆的碎裂聲。

黎莎舉拳又要捶下，但英內薇拉滾到地板上，身體一扭，抓住黎莎的肩膀，以比駱駝還大的力道一膝蓋頂上她的兩腿之間。

「妓女！」英內薇拉在黎莎疼痛難耐時吼道。「我丈夫有好好插妳嗎？」她大叫，再度頂中黎莎的胯下。「我丈夫有用力插妳嗎？」她三度攻擊。

黎莎從來沒有這麼痛過。她盲目地抓向達馬佳的頭髮，但英內薇拉緊握她的袖口，如同吟遊詩人擺布傀儡般控制黎莎的雙手。黎莎的裙襬過重，難以抵擋，只能任由對方移動到自己身後，放開她的衣袖，轉而緊鎖她的咽喉。

「感謝妳，」英內薇拉在她耳邊低語。「本來我打算把妳燒死，不要弄髒我的指甲，但現在這種死法令我更加滿足。」

黎莎使勁掙扎，但成效不彰。英內薇拉雙腳纏在黎莎腰間，手臂擋在自己臉前。黎莎無法以手掌或藥粉攻擊任何弱點，而隨著肺中的空氣逐漸減少，她的視線也開始模糊。她伸手抓向惡魔頭顱，但英內薇拉一腳將之踢開。就在黎莎即將昏迷之前，她拔出腰間的匕首，插入英內薇拉的大腿。

一灘熱血噴灑在黎莎手上，令她感到一陣作嘔，不過英內薇拉大叫一聲，鬆開手臂。此時黎莎得以用腳蹬離她身旁，翻身跪起，吸入一口救命的空氣，將匕首舉在身前。英內薇拉翻到另一邊，把手伸進腕袋中，朝黎莎拋出一把東西。

黎莎在一陣黃蜂過境的聲響中側身撲倒。其中一枚射穿她的大腿，另外一枚插入她的肩膀。她慘叫一聲，拔出肩膀內的東西，發現那是一顆惡魔牙齒。牙上染滿鮮血，但她透過拇指摸出其上刻有魔印。她將惡魔牙齒塞入口袋，以供日後研究。

這時英內薇拉已經起身，朝黎莎直撲而來，但黎莎一邊站起，一邊高舉匕首。英內薇拉停下腳步，開始繞圈。她自腰帶中取出自己的匕首，魔印刀鋒鋒利的程度可媲美黎莎的手術刀。

黎莎的手探入圍裙上的另一個口袋，英內薇拉也把手伸進腰間的黑絨袋。

惡魔王子饒富興味地看著雌性人類擺出一副女王準備交配時眾王子會擺出的對立姿態。它原先打算吞噬北地女子的心靈，讓化身魔取而代之，藉以接近解放者傳人，但人類自己的政治衝突看來更加有趣。她們可以一併擊潰傳人的意志並且瓦解他的統一大夢。

它只須推她們一把就好了。

第三十二章　王者的抉擇　333 AR　夏

賈迪爾於深夜最漆黑的時刻回到宮殿。他並不疲倦，打從第一次使用卡吉之矛以後，他就不再感到身體上的疲倦。儘管如此，他依然渴望回床休息，就算只是爲了在夢裡與她相會，打發再度前去拜訪她之前的時間也好。

黎莎．佩伯眞是艾弗倫的恩賜。她遲早會接受他的求婚，到時候他就能在北地站穩腳步。但現在他認爲有她常伴身邊遠比站穩腳步來得重要。聰明、美麗、年輕，足以幫他生下很多兒子，同時她還能自憤怒與愛戀中激發出無比的熱情。她是足以匹配解放者的新娘，也是抑制達馬佳與日俱增權力的寶貴資源。當然，英內薇拉會試圖阻止這場婚姻，不過那個改天再來擔心。

賈迪爾看見自己臥房燈火通明，隨即皺起眉。艾弗倫恩惠沒有供給女人和小孩藏身的地下城，就連月虧時期也沒有地方可躲。他的妻子們會輪流等在他的臥房中，爲他準備熱水與肉體，但賈迪爾現在不想洗澡，也不想要女人。他的慾望只有一個女人可以滿足，而她的體香依然纏留在他長袍下的皮膚上，他很希望讓香味停留更久一點。

「我什麼都不需要。」他於進門時說道。「出去。」

但他屋內的女人不是什麼次等妻室，而她們完全沒有打算離開。

「我們得談談。」黎莎說，英內薇拉在她身旁點頭。

「難得我同意北地妓女的說法。」英內薇拉說。

一段在賈迪爾眼中彷彿延續好幾分鐘的沉默過後，他終於擁抱了這個全新發展，恢復自我意識。

他仔細打量眼前的女人，兩人都是衣衫不整。英內薇拉的腳上綁了一條染血的圍巾，黎莎的肩膀也有類似的包紮。英內薇拉鼻子歪斜，腫得比平時大上三倍有餘，黎莎的喉嚨則是一片深紫瘀青，身體重心集中在一條腿上。

「出了什麼事？」賈迪爾問道。

「你的第一妻室和我談了一談。」黎莎說。

「我們決定不要分享你。」英內薇拉說。

賈迪爾朝她們接近，但黎莎揚起一根手指，彷彿對待小孩一樣命他停步。「保持距離，在做出選擇之前別碰我們。」

「選擇？」賈迪爾問。

「她還是我。」黎莎說。「你不能同時擁有我們。」

「你選擇的人會成爲你的吉娃卡。」英內薇拉說。「另一個要在城中廣場由你親手處死。」

黎莎一臉厭惡地看了英內薇拉一眼，但沒說什麼。

「妳同意這種事情？」賈迪爾問，語氣驚訝。「妳發過藥草師誓言！」

黎莎微笑。「喜歡的話，你也可以把她衣服剝光，丟到街上給所有人看。」

「懦弱，就和所有北地人一樣。」英內薇拉嗤之以鼻。「不趕盡殺絕就會後患無窮。」

黎莎聳肩。「妳眼中的缺點在我眼中卻是優點。」

賈迪爾的目光在兩個女人身上游移，難以相信事情竟會走到這個地步，但她們一臉堅定，他知道兩人都是認眞的。

他不可能做出選擇。殺掉黎莎？難以想像。就算這樣做不會摧毀與北地聯盟的所有可能，賈迪爾還是寧願挖出自己的心臟也不要傷害她。

但另一個選項同樣不能選。如果他剝奪英內薇拉的權力，達馬丁不會改而追隨黎莎——為了寵幸某個北地女子——她們或許會選擇繼續追隨英內薇拉，導致帝國分裂，永遠無法恢復元氣。

而且她是他的第一妻室，他孩子的母親，曾經輔佐他取得權位，並且賜給他贏得沙拉克卡的工具。儘管她常常令他痛苦，但他知道自己依然愛她。

「我不能做這個選擇。」賈迪爾說。

「非選不可。」英內薇拉說，拔出她的魔印匕首。「現在就選，不然我就親手割斷這女人的喉嚨。」

黎莎拔出自己的匕首。「說不定我先割了妳的。」

「不要！」賈迪爾大叫，拋出卡吉之矛。長矛擊中牆壁，深陷其中，在兩個女人之間晃動。他撲向她們，動作迅速，抓起兩人手腕，將她們推向兩旁。

但就在這麼做的同時，他王冠上的魔印光芒大作，照亮兩個女人，兩人立刻搖頭，彷彿大夢初醒。

黎莎率先恢復理智。「你後面！」她指著賈迪爾身後叫道。

「阿拉蓋卡！」英內薇拉大叫。

阿拉蓋卡。賈迪爾與部下曾以這個名字戲稱跟蹤帕爾青恩而來的石惡魔，不過它是一個古老的稱謂，某個極具分量的稱謂。阿拉蓋卡是惡魔之母的配偶，據說它和它的兒子們是世界上最可怕的惡魔，奈的大軍指揮官。

他轉身面對惡魔，但一開始什麼也沒看見。接著，隨著他集中意志，卡吉之冠再度發光，他看出房內的一部分瀰漫著大片魔雲。魔雲中出現一道漣漪，接著一頭比他曾經見過所有惡魔還要可怕的惡魔突然直撲而來。

他伸手去抓長矛，但長矛插在牆上，而在那電光石火間，惡魔已經穿越整個房間，撲到賈迪爾身上。他被撞上床鋪，和惡魔一同自另一邊摔落地面，惡魔瘋狂地對他出爪。他感受到長袍中的陶瓷護甲化為碎片，不過它們幫他擋下最初的攻擊。惡魔似乎察覺這一點，於是張開血盆大口，在他眼前憑空長出全新的利齒，直到嘴巴大得足以吞噬他整顆腦袋。

賈迪爾連忙翻身，以手臂移動身體，擠出夠他出腳的空間。他一腳踢出，擊退惡魔，接著撕裂長袍，露出英內薇拉刻在自己身上的魔印傷疤。再次與惡魔正面衝突時，他身上的魔印閃閃發光。

直到賈迪爾碰觸自己，王冠上的魔印發光時，黎莎才發現惡魔入侵自己的心靈。她聽見惡魔的低語，立刻明白那是何物所發。惡魔就在臥房中。

英內薇拉也知道。她們才剛出口警告，惡魔的保鏢已經對賈迪爾展開攻擊，將他撞到房間的另一邊，王冠上的光芒隨之消逝。她感受到心靈惡魔的意志再度回到腦海。

黎莎努力抗拒，英內薇拉也是，全身不斷抽動，拒絕任對方擺布，但她們都很清楚結果。要不了多久，惡魔就會再度取得控制權。她感到無助而虛弱，四肢開始變得沉重。心靈惡魔一邊命令她躺下，一邊旁觀它的保鏢攻擊賈迪爾。

黎莎瘋狂地環顧四周，發現梳妝台上放了一盤還沒清理的焚香灰。她朝那個方向倒地，手掌插入焚香盤，假裝不小心打翻，在地上揚起一片香灰。

英內薇拉同時倒地，四肢疲軟揮動，黎莎滾到她身邊，擠出僅存的力氣，在英內薇拉的額頭上劃下一道魔印，與賈迪爾王冠中央的魔印一模一樣。

魔印立刻發光，就在黎莎完全癱倒、無法動彈時，英內薇拉已經坐起身來。惡魔似乎沒有注意，全副心思放在竭力抵抗的賈迪爾身上。

英內薇拉臉色一沉，抓起黎莎的頭髮。「妳依然是個妓女。」她低吼，對黎莎的臉吐口水。她的無袖上衣上有數條薄紗連在手腕的金手環上，她抽起其中一條，沾口水擦拭黎莎骯髒的額頭，然後伸手去沾香灰，在黎莎額頭上畫了一道心靈魔印。

黎莎起身，伸手撿起魔印匕首。英內薇拉自黑色毛製腕袋中取出一塊看來像是魔印煤塊的東西，朝心靈惡魔的方向舉起。她唸誦一個咒語，石塊上爆出閃電，擊向惡魔。惡魔大叫一聲，飛身而起，在骨碎聲中撞上牆壁，了無生氣地墜落地面。

惡魔不斷變換形體，但賈迪爾持續進攻，以手肘及膝蓋、拳頭和腳跟連續出擊，身上魔印滋滋作響。他以出身大迷宮的戰士技能對抗惡魔粗糙的攻擊本能。他的王冠綻放強光，全身魔力激盪，傷口在還沒完全成形之前就已經開始癒合。

我在與阿拉蓋卡作戰，他心想。而且節節獲勝。

這個想法令他興奮了一段時間，但接著惡魔舉起一張沉重的桌子，如同以鐵鎚敲打釘子般對他當頭揮下。

他皮膚上的魔印無法抵抗木頭，他沒被當場擊斃完全是依賴身上魔力縱橫的關係。儘管如此，這一擊依然打得他骨頭碎裂，自腳內插出、刺進他的內臟。他感覺到魔法以難以想像的速度加速自然療癒的過程，但它卻無法矯正骨骼，而他感覺骨頭正以奇怪的角度癒合。

不過癒不癒合都無所謂了，因為惡魔已舉起桌子，準備將自己擊斃。賈迪爾手無寸鐵，完全無法抵抗。

但接著惡魔放低桌子，尖聲吼叫，雙手抱頭，桌子隨即落地。賈迪爾在惡魔的皮膚如同蠟燭般融化時以沒有受傷的腳踢出，對方跌跌撞撞，瘋狂抖動。

賈迪爾抬起頭來，看出原因。他根本不是在與阿拉蓋卡戰鬥。黎莎和英內薇拉站在一頭身體纖細、腦袋巨大的冒煙惡魔身邊。即使位於臥房另一端，賈迪爾依然可以感應出那頭怪物身上所散發出的力量與邪惡。他所對抗的惡魔是它的哈席克：專門動手清除沒資格讓主人親自動手之人的無腦肌肉戰士。

纖瘦惡魔抬起大頭。英內薇拉吼叫一聲，再度射出閃電，但惡魔憑空比劃魔印，閃電煙消雲散。它隨手一揮，她手中的惡魔骸骨脫手而出。纖瘦惡魔一把接過，骸骨短暫發光，魔力完全被吸乾，隨即化為灰燼。

惡魔再度揮手，英內薇拉的霍拉袋飛入它的手中。她大聲尖叫，眼睜睜看它倒過袋子，將她寶貴的惡魔骰倒入掌心。

黎莎和英內薇拉手持魔印武器，朝惡魔撲上，但它憑空比劃另外一道魔印，她們立刻飛身而起，如同遭受狂風吹襲。

阿拉蓋霍拉在惡魔吸收魔力的同時光芒大作。賈迪爾心中混雜了恐懼和解脫的感覺，看著這些操控自己超過二十年的骰子化爲灰燼。英內薇拉嚎啕大哭，彷彿這個景象對她造成實質的肉體傷害。

化身魔在主人復元後隨即恢復理智，但賈迪爾已經開始移動，一拐一拐地衝過撞爛的床鋪。他翻身下床，雙手抓緊卡吉之矛，利用自己的體重自牆上拔出長矛。

站定之後，賈迪爾受創的腳上傳來劇痛，但他擁抱痛楚，行雲流水般地舉起長矛，一把拋出。戰鬥在兩頭惡魔有機會反應前已然結束。長矛刺穿心靈惡魔的頭顱，留下一條爆裂般的大洞，衝勢不止，插入對面的牆壁上後依然不住顫動。心靈惡魔倒地身亡，少了它，化身魔彷彿全身著火般尖叫抽動、摔倒在地。最後它不再掙扎，化爲一灘融化的鱗片和獸爪。

黎莎在一下喀啦聲中醒來，張開雙眼看見賈迪爾雙眼緊閉，臉色寧靜，英內薇拉則使勁拉扯他的腳掌，試圖接回穿刺出小腿外的骨頭。

黎莎壓抑己身的疼痛，側過身去，抓起賈迪爾的腿骨，接回英內薇拉劃開的切口。就像亞倫一樣，傷口幾乎立刻癒合，但黎莎還是取出針線，仔細縫合。

「沒有必要。」英內薇拉說，站起身來，走到心靈惡魔屍體旁。她拿出魔印匕首，割下其中一根退化的魔角。她帶著濕黏惡臭的魔角回來，自腰帶裡取出一只小刷子和瓶子。她在賈迪爾的傷口旁繪製整齊的魔印，然後將魔角放在魔印旁邊，魔印當即發光，不留痕跡地封閉傷口。

她以同樣的手法治療自己身上的傷痕，然後一言不發地治療黎莎，沒有接觸她的目光。黎莎默默觀看，記憶英內薇拉使用的魔印以及排列順序。

療傷完畢後，英內薇拉看著她的魔角。魔角完好如初，英內薇拉嘟噥一聲。「反正我也可以用這傢伙的骨頭製作更好的骨骰。」黎莎走到心靈惡魔的屍體旁，割下另一根魔角以及一條手臂。她將這些東西包裹在一塊繡帷中，以便日後研究。英內薇拉瞇起雙眼瞪她，但沒有多說什麼。

「爲什麼沒人前來查探打鬥的聲響？」賈迪爾問。

「我想阿拉蓋卡在你的臥房內繪製寧靜魔印不是難事。」英內薇拉說。「並且很可能在陽光灑落牆壁之前都不會失效。」

賈迪爾凝望她們。「它控制妳們的所作所爲？」

英內薇拉點頭。「它……甚至強迫我們攻擊對方，只爲了消遣娛樂。」她輕輕觸摸自己腫大的鼻子。

黎莎臉色一紅，隨即咳嗽一聲。「是的，」她說。「它強迫我們這麼做。」

「爲什麼要玩如此殘酷的遊戲？」賈迪爾問。「爲什麼不讓妳們趁我睡覺時割斷我的喉嚨？」

「因爲它不想殺你，」英內薇拉說。「它懼怕你的戰技，但更怕你鼓舞人心的實力，而最能鼓舞人心的人莫過於一名殉道烈士。」

「最好還是讓你失去人心，削弱統一的勢力。」黎莎插嘴道。

「但你是沙達馬卡，」英內薇拉說。「現在阿拉蓋卡死在你手上，不會再有人質疑你的地位。」

賈迪爾搖頭。「它不是阿拉蓋卡，太好對付了。我認爲它比較可能是阿拉蓋卡的子嗣，還會有更多更強大的惡魔出現。」

「我也這麼想。」黎莎說，看向賈迪爾。「因此我必須請你履行承諾，阿曼恩。我已經見識過艾弗倫恩惠，現在我希望返回家園。我必須領導我的人民面對接下來的大戰。」

「妳沒必要離開。」英內薇拉說，黎莎看得出來這句話有多難說出口。「我願意接受妳成爲我丈夫的吉娃森。」

「一名次等妻室？」黎莎笑道。「不，我不這麼認爲。」

「只要妳願意，我依然會冊封妳爲我的北地吉娃卡。」賈迪爾說。英內薇拉皺起眉。

黎莎悲傷地微笑。「那我仍是一群妻子中的一個，阿曼恩。我的丈夫必須是我一個人的。」他臉色一沉，但黎莎毫不讓步，最後賈迪爾終於點頭。

「我們一樣會尊重窪地部族。」他說。「我不能防止其他部族竊據你們的水井，但我保證如果有人與你們開戰，我一定會嚴加懲處。」

黎莎垂下目光，深怕自己繼續面對他眼中的哀傷會忍不住流下眼淚。「感謝你。」她語氣緊繃。

賈迪爾伸手搭上她的肩膀，輕輕捏了捏。「我……很抱歉，如果鏡宮裡所發生的事並非出自妳自身的意願。」

黎莎哈哈大笑，突然不再害怕落淚。她撲入他的懷中，緊緊擁抱他，親吻他的臉頰。

「我們是在白天做的，阿曼恩。」她眨眼說道。

ꕥ

「看妳離開，我很難過，女士。」幾天過後，阿邦在他妻子們打理賈迪爾送來的大批禮物時說道。「我會懷念與妳交談的時光。」

「也會懷念可以把最標致的妻女藏在鏡宮裡不讓戴爾沙羅姆發現的日子？」黎莎問。

阿邦驚訝地看著她，接著微笑鞠躬。「看來妳學到的不只是克拉西亞語。」

「你爲什麼不直接告訴阿曼恩？」黎莎問。「讓他教訓哈席克和其他人，他們不能隨心所欲地強暴女人。」

「很抱歉，女士，法律說他們可以。」阿邦說。黎莎張嘴欲言，但他揚起一手。「阿曼恩的權力沒有他想像中那般絕對，爲了一名卡非特的妻子而懲罰手下，會在手持長矛跟隨他的戰士心中播下叛亂的種子。」

「而那比你家人的安危還要重要？」黎莎問。

阿邦一臉堅定。「不要以爲與我們相處幾星期就能了解我們所有的文化，我會找出一個既能保護自己家人又不會危及我的主人的方法。」

黎莎鞠躬。「很抱歉。」

阿邦微笑。「讓我在你們村裡開張營業當作補償。我家人在所有部族中都有開店，交易商品和牲口。艾弗倫恩惠的穀物多得吃不完，而我知道北方有不少人需要糧食。」

「你眞是太好心了。」黎莎說。

「妳錯了。」阿邦回道。「等我妻子和妳的鎭民討價還價的時候，妳就知道了。」黎莎微笑。

外面有人叫喚，阿邦一拐一拐走到窗邊，看向庭院。「妳的護衛隊準備好了。來吧，我陪妳下去。」

「阿曼恩和帕爾青恩之間究竟曾發生什麼事，阿邦？」黎莎再也按捺不住，開口問道。如果不現在問個明白，或許永遠不會再有機會。「爲什麼阿曼恩聽說你向我提起他的時候會不高興？我告訴你有向阿曼恩提起他的時候，你又為什麼會感到害怕？」

阿邦看向她，嘆了口氣。「既然我把主人的安危放在家人之前，妳怎麼會認為我會為了帕爾青恩而出賣他？」

「回答我的問題不會危及賈迪爾的安危，我保證。」黎莎說。

「或許會，或許不會。」阿邦說。

「我不懂，」黎莎說。「你們都說亞倫是你們的朋友。」

阿邦鞠躬。「他是，女士，正因為如此，我決定給妳以下忠告：如果妳認識傑夫之子，如果妳能與他聯絡，告訴他立刻逃往世界的盡頭，因為賈迪爾就算追到世界的盡頭也一定要把他除掉。」

「為什麼？」黎莎問。

「因為世界上只能有一個解放者。」阿邦說。「帕爾青恩和阿曼恩……曾為了誰該成為解放者起過衝突。」

阿邦自鏡宮直接前往賈迪爾的王座廳。賈迪爾一看見卡非特，立刻遣走所有顧問，留下兩人獨處。

「她離開了？」他問。

阿邦點頭。「黎莎女士同意讓我在窪地部族設立貿易站。這樣會加速文化融合，並且與北方維持寶貴的聯繫。」

賈迪爾點頭。「做得好。」

「我需要人守護貨品，以及貿易站的商店。」阿邦說。「從前我可以找僕役來做這種粗活。或許是卡非特，不過都是身強體壯的男人。」

「現在這種人都是卡沙羅姆了。」賈迪爾說。

阿邦鞠躬。「你看出我的難處了。不管在任何情況下都不會有戴爾沙羅姆聽命於卡非特，但如果你允許我挑選一些卡沙羅姆擔任這個工作，大家應該都會滿意這樣的安排。」

「多少人？」賈迪爾問。

阿邦聳肩。「一百人足夠了，微不足道的戰力。」

「沒有戰士的戰力是微不足道的，包括卡沙羅姆，阿邦。」賈迪爾說。

阿邦鞠躬。「我會自掏腰包補貼他們的家人，當然。」

賈迪爾考慮片刻，然後聳肩。「去挑吧。」

阿邦在拐杖容許範圍內深深鞠躬。「你對窪地部族女族長的承諾會影響我們的計畫嗎？」

賈迪爾搖頭。「我的承諾不影響任何事情。我依然有責任統一北地人民參與沙拉克卡。我們將於春天進攻雷克頓。」

第三十三章 信守婚約 333 AR 夏

「既然有一座好橋，爲什麼還有這麼多木筏？」瑞娜問，比向眼前一排數量少得稱不上是村落的無名小屋。每間小屋外的河岸邊都停了一艘木筏，處於插在分界河畔的魔印樁守護範圍內。

幾頭惡魔在附近區域徘徊，測試小屋的魔印，但瑞娜裹在魔印斗篷中，而亞倫身上所綻放的魔光強烈到只須瞪一瞪、吼一吼就能嚇跑所有惡魔。

「不希望讓大橋守衛檢查貨物的商人，有時候會付錢給渡船人帶領他們通過分界河。」亞倫說。「通常是因爲他們攜帶某些他們不該帶的貨物或是人物。」

「所以我們可以雇用木筏？」瑞娜問。

「可以。」亞倫說。「但那表示我們得等到天亮，並且會引起更多謠傳。在這種地方我隨便揮揮手都會打到認定我是解放者而做出愚行的人。」

「他們不像我這麼了解你。」瑞娜訕笑道。

「那裡。」亞倫說，指向一艘足夠黎明舞者舒適搭乘的木筏。這艘木筏每天在河裡抬上抬下，於河岸上留下一道深溝。他交給瑞娜一枚遠古金幣。「去把這個放在門口。」

「爲什麼？」瑞娜問。「今晚是新月。他不會看見我們偷船，就算他聽見任何動靜，也絕對不會離開魔印來追我們。」

「我們不是小偷，瑞娜。」亞倫說。「不管是不是走私者，他們都有權保有他們的木筏。」瑞娜點頭，接過金幣，放在小屋門口。

亞倫檢視木筏。「就連一個天殺的水魔印都沒有！」他朝河岸吐口水。

瑞娜回來，對準其中一根魔印樁就是一腳。「這些魔印樁也毫無用處，能夠保護這些木筏純粹是靠運氣。」

亞倫搖頭。「難以解釋，瑞娜。提貝溪鎮隨便一個十歲小孩都比自由城邦裡大多數人還會畫魔印，大城市的人從小就被灌輸不要讓任何沒有魔印公會執照的人加持窗沿的觀念。」

「你可以現在畫嗎？」瑞娜朝木筏點頭問道。

亞倫搖頭。「天亮之前漆不會乾。」

瑞娜看向寬敞的河道。即使透過魔印眼，她依然看不見另一端的河岸。「如果沒有魔印，強行過河會怎麼樣？」

「一般會有蛙魔躲在岸邊。」亞倫說。「我們先把那些殺光……」他聳肩。「今晚是新月。天上不會有月光照亮木筏，爲水裡的河惡魔指引我們的位置，所以我們多半能夠安然無恙地過河。等我們抵達對岸時，天色已經微亮，蛙魔大多會退回地心魔域。」

「蛙魔？」瑞娜問。

「河岸惡魔。」亞倫說。「本地人稱之爲蛙魔，因爲它們看起來像是大青蛙，只不過它們大得可以把妳當成蒼蠅一樣吃掉。它們會跳出河面，用舌頭纏住妳，拉到嘴裡吞掉。如果妳死命掙扎，它們就會潛入水中，把妳淹死。」

瑞娜點頭，拔出獵刀。她的指節上有剛用新鮮黑柄汁繪製的魔印。「對付它們的最佳方式是？」

「用長矛。」亞倫說，拔出兩根長矛，交給她一根。「看好。」

他緩緩走到岸邊，吹響一聲尖銳的口哨。一時間，看似風平浪靜，接著河面突然爆出水花，跳出一頭體形巨大的闊嘴地心魔物。它伸出兩條又短又粗還有蹼的腳扒住河岸，大頭一轉，朝他吐出粗黏的舌頭。

但亞倫早有準備，輕易閃向一旁。惡魔呱鳴一聲，整個跳上河岸，一躍之間前進十呎。它再度對他吐舌，但亞倫再度避開，並且在舌頭縮回前快步搶近。他出手又狠又準，一矛插入蛙魔交疊的下巴，直接刺進腦中，接著迅速扭轉矛身。他拔出長矛，魔法照亮黑夜，等到惡魔落地時，他又多刺了一下，確保對方死透。

「訣竅在於引誘它們上岸。」亞倫說著走回瑞娜身旁。「閃過第一次舌擊，它們就會跳上岸來繼續攻擊。它們跳得很遠，但前肢比長矛短太多了。妳可以站在安全的距離之外出矛。」

「那樣就不好玩了。」瑞娜說，她抓起長矛，走向河岸，試圖模仿他的口哨。

她本來以爲要等一陣子才有反應，但河面幾乎立刻爆開，一頭河岸惡魔自超過十呎外的地方對她吐出舌頭。她轉身閃開，但動作不夠快，舌頭擦過她的身體，將她擊倒。

惡魔在她爬起前跳出河面，落在河岸上，再度出擊。她滾向一旁，但舌頭纏上她的大腿，緩緩將她拖向惡魔。瑞娜放開長矛，在河岸上亂抓，不過毫無用處。地心魔物寬得足以將她整個吞下的大嘴中長滿利齒。

瑞娜不理會它，反而轉向已經開始朝她奔來的亞倫。

「你不要插手，亞倫．貝爾斯！」她吼道，令他停下奔跑。

轉身回去時，她幾乎已進入河岸惡魔利齒的攻擊範圍。她踢開行動自由的那條腿上的涼鞋，在一陣魔光中踢中對方的下顎。惡魔的舌頭微微鬆開，瑞娜立刻轉身，一刀砍斷蛙舌。地心魔物向後退開，她翻身而起，對準蛙眼插下；接著隨即跳開，躲避對方臨死一擊，然後再度逼近，將獵刀插入另一隻眼睛，確保對方死透。

她回頭看向亞倫，等他出口批評。他沒說什麼，不過嘴角浮現一絲微笑，雙眼露出嘉許的光芒。

小屋中傳來一陣叫聲，一扇窗內亮出火光，打鬥聲引起了人們的注意。

「該出發了。」亞倫說。

獵物離開了。惡魔王子沮喪地嘶吼，但立刻跳上化身魔，一飛沖天，追隨他的氣味而去。

讓這個人類多活一個週期是件很冒險的事，但心靈惡魔願意承擔這個風險，希望能藉此得知對方是如何尋回失落已久的力量。這傢伙每天晚上都在屠殺軀殼，但數量不多，一如他散布的勢力。他不是統一者，不像南方那個那麼危險。

但他有能力成爲統一者。只要他振臂一呼，人類軀殼會蜂擁而至，到時候他們就會開始統一。它絕不容許這種事。

心靈惡魔將月虧第一夜的時間都用來追蹤對方。黎明之前，它抵達河岸，嘶聲怒吼，看著獵物映入眼簾。太陽即將升起，此刻它什麼也不能做，不過明天晚上它很快就能找到他們。

化身魔輕輕落在河岸上，低下頭去讓惡魔王子下來。開始消失的時候，化身魔輕聲吼叫，感應到主人的殺戮慾望。

太陽出來後，瑞娜和亞倫繼續趕路，幾小時後路過某條插了一根路牌的岔路。

「不在鎮上停留？」瑞娜問。

亞倫看著她。「妳識字？」

「當然不。」瑞娜說。「不用識字也知道路旁的牌子是幹什麼的。」

「有道理。」亞倫說，她感覺到他在兜帽底下偷笑。「現在不能去其他村莊浪費時間，我得盡快趕到窪地。」

「爲什麼？」瑞娜問。

亞倫看著她很長一段時間，考慮該怎麼說。「一個朋友遇上麻煩。」他終於說道。「我認爲多少算是我的錯，因爲我在外面待太久了。」

瑞娜感覺像是有隻冰冷的手掌抓住自己心臟一樣。「什麼朋友，她是誰？」

「黎莎・佩伯。」他說。「解放者窪地的藥草師。」

瑞娜吞口口水。「她漂亮嗎？」話一出口，她立刻暗罵自己。

亞倫轉頭看她，臉上一副好氣又好笑的表情。「我爲什麼覺得我們好像還是十歲小孩？」

瑞娜微笑。「因爲我和那些把你當成解放者的人們不同，他們沒有看過你在乾草棚上與班妮牙齒相撞後的表情。」

「妳的吻比較棒。」亞倫承認道。她抱緊他的腰，但他尷尬地扭了一扭。

「我們待會就要開始抄捷徑，」他說。「最近道上太多人了。我知道一條小路，通往某個我用來存放武器和補給品的地方。我們可以從那裡涉水度過安吉爾斯河，接著再趕兩個晚上的路程就能抵達窪地。」

瑞娜點頭，忍住一個呵欠。殺掉河岸惡魔後，她感受到活力十足，但就和往常一樣，那些活力都隨著太陽升起而消失。她在馬鞍上打了一會兒瞌睡，直到亞倫輕輕把她搖醒。

「最好下馬穿上斗篷。」他說。「天色暗了，我們還要幾小時才能趕到我的補給站。」

瑞娜點頭，他拉韁勒馬。他們身處樹木稀疏的林地，高大的針葉樹彼此相距甚遠，讓他們可以並肩走在黎明舞者兩側。她翻身下馬，涼鞋在森林草地上嘎吱作響。

她把手伸進背包中，取出魔印斗篷。「討厭穿這玩意。」

「不管妳討不討厭。」亞倫說。「分界河這一邊的惡魔較爲密集，因爲有更多村落和廢墟吸引它們。這裡的樹梢布滿木惡魔，藉由樹枝擺盪移動，會從上方直接跳到妳的頭頂。」

瑞娜突然抬頭，期待看到惡魔從天而降，但它們還沒現形。太陽才剛剛開始下山而已。

隨著黑影逐漸拉長，瑞娜看著魔霧緩緩自地面上的針葉和毬果之間滲出。霧氣沿著樹幹飄起，如同煙囪上的炊煙。

「它們在幹嘛？」瑞娜問。

「有些喜歡在樹上現形，遠離人類視線，不讓妳看見它們。」亞倫說。「它們通常會等妳通過，然後跳到妳背上。」

瑞娜想起被自己以類似手法除掉的石惡魔，將魔印斗篷裹得更緊，抬頭朝四下張望。

「前面有一頭。」亞倫說。「仔細看。」他將黎明舞者的韁繩交給她，然後向前走出幾步。

「你不打算脫下長袍嗎？」瑞娜問，但魔印人搖頭。

「教妳一個小把戲。」他說。「只要拿捏準確，不須在皮膚上繪製魔印就能解決惡魔。」

瑞娜點頭，仔細觀看。他們又走出幾步，接著，如同預期，頭上傳來一陣聲響，一頭皮膚如同樹皮般的惡魔朝亞倫落下。

但亞倫早有準備。他身體微轉，將頭閃入惡魔的腋下，一手自後方纏上惡魔頸部，緊抓它的口鼻部。他順勢轉身，利用惡魔下墜的力道壓斷它的脖子。

「厲害啊。」瑞娜輕呼道。

「有很多種手法可以達到同樣的效果。」亞倫說，伸出一根魔印手指插入滋滋作響的惡魔眼眶，確保對方死透。「不過原則都是一樣的。沙魯沙克的重點在於利用惡魔的力量攻擊惡魔，就像魔印一樣。過去幾世紀來，克拉西亞人就是依賴沙魯沙克才能在每天晚上的阿拉蓋沙拉克中存活下來。」

「他們那麼會殺惡魔，爲什麼你這麼討厭他們？」瑞娜問。

「我不討厭克拉西亞人。」亞倫說，暫停片刻。「總之不討厭所有克拉西亞人。我討厭他們的生活方式，把所有不是男人和戰士的人都當成奴隸……這樣是不對的，特別是不該利用暴力強迫提沙人接受他們的文化。」

「誰是提沙人？」瑞娜問。

亞倫驚訝地看著她。「我們，所有自由城邦的人，我要他們保有自由。」

惡魔王子白天在地心魔域中枯等的時候，獵物已經移動了很長一段距離，但化身魔動作飛快，沒過多久心靈惡魔已經找到獵物，對方正領著坐騎穿越一片樹林。心靈惡魔於空中盤旋，看著木軀殼攻

擊人類。人類迅速誅殺惡魔，幾乎沒有減緩速度。

心靈惡魔的額頭鼓動，化身魔側向一旁，朝樹林俯衝，翅膀融化，變形為木惡魔。它在落地前抓住一根粗樹枝，將下墜的勢道轉而向前。它輕鬆於樹枝之間擺盪移動，背上依然揹著心靈惡魔。

它們停在某個制高點上，默默看著獵物接近。雌性人類不見蹤影，不過心靈惡魔不記得她的氣味自何處消失。它聞了聞空氣，搜尋她的蹤跡。她不久前還在附近，但此刻完全感應不到。

可惜。她本來可以是個用來對付獵物的好工具，而且她的心靈美味空虛，並佐以強大的怒氣。值得它在吞噬獵物心靈後花點工夫去追蹤她的下落。

「前方又有一頭木惡魔。」魔印人嘆了口氣，這已經是一小時內遇上的第八頭木惡魔了。這頭比其他木惡魔高大，幾乎大得樹枝無法支撐，體形直逼石惡魔。

「可以讓我試試嗎？」瑞娜問。

魔印人搖頭。他回頭看她，不過花了一點時間才找到她。魔印斗篷依然令他頭暈目眩，如果意志不夠集中，他的雙眼常常會主動忽視它的存在。

「等我們抵達補給站後，妳得睡一覺。」他說。「如果妳渾身充滿魔力就睡不著了。」

「那你呢？」瑞娜問。

「今晚得繪製魔印，我等回到窪地後再睡。」他說，透過魔印眼角監視木惡魔所棲息的位置。

但這頭木惡魔沒有等待他們通過，反而一撲而上，對他展開正面攻擊。這個舉動出乎意料，不過魔印人還有足夠的時間閃向一旁，並且出手扣住對方的前爪，以它本身的力道攻擊對方。

然而他必定是錯估了惡魔手臂的長度，因爲他沒有抓到對方的利爪，反而被惡魔抓中包在長袍下的小腿，整個人離地而起。一人一魔重重摔落地面，惡魔翻身滾開，與他同時站起身來。

他們正面相對，魔印人立刻知道對方不是普通的惡魔。它耐心地圍著他繞圈，伺機而動。魔印人數度壓低目光或是佯作逃跑，引誘對方攻擊，但地心魔物沒有上當，謹愼地凝視他。

「聰明。」他饒富興味地道。

「需要幫忙嗎？」瑞娜問，伸手拔刀。

魔印人大笑。「除非寒冬降臨地心魔域，不然我不會需要別人幫忙對付一頭木惡魔。」他伸手去撩布袍。

地心魔物大吼一聲，在他脫下布袍之前撲到他身上，將他壓倒。魔印人背心著地，出腳反擊，力道重得就連黎明舞者也望塵莫及，但惡魔的手臂突然變成水惡魔的觸角，緊緊纏繞著他。觸角像吸盤吸附他的長袍，銳利的尖刺陷入他的皮膚，糾纏不放，並遮蔽了他的魔印。惡魔的血盆大口在他眼前脹大，化身爲河岸惡魔的大嘴，大得足以一口呑下他的腦袋和肩膀。

魔印人抬頭一頂，頭上的衝擊魔印撞上惡魔的下頷。魔光大作，惡魔怒吼，當場撞斷幾根牙齒，不過嘴裡還有幾百根，而且它也沒有鬆開觸角。魔印人攻擊時吐出一大口氣，卻發現自己難以吸氣。

魔印人擠出肺裡最後幾絲空氣，發出一聲尖銳哨音，黎明舞者隨即搖晃大頭，甩開瑞娜手中的韁繩，壓低鋼角，直衝而來。鋼角刺穿惡魔的肩膀，激盪出大量體液和魔光，惡魔尖聲慘叫，終於鬆開觸角。魔印人滾向一旁，重重喘息。

地心魔物在黎明舞者的鋼角上融化，然後再度聚形，外殼幻化變色，成爲一頭石惡魔。它朝戰馬反手揮拳，目光一直保持在魔印人身上。

即使沒有盔甲和鞍具，黎明舞者體重也逼近一噸，但惡魔這拳依然打得戰馬飛身而起。牠撞上一棵大樹，魔印人聽不出來碎裂聲發自樹幹還是愛馬的背脊。

「黎明舞者！」魔印人大叫，脫下長袍，撲向惡魔。瑞娜衝過去檢視戰馬。

魔印人的攻擊打得惡魔身體搖晃，連連後退，但黎明舞者的鋼角所造成的傷口已經癒合，而魔印人的拳腳似乎也沒有持續性的傷害。焦黑的中拳部位附近肌肉鼓動，傷口迅速癒合。

魔印人一拳打得惡魔手臂抵地，但它以利爪插入地面，對他甩出一大堆泥土和潮濕的樹葉。魔印人無法閃避，只得正面受擊。他立刻起身，拍掉身上的泥土，但他知道即使魔印還能運作，這些泥土已經削弱了它們的威力。

不過他所受的傷不比地心魔物重，而且他絕不打算放過這頭強悍的惡魔。他們再度繞圈，露出牙齒互相嘶吼。惡魔的一條手臂突然變成六條觸角，每一條都有十呎長，末端突起一根尖角。

「黑夜呀，你是從地心魔域裡哪個角落來的？」魔印人問。化身魔沒有回應，剛形成的觸角急竄而出。

魔印人閃向一旁，翻身而起，隨即衝到惡魔身前。它腋下的護殼間存在著一條縫隙，他舉起紋有穿刺魔印的手指，狠狠插入其間，試圖深入重要部位，造成嚴重的傷害。

惡魔尖叫扭動，它手掌附近的肌肉當即融化。直到此刻，當他接觸到正在轉化形體的惡魔時，他才了解它是怎麼辦到的。惡魔在化身魔霧，然後重新聚形，就和他以及其他所有惡魔凝聚形體時的情況一樣。這頭惡魔有能力化身為任何形體。這個發現為魔印人提供了數以千計的可能，多得難以計數。他如同揮開惱人的蒼蠅般拋開腦中的頓悟，將全副精神放在敵人身上，再度出擊。

惡魔轉換形體的瞬間，魔印人立刻化身魔霧，與它相互交融，阻止對方凝聚形體。他可以真實地感覺惡魔的存在，但瑞娜的尖叫聲聽起來彷彿發自一哩之外。他知道在她眼中看來會是什麼樣子，他們兩個都在消失，如同鬼魂般，但他別無他法。

他曾用這種方式對付另一頭惡魔，心知在這種情況下力量和魔印都沒有意義。意志決定一切，而魔印人知道自己的意志強過任何惡魔。

他瞄準化身魔的每一顆分子，利用意志力打散它們，阻止其聚合。他感受到惡魔突如其來的恐懼，當即凝聚怒意，乘勝追擊，彷彿父母教訓小孩一樣支配它的意志。

然而正當他感到化身魔的意志崩潰時，另一道意志襲體而來，而這一道比之前的強大千倍。

惡魔王子藏身高高的樹頂觀戰，但它的心靈可以看見化身魔眼前所見的景象，整場打鬥都是它在引導僕役的行動。

要是遇上其他敵人，此刻早將對方擊斃，因為心靈惡魔可以輕易窺見對手思緒，在對方動手前預先反制。但此人的心靈有魔印守護，惡魔無從得知他的想法。本來化身魔應該還是足以取勝，但接著人類做出了一件就連心靈惡魔也料想不到的事。

他竟化身魔霧。

惡魔王子從來不曾見過這種事，甚至沒有想過地表生物會有能力化身魔霧。一時間，它對人類的力量感到恐懼。

不過它只恐懼了一下子，因為接下來，正當人類擊潰化身魔的意志時，惡魔王子接觸到他的心靈。在變換形體的過程中，魔印無法發揮效用。所有孵化而出的王子都知道這個事實。這個人類犯下了一個愚蠢的錯誤。

心靈惡魔在人類自震驚中恢復前展開攻擊，接著，它終於了解了自己的敵人，沉入對方的記憶洪流中。人類對此入侵行為感到恐懼，卻阻止不了它。他的怒氣衰減，意志動搖。

然後對方再度做出驚人之舉。意志稍微不夠堅定的人必定畏縮不前，但這個人類拋下他的記憶，在毫不防備的情況下跳入心靈惡魔本身的記憶洪流，它存在的精華所在。他衝破心靈惡魔未預料面對這種攻擊的心靈防禦，兩者心靈交流片刻，接著惡魔王子凝聚意志，切斷連結。

心靈一獲自由，人類立刻凝聚形體，強迫化身魔同時現形。

「瑞娜！」人類高叫，惡魔王子驚訝地看著空氣綻放漣漪，雌性人類憑空出現，舉起魔印獵刀刺中化身魔。

心靈惡魔不顧化身魔的慘叫，仔細研究雌性人類周遭扭曲的空氣，只見她攻擊的同時，一件斗篷在身後飄盪。其上的魔印威力強大，竟然能在惡魔王子的眼前藏匿行蹤。

人類凝聚實體後，心靈魔印立刻生效，但同時也失去對化身魔的控制。心靈惡魔控制僕役將他推開，然後撲到雌性人類身上，扯下魔印斗篷，將她擊倒。

人類起身時，眼前竟有兩名女子蓄勢待發，不論容貌或是動作都是一模一樣。心靈惡魔串聯兩者的思緒，讓化身魔能夠徹底模仿她，接著放開緊握樹幹的魔爪。它雙腳踏空，如同落葉般無聲無息地飄落地面。

魔印人眨眨雙眼，看著眼前的兩名瑞娜・譚納，就連皮膚上褪色的黑柄魔印都一模一樣。她們透過同樣的眼珠凝視著他，身穿同樣的破爛衣衫，手持同樣的獵刀。就連她們身上所綻放的魔光也相差無幾。

他衝到黎明舞者身邊，強迫自己忽略戰馬濁重的呼吸，抓起他的長弓，搭上箭矢。他猶豫不定，不確定該瞄準誰。

「亞倫，她是惡魔！」兩個瑞娜同聲叫道，指向對方。

她們驚訝地互望，接著轉回來面對他。「亞倫・貝爾斯。」她們說，同時擺出瑞娜生氣時會擺出的姿勢。「別告訴我你連惡魔和我都分不出來！」

魔印人看向兩人，帶著歉意聳了聳肩。兩雙一模一樣的褐眼瞪視著他。

他皺眉。「那天晚上我爲什麼玩親親？」

兩個瑞娜聽見這個問題，眼睛都爲之一亮。「你擲骰子輸了。」她們同聲說道，接著驚恐地轉頭看向對方。

魔印人全神貫注，同時觀察兩人。「我怎麼輸的？」

瑞娜遲疑，接著看著他。「班妮作弊。」她們承認道。她們眼中突然透露殺機，接著同時轉向彼此，舉起獵刀。

「不要！」魔印人說，揚起長弓。「給我一點時間。」

兩人一臉不耐地轉向他。「省省吧，亞倫，讓我殺掉這頭可惡的傢伙，趕快做個了結。」

「妳不是他的對手，瑞娜。」魔印人說，兩個女人再度瞪他。「真正的瑞娜會聽我的話。」他補充道。

「不如出來吧！」他對著夜色叫道。「我知道你在附近！那頭變形惡魔沒有這麼聰明！」一旁傳來一陣聲響，接著一頭惡魔走了出來。它體形瘦小，腦袋巨大，頭顱高高隆起。它的雙眼渾圓，漆黑深邃，嘴裡只有一排利齒。纖細手指尖端的利爪看起來如同安吉爾斯貴婦的彩繪指甲。

「一直在想什麼時候會遇上你們這種渾蛋。」魔印人說。他輕拍額頭中央的大魔印刺青。「特別爲了你們繪製這個魔印。」

惡魔側過腦袋，打量著他。他身旁的兩個瑞娜神色緊繃。

「你或許遮蔽了自己的心靈，但這個女的可沒有。」瑞娜在惡魔持續打量他時同聲說道。「我們可以隨意殺掉她。」

魔印人拉弓射箭，但惡魔在空中比劃魔印，綻放一道魔光，將箭矢燒成灰燼。他再度搭箭拉弓，但這樣做對這頭新惡魔來講似乎毫無用處。他壓低長弓，放鬆弓弦。

「你想怎樣？」他問道。

「注意到你的坐騎在奔馳時甩尾巴趕跑昆蟲的動作嗎？」瑞娜問。「你們只是有待鏟除的小蟲，不具任何意義。」

魔印人輕哼一聲。「過來鏟除我啊。」

但瑞娜搖頭。「不急。你沒有軀殼守護，但我有很多。要不了多久我就會打開你的腦袋，吞噬你的心靈，但首先我想看你要怎麼幫這個女人的性命討價還價。」

「你說我沒有任何你想要的東西。」魔印人說。

「你沒有。」瑞娜同意道。「但放棄你不願放棄的東西會使你痛苦，而那會讓你的腦子更加美味。」

魔印人瞇起雙眼。

「你是從哪裡得知我們的存在？」瑞娜問。

魔印人瞪向她們，然後轉回心靈惡魔。「我幹嘛告訴你？你沒辦法從我腦中挖出答案，而她也不知道。」

瑞娜微笑。「你們人類對於雌性人類十分心軟，這是我們煞費苦心在你們祖先的血統裡混入的特質。告訴我，不然她就沒命。」在它說話的同時，兩個女人舉起一模一樣的魔印獵刀，彼此靠近，將獵刀抵住對方喉嚨。

魔印人揚起長弓，箭頭在兩者之間游移不定。「我可以射殺其中一個，有一半的機率會殺死你的變形怪。」

女人聳肩。「它只是具軀殼。然而這個雌性人類對你意義重大，如果她死了，你會十分痛苦。」

「意義重大？」瑞娜問，魔印人轉身面對她們。她們眼中浮現恐懼以及絕望。

「我很抱歉，瑞娜。」魔印人說。「沒料到事情會走到這個地步，我警告過妳的。」

兩個瑞娜同時點頭。「我知道，不是你的錯。」

魔印人對她們舉起長弓。「這一次我救不了妳了，瑞娜。」他說，壓抑喉嚨中的哽咽。「就算我知道哪個是妳也救不了。」瑞娜也壓抑啜泣的衝動，他幾乎可以感覺到心靈惡魔的愉悅之情。

「所以妳必須堅強，拯救自己。」他說。「因為那頭怪物是邪惡的化身，我絕不會讓它逃脫。」

心靈惡魔在了解他想做什麼時身體一僵，但已經太遲了，魔印人拋下弓箭，朝它撲上，瞬間拉近彼此的距離。在它有機會命令瑞娜和化身魔殺自相殘殺之前，他的魔印拳頭已經在一道爆破般的閃光中擊中惡魔王子碩大的腦袋。

纖瘦的惡魔被爆炸的力道震出數呎，背心著地，憤怒嘶吼。它的頭顱鼓動，魔印人感應到它所散發的力量，不過並沒有對他造成任何傷害。

身後傳來化身魔的叫聲，但魔印人不去理它，再度衝向心靈惡魔，將對方壓在地上，重拳連擊。每一道傷口都即時癒合，但他沒有停手，持續壓制，打算一路打到找出殺它的方法。如果它化身魔霧，他已經準備好要與它較勁意志。

但心靈惡魔保持實體，或許正是擔心他會那麼做。每一拳都讓它頭暈目眩，恢復的時間逐漸拉長。魔印人移動到惡魔身後，施展沙魯沙克鎖喉招式，前臂上的擠壓魔印逐漸加溫，在惡魔喉嚨上綻放光芒，凝聚能量。一切再過不久就會結束。

但一頭風惡魔撞上他，令他鬆開手臂，滾離心靈惡魔。魔印人翻到風惡魔身上，重拳擊中它的喉嚨，打得它動彈不得，但一頭木惡魔在他解決對方前自上方的樹上落下。片刻間又有好幾頭惡魔加入戰團。

心靈惡魔在人類的拳頭衝擊腦袋時發現自己和化身魔之間的連結斷絕。它從來沒有這麼痛過。打從孵化至今一萬年來，沒有任何生物膽敢攻擊惡魔王子，這實在太難以想像了。

惡魔重重摔在地上，立刻發出求救訊號。四面八方的軀殼都會應召而來。化身魔尖叫一聲，但沒有趕來救援。人類跳到心靈惡魔身上，高舉魔印拳頭毆打它的腦袋。

心靈惡魔習慣讓化身魔代替自己戰鬥，完全不曾嚐過近身肉搏的痛苦和困惑。人類不讓它有喘息的機會，它也沒有辦法阻止人類施展原始的鎖喉招式。人類的魔印啓動，吸收惡魔王子的魔力，轉化爲痛苦的來源。

本來它以爲自己死定了，但一頭風軀殼終於趕來回應它的召喚，撞在人類身上，解開他的束縛。其他軀殼紛紛趕到，聚集起來保護惡魔王子。一脫離人類控制，心靈惡魔立刻治療傷勢，發出憤怒的嘶吼。它發出另一波信號，打算用數量優勢埋葬對方。它感應到附近有幾十頭軀殼，正死命趕來加入混戰，但始終不見化身魔的蹤跡。

人類甩開木惡魔，再度朝惡魔王子撲來，但這一次它早有準備，比劃魔印，強風疾竄，實實在在地擊中對方，將他震到空地另一邊。當他爬起時，身邊再度圍滿木軀殼。心靈惡魔一聲令下，它們折斷樹枝充作武器，隔著人類皮膚上泥濘不堪的禁忌魔印攻擊對手。

模仿自己的言語和舉動已經夠可怕了，當心靈惡魔掌控全局、開始控制她的聲音後，瑞娜內心生起一股無比的噁心，終於了解對方一直隱藏在自己體內，像是突然跑出來劫車的偷渡客。

那是一種難以言喻的侵犯，比豪爾曾做過的一切都還要可怕。比茅房的那一晚還可怕，比被人綁在木樁上還可怕。她感覺得到惡魔像田鼠般在她腦海中挖掘地道，奪走她最珍貴私密的記憶，拿去當作對付亞倫的武器。

這個想法令她怒不可抑，而她還能感覺出心靈惡魔十分滿意她這種反應。「我以前就控制過妳，」它對她的思緒說道。「控制過很多次。」

瑞娜看向亞倫，絕望地看著他眼中那種認命的神情。她以為自己有能力跟隨他的腳步。她做得到任何他能做到的事，但現在事實證明了那些都是謊言，她唯一能做的事就是害他送命。

她嗚咽一聲，試圖舉起獵刀插入自己的喉嚨，但心靈惡魔如同吟遊詩人控制傀儡般控制她的身體，她沒有辦法違逆它的意志。就算亞倫猜對了，並且想辦法除掉化身魔，心靈惡魔還是可以輕易強迫自己一刀插入他的心口。她想要警告他，但出不了聲。

然而接著亞倫臉上的神情改變，彷彿已做好決定。他以某種從來沒人對她展露的信任神情看著她。

「妳必須堅強，拯救自己。」他說。「因為那頭怪物是邪惡的化身，我絕不會讓它逃脫。」

那個表情驅走了她的恐懼，讓她的目光更加堅定。她點頭，隨即感受到心靈惡魔大吃一驚，因為它也在同一時間了解亞倫的意思。它試圖應變，但應變不及，被亞倫一拳擊中腦袋，於漆黑中綻放魔光。

腦海中的惡魔意志消失了，瑞娜一時間驚魂未定，頭暈目眩。她看向依然與她一模一樣的化身魔，發現對方和自己一樣身形搖擺，因為與心靈失去聯繫而不知所措。

瑞娜緊握父親的獵刀，大叫一聲撲向怪物，一刀插入對方的腹部。她伸出另一手環抱惡魔，將它拉到身前，皮膚上的黑柄魔印隨即啓動。魔法竄入她的肌肉，為她持刀的手臂帶來強大的力量，在惡魔的腹部到頸部之間劃開一條長長的傷口。

化身魔的外表或許像她，但傷口中噴灑而出的惡臭黑液絕對不是地表世界的產物。

她看著它的臉，曾在水面倒影中見過上千次的容顏。瑞娜差點為了自己臉上的痛苦和困惑而落淚，但接著那張臉像狗一般嚎叫，嘴裡的牙齒越變越長。

瑞娜在化身魔撲上的同時展開行動，依照亞倫教她的手法借力使力。她出手抓起它的髮辮，順勢向上一拉，露出它的頸部。這個動作在她轉身砍落時借用對方強大的力道，獵刀順暢無礙地砍穿惡魔的脖子。

就這樣，戰鬥結束了。惡魔的屍體了無生氣地墜落地面，留下她站在原地，手裡提著自己的腦袋，雙眼上翻，斷口處滴落黑液。她張開嘴，吸入感覺好像是幾小時以來所吸入的第一口空氣。

她抬起頭來，期待看見心靈惡魔已死在亞倫手中，結果卻看見亞倫被一群手持樹枝的木惡魔圍毆，心靈惡魔則在步步後退。地心魔物此刻還未注意到她，全副精神都放在亞倫身上。

瑞娜環顧四周，拋下手中的腦袋，撿起她的魔印斗篷。化身魔扯斷了斗篷的繫線，不過斗篷本身並未損毀。她還刀入鞘，披上斗篷，雙手縮在斗篷中拉緊兜帽。

她小心翼翼地起身，以緩慢而又平穩的步伐朝打鬥現場前進，讓魔印發揮最大功效。一頭木惡魔在她逼近時一棒擊中亞倫的肩膀。他大叫一聲，摔倒在地，口吐鮮血。其他惡魔亂棒齊下，他無助翻滾，躲避它們的攻擊，但無法盡數避開。

她一心只想衝過去解救亞倫，但她心裡清楚他不希望自己這麼做。心靈惡魔昂首而立，不再試圖逃跑。只要她能讓它見識陽光，就算犧牲兩人的性命也值得。

魔印人被擊倒的同時感到數根肋骨斷裂。他喉嚨裡湧出一堆鮮血和膽汁，張口全數吐出地面。

在他起身之前，另一根樹枝打在自己身上。他翻身躲開第三根，以及第四根，但由於沒有機會起身，他被第五根樹枝迎面擊中，當場將一顆眼珠打出眼眶，只剩下一根肌肉相連，垂在臉上。這聲巨響不斷在他腦中迴盪，將其他所有聲音淹沒其中。

他揚起僅存的一顆眼珠，看見數頭惡魔同時揮下樹枝。一時間，他以為自己大限將至，但接著靈光一現，他暗自咒罵自己的愚蠢。

樹枝狠狠落下，卻只打到一片魔霧。魔印人飄出木惡魔中央，在其中一頭木惡魔身後重現聚形，所有傷勢當場痊癒。他踢中惡魔的雙腳，在它倒地的同時抓起它的魔角，利用它本身的體重順勢翻轉，當即扭斷它的脖子。他跳向另一頭惡魔，兩根大拇指插入對方眼眶。第三頭惡魔猛揮樹枝，但他再度化身魔霧，樹枝擊中瞎眼的惡魔。魔印人再度聚形，出指插入揮棒攻擊的惡魔樹皮般硬殼上的縫隙，如同擠碎栗子般插爆它的心臟。

他一直認為世俗武器都傷不了他，但現在他明白自己的能力不只如此。除了死亡以及肢解，所有的傷勢都能轉眼痊癒。四周的地心魔物現在就像擋路的蒼蠅。它們沒有足夠的智力利用化身魔霧來輔助攻擊，而心靈惡魔又不敢透過它們這麼做，以免在另一個世界裡與他的意志正面衝突。

他不再理會剩下的木惡魔，如同鬼魂般穿越它們，直到通往惡魔王子的道路通暢無阻。他凝視惡魔，突然感到頭暈目眩。片刻之前的自信突然蕩然無存，因為他了解到自己只是發現了某種這頭惡魔已經運用數千年的力量。對方露出利齒，舉起一根利爪，憑空繪製魔印。

接著它的胸口爆出一把尖刀，綻放耀眼的魔光。頭暈目眩的感覺消失，瑞娜的斗篷緩緩落地，他看見她出手緊鎖惡魔的咽喉，獵刀上的魔印持續累積魔力。

惡魔王子發出驚訝與痛苦的叫聲，魔印人毫不遲疑，一躍而上，重拳出擊，不給它機會恢復冷靜。瑞娜放開獵刀，甩出溪石項鍊纏住它的喉嚨。魔印閃爍，心靈惡魔張嘴欲吼，但沒有發出半點聲響。它的額頭鼓動，發出一陣勁風衝擊魔印人，將他逼退。

瑞娜似乎不受影響，但整座樹林方圓數哩內的所有惡魔同聲慘叫。一頭風惡魔直墜而下，撞斷樹枝，落地身亡。先前攻擊他的木惡魔紛紛倒地，慘遭惡魔王子的心靈吼叫擊斃。

同一時間，心靈惡魔開始逃跑。

惡魔王子從來不知恐懼爲何物、不知痛苦爲何物。它已經超越了這類事物，只會透過軀殼或是獵物的心靈淺嚐這些情緒——爲佳餚增添美味。

但化身魔的死亡和胸口的那把獵刀完全不是透過任何媒介所感應到的東西，喉嚨上的項鍊以及令它無法凝聚力量的攻擊也不是。它尖聲慘叫，感到附近所有軀殼的心靈通通被這陣痛苦吸乾。

人類短暫分心，惡魔王子抓緊機會化身魔霧，竄向地心魔域。它會在那裡重新羈絆一頭化身魔，在下次週期到來之前恢復元氣，到時候它會帶著一群千年不曾於地表世界現身的軀殼回來報仇。

瑞娜突然尖叫，魔印人迅速轉身，看見心靈惡魔自她手中融化，轉變成一團魔霧，沿著附近的魔

法通道逃往地心魔域。

他本能地追了上去。

「亞倫，不！」瑞娜大叫，但聽來十分遙遠。

闖入地心魔域的通道就像是順著黑暗中的河道逆流而上。他可以感覺到通道的存在，但視覺在地心魔域路上不具有任何意義。他只能感應發自世界中心的魔法洋流，然後與之對抗，追蹤源頭。魔印人將意志力集中在前方惡魔王子所散發出的邪惡氣息上，彷彿追逐了數哩後才終於抓住對方。

他其實沒有手可以抓，但他延伸自己的意志力，阻擋惡魔的去路，接著就像兩個男人朝彼此吐煙一般，他們融爲一體，意志正面衝突。

魔印人以爲惡魔的意志會比之前虛弱，但它依然強悍，於是他們在彼此心中瘋狂揮爪，將無形的手指插入任何可見的空隙。惡魔王子攤開他一生所有的失敗，嘲弄他將瑞娜遺棄在提貝溪鎮自行面對命運，以及他給來森人所帶來的悲劇，並以賈迪爾強暴黎莎的畫面挑釁他。

這一切幾乎令他難以承受，但他在痛苦中出擊，擊潰心靈惡魔的心靈防禦。那一瞬間，他看見了地心魔域，某個永恆黑暗之處，不過在魔法光芒的照耀下遠比沙漠荒原還要明亮。

惡魔的意志立刻撤退，不再攻擊，全力捍衛自己的思想。魔印人察覺優勢，繼續進逼。惡魔王子在他得知魔巢時放聲大叫。

本來魔印人已經取勝，但魔巢的景象太過駭人。前往地表世界獵食的地心魔物不過冰山一角。他看見數百萬頭惡魔，甚至上億。打從發現古老魔印以來，這是他第一次懷疑人類永不可能戰勝惡魔。

心靈惡魔的意志襲體而來，進入了一個更加基本的層面，求生的慾望。但魔印人在這方面佔盡上風，因爲他毫不恐懼死亡，並不會在死亡降臨時遲疑半分。

心靈惡魔畏懼死亡，那一瞬間，它的心智崩潰，魔印人吸收它的魔力佔爲己有，留下一具焦黑的軀體，被他投入地心魔域的通道，化爲灰燼，永恆飄散。

獨自位於通道中，魔印人終於聽見了來自地心魔域的眞正召喚，而那聽起來美妙動人。其中蘊含了強大的能量，本身毫不邪惡的能量。如同火焰般，這股力量超越善惡。它就是一股能量，如同乳頭般引誘著飢餓的嬰兒。他對它伸出雙手，準備一嚐美味。

但接著另一聲呼喚傳入他的耳裡。

「亞倫！」這個聲音自遠方沿著通道迴盪而來。

「亞倫．貝爾斯，你給我回來！」

亞倫．貝爾斯，一個他已經多年不曾使用過的名字。亞倫．貝爾斯早就死在克拉西亞沙漠了，那個聲音是在呼喚一個鬼魂，他轉向地心魔域，準備擁抱它。

「你不准再丟下我不管了，亞倫．貝爾斯！」

瑞娜。他已經兩度將她留在淒慘的處境中，但第三次將會傷她最深，因爲他會讓她在努力拯救他的性命後陷入自己處心積慮想要逃離的生活。

地心魔域可以提供什麼她所不能提供的東西？

當魔霧重現，開始凝聚成亞倫的形體時，瑞娜已經吼到聲音嘶啞。她在淚水中發笑，差點嗆到自己。片刻之前，她還以爲他死定了，而現在突然間附近所有惡魔通通暴斃，黑夜一片死寂，只有她和亞倫兩兩相望。心靈惡魔的魔力回饋威力強大，瑞娜體內充滿前所未有的活力。她身上充斥著魔法能量，心跳強烈得如同吟遊詩人的手鼓。亞倫光彩奪目，肉眼難以逼視。

「黎明舞者。」亞倫突然說道，打破沉默。他跑向自己的馬。

「摔斷了幾根骨頭。」瑞娜傷心地道。「就算活下來，牠也永遠不能跑步了。爸會直接幫牠了斷。」

「我管妳爸會做什麼！」亞倫吼道。瑞娜感到他的痛苦如同甩在臉上的巴掌，這才了解他有多愛那匹馬。她知道世界上唯一的朋友竟是一頭動物是什麼感覺，她希望他愛她能有牠的一半。

「傷口已經不再流血。」她說。「一定是被打傷前吸收了一些那頭變形怪的魔法。」

「化身魔，」亞倫說。「它們叫作化身魔。」

「你怎麼知道？」瑞娜問。

「我在接觸惡魔王子內心時學到了不少。」亞倫說。他伸出雙手，握起戰馬的一條斷腳，拉直斷骨。他以一隻手掌固定馬腳，以另一手憑空比劃魔印。

牠悶哼一聲，魔印閃動，斷骨在她眼前自動接合。一處接著一處，亞倫治療戰馬的傷口，黎明舞者的呼吸逐漸順暢，亞倫自己的呼吸則變得吃力。他的魔光片刻之前還難以逼視，現在卻迅速失去光彩。她從來不曾見過他的魔光如此黯淡。

她碰觸他的肩膀，隨即感受到一陣疼痛，感覺自己身上的魔法竄入他體內。他低呼一聲，抬頭看她。

「夠了。」她輕聲道，他點點頭。

魔印人看著瑞娜，心中生起一股深沉的愧疚。

「我很抱歉，瑞娜。」他說。

瑞娜一臉好奇。「抱歉什麼？」

「小時候棄妳不顧，把妳丟給豪爾，自己跑去追逐惡魔。」他說。「而今晚我又重蹈覆轍。」

但瑞娜搖頭。「我感覺到那頭惡魔在自己腦中，感覺它比我爸侵犯得更加徹底。它是純粹的邪惡，直接來自地心魔域，殺死那頭惡魔遠比拯救一千個瑞娜·譚納還有價值。」

魔印人伸手觸摸她的臉頰，眼神捉摸不定。

「我本來也是這麼想。」他說。「但現在不再那麼肯定。」

「我絕對不會取消婚約。」瑞娜說。「如果這就是你的生活，我願意當個稱職的妻子支持你，不論發生什麼事。」

黎明即將到來，地心魔域仍不斷召喚魔印人，但現在它已細不可聞，可以輕易忽略。一切都是因爲她，與瑞娜在一起終於讓他想起自己是誰，他毫不遲疑地說道：

「我，亞倫·貝爾斯，將我的一生託付給妳，瑞娜·譚納。」

《沙漠之矛》全書完　敬請期待續集

克拉西亞名詞解釋

伊弗佳	Evejan law	克拉西亞的聖典
凱沙羅姆	Kai'Sharum	阿拉蓋沙拉克指揮官
卡吉	Kaji	艾弗倫的使者，第一任解放者
卡沙羅姆	Kha'Sharum	原為卡非特的戰士
卡非特	Khaffit	非祭司或戰士的階級，最低賤的階級
吉娃卡	Jiwah Ka	第一妻室
吉娃森	Jiwah Sen	吉娃卡之後入門的妻妾
吉娃沙羅姆	Jiwah'Sharum	大後宮的集體妻子
奈	Nie	與艾弗倫敵對的神祇，帶來黑暗與混亂
奈卡	Nie Ka	本意為「第一位」，有權指揮 其他男孩的第一奈沙羅姆
奈沙羅姆	Nie'Sharum	見習戰士
奈達馬	Nie'dama	見習達馬
奈達馬丁	Nie'Dama'ting	見習達馬丁
安德拉	Andrah	克拉西亞的最終決策者， 艾弗倫最寵愛的達馬
帕爾青恩	Par'chin	勇敢的外地人，指亞倫
庫西酒	Couzi	非法的克拉西亞酒精
阿拉蓋	Alagai	惡魔／地心魔物
戴爾沙羅姆	Dal'Sharum	克拉西亞菁英戰士
普緒丁	Push'ting	假女人
沙利克霍拉	Sharik Hora	本意為「英雄骸骨」，艾弗倫的神廟
沙拉克	Sharak	戰爭
沙拉克卡	Sharak Ka	大聖戰、最終戰役
沙拉克桑	Sharak Sun	白晝戰爭，征服綠地的戰爭

沙拉吉	Sharaji	學校
沙羅姆	Sharum	戰士
沙羅姆丁	Sharum'ting	殺死惡魔的女戰士
沙羅姆卡	Sharum Ka	統御所有凱沙羅姆的第一勇士
沙達馬卡	Shar'Dama Ka	解放者
沙魯沙克	Sharusahk	徒手格鬥技
沙魯金	Sharukin	一套套連貫沙魯沙克招式的搏擊技巧
漢奴帕許	Hannu Pash	意即人生之道，少年少女進入訓練營接受祭司或戰士訓練的階段
艾弗倫	Everam	造物主
艾弗倫恩惠	Everam's Bounty	賈迪爾征服來森堡後替它取的新名字
英內薇拉	Inevera	艾弗倫的旨意，也是賈迪爾妻子的名字
達馬	Dama	祭司，克拉西亞的聖徒兼世俗領導人
達馬丁	Dama'ting	精擅占卜和醫療的女祭司
達馬佳	Damajah	對英內薇拉的敬稱
達馬基	Damaji	克拉西亞十二個部族之中地位最高的達馬所組成的統治議會
達馬基丁	Damaji'ting	各部族達馬丁的領袖
阿拉	Ala	世界之意
阿拉蓋丁卡	Alagai'ting Ka	惡魔之母，奈的僕人
阿拉蓋卡	Alagai Ka	惡魔之父
阿拉蓋沙拉克	Alagai's Sharak	聖戰
阿拉蓋霍拉	Alagai hora	惡魔骨，常用來製作骨骰
阿金帕爾	Ajin'pal	血誓弟兄
青恩	Chin	來自北方綠地的外來者

國家圖書館出版品預行編目資料

沙漠之矛（下）／彼得・布雷特（Peter V. Brett）著；戚建邦譯
.——初版.——台北市：蓋亞文化，2011.12-
冊；公分.——（Fever；FR020）
譯自：The Desert Spear
ISBN 978-986-6157-64-6（上冊；平裝）.——
ISBN 978-986-6157-71-4（下冊；平裝）.——

874.57　　100006053

Fever 020

沙漠之矛 下 THE DESERT SPEAR

作者／彼得・布雷特（Peter V. Brett）
譯者／戚建邦
封面插畫／Larry Rostant　　地圖插畫／爆野家
封面設計／克里斯
出版／蓋亞文化有限公司
地址◎台北市103承德路二段75巷35號1樓
電話◎（02）25585438　傳眞◎（02）25585439
網址◎www.gaeabooks.com.tw
電子信箱◎gaea@gaeabooks.com.tw
投稿信箱◎editor@gaeabooks.com.tw
郵撥帳號◎19769541　戶名：蓋亞文化有限公司
法律顧問／宇達經貿法律事務所
總經銷／聯合發行股份有限公司
地址◎新北市新店區寶橋路二三五巷六弄六號二樓
電話◎（02）29178022　傳眞◎（02）29156275
港澳地區／一代匯集
電話◎（852）27838102　傳眞◎（852）23960050
地址◎九龍旺角塘尾道64號龍駒企業大廈10樓B&D室
初版三刷／2020年12月　定價／新台幣 640 元（上下冊不分售）
Printed in Taiwan

ISBN／978-986-6157-71-4

Gaea